教育部人文社科 2011 年规划基金项目（西部和边疆地区项目 11XJA751002）"西昆体接受史研究"最终成果

西南交通大学 2020 年度第二轮研究生教材（专著）建设项目 "西昆体接受史研究"经费资助

西昆体接受史研究

段莉萍 张龙高 熊倩 著

中国社会科学出版社

图书在版编目（CIP）数据

西昆体接受史研究 / 段莉萍，张龙高，熊倩著. —北京：中国社会科学出版社，2023.7

ISBN 978-7-5227-2095-1

Ⅰ.①西⋯ Ⅱ.①段⋯②张⋯③熊⋯ Ⅲ.①西昆体—文学研究 Ⅳ.①I207.209

中国国家版本馆CIP数据核字(2023)第112723号

出 版 人	赵剑英
责任编辑	顾世宝
责任校对	冯英爽
责任印制	戴 宽

出 版	中国社会科学出版社
社 址	北京鼓楼西大街甲158号
邮 编	100720
网 址	http://www.csspw.cn
发 行 部	010-84083685
门 市 部	010-84029450
经 销	新华书店及其他书店
印 刷	北京君升印刷有限公司
装 订	廊坊市广阳区广增装订厂
版 次	2023年7月第1版
印 次	2023年7月第1次印刷
开 本	710×1000 1/16
印 张	19.75
插 页	2
字 数	298千字
定 价	109.00元

凡购买中国社会科学出版社图书，如有质量问题请与本社营销中心联系调换
电话：010-84083683
版权所有 侵权必究

目　录

绪　论 ……………………………………………………………… (1)
　第一节　本课题的研究对象 …………………………………… (1)
　第二节　本课题的研究现状 …………………………………… (8)
　第三节　本课题的研究意义 …………………………………… (28)

第一章　北宋前期对西昆体的接受 ………………………… (30)
　第一节　参加西昆唱和的诗人及后期西昆派诗人对西昆体的
　　　　　疏离及其原因 ……………………………………… (31)
　　一　参加西昆唱和的诗人对西昆体的疏离 ……………… (31)
　　二　后期西昆派诗人对西昆体疏离的原因 ……………… (37)
　第二节　西昆诗人门生对西昆体的接受 …………………… (44)
　　一　黄鉴 ……………………………………………………… (45)
　　二　李遵勖 …………………………………………………… (45)
　　三　晏殊 ……………………………………………………… (46)
　　四　谢绛（附　胡宿）……………………………………… (47)
　　五　二宋 ……………………………………………………… (47)
　　六　王质 ……………………………………………………… (50)
　　七　其他 ……………………………………………………… (50)
　第三节　北宋前期的诗文革新派及其他诗人对西昆体的
　　　　　接受 …………………………………………………… (51)
　　一　北宋前期的诗文革新派对西昆体的接受 …………… (51)

二　北宋前期其他诗人对西昆体的接受 …………………… (68)

第四节　朝廷政令与西昆体接受的关系 ……………………… (71)
　　一　"祥符文禁"与西昆体 ………………………………… (71)
　　二　省题诗与西昆体 ……………………………………… (75)

第五节　"西昆"一词含义在接受中的发展变化 …………… (89)
　　一　从昆仑之称到秘阁之代称 …………………………… (89)
　　二　从西昆体诗到李商隐诗 ……………………………… (92)
　　三　从西昆体诗到西昆体文 ……………………………… (94)

第二章　北宋中后期对西昆体的接受 ………………………… (98)

第一节　王安石对西昆体的接受 ……………………………… (98)

第二节　苏轼对西昆体的接受 ………………………………… (103)

第三节　黄庭坚对西昆体的接受（附　朱弁）……………… (108)
　　一　黄庭坚对西昆体的评价 ……………………………… (110)
　　二　"用昆体工夫，而造老杜浑成之地" ……………… (111)
　　三　"有昆体之变，而不袭其组织" …………………… (137)

第四节　陆佃对西昆体的接受 ………………………………… (142)

第五节　北宋中后期其他诗人对西昆体的批判 …………… (144)
　　一　黄庶（附　王得臣、魏泰）………………………… (144)
　　二　刘攽 …………………………………………………… (146)
　　三　蔡居厚 ………………………………………………… (148)
　　四　晁说之 ………………………………………………… (150)
　　五　叶梦得 ………………………………………………… (153)
　　六　张表臣 ………………………………………………… (155)
　　七　《黄鲁直传赞》……………………………………… (156)

第三章　南宋对西昆体的接受 …………………………………… (158)

第一节　对西昆体的批判 ……………………………………… (158)
　　一　张元幹（附　王十朋、喻良能、陈造）…………… (158)

二　陆游（附　吕中） ………………………………………（160）
　　三　魏了翁 …………………………………………………（163）
　　四　黄公绍 …………………………………………………（164）
　　五　对西昆体风格的概括 …………………………………（165）
第二节　对西昆体的肯定 ………………………………………（168）
　　一　周必大（附　袁说友） ………………………………（168）
　　二　朱熹 ……………………………………………………（170）
　　三　汪莘（附　韩淲） ……………………………………（171）
　　四　冯去非 …………………………………………………（172）
　　五　林希逸 …………………………………………………（173）
第三节　刘克庄对西昆体的接受（附　葛立方、刘克逊、
　　　　赵与虤） ………………………………………………（174）
　　一　"首变诗格者，文公也" ………………………………（174）
　　二　"对偶字面虽工，而佳句可录者殊少" ………………（179）
　　三　与西昆体有关史事的记载与考证 ……………………（180）

第四章　金元两代对西昆体的接受 ……………………………（184）
第一节　金代对西昆体的接受 …………………………………（184）
　　一　王若虚（附　刘从益） ………………………………（184）
　　二　李纯甫 …………………………………………………（187）
第二节　方回对西昆体的接受 …………………………………（188）
　　一　方回对西昆体的评价概况 ……………………………（189）
　　二　方回对西昆体的诗学史定位 …………………………（190）
　　三　初步建立宋代西昆体诗史 ……………………………（194）
　　四　方回对西昆体的艺术评价 ……………………………（201）
第三节　元代其他诗人对西昆体的接受 ………………………（211）
　　一　刘埙 ……………………………………………………（212）
　　二　袁桷 ……………………………………………………（213）

第五章 明代对西昆体的接受 ………………………………………… (217)

第一节 明代前期对西昆体的接受 ……………………………… (218)
一 宋濂（附 王祎） ……………………………………… (218)
二 周叙、何乔新 …………………………………………… (220)

第二节 明代中期对西昆体的接受 ……………………………… (222)
一 王世贞（附 李蓘） …………………………………… (223)
二 顾璘 ……………………………………………………… (225)
三 张䌽 ……………………………………………………… (226)
四 胡应麟 …………………………………………………… (228)

第三节 明代后期对西昆体的接受 ……………………………… (234)
一 许学夷 …………………………………………………… (235)
二 邓云霄 …………………………………………………… (236)
三 冯复京 …………………………………………………… (237)

第六章 清代对西昆体的接受 ………………………………………… (240)

第一节 清代前期对西昆体的接受 ……………………………… (241)
一 冯舒、冯班、冯武（附 朱俊升） …………………… (241)
二 贺裳 ……………………………………………………… (245)
三 吴乔 ……………………………………………………… (247)
四 宋荦 ……………………………………………………… (250)
五 王士禛 …………………………………………………… (251)
六 周桢、王图炜的《西昆酬唱集》注本 ……………… (259)

第二节 清代中期对西昆体的接受 ……………………………… (263)
一 郭起元 …………………………………………………… (264)
二 翁方纲 …………………………………………………… (266)
三 张云璈 …………………………………………………… (272)
四 《四库全书总目》 ……………………………………… (275)

第三节 清代后期对西昆体的接受 ……………………………… (277)
一 斌良 ……………………………………………………… (277)

二　刘熙载 …………………………………………（278）

　　三　俞樾 ……………………………………………（280）

第七章　从版本流传看明清对西昆体的接受 …………（283）

结　语 …………………………………………………（287）

参考文献 ………………………………………………（292）

后　记 …………………………………………………（306）

绪　　论

第一节　本课题的研究对象

北宋景德二年（1005）至大中祥符元年（1008），杨亿、刘筠、钱惟演等人在修撰《历代君臣事迹》（后易名为《册府元龟》）之余，互相唱酬，酬唱的作品由杨亿编为《西昆酬唱集》。杨亿在《西昆酬唱集序》中说："予景德中，忝佐修书之任，得接群公之游。时今紫微钱君希圣、秘阁刘君子仪，并负懿文，尤精雅道，雕章丽句，脍炙人口……历览遗编，研味前作，挹其芳润，发于希慕，更迭唱和，互相切劘……凡五七言律诗二百五十章，其属而和者，计十有五人。析为二卷，取玉山策府之名，命之曰《西昆酬唱集》云。"[①]其诗歌体式亦因此得名"西昆体"，也有人将后来产生的一些风格与之近似的作品称为西昆体诗。然而，自《西昆酬唱集》结集第二年正月，真宗就下诏禁止浮艳文风，自此，西昆体诗歌开始了其多舛的命运，人们对其评论不休，这甚至贯穿了自宋以后的中国文学史。

本课题的研究对象是西昆体在宋（金）元明清时期的接受，包括对西昆体在诗学理论和诗歌创作两方面的接受（明清侧重于诗学理论）。另外，对于杨、刘、钱等人来讲，《西昆酬唱集》的影响比他们别集的影响要大得多，后人提起这几人的诗歌作品时，通常指他们在《西昆酬唱集》中的作品，故本书在写作过程中也将这种情况考虑在

[①]（宋）杨亿编，王仲荦注：《西昆酬唱集注》，中华书局1980年标点本，第1—3页。

内。经过对与西昆体接受有关的历史材料的搜集和整理，宋（金）元明清对西昆体的接受主要涉及以下几个方面：

1. 对西昆体概念的理解

谈到"西昆"，需要厘清三个概念："西昆体""西昆派"和"西昆三十六体"。

先看"西昆体"和"西昆派"的区别。张明华在其《西昆体研究》一书的"绪论"中说："西昆体"指北宋初年兴起的一种具有鲜明的时代特征的新诗体，这种诗体因杨亿所编《西昆酬唱集》而得名。西昆体出现后，迅速在社会上产生了巨大影响，以摧枯拉朽之势扫除了五代诗风，稳稳占据了当时文坛的中心，盛行四五十年之久。伴随着"西昆体"的出现，出现了一个以写作"西昆体"为基本特征的文学流派——"西昆派"，该派不但拥有杨亿、刘筠、钱惟演等有众多作品见于《西昆酬唱集》的作家，而且拥有大量的"后进学者"，构成了一个声势浩大的创作群体。① 张明华这段话简要阐述了"西昆体"和"西昆派"的各自所指。"西昆体"指的是由杨亿、刘筠等人开创的，因《西昆酬唱集》而得名的一种新诗体，这种诗体和此前盛行的白体差别很大，其最基本的特点就是"多用故事"，多丽语和富贵语。周益忠先生在其《西昆研究论集》中对西昆体的诗歌特点作了更加详细和全面的总结：用事博奥，对仗工妙，且所用的文字浓丽奇艳，一反当时白体的平浅宣露，再加以浓丽奇艳的形式，更包蕴密致别有寄托。这正足以道出士子之所欲道而不敢道或不能道者。② 在使用过程中，"西昆体"的含义被进一步扩大。这主要有两种情况：其一是由诗而及文。杨、刘等人的诗歌被称为"西昆体"，于是他们创作的那些与其诗歌特点相近的四六文，也被称为"西昆体"。其二是由杨、刘而上及李商隐。由于杨、刘等人的诗歌学习李商隐，所以连带李的诗歌也被称为"西昆体"。这种说法始见于北宋石延年。详见

---

① 张明华：《西昆体研究》，人民文学出版社2010年版，第1页。
② 周益忠：《西昆研究论集》，台北学生书局1999年版，第4页。

后。这一说法亦见惠洪《冷斋夜话》卷四："诗到李义山，谓之文章一厄。以其用事僻涩，时称西昆体。"① 这些说法混淆了杨、刘等人开创的"西昆体"与其效法对象李商隐诗歌之间的关系，显然是错误的，但是这种错误却被延续了下来，南宋严羽、金代元好问、明代胡震亨、清代王士禛等，都是这一说法的承袭者。

前面说了，"西昆体"指的是诗歌，而"西昆派"是指作者群体，指那些写作"西昆体"的诗人。"二者有着根本的区别，但是二者的关系非常密切，以至于根本就没有办法将这两个概念区别开来。"② 张明华一方面以杨、刘、钱三人诗歌为例，指出："西昆派"一定写作"西昆体"，但却不一定只写"西昆体"；另一方面，写作"西昆体"的诗人并不都属于"西昆派"。张明华在这里又将其分为两种情况：一是有些诗人本来是学习西昆体的，但后来摆脱西昆体自成一家，这方面最典型的例子就是梅尧臣、欧阳修等人；二是有些诗人在成长过程中并没有受到西昆体的影响，和西昆派更没有关系，但是出于对西昆体的喜爱或者好奇，偶尔也会写出一些西昆体诗歌，如宋代刘跂《七夕戏效西昆体》、明代杨慎《戏效西昆体无题十六韵》等（并且他们所言的"西昆体"更多的是指李商隐诗歌）。以上这两种人虽出于西昆派或者偶作西昆体，但是毕竟不应将他们视作西昆派中人。③《西昆体接受史研究》主要指因《西昆酬唱集》得名的西昆体诗歌的接受史，不包括李商隐诗歌和西昆体文。在西昆体接受史上，这两种混淆的情况非常常见，在研究过程中，要注意区别材料中"西昆"或"昆体"的具体含义。实际上，《西昆酬唱集》中的作品在题材、风格、创作手法等方面都非常独特，题材以咏物和咏史为主，在风格上讲究辞藻、对偶和用典，用典方式为多典连用，与其他被称为西昆体的诗有区别，故本书所称西昆体仅针对《西昆酬唱集》中诗而言，不包括

---

① （宋）惠洪等：《冷斋夜话·风月堂诗话·环溪诗话》，中华书局1988年标点本，第33页。

② 张明华：《西昆体研究》，第10页。

③ 以上内容参见张明华《西昆体研究》，"绪论"第2—12页。

参加西昆唱酬的诗人的其他作品和《西昆酬唱集》结集之后产生的被归入西昆体的作品。

我们再看看"西昆体"和"西昆三十六体"。目前所知,"西昆三十六体"之说最早见于明代。明代姚希孟《响玉集》中首次将两个概念混为一谈,《响玉集》中说:"唐自李、杜、元、白以还,而欲镂混沌之须眉,盗渊岳之镭钥者,必称温、李诸子。会昌中,李义山与温飞卿、段柯古,以藻丽相夸,号西昆三十六体。"[1] 舒位《题陈云伯大令碧城仙馆诗钞》中有"肠断西昆三十六,丝丝杨柳又添声"[2]。冯武《清康熙戊子苏州重刻西昆酬唱集序》云:"元和、太和之代,李义山杰起中原,与太原温庭筠、南郡段成式,皆以格韵清拔,才藻优裕,为西昆三十六,以三人俱行十六也。"[3] 不一而足。可喜的是,将"西昆体"和"西昆三十六体"混为一谈的虽时有人在,但辨误之说也很多。如清代冯班就说:"李义山在唐与温飞卿、段少卿号三十六体,三人皆行第十六也,于时无西昆之名。"[4] 钱曾亦曰:"《西昆》之名,并自杨、刘诸君及吾远祖思公,大年序之甚明。"[5] 此后,亦时有辨误之人,将二者混淆的情况逐渐减少[6]。关于"西昆体"和"西昆三十六体"的辨误,笔者在拙著《后期西昆派研究》中亦有详细分析,可参见。

2. 宋(金)元明清人对西昆体的学习和拟作

西昆体影响到了哪些诗人的诗歌创作?我们对这一问题的研究,是探讨宋(金)元明清人在创作实践方面对西昆体的接受。对西昆体

---

[1] (明)姚希孟:《合刻中晚名家集序》,《响玉集》卷7,《四库禁毁书丛刊》,北京出版社1997年影印本,集部,第178册,第510页。
[2] (清)舒位:《瓶水斋诗集》卷13,上海古籍出版社1991年标点本,第564页。
[3] (清)冯武:《清康熙戊子苏州重刻西昆酬唱集序》,《西昆酬唱集注》附录二,第342—343页。
[4] (清)冯班:《钝吟杂录》,商务印书馆1937年标点本,第71页。
[5] (清)钱曾:《西昆酬唱集跋》,《西昆酬唱集注》附录二,第341页。
[6] 虽然这样的情况有了很大改善,但仍有少数误指的情况,如樊增祥《排闷》其七说:"平章风雅长骚坛,饮食由来知味难。艳体西昆三十六,岂惟三舍避寒山。"(清)樊增祥:《排闷》其七,《樊樊山诗集》之《樊山续集》卷9,上海古籍出版社2004年标点本,第839页。

的学习和拟作，在宋代文学史上颇不少见，其中有两个高潮。一是《西昆酬唱集》甫一出现，便有"后进学者争效之，风雅一变，谓之'昆体'。由是唐贤诸诗集几废而不行"①；二是黄庭坚对西昆体的学习，朱弁谓黄庭坚"乃独用昆体工夫，而造老杜浑成之地"②，方回也说："山谷之奇，有'昆体'之变，而不袭其组织。"③ 可见黄庭坚诗与西昆体之间有联系。

明清两代也有人在创作上学习西昆体，但明清对西昆体接受的表现形式多样，如诗话中对西昆体的评点接受，诗选集中对《西昆酬唱集》中诗歌的关注和选录，诸多《西昆酬唱集》刊本的出现等，都反映出明清对西昆体接受的丰富性。然由于篇幅有限，本书所论述的明清对西昆体的接受仍是以明清学者诗话中对西昆体的评点接受为主，间或涉及从选集和刊本中反映出的对西昆体的接受。至于西昆体对明清的影响，也即明清诗人对西昆体诗歌创作手法和技巧的模拟，对西昆体诗歌意境风格的模拟，对西昆体诗歌中所涉及的艺术原型或意象的承续，对《西昆酬唱集》同题的咏和等，由于头绪纷繁、资料庞杂，精力有限，唯待来日再进一步完善。

3. 对西昆体风格的认识

对西昆体的认识，一般以用典致密、辞藻华丽、对偶切当为主，甚者如无名氏《黄鲁直传赞》云："宋兴，杨文公始以文章苍盟。然至于诗，专以李义山为宗，以渔猎掇拾为博，以俪花斗叶为工，号称'西昆体'。嫣然华靡，而气骨不存。"④ 这似乎也成为现在人们对西昆体风格的普遍认识。但在西昆体接受史上，多有别的声音存在。前有欧阳修说："如子仪《新蝉》云：'风来玉宇乌先转，露下金茎鹤未知'，虽用故事，何害为佳句也！又如'峭帆横渡官桥柳，迭鼓惊飞

---

① （宋）欧阳修：《六一诗话》，《六一诗话·白石诗说·滹南诗话》，人民文学出版社1962年标点本，第7—8页。
② （宋）朱弁：《风月堂诗话》卷下，《冷斋夜话·风月堂诗话·环溪诗话》，第112页。
③ （元）方回选评：《瀛奎律髓汇评》卷21，上海古籍出版社2005年标点本，第886页。
④ 转引自（宋）胡仔纂集《苕溪渔隐丛话》后集卷8，人民文学出版社1962年标点本，第58页。

海岸鸥',其不用故事,又岂不佳乎?"①后来有朱熹认为:"本朝杨大年虽巧,然巧之中犹有混成底意思,便巧得来不觉。"②值得注意者,他们一个是宋诗开山之一,另一个是理学宗师,看起来似乎同是西昆体的死对头,却都有赞许西昆体的言论。另外如刘克庄曰:"文公亦咏《汉武》云:'力通青海求龙种,死讳文成食马肝。待诏先生齿编贝,却教索米向长安。'《明皇》云:'河朔叛臣惊舞马,渭桥遗老识真龙。蓬山钿合空传信,回首风涛百万重。'比之钱、刘,尤老健。"③这样看来,宋金元人对西昆体的认识并不众口一词、简单粗暴,而是对西昆体诗人各自的风格也有比较,其中很有值得厘清之处。

明清两代也有对西昆体进行肯定的言论,胡应麟在其《诗薮》中,从多个角度对西昆体给予了比较公正的评点,指出西昆体虽用事僻涩,但亦是材力富健,诗作格调雄整、字句精工,此外,胡应麟还以诗歌发展史的观点将西昆体的产生和特点的形成置于诗歌发展和时代气运的背景下,解读其形成的必然性,体现了其诗学接受的大视野。另外,还有张綖、王士禛、翁方纲等人对西昆体进行了较为全面客观的评价。

4. 西昆体在文学史中的定位

西昆体作为宋初影响最大的诗体,其在诗史中有一定地位,但具体定位如何,则众说纷纭。《蔡宽夫诗话》云:"国初沿袭五代之余,士大夫皆宗白乐天诗,故王黄州主盟一时。祥符、天禧之间,杨文公、刘中山、钱思公专喜李义山,故昆体之作,翕然一变。"④认为西昆体之作,是对"沿袭五代之余"的白体的改变。而张元幹曰:"国初儒宗杨、刘数公,沿袭五代衰陋,号西昆体,未能超诣。"⑤又以为西昆体正是"沿袭五代衰陋"。这种矛盾的产生,一方面缘于论者对五代

---

① (宋)欧阳修:《六一诗话》,《六一诗话·白石诗说·滹南诗话》,第13页。
② (宋)黎靖德编:《朱子语录》卷140,中华书局1986年标点本,第3334页。
③ (宋)刘克庄:《后村诗话》后集卷1,中华书局1983年标点本,第57页。
④ 郭绍虞辑:《宋诗话辑佚》卷下,中华书局1980年版,第398页。
⑤ (宋)张元幹:《亦乐居士文集序》,《芦川归来集》卷9,上海古籍出版社1978年标点本,第155页。

和宋初诗风的认识有差异,另一方面缘于西昆体本身的复杂性。至元代方回提出"宋初三体"之说,认为西昆体"组织华丽,盖一变晚唐诗体、香山诗体,而效李义山,自杨文公、刘子仪始"①,又以为西昆体同时革除了白体和晚唐体两种诗风,与上述两种观点皆有异。这种对西昆体在文学史中的定位的复杂性,需要细加区别和考究。而清代则以翁方纲为代表,翁方纲从诗歌发展史的角度,将西昆体置于宋诗发展历程中去观照其诗史地位。他在《石洲诗话》中云:"宋初之西昆,犹唐初之齐、梁;宋初之馆阁,犹唐初之沈、宋也。开启大路,正要如此,然后笃生欧、苏诸公耳。但较唐初,则少陈射洪一辈人,此后来所以渐薄也。"②翁方纲从诗歌发展的角度,对西昆体在宋诗发展过程中所起的过渡作用,有着清楚客观的认识。他将西昆体比作唐初之齐梁,将杨刘诸人比作沈宋。

5. 对西昆体发展史的认识

这一方面最有代表性的是方回在《怃大山西山小稿序》中所云"别有一派曰'昆体',始于李义山,至杨、刘,及陆佃绝矣"③,这是现在可见的对西昆体发展史最早的比较完整的概括,这个发展史范围不仅包括现在所谓的"西昆派"和"后期西昆派",还一直延伸到北宋中后期,是方回在总览有宋一代诗歌之后得出的结论,应予以重视。另外如欧阳修云:"杨大年与钱、刘数公唱和。自《西昆集》出,时人争效之,诗体一变;而老先生辈,患其多用故事,至于语僻难晓。殊不知自是学者之弊。"④这也是对西昆体发展史的一段叙述,即从杨、刘、钱等人到后之"学者",西昆体发展而为"语僻难晓"。周必大《跋宋待制暎宁轩自适诗》云:"迨杨文公、钱文僖、刘中山诸贤继出,一变而为昆体。未几宋元宪、景文公兄弟又以学问文章别成一

---

① (元)方回选评:《瀛奎律髓汇评》卷3,第124页。
② (清)翁方纲:《石洲诗话》卷3,《石洲诗话·谈龙录》,人民文学出版社1998年标点本,第81页。
③ (元)方回:《桐江续集》卷33,文渊阁《四库全书》本。
④ (宋)欧阳修:《六一诗话》,《六一诗话·白石诗说·滹南诗话》,第13页。

家，藻丽而归之雅正，学者宗之，号为二宋。"① 这又是对二宋变昆的概括。

第二节 本课题的研究现状

目前对西昆体的研究已经涉及诸多方面，诸如对其概念的界定，对其流派的发展情况梳理，对其诗歌的注释和内容解读等。前人诸如王仲荦、郑再时、祝尚书、曾枣庄、周益忠、张明华和傅蓉蓉等，已就上述诸多问题的研究进行了总结，此不赘述。关于历代对西昆体的接受历程，目前尚无专著进行整体研究。有的是研究其中的一小部分（如拙著《后期"西昆派"研究》，只研究了后期西昆派对西昆体的接受），还有很多是在研究其他问题时对此问题有所涉及。关于西昆体接受史研究的成果非常少，尚有较大的开拓空间。现将学界已有的研究成果分方面总结如下：

1. 西昆体的兴盛

西昆体能够风靡一时的原因是多方面的，目前学界对这一问题的认识主要有以下几点：

其一是西昆体诗人的名位号召。程千帆先生认为，西昆体风靡天下的原因是杨、刘、钱等人有较高的名位。② 不过田耕宇先生指出，李昉、徐铉、寇准等学习白体或晚唐体的诗人，其名位不比杨、刘、钱等人低。③ 这个问题可以从两方面看，一方面，白体、晚唐体诗人的名位固然高，但这并不能说明杨、刘、钱的名望对西昆体的接受就没有促进作用；另一方面，西昆体的流行还有其他因素，若将西昆体风靡天下完全归因于杨、刘、钱等人名位的影响，又嫌片面。

其二是西昆体产生与流行的时代背景。学界多以宋初的右文政策、

---

① 曾枣庄、刘琳主编：《全宋文》卷5132，上海辞书出版社、安徽教育出版社2006年版，第230册，第409—410页。
② 程千帆：《西昆诗派述评》，《文艺月刊》1935年第6期。
③ 田耕宇：《论西昆诗盛衰因由》，《四川教育学院学报》1993年第1期。

文化建设、安定的社会环境以及由此产生的艺术审美心理作为西昆体产生的时代背景，在此背景下产生的西昆体也因顺应此背景而蓬勃发展。田耕宇先生指出，当时以富贵为时尚之人对歌颂帝王的气派生活、描写士大夫雅集、吟唱都市中的繁华生活，趋之若鹜，因此西昆体大行其道。[①] 林继中先生说："同是讲究声病对偶……用于诗，则颇合于北宋诗歌'雅化'的要求。"[②]

其三是西昆体所处的诗坛背景。西昆体的流行，还有其诗史机遇。西昆体出现的时候，正是诗坛上青黄不接的当口。[③] 此外，西昆体的"屈骚情怀"也能让长久浸淫于白体与晚唐体之无聊情思中的诗人耳目一新。周益忠先生即认为，由于杨亿等人"致君尧舜上"理想的受阻，其屈骚情怀深根于心，在当时的唱和氛围中，杨刘等人的唱和属于另类唱和，这种唱和对长期浸淫在白体和晚唐体的诗坛是一种震撼，能够引起共鸣。[④]

其四是科举的促进作用。方智范先生认为太宗、真宗两朝的省试中，实际以首场诗赋决定取舍，西昆体适逢其会。[⑤] 西昆体出现正当宋代科举重视诗赋之时，所以能借势流行。又有人认为科举考试对诗赋的重视不仅促成了西昆体的流行，还促成了西昆体的产生。冯伟认为，宋代科举对学问的重视为"以学为诗"奠定了文化基础，科举文章中重视典故的运用，科举的文体要求带来俪偶之风的盛行，科举的雅颂观念在社会上受到广泛推崇，这些都影响到西昆体的产生和流行，另外如闻喜宴等科举附属活动也为西昆体的风行提供了广泛的接受基础，还直接影响到西昆体的形成。[⑥] 西昆体因科举而流行，这已是学界较为广泛的认识。吕肖奂先生认为西昆体风靡时，科举考试以西昆

[①] 田耕宇：《论西昆诗盛衰因由》。
[②] 林继中：《文化建构文学史纲（魏晋—北宋）》，北京大学出版社2005年版，第192页。
[③] 秦寰明：《西昆体的盛衰与宋初诗风的演进》，《南京师大学报》1989年第1期。
[④] 周益忠：《西昆研究论集》，第294页。
[⑤] 方智范：《杨刘风采，耸动天下——杨亿及西昆体再认识》，载王水照等编《首届宋代文学国际研讨会论文集》，复旦大学出版社2001年版。
[⑥] 冯伟：《北宋初期科举文化与西昆体》，硕士学位论文，湘潭大学，2005年。

体为风尚，所以受西昆体影响的诗人绝不止西昆后进。① 赫广霖认为，太宗、真宗两朝的省题诗注重艺术水平和强调学问，导致诗赋学问化和诗人学者化，这符合西昆体和西昆体诗人的特征，举子对诗艺的研究导致了西昆体高度繁荣。② 冯伟认为，西昆体诗人的创作经验对省题诗有指导作用，西昆体富贵典雅和讲求格律的风格符合省题诗要求，西昆体诗人主持科举也推进了西昆体的接受。③ 举子在登第前都要"敛才就法"，训练应试诗的创作。④ 在科举重视诗赋的时代，西昆体作为接近科举诗歌特征的诗风，自然会被大量举子学习。

还有人认为西昆体在诗歌创作技巧方面的优势使其流行。吴小如先生认为，"'西昆体'也好，江西诗派也好，对于作诗打基础（或者说练基本功）是大有裨益的"⑤。木斋先生认为，昆体诗比白体诗美丽、丰赡，较之艰涩的晚唐体，作西昆体诗显得流畅、畅达，只要有学问，就可作诗，对有学问而无诗情的人来说很有吸引力。⑥

2. 西昆体的衰落

与西昆体的兴盛一样，西昆体的衰落也由多方面原因促成：

其一是西昆体受到朝廷的打压。《西昆酬唱集》编成的第二年，就受到"祥符文诏"的打压。"皇帝因为《西昆酬唱集》中曾提及'取酒临邛'故事，不大高兴，乃下诏禁止文体浮艳。"⑦ 之所以有祥符文诏，论者一般认为是针对《西昆酬唱集》中的《宣曲二十二韵》一诗，而周益忠先生则不赞同事情只有这么简单。他提出，如果认为祥符文诏所针对的，只是《宣曲二十二韵》一诗，则太过狭窄。他认为杨亿《受诏修书感怀三十韵》中有讥刺"他人所治愈下，得车愈多"之意，讽刺佞臣；《南朝》中有"偏安之讥，不敬之论"，暗指宋

---

① 吕肖奂：《宋诗体派论》，四川民族出版社2002年版，第39页。
② 赫广霖：《宋初诗派研究》，齐鲁书社2008年版，第182页。
③ 冯伟：《北宋初期科举文化与西昆体》。
④ 周兴禄：《宋代科举诗词研究》，齐鲁书社2011年版，第51页。
⑤ 吴小如：《西昆体平议》，《文学评论》1990年第5期。
⑥ 木斋：《宋诗流变》，京华出版社1999年版，第72页。
⑦ 程千帆：《西昆诗派述评》。

真宗的荒淫行径；另外与杨亿甚为相得的寇准遭谗罢相，杨亿受到牵连；《馆中新蝉》《鹤》等诗均有所寄托，杨亿身处危疑，故容易遭人罗织罪名；杨亿诸人又常以东方朔、司马相如等人自比或相目，皇帝左右碍贤之人就不能忽视此等作品；而且昆体诸人唱和，知音相赏，有朋党嫌疑。至于"侈靡滋甚，浮艳相高"，只是奸邪之辈的迂回侧击。① 但有学者认为祥符文诏的作用并不是很大，慈波认为真宗下诏另有原因，"初不缘文体发也"，因此并没有起多大作用。② 曾枣庄先生甚至认为祥符文诏起到了推波助澜的作用，反而使西昆体更为流行。③

其二是西昆体诗风与社会形势的矛盾。程千帆先生认为，西昆体衰落的原因，主要是其与当时的社会形势相矛盾。在宋初，文学应当粉饰太平、卫道，西昆体作为"世纪末的唯美的诗歌"无法立足。④ 他在与吴新雷先生共著的《两宋文学史》中指出："宋代统治者希望文学能明道致用，配合中央集权的措施，更好地宣传儒家思想，以巩固封建王朝；而就出身于社会中下层的士子参政的要求来说，他们又希望文学能反映现实，以推动政治的改良和社会的发展。但西昆体在这两个方面都无能为力。"⑤ 程杰先生认为，"从杨亿本人的逻辑思想而言，艺术上的精进为……士人职责所必备"，但是这种思想"又与日益注重士道德操行的时代倾向有着本质上的乖悖"，因此当西昆唱和"对士风建设构成妨碍时，受到裁阻便成必然"。⑥ 社会形势的变化带来诗歌风尚的变化。田耕宇先生指出，随着宋诗中理性主义的凸显和变法的呼声日益高涨，"以社会人生为宗，以理性为主，以平淡高远为尚的宋诗特征，逐渐取代了以自然为宗，以情感为主，以风神情韵为尚的唐诗风格"⑦。

---

① 周益忠：《西昆研究论集》，第44—52页。
② 慈波：《〈西昆酬唱集〉与宋诗演进》，《浙江学刊》2010年第1期。
③ 曾枣庄：《论西昆体》，高雄丽文文化事业股份有限公司1993年版，第9页。
④ 程千帆：《西昆诗派述评》。
⑤ 程千帆、吴新雷：《两宋文学史》，河北教育出版社2002年版，第21页。
⑥ 程杰：《北宋诗文革新研究》，内蒙古教育出版社2000年版，第41页。
⑦ 田耕宇：《论西昆诗盛衰因由》。

其三是西昆体与科举的复杂关系。祝尚书先生指出，有成就的作家、学者，在登第前注重举业的学习，登第之后则改弦易辙。[①] 周兴禄先生认为，诗人因习举业而打下诗歌基础，登第之后改习，渐渐自成风格。[②] 广大举子对于西昆体的学习乃是不得不然，这造成了西昆体的流行，但举子对于西昆体的学习只是暂时的，登第以后往往改变诗风；就算一直遵循西昆体风格走下去，也成为不了有影响的大诗人，真正对西昆体发展的作用非常有限。

其四是西昆体风格受到批判。作为诗歌来讲，西昆体的风格与传统的审美有差距。吕肖奂先生指出，传统的审美以自然为美，西昆体的雕缋满眼最为后人所诟病，另外，西昆体经常为了用典而用典，诗歌的内涵没有增加，诗句反而因此板滞凝重，诗意晦涩，招致更多批评。[③] 许总先生也认为堆砌典故是西昆体的显著特点，因此招致饾饤獭祭、挦扯义山之讥。[④]

其五是西昆体受到模仿者的拖累。方智范先生认为，《西昆酬唱集》中意含讽喻的作品，"微婉而讽"，抒情主体不够突出，而西昆学者唯以剽袭堆叠末能，更等而下之。[⑤] 木斋先生认为，作西昆体诗歌的难处不止使事用典，"关节在于萦绕全诗的那种李商隐式的深情绵邈、似是而非"，诗人需要巧妙地剪接、化用典故、篇章、名句或是意境，引导读者的情感走向，但是西昆体诗人尤其是后西昆体诗人流入摘扯撕取、生吞活剥的末流。[⑥] 秦寰明先生认为，杨、刘的追随者舍本逐末、走向极端，是西昆体衰落最主要的原因。[⑦]

其六是诗词文文体之间的互动。宋代诗词分工，诗歌的抒情功能很大一部分被词所取代。田耕宇先生认为，欧、梅诗文革新以后，宋

[①] 祝尚书：《宋代科举与文学》，中华书局2008年版，第564页。
[②] 周兴禄：《宋代科举诗词研究》，第50页。
[③] 吕肖奂：《宋诗体派论》，第31—32页。
[④] 许总：《唐宋诗体派论》，江西人民出版社2008年版，第250页。
[⑤] 方智范：《杨刘风采，耸动天下——杨亿及西昆体再认识》。
[⑥] 木斋：《宋诗流变》，第74页。
[⑦] 秦寰明：《西昆体的盛衰与宋初诗风的演进》。

人对诗、文、词的畛域分别明显,宋词的昌盛以牺牲西昆体似的诗言情为代价。① 西昆体似的言情,一部分被词所代替,导致西昆体因适用范围变小而衰微。西昆体诗歌还受西昆体骈文的连累而被攻击。周益忠先生认为,后学学习西昆体骈文,过于雕缛而内容不逮,因此先被太学体挤压,而后欧阳修平易畅达的古文一出,四六文日渐式微,西昆体诗也受到波及而成为被革新的对象。②

其七是西昆体对学问有较高要求而难以为人所接受。虽然西昆体在诗人掌握典故的前提下较易成诗,但程杰先生认为西昆体博雅典赡,较难学习,使其接受受到影响,"五代以来诗坛最流行的实际上是一种融合温庭筠、韩偓、郑谷等艳情绮丽、才调温婉,白体闲适唱酬平易浅切,姚贾'苦吟'调清律工等多种艺术因素的凄清雅丽、精切谐婉的风格基调",这种审美标准较之西昆体对"雄文博学"的要求,更易为人所接受。③

另外,许总先生认为,西昆体目标太大,作家非常多,影响太广,其流弊也就大,因此成为革新派作家改革的主要对象。④

3. 后期西昆派

后期西昆派是西昆体接受史中目前研究得较为深入的一角,论者众多。早在19世纪30年代,梁昆《宋诗派别论》就将晏殊与二宋称为西昆"余派"⑤,后来吴小如先生称张咏、晏殊、二宋是"受西昆影响的作家"⑥。这些受西昆体影响的诗人还有众多称呼。如"西昆体'后进学者'"⑦"后期'西昆派'"⑧"西昆派的后期作家"⑨ 等。据学

---

① 田耕宇:《论西昆诗盛衰因由》。
② 周益忠:《西昆研究论集》,第56页。
③ 程杰:《北宋诗文革新研究》,第42页。
④ 许总:《唐宋诗体派论》,第253页。
⑤ 梁昆:《宋诗派别论》,长沙商务印书馆1939年版,第29页。
⑥ 吴小如:《西昆体平议》。
⑦ 王水照主编:《宋代文学通论》,河南大学出版社1997年版,第87页。吕肖奂:《宋诗体派论》,第32页。
⑧ 祝尚书:《论后期"西昆派"》,《社会科学研究》2002年第5期。段莉萍:《后期"西昆派"研究》,巴蜀书社2009年版。
⑨ 程千帆、吴新雷:《两宋文学史》,第20页。

者研究,这一受西昆体影响的诗人群体,其成员除公认的晏殊、二宋外,还包括夏竦、宋绶、王珪、王琪、胡宿、赵抃、文彦博、余靖、蔡襄等人。关于这一诗人群体的组成特点,祝尚书先生认为:"所谓后期'西昆派',已不是以某一有重大影响的作家或文学主张为核心的文学派别,而仅仅是前期文风的自然延续。这是后期'西昆派'的特点,也是他们的审美观渐趋多元化的重要条件。"① 张立荣也说,后期西昆派"既无固定的人员构成,也无共同的诗歌主张"②。

目前学者对这些诗人的研究,主要包括其诗学思想、诗歌风貌以及其在西昆体接受史上的地位、作用等。

曾枣庄先生认为,西昆体对晏殊有影响,但他又不等同于西昆派诗人;宋祁有一部分诗近西昆体,但更多的诗接近西昆体中清峭感怆的一格,而且其一些诗已有宋调;宋祁对浮声切响、雕章缛采以及模拟前人不以为然,这与杨、刘诸人明显不同。③《两宋文学史》认为西昆派的后期作家虽然出于西昆体,但非西昆体所能包括。④《宋代文学通论》认为晏殊诗歌是西昆体中较为清丽者,宋祁最早意识到杨亿对五代诗风的改革,到晚年还不推许梅尧臣等革新派诗人;文彦博等人早年追随西昆体,到晚年诗风恢复白体。⑤ 吕肖奂先生认为,晏殊修正西昆体的脂腻绮靡,但他并未改变西昆体柔弱无骨的风格;二宋受晏殊诗风影响,他们的诗风在西昆体和晏殊诗风之间,西昆体对二宋的影响较为深远,而且宋祁近体诗将西昆体诗风接续到王安石、苏轼这一代人。⑥ 程杰先生指出,由于晏殊的创作氛围是诗酒娱情,故对诗歌锻炼不太重视,其诗中表现出灵动的情思;二宋兄弟更进一步,注重诗歌的抒情言志,其诗歌中有鲜明甚至强烈的情绪内容和关于人

---

① 祝尚书:《论后期"西昆派"》。
② 张立荣:《北宋前期七言律诗研究》,博士学位论文,南京师范大学,2006年,第164页。
③ 曾枣庄:《论西昆体》,第351—365页。
④ 程千帆、吴新雷:《两宋文学史》,第20页。
⑤ 王水照主编:《宋代文学通论》,第87页。
⑥ 吕肖奂:《宋诗体派论》,第35—39页。

生的理性思考；宋祁"学杜律法"，而且二宋诗中古体诗的分量加重，打破了西昆体全是近体的局面。①

祝尚书先生认为，晏殊用气度高雅、气派非凡的风致和富而不俗、贵而不骄的"富贵气象"来修正前期西昆派镂金错玉的习气；后期西昆派作家对西昆体的变革主要包括四个方面：对"学问文章"的重视使"藻丽而归于雅正"；讲究诗的情文兴象，不以辞藻的堆垛为能；诗风转向平淡；在诗歌语言上讲究"以俗为雅"，但是，后期西昆派对作品的思想内容仍不够重视。②周益忠先生认为，西昆体后起之辈的创作环境已不同于杨亿等人，学习西昆体不得要领，只在用典、对偶等方面下工夫，因此为革新派作家所不满，因此日渐衰微。③傅蓉蓉《西昆体与宋型诗建构》一书认为，晏殊较之其他西昆体诗人，更重视诗歌中一种内在的雍容，将富贵消融于字面之下，使得初读起来平淡流美的诗歌，细细回味而得其壶奥，这与杨亿主张的"包蕴密致"和"演绎平畅"相结合的论调相吻合，更符合宋人口味；宋祁不说诗坛上有学李商隐诗风的诗人，说明西昆体颓势已不可挽，宋祁与赵抃等人推崇杜甫，说明西昆体后期作家重新寻找诗歌范型。④

段莉萍《后期"西昆派"研究》专门对诸后期西昆派诗人的诗学思想和诗歌特征进行了较为深入的研究。该书首先对后期西昆派诗人的身份特征进行了概括：后期西昆派成员多是朝廷高官，大多数博学多闻，在政治上不大支持"庆历新政"。接着对后期西昆派所处的复杂历史文化背景进行了考察，认为在真宗、仁宗两朝，士风发生转变，这种转变在仁宗朝尤其剧烈，科举亟须改革，盛世中包含着危机，统一夹杂着分裂，是一个变革时代。然后对后期西昆派诗人分组进行考察。最后得出结论：后期西昆派已不是严格意义上的诗派，它是前期西昆体的自然延续。它在中国古典诗歌史上由"唐音"到"宋调"的

---

① 程杰：《北宋诗文革新研究》，第43—49页。
② 祝尚书：《论后期"西昆派"》。
③ 周益忠：《西昆研究论集》，第58页。
④ 傅蓉蓉：《西昆体与宋型诗建构》，文汇出版社2004年版，第98—102页。

转变过程中，起到一个很重要的承流启变的作用。一个时代具有一个时代的诗歌，由于时代精神的改变，以及诗歌本身的发展，西昆体已走到了尽头。此外，张立荣《北宋前期七言律诗研究》、张明华《西昆体研究》等对于后期西昆派也有研究。

张兴武《两宋望族与文学》从"望族心态"的角度对西昆体的发展进行考察，认为西昆体诗人和后期西昆派诗人重视以颂美文字来张扬皇权，西昆体诗文的艺术特点是"望族"文化心理的直接展示。这些"望族"还在对三教兼用的态度上与皇帝保持一致，而与以复兴儒学为己任的石介、李觏等非"望族"人物形成鲜明反差。①

对后期西昆诗人的研究除了以上所述以外，还有许多专门针对个人的研究成果。②

---

① 张兴武：《两宋望族与文学》，人民文学出版社2010年版，第359—362页。
② 对晏殊的研究：何剑叶《沉寂中的酝酿——论晏殊诗及其在宋初诗歌发展中的地位》（《抚州师专学报》1995年第3期），刘乃昌《柳絮池塘淡淡风——浅议晏殊诗风》（《文学遗产》1998年第1期），邝健行《晏殊诗与西昆体》（《中国典籍与文化论丛》第五辑，2000年），王德明《晏殊的诗学思想及其影响》（《文学遗产》2002年第1期），吴功正《晏殊：富贵气象和清婉心态》（《南京社会科学》2003年第6期），段莉萍《北宋太平宰相晏殊的诗学思想》（《西南交通大学学报》2006年第4期），韩梅《试论晏殊诗》（《山东教育学院学报》2006年第6期），成纬《北宋太宗真宗两代朝廷文风导向之变迁——兼从晏殊诗论看后期西昆体与白体之互动》（载徐中玉、郭豫适主编《古代文学理论研究（第二十七辑）——中国文论的我与他》，华东师范大学出版社2009年版），谢琰《晏殊"富贵气象"新论》（《江淮论坛》2009年第3期），王秀云《论晏殊——宋诗典范的彗星》（中国古代文学理论学会第十八届年会论文，2013年8月，呼和浩特），王翠莲《晏殊诗文研究》（硕士学位论文，广西师范学院，2013年），连超凡《晏殊诗词比较研究》（硕士学位论文，福建师范大学，2013年），王佳琦《晏殊诗文研究》（硕士学位论文，江西师范大学，2013年）等。对夏竦的研究：贾先奎《论夏竦的应制诗》（《安康学院学报》2011年第2期），孙刚《夏竦应制诗研究》（《华北电力大学学报》2014年第1期），孙刚《夏竦帖子词研究》（《重庆师范大学学报》2014年第2期），段莉萍《北宋诗人夏竦的文学思想及其诗歌创作》（《乐山师范学院学报》2014年第7期），孙刚《夏竦诗歌题材的多样性与创作的过渡性》（《名作欣赏》2014年第17期），王珽《夏竦诗歌研究》（硕士学位论文，西南交通大学，2013年）等。对宋庠、宋祁的研究：谢思炜《宋祁与宋代文学发展》（《文学遗产》1989年第1期），段莉萍《从"体规画圆"到"自名一家"——试论宋祁的文学思想对创新精神的追求及其影响》（《乐山师范学院学报》2004年第1期），段莉萍《试论宋祁的文学思想及其影响》（《江汉论坛》2004年第2期），段莉萍《试论宋祁对"西昆派"文学思想的继承和发展》（《西南民族大学学报》2004年第2期），许菊芳《宋祁诗歌研究》（硕士学位论文，湖南科技大学，2007年），马俊《"二宋"研究》（硕士学位论文，扬州大学，2008年），任（转下页）

4. 革新派对西昆体的接受

曾枣庄先生总结了北宋诗文革新运动反对西昆体的概貌：真宗时期和仁宗初年，与西昆体代表作家同时的姚铉、陈从易、穆修从西昆体产生之日起即反对西昆体；仁宗朝的石介、尹洙、苏舜钦、梅尧臣、欧阳修等人登上文坛时，西昆末流已将西昆体带入末路，石介等人坚决反对西昆体；欧阳修及其门人曾巩、王安石、三苏将北宋诗文革新推向决定性胜利，当时西昆体已退出历史舞台，故他们能客观对待西

鹏利《宋祁与仁宗诗坛研究》（硕士学位论文，山东师范大学，2011年），许菊芳、黄彦伟《论宋祁诗歌的历史地位》（《天中学刊》2011年第4期），杨雪《宋庠诗歌研究》（硕士学位论文，华中师范大学，2012年），田园《宋庠及其诗歌研究》（硕士学位论文，山东师范大学，2013年）等。对胡宿的研究：陶文鹏《论胡宿的诗学观与诗歌创作》（《北京大学学报》2006年第1期），邓国军、曾明《诗学"活法"说不始于吕本中——兼论胡宿对西昆体的继承与突破》（《文学遗产》2009年第5期），李媛《胡宿及其诗歌研究》（硕士学位论文，河北大学，2010年），黄艳春《胡宿及其诗歌研究》（硕士学位论文，湘潭大学，2010年），曾明《胡宿诗学"活法"说探源》（《文学评论》2011年第2期），朱贝贝《胡宿研究》（硕士学位论文，华中师范大学，2012年），段莉萍《论北宋诗人胡宿的"平淡"诗观》（《重庆三峡学院学报》2012年第4期）等。对文彦博的研究：侯小宝、李寅生《文彦博与洛阳耆宿诗会略论》（《洛阳师范学院学报》2006年第3期），杜松柏《试论北宋文人文彦博的文学成就》（《宁夏大学学报》2010年第3期），张娜《文彦博交游与诗歌研究》（硕士学位论文，江南大学，2011年），李海舰《文彦博及其诗歌研究》（硕士学位论文，山东师范大学，2012年），李莉《文彦博诗歌的创作风格》（《忻州师范学院学报》2013年第6期）等；专著有侯小宝《文彦博评传》（四川大学出版社2010年版）。对赵抃的研究：段莉萍《从"工丽妍妙"到"清新律切"——试论北宋中期诗人赵抃的诗风变化》（《求索》2004年第4期），赵润金《赵抃是开宋调诗人群之一》（《中国韵文学刊》2008年第3期），赵润金《赵抃诗歌研究》（硕士学位论文，湘潭大学，2008年），彭清宜《赵抃入蜀及蜀中诗歌创作研究》（硕士学位论文，四川师范大学，2012年），田苗华《赵抃及其诗歌研究》（硕士学位论文，吉林大学，2013年）等。对蔡襄的研究：陶文鹏《蔡襄：北宋前期的七绝高手》（《中国文化研究》2003年冬之卷），林晓玲《蔡襄诗歌研究》（硕士学位论文，漳州师范学院，2009年），林晓玲《蔡襄的文学主张及其诗歌创作》（《北京化工大学学报》2011年第3期），刘本艳《蔡襄诗歌研究》（硕士学位论文，山东师范大学，2011年），李娜《蔡襄诗歌研究》（硕士学位论文，鲁东大学，2012年）等。对余靖的研究：韦编《余靖在北宋诗歌革新运动中的非凡贡献》（《韶关大学韶关师专学报》1991年第3期），谭子泽《余靖诗述评》（《韶关大学学报》2000年第6期），张海鸥《余靖诗学及其诗之通趣》（《文学遗产》2001年第4期），杨华荣《余靖诗歌研究》（硕士学位论文，暨南大学，2013年）等。对于王珪、王琪等人的研究较少，现有谷曙光《论王珪的"至宝丹"体诗》（《文学遗产》2005年第5期），蔡力君《花蕊夫人宫词与王珪宫词比较研究》（硕士学位论文，陕西师范大学，2014年），段莉萍《试论宋代华阳才子王琪的文学成就》（《地方文化研究辑刊》第三辑，2010年）等。

昆体。①

(1) 姚铉、穆修、石介

曾枣庄先生认为,姚铉未明确提到西昆体,但其《唐文粹》中不取四六、不取近体,反对声律,提倡古道,他对西昆体的态度也体现在其中。②《宋代文学通论》中说,穆修诗文成就不高,但其逆世独立提倡韩柳文章的行为,无疑对二苏兄弟有影响。③

不过,姚铉与穆修的实际创作与其文学主张有差距。钱锺书先生说穆修的诗近于西昆。④张立荣认为姚铉和穆修的七言律诗创作仍属于西昆体格局。⑤

现代学者对石介抨击西昆体的评价都不甚高。程千帆先生认为《怪说》似泼妇骂街,效力甚微。⑥曾枣庄先生认为石介将西昆体风靡文坛的原因归于杨亿身上的偶然因素,这点难以令人信服。⑦张立荣认为石介对西昆体和宋代新文风建设表现得"'破'有余而'立'不足"⑧。另外,马德富先生认为,石介的《怪说》不专针对杨亿,而是针对西昆后学。⑨

(2) 欧阳修、梅尧臣对西昆体的继承

"没有西昆派的开创与积累,也就不会有后来诗文革新派的成就业绩。"⑩欧阳修等革新派诗人对西昆体是有所取的。欧阳修早期作品中有模仿西昆体的诗,但是没有西昆体堆砌的弊病。⑪欧阳修诗中

---

① 曾枣庄:《论西昆体》,第374页。
② 曾枣庄:《论西昆体》,第376页。
③ 王水照主编:《宋代文学通论》,第93页。
④ 钱锺书:《谈艺录》补订本,中华书局1984年版,第302页。
⑤ 张立荣:《北宋前期七言律诗研究》,第219页。
⑥ 程千帆:《西昆诗派述评》。
⑦ 曾枣庄:《论西昆体》,第385页。
⑧ 张立荣:《北宋前期七言律诗研究》,第221页。
⑨ 马德富:《北宋诗歌革新的再认识》,《成都大学学报》1986年第1期。
⑩ 黄宝华、文师华:《中国诗学史·宋金元卷》,鹭江出版社2002年版,第47页。
⑪ 吴小如:《西昆体平议》。

"婉丽雄深"的一体与西昆体有相近之处。① 欧阳修早年诗有西昆体痕迹。② 欧阳修反对的是西昆体浮艳诗风，对其写诗技巧中有益的部分则有所吸收。③ 欧阳修等革新派诗人在西京幕府中与西昆体诗人的关系较为缓和，能够合理看待西昆体，而非如石介一般激烈。④ 欧阳修对于西昆体"用故事"者的学习主要见于早期，进士及第后，这样的学习逐渐减少，其集中"不用故事"实亦学习西昆技法的作品则非常多，欧阳修以西昆体的技巧为基础，然后变化发展、自成一家。⑤

同样，梅尧臣诗歌也受到西昆体影响。梅尧臣早年受西昆体影响，所以在他独特的平淡诗风中，能够平淡中有情韵而不枯槁。⑥ 欧、梅诗对立意的重视以及思绪的深邃，更接近西昆体而非白体和晚唐体。⑦ 如果没有西昆诗人对"以才学为诗"的强化，单凭晚唐体也孕育不出梅尧臣诗歌"平而不俗、淡而不薄、思理兼备、骨肉匀亭"的风格。⑧

有人注意到欧、梅实际上是受后期西昆派诗风的影响。程杰先生认为，欧、梅等人在钱惟演幕下唱和时，其清雅细婉的诗风与真宗、仁宗之际后期西昆派诗人的作品风格相统一。⑨ 马东瑶先生也认为，梅尧臣西京唱和时期的清丽风格受到后期西昆派诗风影响，他的诗风与钱惟演、晏殊清雅的诗风相近。⑩

---

① 曾枣庄：《论西昆体》，第388页。
② 马东瑶：《论北宋庆历诗风的形成》，《文学遗产》2002年第2期。
③ 李德身：《论欧梅诗派》（上），《连云港教育学院学报》1998年第2期。
④ 张立荣：《北宋前期七言律诗研究》，第225页。
⑤ 张明华：《西昆体研究》，第295—299页。
⑥ 马东瑶：《论北宋庆历诗风的形成》。
⑦ 秦寰明：《西昆体的盛衰与宋初诗风的演进》。
⑧ 傅蓉蓉：《西昆体与宋型诗建构》，第112页。
⑨ 程杰：《北宋诗文革新研究》，第49页。
⑩ 马东瑶：《论北宋庆历诗风的形成》。另外，关于欧阳修对西昆体的肯定以及其早期诗歌对西昆体的学习，还可参看严杰《欧阳修诗歌创作阶段论》（《文学遗产》1998年第4期），张小燕、刘德清《出入西昆 走近宋调——浅谈欧阳修早期诗歌创作》（《井冈山学院学报》2006年第4期），田甘《欧阳修肯定西昆体及其意义》（《赣南师范学院学报》2009年第2期），刘越峰《欧阳修对"西昆体"态度辨析——兼论后期西昆作家创作风格的蜕变》（《宝鸡文理学院学报》2009年第5期）等文章。

实际上不止欧、梅，革新派其他诗人也同样受西昆体影响。马东瑶先生认为，蔡襄律诗有西昆风格，石延年诗体现了由西昆体向宋调新风格的转变痕迹。①

（3）欧阳修、梅尧臣、苏舜钦等对西昆体的改革

已有人注意到，欧阳修等人对待西昆体诗和西昆体骈文的态度有区别。欧阳修并未指责杨亿、刘筠等人的诗，他只是反对西昆体诗人的时文。②欧阳修否定西昆后学为科举考试而作的时文，对杨、刘、钱等西昆体诗人表示尊重和肯定。③也有人将欧阳修等人对待西昆体诗人和西昆体模仿者的态度区别开来。程千帆先生认为，欧阳修不同于石介之处，在于欧阳修的攻击只针对西昆体末流，而他相当尊敬西昆体首领。④

当然，欧阳修等人还是主要以西昆体反对者的面目出现的。程千帆先生认为，石介的《怪说》根本没有什么效力，梅尧臣、苏舜钦等创作反西昆体的诗篇才最厉害，欧阳修与石介一样尊韩反西昆，其立场都是文以载道的思想。⑤马东瑶先生指出，西昆体在内容和艺术上已露出宋诗的端倪，但革新派诗人意识到了西昆体的不足，所以他们在受西昆体影响时，已在探索和追求新的诗风，庆历年间，革新派诗人各自的诗风和革新派整体的诗风都已形成，初步奠定了宋调基础。⑥

关于欧阳修等人在哪些方面对西昆体进行改革，有不同的说法。有人认为主要是在内容上：与晏殊等人未对西昆体的思想内容进行多大改革相反的是，欧阳修等人矫正宋初诗派主要不是形式，而是在内容上；⑦欧、梅反对杨、刘、钱等人在诗歌中反映自己的不幸的

---

① 马东瑶：《论北宋庆历诗风的形成》。
② 田耕宇：《论西昆诗盛衰因由》。
③ 张立荣：《北宋前期七言律诗研究》，第225页。
④ 程千帆：《西昆诗派述评》。
⑤ 程千帆：《西昆诗派述评》。
⑥ 马东瑶：《论北宋庆历诗风的形成》。
⑦ 杨旭辉：《欧阳修与西昆体——兼论宋初诗坛概况》，《湛江海洋大学学报》2003年第5期。

行为。① 有人认为形式与思想内容兼而有之：革新派诗人"针对西昆体词藻华艳、句式凝滞、意象繁密、语意晦涩而思想浮泛、气骨不存的弊病，便在散文化的朴素词语、通畅句式、疏淡意象、清晰语意和议论化的思想深刻、专主气格诸方面下功夫"②。有人认为欧、梅对西昆体的改革也是为改变诗学审美风气：傅蓉蓉先生认为，诗歌对于杨、刘等人更多是"羔雁之具"或智力游戏，晏殊则始终认为诗是一种文人清玩，欧、梅则要将诗歌作为体现士人持节和自励的操守的载体；梅尧臣以为宋代以来的晚唐体和西昆体诗人们将诗当作一种游艺，所以以巧取好；欧阳修主张取法韩愈，是要将诗人们从因模仿李商隐而拘束于格律、典故的困境中解放出来，这与宋祁等后期西昆派诗人的观点相合；杨亿和欧阳修都十分重视诗中体现出来的作者的才情，欧、梅变昆在于改革诗学审美风气，在技巧层面上他们对西昆体多有取法。③

有论者从诗歌体裁的角度对欧、梅、苏等人改革西昆体进行研究。苏舜钦和苏舜元以古体诗改变近体诗风靡的格局，稍后的梅、欧等人在西京幕府中唱和，写作古体诗。④ 欧、梅、苏等人的"古歌诗杂文"，对诗坛上的七律创作有冲击作用。⑤ 苏舜钦和京东士人群的诗以古体诗为主。⑥ 诗文革新运动在诗歌方面对西昆体的改革在某种程度上也是古体诗对近体诗的革命。⑦

还有论者指出，欧、梅的诗风改革，不仅针对西昆体。杨旭辉先生认为，梅尧臣所反对的，是当时流行的歌颂升平、诗酒酬唱，欧、梅所反对的，包括"宋初三体"的弊端，而非只针对西昆体。⑧ 马德

---

① 张明华：《西昆体研究》，第 302 页。
② 李德身：《论欧梅诗派》（上）。
③ 傅蓉蓉：《西昆体与宋型诗建构》，第 107—116 页。
④ 王水照主编：《宋代文学通论》，第 93 页。
⑤ 张立荣：《北宋前期七言律诗研究》，第 164 页。
⑥ 张立荣：《北宋前期七言律诗研究》，第 222 页。
⑦ 张立荣：《北宋前期七言律诗研究》，第 226 页。
⑧ 杨旭辉：《欧阳修与西昆体——兼论宋初诗坛概况》。

富先生也认为,欧、梅、苏乃是针对晚唐和五代以来的形式主义、"意熟词陈"的诗风。①

欧、梅、苏等人对于西昆体的改革,有其各自的特点。梅尧臣以平淡浑朴来改革西昆体的险怪雕琢,苏舜钦以雄健豪放来改革西昆体的纤巧妍华。② 梅尧臣以其平淡诗风来对抗西昆体的藻丽,梅尧臣和苏舜钦以自己新的诗风对抗西昆体,而在文论上建树不大。③

有论者注意到,欧、梅等人对西昆体的改革,也受到西昆体诗人群内部的影响。在《西昆酬唱集》被朝廷下诏打压后,前期西昆体诗人钱惟演即对自身审美倾向进行了调整,得益于他兼容并包的风度,欧阳修在以钱惟演为首的文人集团中开始学习古文和作古诗。④

5. 北宋中后期西昆体的接受

学界对这一阶段西昆体的接受研究,主要着眼于王安石、苏轼、黄庭坚等人。西昆体的使事用典,由后期西昆派流传下来,在王、苏、黄手中发展到纯熟精湛,成为宋调的显著特色。⑤ 西昆体的互文手法,经过欧、梅、苏舜钦,至苏、黄大行,西昆体最终融入宋诗洪流之中。⑥

(1) 王安石、苏轼

王安石在其早期激烈地反对西昆体。⑦ 但他的诗,大量用典,讲究学问,其晚年诗歌的对仗和文字皆属精工,还有细密的技巧并好用叠字,这样的特点在欧、梅等人诗中不多见,在西昆体中却常见。⑧ 他早年长于西昆体诗赋,中年以后批判和打击西昆体,不过其晚年创作的"半山体"诗,与其早年学习西昆体、有较高艺术修养有关,

---

① 马德富:《北宋诗歌革新的再认识》。
② 柏年:《论欧阳修的诗歌与宋诗风格的形成》,《重庆师院学报》1990 年第 3 期。
③ 曾枣庄:《论西昆体》,第 380—381 页。
④ 吴大顺:《论欧梅诗派及其发展历程》,《湖南社会科学》2011 年第 2 期。
⑤ 吕肖奂:《宋诗体派论》,第 39 页。
⑥ 慈波:《〈西昆酬唱集〉与宋诗演进》。
⑦ 王水照主编:《宋代文学通论》,第 100 页。
⑧ 秦寰明:《西昆体的盛衰与宋初诗风的演进》。

"半山体"在工巧的基础上力求复归自然,与西昆体的破碎和生涩有所不同。① 曾枣庄先生则认为,王安石用昆体功夫来纠正诗文革新中产生的"清囷倒廪,无复余地"之弊。②

苏轼、苏辙兄弟对于杨亿都深表仰慕③,对西昆大家的人品和诗歌都有所肯定④。笔者认为,在创作上苏诗喜使事用典、讲究辞藻、对偶精工、善于咏物、学习李商隐诗等特征,是苏轼受西昆体影响的结果。在诗学思想上,苏轼"绚烂之极,乃造平淡"的观点是由对西昆体等诗歌遗产的接受和学习而得出的认识,其重视学问积累的诗学思想也与西昆体的影响有关。⑤

(2) 黄庭坚和江西诗派

黄庭坚学习西昆体这种观点,已为学术界大多数人所认同。"西昆体亦与山谷暗结夤缘,特山谷讳之……考山谷初年,犹得及西昆余势,无意中受其渐染,而终身不能摆脱净尽也。"⑥ 黄庭坚"不废西昆",与西昆体有"微妙关系"。⑦ 黄庭坚"多多少少继承了西昆衣钵"⑧,"黄庭坚也同样受到昆体影响"⑨,"精严组织开山谷,深婉风神近玉溪。莫道杨刘无影响,西昆一脉到江西"⑩,"江西诸公有得于西昆者"⑪,西昆体影响了江西诗派的诸多诗学观念,从西昆体至江西诗是从最具宋调的唐音到成熟的宋调的转变。⑫ 黄庭坚继承西昆体之互文方法,但又在技巧上追求突破,以期达到"不烦绳削而自合"的

---

① 张明华:《西昆体研究》,第311—323页。
② 曾枣庄:《论西昆体》,第391页。
③ 曾枣庄:《论西昆体》,第390—391页。
④ 张明华:《西昆体研究》,第328页。
⑤ 段莉萍:《论苏轼对西昆体的接受》,《西南民族大学学报》(人文社会科学版)2015年第8期。
⑥ 梁昆:《宋诗派别论》,第83页。
⑦ 游国恩:《论山谷诗之渊源》,《游国恩学术论文集》,中华书局1989年版,第432页。
⑧ 吴小如:《西昆体平议》。
⑨ 秦寰明:《西昆体的盛衰与宋初诗风的演进》。
⑩ 郑骞:《论诗绝句》,转引自周益忠《西昆研究论集》自序。
⑪ 周益忠:《西昆研究论集》,第66页。
⑫ 傅蓉蓉:《西昆体与宋型诗建构》,第123页。

境。①

王镇远先生认为，西昆体与江西诗在效法杜甫和讲究用典、对仗、字句锻炼上相同。② 木斋先生以杨亿的《夜怀》诗为例，认为其中有江西诗的消息。③ 周益忠先生认为江西诗派"夺胎换骨""点铁成金"等与西昆体的用事精巧有联系，而又对之有所改进，黄庭坚"平淡而山高水深"的工夫，重在吸收西昆体之包蕴密致、对偶亲切时却不死于句下。④ 傅蓉蓉先生认为，由于李商隐和唐彦谦这两个西昆体和黄庭坚共同的效仿楷式，为黄庭坚接受杨亿的诗学思想打下了心理基础，黄庭坚由学李、唐进而学杜，难免要受到西昆体潜移默化的影响，如重视学问、重视推敲锻炼等，但是黄庭坚又在重视挺特的人格理想、研炼与自然相结合、注重拗体、追求剥落文采等方面，跳脱了西昆体的藩篱。⑤ 曾枣庄先生甚至指出，以昆体功夫纠正北宋诗文革新的负面效果，在黄庭坚和江西诗派身上表现得尤其明显。⑥ 张明华先生认为黄庭坚学习西昆体的使事用典而又加以变化，吸收使事用典带来的含蓄蕴藉的优点，又不使之影响诗句的流畅。⑦

不过莫砺锋先生认为黄庭坚在音调的和谐圆熟和无病呻吟等方面反对西昆体，其峭拔的拗体的写作，主要针对西昆体；在黄庭坚的时代，欧、梅等人已经清除了西昆体在思想内容上对诗坛的影响，他面对的是西昆体在艺术方面的不良影响；黄庭坚对西昆体音调上和谐圆熟的矫正，是欧、梅等人领导的诗文革新的继续和补充；另外，他避免了西昆体的无病呻吟，又借鉴西昆体的语言精美。⑧

关于黄庭坚受西昆体影响，张明华先生有独到的分析。他认为黄

---

① 慈波：《〈西昆酬唱集〉与宋诗演进》。
② 王镇远：《西昆体与江西派》，《西南师范学院学报》1984年第3期。
③ 木斋：《宋诗流变》，第66页。
④ 周益忠：《西昆研究论集》，第62页。
⑤ 傅蓉蓉：《西昆体与宋型诗建构》，第123—133页。
⑥ 曾枣庄：《论西昆体》，第393页。
⑦ 张明华：《西昆体研究》，第340—342页。
⑧ 莫砺锋：《江西诗派研究》，齐鲁书社1986年版，第39—44页。

庭坚一方面受西昆体很大影响,另一方面其开创的江西诗派又结束了西昆体的影响。①

6. 南宋和金元时期西昆体的接受

目前对南宋西昆体接受的研究较少。张福勋先生认为陆游批评了西昆体违背作诗宗旨,显得雕琢和生硬,又认为陆游肯定了西昆体诗人作诗讽谏的行为。② 曾枣庄先生认为陆游以《宣曲》咏刘、杨二妃事的判断靠不住,应是杨亿等人暗讽真宗临幸乐伶丁香。③

金代王若虚曾批驳朱弁所谓黄庭坚"用昆体工夫而造老杜浑成之地"的说法,曾枣庄先生认为王若虚是说用昆体功夫不能达到老杜浑全之地,没有否定黄庭坚用昆体功夫;曾先生根据方回《瀛奎律髓》中所选西昆体诗歌的数量以及对之的肯定,认为方回较为重视西昆体。④

7. 明清时期西昆体的接受

明清时期对西昆体的接受成果非常少,仅有一篇:傅蓉蓉《从对"西昆体"的接受看清代"唐宋诗之争"》⑤。该文认为西昆体是唐型诗向宋型诗转化过程中的一个枢纽。清初对于明诗传统的反动使得对中晚唐诗的发现与认同成为诗坛主流,虞山诗派因为爱好李商隐、温庭筠诗而认同西昆体。而清初"经世致用"的文化观念又促使清人重新认识宋诗,吴之振《宋诗钞》代表宋诗在清代的崛起,但大约吴之振以西昆体为唐型诗的余韵,所以《宋诗钞》未选西昆体诗。她认为,清代的宗唐派和宗宋派都将西昆体视为唐诗余脉,因此清代对西昆体的褒贬都建立在批评者宗唐或宗宋的基础之上。清代中叶,唐宋诗之争在一定程度上得到消弭,"尊宋祖唐"成为共识,因此批评者能用更理性通达的眼光评判西昆体。从叶燮到薛雪、翁方纲,意在为

---

① 张明华:《西昆体研究》,第334—335页。
② 张福勋:《陆游谈"西昆"体》,《包头教育学院学报》1990年第1期。
③ 曾枣庄:《论西昆体》,第9页。
④ 曾枣庄:《论西昆体》,第395页。
⑤ 傅蓉蓉:《从对"西昆体"的接受看清代"唐宋诗之争"》,《作家》2008年第10期。

西昆体于唐宋诗转型的过程中觅得一个关键位置。清人对西昆体的接受，可视为清代诗学观念更迭的缩影。

8. 西昆体接受史整体研究及其他

关于西昆体接受史整体研究方面的成果，目前仅有两篇。白贵、高献红《西昆体诗之传播与接受》[①] 和管大龙《西昆体诗歌接受研究》[②]。

白贵、高献红《西昆体诗之传播与接受》主要论述了西昆体在宋初诗坛形成气候和广泛传播的原因。该文认为早在西昆唱和之前，杨亿、刘筠、钱惟演即已开始了此种风格的创作。西昆体始于太宗末至道年间，成于真宗朝景德、大中祥符年间。前一阶段西昆体诗的传播范围有限，后一阶段达到高潮。西昆体之所以能广泛传播，一则因为传播者具有政治高位的传播优势，二则由于西昆体扫除了五代以来诗坛上的芜鄙之气，易为人所接受。西昆诸家的唱和，直接导致了群体传播，而这种"群体优势"有力地推动了诗风之变革。从社会需求上讲，以"尤精雅道，雕章丽句"为艺术指向的西昆体，符合宋初形成的以富贵为美的审美风尚和对形式美的追求。另外由于宋初词坛的冷清，以专喜言情的李商隐为学习对象的西昆体的出现，作为文士骋情展意的载体，引发了文人士大夫的喜爱与仿效。

管大龙《西昆体诗歌接受研究》一文比较系统地梳理了西昆体自宋至清的接受情况。然而，其文中诸多观点和材料，实则早已见于段莉萍《后期"西昆派"研究》、傅蓉蓉《西昆体与宋型诗建构》、张明华《试论欧梅诸人的近体诗对西昆体的继承和改造》等著作论文中，故其学术上的创新性有待商榷。

涉及西昆体其他方面的研究，这里简略提及一下。程千帆先生认为由于西昆体学习李商隐，使得李商隐的遗作在宋代被大量发现。[③] 又有论者认为，宋代对西昆体的丽藻、用典的评价有赞扬其丰富藻丽、

---

① 白贵、高献红：《西昆体诗之传播与接受》，《河北大学学报》2009年第3期。
② 管大龙：《西昆体诗歌接受研究》，硕士学位论文，安徽大学，2009年。
③ 程千帆：《西昆诗派述评》。

批判其过于秾丽、称赞西昆诗人博学、批判其堆垛等不同的评价，是文学批评标准的问题，而《珊瑚钩诗话》中"如杨大年西昆体，非不佳也，而弄斤操斧太甚"之语，是以传统审美趣味审视西昆体的代表。① 而张明华先生则认为西昆体诗人好谈论诗歌的风气以及他们的西昆体创作与宋代诗话的产生之间有极为密切的关系。②

综观上述学界对西昆体接受史的已有研究，我们发现西昆体接受史研究有以下值得开拓和改进之处：

第一，目前的研究主要集中于北宋，南宋和金元时期的研究较少，明清时期就更少了。所以对于西昆体在南宋、金元、明清时期的接受研究，是本课题的重要着力点。在研究过程中，可以借鉴前人对北宋时期的研究角度和方法，力求研究得准确完善。

第二，虽然西昆体接受史在北宋的研究比较充分，但还存在诸多问题：如对西昆体与科举的关系，还缺乏更深入的考察，关于西昆体对科举诗赋的影响，没有具体的分析，多主观推测之论；再如人们研究西昆体，有时将西昆体诗歌与杨、刘等人的其他诗歌混合起来，这是有问题的，虽然《西昆酬唱集》中的诗歌与杨、刘等人的其他诗歌有共同之处，但西昆体诗歌是专指《西昆酬唱集》中的诗歌，他们有较为统一的艺术特色，与杨、刘等人的其他诗歌相比，无论在内容上还是风格上，特点都非常鲜明，而且其影响也比杨、刘其他诗歌大得多；另外还有将后人对西昆诗、文的评论混合处理的情况。这些问题都需要在进一步的研究中加以解决。

第三，目前对西昆体接受的研究，常拘限于单线的文学发展史，或认为西昆体流行时期，诗坛上只有西昆体，或认为欧、梅等人的诗文革新，一定是针对西昆派，而忽视了文学发展史中众多文学现象同时存在的客观情况，文学史的研究，沦为简单的猜测与想当然。本课题在研究过程中，力求结合学界目前的学术成果，分析历史材料，还

---

① 王水照主编：《宋代文学通论》，第86—87页。
② 张明华：《西昆体研究》，第345—356页。

原历史的真实面貌，在此基础上处理西昆体接受的问题。

第三节　本课题的研究意义

研究西昆体接受史，对于西昆体研究乃至于中国诗歌史的研究，都具有重要的学术意义和价值：

第一，西昆体是"宋初三体"中最重要的诗体，它处于中国诗歌史上唐音向宋调转型的关键时期，是宋人向唐诗学习的产物，又是宋诗的先行之一，这决定了西昆体的复杂性。西昆体对于宋诗的形成有重要作用，有其独特的诗史地位，但由于西昆体的复杂性，宋金元时期的诗人看待西昆体，较之看待其他诗风，态度更加复杂暧昧，这影响到明清以降乃至现当代对西昆体的研究，形成了人云亦云、只看到西昆体某一方面特点的状况，对于西昆体的研究不利，因此影响到整个宋（金）元明清诗史甚至诗歌通史的研究。西昆体接受史研究旨在厘清宋（金）元明清时期人们对西昆体的理论批评、诗歌创作所受西昆体的影响，提供较为翔实全面的古人对西昆体的接受情况的分析，认清宋（金）元明清诗学背景下西昆体的诗学史价值，对于今天的宋（金）元明清诗史和诗歌通史研究，具有重要意义。

第二，研究西昆体接受史，能够整合当前的西昆体研究成果。随着宋诗研究的深入，西昆体的研究也逐渐升温，现在西昆体研究已有六本专著出现，还包括大量的单篇论文、学位论文，这样成果各有侧重，并且从西昆体研究逐渐延伸到"后期西昆派"的研究，越来越多诗歌具有西昆风貌的诗人进入研究视野。研究西昆体接受史，首先要吸收西昆体的研究成果，才能更好地把握接受史。在此基础上，为后来之研究提供可靠的间接经验。

第三，研究宋元明清时期对西昆体的接受，有助于我们依据不同诗人和诗派对西昆体的接受态度，梳理其诗学渊源。对西昆体这种创作特点鲜明的接受对象来说，历代对西昆体诗歌的不同评价主要反映为对"多用故事、讲求对仗、文字浓丽奇艳"等诗歌创作取向的体认和接受历程。研究西昆体诗歌的接受史，很大程度上就是研究中国传统诗歌发展过程中对"用事、求工、浓艳"的审美范型接受史。

第四，西昆派作为一个诗歌流派，堪称"命途多舛"，然而"经典的成立并非取决于某一权威某一时的取舍，而应获得大多数人在长久时间里的不断赞赏"[①]。西昆体在不同时代，学者对其不同看法以及其声誉显晦升降的背后，反映出的正是时代审美风气和接受者期待视野的转移和变化。笔者研究其在明清的接受状况，具体分析接受群体的独特构成，深入探讨其声誉显晦升降背后的原因，这有助于我们从特定侧面揭示不同时代的审美风气和接受群体的期待视野，也为对西昆体的进一步阐释史考察和文本意蕴的历史阐释奠定基础。[②]

第五，目前学界尚未对西昆体接受情况进行全面深入系统的研究，特别是南宋、金元、明清时期仅有零星篇章涉及，因此，我们在这里对西昆体在宋（金）元明清时期接受史的研究具有很大的学术原创性。它不仅能够促进学界对西昆体的深入研究，而且对于重新审视唐宋诗歌的特性及中国古典诗歌后半段不同时期诗学观念及其发展走向有着重要的价值和意义。

---

① 陈文忠：《接受史视野中的经典解读》，《江海学刊》2007年第6期。
② 本段所用理论，参见陈文忠《接受史视野中的经典解读》。

第一章

北宋前期对西昆体的接受

  本书所说的北宋前期，是指从《西昆酬唱集》结集成书的大中祥符元年（1008），大致到欧阳修主持科举考试的嘉祐二年（1057）。"大致"到嘉祐二年，一是因为欧阳修在这一年改革科举，对于广大举子后来的诗风文风都有影响，但是因为材料的缺乏，对于西昆体接受的影响又难以论得仔细；二是因为这场科举考试选拔出来的人才，对宋代文学的影响非常大，但这种影响又非朝夕之事；三是因为欧阳修对诗文的革新在这场考试之后仍然没有停止。大多数文学史将这一场科举视为宋代文风转换的关键，故本书亦取之，大概以之为限而已。[①] 这段时间文坛情况较为复杂，一是《西昆酬唱集》成书之后，西昆体风行海内；二是以石介为首的文人对杨亿等人的攻击；三是穆修、姚铉等人在散文方面对时文的批判；四是以欧阳修等人为主的革新派在诗文两方面对太学体、西昆体等诗风文风的改革；五是宋初以来白体、晚唐体的继续流行；六是政治斗争波及文坛，影响到文学的发展。因此西昆体在这一时期的接受，呈现出纷繁复杂的态势。

---

  ① 曾枣庄先生认为，嘉祐二年的科举考试是贯穿了宋代历史发展过程、对后世产生深远影响的一个时间节点，这一科的进士多为"神宗、哲宗两朝的文化精英"，许多大文学家、变法人物和理学干将都在其列，"嘉祐二年的考官和进士的诗、词、文，都成了南宋、元、明、清学习的典范"，因此，就宋代文学史和思想史来说，嘉祐二年的贡举是一个重要的时间节点。曾枣庄：《文星璀璨的嘉祐二年贡举》，《北京大学学报》（哲学社会科学版）2010 年第 1 期。

第一节　参加西昆唱和的诗人及后期西昆派诗人对西昆体的疏离及其原因

一　参加西昆唱和的诗人对西昆体的疏离

西昆体最早、最为直接的接受者，就是参与西昆唱和的诗人。因为一旦西昆唱和开始，参与唱和的诗人就接触了以杨亿为主写作的、未来要收入《西昆酬唱集》中的诗歌，这就是曾枣庄先生所说的"至迟在辑集之前三年这种诗风已经存在"①。而大多数其他接受者，则需在《西昆酬唱集》成书以后，才能读到其中内容。因此，西昆体接受史应该从参与西昆唱和的诗人写起。

（一）杨亿

杨亿今存诗，主要见于《武夷新集》和《西昆酬唱集》。《武夷新集》收录了他咸平元年（998）至景德四年（1007）十年之间所作的诗文，其中诗五卷。《西昆酬唱集》中所收杨亿诗歌，起于景德二年（1005），迄于大中祥符元年（1008）。②据此，《武夷新集》中的诗有一部分是杨亿参加西昆唱和的同时所作。根据李一飞先生《杨亿年谱》，这一部分诗当包括③《送章顿寺丞之巴陵》《表弟廷评章得象知信州玉山县》《梁大谏自凤翔乞留台寄诗言志次韵酬之》《元奉宗宰绩溪》《吴待问之蒙城簿》《从叔郎中知潭州》《奉和御制南郊七言六韵诗》《书怀寄刘五》（以上诗歌系于景德二年），《寄刘秀州》《密直任学士知益州》《建溪十韵并序》《晏殊奉礼归宁》《明德皇太后挽歌词五首》（以上诗歌系于景德三年）。④我们从这些诗中可以看出，虽然

---

① 曾枣庄：《论西昆体》，第43页。
② 《西昆酬唱集》中诗起讫时间据曾枣庄《论西昆体》，第14—33页。
③ 祝尚书先生认为《受诏修书述怀感事三十韵》"是否《新集》所原有，尚值得研究"。参见祝尚书《宋人别集叙录》卷2，中华书局1999年版，第78页。故本书不将此诗纳入杨亿在参加西昆酬唱期间的《西昆酬唱集》以外作品。
④ 参见李一飞《杨亿年谱》，上海古籍出版社2002年版，第133—155页。另，《年谱》于景德四年未系《武夷新集》中诗。

杨亿是西昆唱和的主帅，但其《西昆酬唱集》外之诗与《西昆酬唱集》内之诗也有差距：

  浈阳从事有嘉声，外计封章荐姓名。再命便为千室宰，于飞又出九重城。腰悬铜墨才犹屈，吟对江山思转清。楚客十年偏遂意，秋风满筯紫莼羹。（《送章顿寺丞之巴陵》）①
  风波名路壮心残，三径荒凉未得还。病起东阳衣带缓，愁多骑省鬓毛斑。五年书命尘西阁，千古移文愧北山。独忆琼枝苦霜霰，清樽岁晏强酡颜。（《书怀寄刘五》）②
  垂髫婉娈便能文，骥子兰筋迥不群。南国生刍人比玉，梁园修竹赋凌云。堵墙看试三公府，反哺知干万乘君。赐告归宁来别我，亭皋木叶正纷纷。（《晏殊奉礼归宁》）③

  此三诗较之《西昆酬唱集》中杨亿的作品境界为宽，诗意明朗，辞藻色淡，虽用典而不僻。如方回谓《书怀寄刘五》为"昆体之平淡者"④，换一个说法，就是这首诗不算典型的西昆体。
  由于杨亿在景德四年（1007）以后所作诗亡佚殆尽，我们不能直接将之与《西昆酬唱集》中的杨亿诗进行比较，不过他参加西昆唱和时所作的《西昆酬唱集》外诗尚有不全类西昆体者，西昆唱和以后的诗歌情况亦可推而知之。清人梁章钜曰："昆体特文公之一格，《武夷新集》具在，未尝尽如《西昆》。"⑤结合以上分析，可知即使在杨亿，《西昆酬唱集》中的诗歌也有其独特性，这种风格并未贯穿其创作生涯的始终。
  （二）刘筠
  咸平五年（1002），诏杨亿试选人校勘太清楼书，杨亿取刘筠第

---

① 北京大学古文献研究所编：《全宋诗》卷119，北京大学出版社1991年版，第1381页。
② 北京大学古文献研究所编：《全宋诗》卷119，第1384页。
③ 北京大学古文献研究所编：《全宋诗》卷119，第1388页。
④ （元）方回选评：《瀛奎律髓汇评》卷6，第260页。
⑤ 转引自（宋）杨亿编《西昆酬唱集》祖之望序，《浦城遗书》本。

一。对刘筠来说，杨亿算是对他有知遇之恩，故刘筠与杨亿关系较近。从《西昆酬唱集》中的唱和作品来看，刘筠实为杨亿之辅佐。如杨亿首唱的《受诏修书述怀感事三十韵》《赤日》《前槛十二韵》《洞户》《译经光梵大师》《刘校理属疾》《即目》《李舍人独直》《无题二首》《偶怀》《直夜》《樱桃》《暑咏寄梅集贤》《偶作》，都只有刘筠和作；刘筠首唱的《萤》，也只有杨亿和作；杨亿首唱的其他诗，刘筠则基本上都有和作①。二人的亲密关系，由此可见一斑。除《西昆酬唱集》中作品外，刘筠其他诗歌也有极似西昆体者，如《中秋馆宿》：

> 余欢惊社过，独直奈宵长。月向蓬山满，风来桂殿凉。睡轻同警鹤，吟苦伴啼螀。耿耿迷遥思，残星下建章。②

此诗写寓直时感闻，用典下字，酷有昆体风格。而当刘筠走出宫殿，其诗得江山之助时，风格便趋于清新。据田况《儒林公议》载：

> 天禧末，真宗圣躬多不豫，丁谓当国，恣行威福。时刘筠在翰林，守正不为阿附，谓深嫉之。筠乃求出为郡，止授谏议大夫守庐州。筠拜章，求兼集贤院学士，谓沮之不与。筠舟行至淮上，遇水暴涨，作诗云："行行极目天无柱，渺渺横流浪有花。客子方思舟下碇，阴虹自喜海为家。村遥树列晴川荠，岸阔牛分触氏蜗。鸢啸风高诚可畏，此情难谕坎中蛙。"识者美其忧思之深远焉。谓败，复召入翰林，为学士，以诗别同僚云："一辞銮署忝英藩，两见黄华媚翠樽。政懦每怜民若子，岁丰还喜稻成孙。离愁且饮贤人酒，密对须求长者言。入奉清朝咸一德，晨趋岂叹鬓霜繁。"③

---

① 据（宋）杨亿编，王仲荦注《西昆酬唱集注》。
② 北京大学古文献研究所编：《全宋诗》卷112，第1285页。
③ （宋）田况：《儒林公议》卷下，中华书局2017年标点本，第98—99页。

当浓郁的情思与雄阔的山水风景代替了馆院阁寮的寂静安闲时，诗歌的意境便转而开阔，字斟句酌的刻画与辞藻色彩的浓重，让位于勃郁诗思的喷涌，与其参加西昆唱和时所作之诗，便有所不同了。

（三）钱惟演

钱惟演的诗歌在《西昆酬唱集》中本就与杨、刘有区别。"他的诗虽也用典密集，较之杨、刘二人，却并不晦涩难读，用语比较流畅，立意也比较明确。"①"即使是富丽秾艳如西昆体，钱惟演的诗也体现出不同于杨亿、刘筠的'清雅'的一面。"②从钱惟演的处境来讲，曾枣庄先生认为他"投靠权势与皇亲，既有想往上爬的一面，也有寻求保护的一面"③。作为降臣，钱惟演的处境很微妙，既因为有文采，获得皇帝喜爱④，成为皇帝笼络人心的棋子⑤，又因为身处危疑之地，不能自安。所以在朝廷下诏禁止浮艳文风后，钱惟演的诗风也发生转变。"钱惟演欣赏梅尧臣，与梅尧臣为忘年交。对古淡诗风的喜爱亦可看出，《西昆酬唱集》被禁后，作为前期昆体诗人的钱惟演对自身审美倾向的调整。"⑥据吴曾《能改斋漫录》载：

> 钱文僖公留守西洛，尝对竹思鹤，寄李和文公诗云："瘦玉萧萧伊水头，风宜清夜露宜秋。更教仙骥傍边立，尽是人间第一

---

① 张立荣：《北宋前期七言律诗研究》，第109页。
② 卢婧萍：《钱惟演诗歌研究》，硕士学位论文，西南交通大学，2011年，第50页。
③ 曾枣庄：《论西昆体》，第248页。
④ 《宋史·钱惟演传》："博学能文辞，召试学士院，以笏起草立就，真宗称善。"（元）脱脱等：《宋史》卷317，中华书局1977年标点本，第10341页。《续资治通鉴长编》卷66："时惟治弟太仆少卿惟演上《圣德论》，上览之，谓宰臣曰：'惟演文学可称，且公王贵族而能留意翰墨，有足嘉者，可记其名。'并以《论》付史馆。"（宋）李焘：《续资治通鉴长编》，中华书局1980年标点本，第1480页。
⑤ 《宋史·钱惟演传》："宰相冯拯恶其为人，因言：'惟演以妹妻刘美，乃太后姻家，不可与机政，请出之。'乃罢为镇国军节度观察留后，即日改保大军节度使、知河阳。"（元）脱脱等：《宋史》卷317，第10341页。钱惟演出京时，皇帝在都门外赐御筵送之，夏竦集中有《都城门外赐保大军节度使同中书门下平章事钱惟演御筵口宣》。钱惟演因事遭贬，皇帝赐宴践行，不难见出皇帝对钱惟演的爱护拉拢之意。
⑥ 张立荣：《论庆历七律诗风》，《社会科学战线》2013年第3期。

流。"其风致如此。①

元献晏公为丞相时,作新第于城南。时钱思公镇西洛,晏求牡丹于思公。公以绝句并花寄晏云:"名花封殖在秋期,翠石丹萱幸可依。华馆落成和气动,便随桃李共芳菲。"②

钱惟演创作这两首诗时,《西昆酬唱集》已结集二十余年③。这两首诗风流蕴藉,与西昆体堆砌藻丽的风格相去甚远。"钱惟演在洛阳时期的诗歌作品现在遗存不多,但也看出已向清雅朴实的方向转化。"④

从以上分析来看,西昆唱和的主要人物并未坚持《西昆酬唱集》中诗歌的风格,无论是其人生遭际发生变化,还是出于政治安全的考虑,总之在《西昆酬唱集》成书之后,西昆唱和主将的诗风,已与典型的西昆体发生了疏离。

(四) 其他诗人

除杨、刘、钱外,参与西昆唱和的其他诗人都是偶尔献技。《西昆酬唱集》所收他们作品的数量,多者止七首(李宗谔),少者仅一首(陈越、崔遵度)。他们在西昆体的接受史上,以重名参加西昆唱和,或许对西昆体的传播有助推作用⑤;如果单纯从传承诗艺方面来讲,并无多大功劳。

张咏之诗"并不着力学某家某派,其作诗好抒写性情,多发于自然"⑥。他参加西昆唱和时已值晚年,诗歌风格早已定型,"偶染西昆习气,终非本色"⑦,参加西昆唱和只是"逢场作戏"而已。晁迥主要

---

① (宋) 吴曾:《能改斋漫录》卷11,中华书局1960年标点本,第328页。
② (宋) 吴曾:《能改斋漫录》卷11,第333页。
③ 《宋史·钱惟演传》:"天圣七年,改武胜军节度使。明年来朝,上言先垄在洛阳,愿守宫钥。即以判河南府,再改泰宁军节度使。"(元) 脱脱等:《宋史》卷317,第10341页。可知钱惟演判河南府在天圣八年(1030)。
④ 王水照:《北宋洛阳文人集团的构成》,《王水照自选集》,上海教育出版社2000年版,第134页。
⑤ 参见张立荣《北宋前期七言律诗研究》,第87页。
⑥ 何世平:《张咏诗歌研究》,硕士学位论文,西南交通大学,2010年,第56页。
⑦ (清) 汪景龙、(清) 姚埙辑:《宋诗略》卷3,乾隆三十五年竹雨山房刻本。

是白体诗人,《全宋诗》所收诗作,除《属疾》《清风十韵》外,尽为白体,偶有近晚唐体者。丁谓主要是白体诗人,他"只是在参与唱和期间,用昆体手法进行创作,惟妙惟肖,成就不亚于杨、刘。参与酬唱之后,诗风基本恢复到质朴清新的本色,但偶尔也会流露出昆体的痕迹"①。这偶尔露出的痕迹,如"渴思西汉金茎露,困忆南朝石步廊"(《途中盛暑》)②之类即是。从丁谓诗的整体情况来看,这种偶尔流出的痕迹,相比于刘筠西昆唱和之后的诗作,受西昆体的影响就小得多。张咏、晁迥和丁谓,都只是在参加西昆唱和的时候,小露一手,随后大体回归之前的诗风。王士禛说:"乖崖英雄,道院禅寂以及鹤相,皆仿此体,然皆不及三公(按:指杨、刘、钱)之神到。"③偶一为之,当然不及杨亿辈日久沉潜而创作的昆体诗;再者,正因这偶一为之的短暂性,也不会对他们的诗风产生多大影响。

刘骘诗今存八首,五首见于《西昆酬唱集》,其他三首非西昆体。钱惟济现存的诗作,除《西昆酬唱集》中二首外,尚有诗三首、残句三联,皆有西昆风格。如《护国寺》云:"穹窿台岳压重溟,中起青鸳接福庭。新好天花经雨坠,清凉甘露隔宵零。金绳界道连飞布,碧树周阿绕翠屏。异日功成解缨去,竚期同撷五芝馨。"④李维诗除《西昆酬唱集》中三首外,尚有诗三首,残句七联,其《送张无梦归天台》《送僧归护国寺》近昆体,《送舒殿丞》用典似昆体而辞藻较平易,结合其残句来看,其唱和之作近昆体,其他诗则自成风格。薛映诗除《西昆酬唱集》中六首外,尚存诗二首、残句一联,风格较西昆体为清新。崔遵度、任随诗,今仅存于《西昆酬唱集》,无由得知其诗歌全貌。刁衎亦是花甲之年参加唱和,情况与张咏类似;舒雅、陈越、李宗谔,在参加西昆唱和之后不久即身死,且存诗不多,西昆体对他们唱和之后诗歌创作的影响可以不计。

---

① 参见张立荣《北宋前期七言律诗研究》,第 161 页。
② 北京大学古文献研究所编:《全宋诗》卷 101,第 1148 页。
③ (清)王士禛:《带经堂诗话》卷 6,人民文学出版社 1963 年标点本,第 136 页。
④ 北京大学古文献研究所编:《全宋诗》卷 146,第 1621 页。

《西昆酬唱集》是参加酬唱的诗人在特定背景下写作的作品集。因为酬唱的主要场所是秘阁,诗人的目光受到限制,因此缺乏直接与江山边塞、国计民生相关的题材;参加唱和的诗人大部分参加了《册府元龟》的编辑,身处古籍环绕之室,日与古事打交道,又加上杨亿的带头作用,故用典使事成为唱和的主要艺术手段,典雅成为主要的艺术追求;又因为唱和斗技的需要,故诗人们在字斟句酌上下了很大工夫。这些客观条件形成(也限制)了《西昆酬唱集》中诗歌的风格。此外,西昆唱和有很大的随意性。其一,参与西昆唱和的诗人群是一个流动的、松散的组织;其二,酬唱地点的限制性与参加酬唱的人员有不确定性;其三,西昆唱和的时间较短,酬唱次数有限,尤其是杨、刘、钱以外的诗人参加的次数少得可怜,酬唱时期的诗歌风格很难对杨、刘、钱以外的诗人的诗风发生影响。[①] 一旦西昆唱和停止,唱和所在的客观条件消失,参加唱和的诗人也就基本上恢复各自的诗风。

二 后期西昆派诗人对西昆体疏离的原因

西昆体出现之后,一部分有名望的诗人受其影响,这些诗人即学界所谓"后期西昆派"的成员。关于这些人跟西昆体的关系,段莉萍《后期西昆派研究》、张明华《西昆体研究》、傅蓉蓉《西昆体与宋型诗建构》和张立荣《北宋前期七言律诗研究》等著作中对他们诗风对西昆体的继承以及与西昆体的差别已多有叙述,故本书不再探讨这部分内容,只论述这种差别产生的原因。

关于"后期西昆派"的成员,学者多有异说,究其所以,盖因诸人受西昆体影响大小各有不同,又各人各期诗歌风格不同,各题材的诗歌风格亦不同。以后期西昆派目之者,重在取其与西昆体之同,反之则取其与西昆体之异。实际上,纵如杨、刘、钱诸人,也不是从始至终持西昆体,风格随际遇之变化而变。"后期西昆派"诸人与西昆体的关系,更是复杂得多。

---

① 参见张立荣《北宋前期七言律诗研究》,第85—86页。

（一）诗人际遇的不同

上面说过，西昆唱和是一个较为短暂的文学事件，西昆唱和诗人群是个松散的组织，西昆体也是在客观条件下形成的文学风格。一旦离开这些条件，参加唱和的诗人，其诗歌风格都与《西昆酬唱集》中的诗歌风格有差距。至于未参加西昆唱和的诗人，根本不具备那种条件，所以他们的创作环境与西昆唱和不一样。当然，不排除后期诗人有着意学习《西昆酬唱集》的可能，但作家的诗歌风格，与其生活际遇关系甚大。譬如晏殊若非仕途顺利，他可能不会产生对"富贵气象"的追求，相较于杨、刘、钱等人，他更倾向于将诗作为悠游遣闲的工具，超越对丽藻重典的重视，上升为对精神富贵的追求，再加上他"不自贵重其文，凡门下客及官属解声韵者，悉与酬唱"①，多而不精，自然不会像西昆体那样精雕细琢；程杰先生认为，"与杨亿相比，晏殊多了一份诗酒纵情之意……由于创作起缘于诗酒娱情的氛围，对于艺术技巧的兴趣便相对淡薄一些"②。又如文彦博、赵抃，苏轼《题文潞公诗》谓文彦博"幼时诗，精审研密，句句皆有所考，盖其积之也久矣"③，王士禛曰："予观文忠烈、赵清献二公集，律诗皆拟昆体甚工。"④ 文、赵二人都曾有近似西昆体的诗作，但是他们在考取功名或者位高权重后，无心于诗名，诗艺的琢磨不再是他们生活的主要内容，便更愿意写无须多费力气的白体诗。与之相反的是，王珪典内外制十八年，多以词臣面目出现，故其诗有"至宝丹"之称，与西昆体的富艳华丽有相似之处。因此，创作环境的不同，导致了"后期西昆派"作品风格与西昆体的疏离、"后期西昆派"各诗人之间诗歌风格的区别以及这些诗人各个时期诗歌风格的不同。

（二）取法对象的变化和多样化

《西昆酬唱集》出现以后，西昆体就变成了一种诗歌范本，是众

---

① （宋）宋祁：《宋景文公笔记》卷上，中华书局1985年标点本，第5页。
② 程杰：《北宋诗文革新研究》，第43—44页。
③ （宋）苏轼：《苏轼文集》卷68，中华书局1986年标点本，第2129页。
④ （清）王士禛：《带经堂诗话》卷6，第136页。

多诗学范本中的一种。后期西昆派诸人，非亲历西昆唱和，他们只是受西昆体影响，同样，他们也可以受西昆体之外的其他诗歌范本影响。西昆体的效法对象是李商隐和唐彦谦，晏殊在李商隐之外，还推崇韦应物、杜甫、韩愈、柳宗元，宋祁和王琪欣赏杜甫，同时二宋又受晏殊影响。这些都表明后期西昆派诗人"与前期昆体诗人相比，在诗法取向上呈现出多样化趋势"[1]。

宋初三体中，西昆体最后出现，改变了白体和晚唐体贫弱单薄的诗风，带给宋初诗坛用事、丽藻、对偶等时尚，流行数十载。西昆体虽然有这样的威力，但是按照它的实质说来，不过是学习李商隐、唐彦谦作品而产生的一种诗风，此前白体诗人学白居易，晚唐体诗人学贾岛，宋初三体都是对唐代某些诗人的学习。西昆体虽然是宋初一大诗体，但也是宋代诗人眼中众多诗歌范本中的一种。西昆体诗人推重李、唐二人，盛极一时，而当其他诗坛领袖不取李商隐而取陶渊明、杜甫、韦应物等人时，西昆体的影响也就减小了，这与西昆体盖过白体、晚唐体是一样的情况。当宋代诗人选取了越来越多的学习对象而产生越来越多的风格时，西昆体作为其中一种，便颠沛于宋诗的洪波中，非复当时盛况。

就算西昆体作为一种诗学范本，它在当时的影响也非如现在人们想象中的那么大。郑振铎先生言："在'西昆体'流行的前后，未入杨、刘们之网罗的诗人们很不在少数，不过其声势都没有杨、刘诸人的浩大耳。"[2] 又言："又有寇准、王禹偁、林逋、魏野、潘阆、陈尧佐、赵湘、钱易诸人，皆以诗名，而俱清真平淡，不为靡艳之音。"[3]

---

[1] 张立荣：《北宋前期七言律诗研究》，第 217 页。
[2] 郑振铎：《插图本中国文学史》，人民文学出版社 1957 年版，第 463 页。
[3] 郑振铎：《插图本中国文学史》，第 463 页。此外，还有陈从易、狄遵度等人不学西昆体。欧阳修《六一诗话》载："陈舍人从易，当时文方盛之际，独以醇儒古学见称。其诗多类白乐天。"（宋）欧阳修等：《六一诗话·白石诗说·滹南诗话》，第 7 页。赵令畤《侯鲭录》卷 2 载："狄遵度，字元规，枢密直学士棐之子，敏慧夙成。当杨文公昆体盛行，乃独为古文章，慕杜子美、韩退之之句法。"（宋）赵令畤等：《侯鲭录·墨客挥犀·续墨客挥犀》，中华书局 2002 年标点本，第 68 页。

郑先生所举之人，或在《西昆酬唱集》编成之前，或在同时。如果我们考察《西昆酬唱集》编成之后的诗坛风尚，更可了解西昆体的接受情况。

宋代李庚等人所编《天台集》续集卷上有《送僧归护国寺》诗一组，乃丁谓、钱惟演、张士逊、吕夷简、鲁宗道、李维、李简、李咨、刘筠、晏殊、李及、李遵勖、钱易、宋绶、祖士衡、张师德、冯元、丘雍、石中立、黄宗旦、章得象、钱景臻等人唱和之作。① 其中冯元是大中祥符元年（1008）进士，此时他不可能参与这种高规格的唱和。宋祁《冯侍讲行状》载："真宗大中祥符元年，由进士调临江县尉。再期罢，会讲员缺，诏令集吏能明经，得自言试可，公往应令。……授国子监直讲。"② 冯元于大中祥符元年（1008）及第之后授临江县尉，再期（两年）而试，故于大中祥符三年（1010）任国子监直讲，可以肯定唱和在此之后。更进一步推断，杨亿于大中祥符六年（1013）奔阳翟③，此次唱和，刘筠、钱惟演俱在，独无杨亿，因此这次唱和可能发生于大中祥符六年（1013）以后。另据《翰苑群书·学士年谱》载，刘筠在天禧五年（1021）"正月，以右谏议大夫知庐州罢"④；乾兴元年（1022）六月，丁谓"因勾结宦官罪罢相，以太子少保，分司西京"⑤，此后刘、丁二人再未同处京师。故这场唱和发生于大中祥符三年（1010）或六年（1013）以后、天禧五年（1021）以前的数年间。此时西昆体方兴未艾，但综观这一组唱和诗，只有钱惟演、吕夷简、李遵勖诗近于西昆体：

　　白道萦回彻上方，薰然风信满归航。五芝岩秀经行熟，千柰园深宴坐凉。吟久半轩移海日，定回诸壑散天香。忘年宝契由来

---

① （宋）李庚编，（宋）林师箴等增修：《天台集》，文渊阁《四库全书》本。
② 曾枣庄、刘琳主编：《全宋文》卷525，第25册，第78页。
③ 《杨亿年谱》卷4，大中祥符六年（1013），"亿母往视阳翟别墅，得疾；亿闻之，请归省。五月二日，不待报而行"。李一飞：《杨亿年谱》，第185页。
④ （宋）洪遵辑：《翰苑群书》，中华书局1991年标点本，第63页。
⑤ ［日］池泽滋子：《丁谓年谱》，《丁谓研究》附录一，巴蜀书社1998年版，第317页。

厚，终谢繁缨捧钵囊。（钱惟演）①

赤城千仞耸霞标，闻说精蓝近石桥。久向天厨分净供，忽游人落赴嘉招。逾年华馆留禅榻，几宿轻航兀夜潮。深愧山阴许都讲，肯随支遁出尘嚣。（吕夷简）②

雷海谭音出世雄，台岩香社冠禅丛。红炉点雪灵机密，翠径斑苔道步通。珠水滤罗晨漱净，豉蓴萦筯午斋丰。归帆已应王臣供，金地天龙绕旧官。（李遵勖）③

刘筠诗只后半首有西昆风味：

暂寄长安寺，时闻宝偈传。南归宗派盛，外护帝臣贤。桂色陵庵雪，芝腴助茗泉。离怀杳何许，凤刹际霞天。④

另如黄宗旦"宠服降从丹凤阙，禅房归掩赤城霞"⑤、祖士衡"香积诸天修净供，蒲茸三殿赐新袍"⑥等句，也可见西昆影响。这组诗中其他作品则以平淡清新为主，如钱惟演孙钱景臻诗："天台多胜概，满目乱山青。不似三峰好，楼台入翠屏。"⑦浑不见乃祖西昆唱和时风格。

可见西昆体的影响在当时并未如我们想象中的那么大，即使在"唱和"这种适宜写作西昆体的场合，也只有部分人写作西昆体。《六一诗话》云："仁宗朝，有数达官以诗知名。常慕'白乐天体'，故其语多得于容易。"⑧可见即使在西昆体盛行的仁宗朝，仍有不少士大夫

---

① 北京大学古文献研究所编：《全宋诗》卷95，第1069页。钱惟演此题下诗有两首，一首七古，一首七律，其七古风格不是西昆体。
② 北京大学古文献研究所编：《全宋诗》卷146，第1623页。
③ 北京大学古文献研究所编：《全宋诗》卷163，第1845页。
④ 北京大学古文献研究所编：《全宋诗》卷112，第1285页。
⑤ 北京大学古文献研究所编：《全宋诗》卷109，第1252页。
⑥ 北京大学古文献研究所编：《全宋诗》卷162，第1837页。
⑦ 北京大学古文献研究所编：《全宋诗》卷843，第9779页。
⑧ （宋）欧阳修：《六一诗话》，《六一诗话·白石诗说·滹南诗话》，第2页。

学白体。程杰先生认为，"五代以来诗坛最流行的实际上是一种融合温庭筠、韩偓、郑谷等艳情绮丽、才调温婉，白体闲适唱酬平易浅切，姚贾'苦吟'调清律工等多种艺术因素的凄清雅丽、精切谐婉的风格基调……比较起杨亿才高学博的个性化实践，显然更易为诗坛所接受"①。西昆体作为一种诗歌范本，其影响并非铺天盖地，"它对诗坛的实际作用，很大程度上被它的反对者们（如石介）所夸大"②。

西昆体既然只是众多诗歌范本当中的一种，那么我们便不能将之视为一种"母体"，认为后期西昆派诗人脱胎于西昆体，然后反过来改革西昆体。如晏殊对西昆诗风的变革，绝不仅仅是因为他对西昆体金玉富贵的不满，而是他在琢磨取舍当时诗坛众多诗风和前代诗歌遗产（如韦应物诗）后，结合自己的生活环境和心得体会，提倡"富贵气象"，从而与西昆体之间产生了距离。晏殊等人与石介等人的区别，应该是晏殊等人以宽容的心态去对待诗坛上的所有诗风，然后将之融会贯通为自己的诗歌创作风格，而石介等人，则偏执狭隘，执其一端，攻击西昆体。在这一点上，后来的欧、梅等人对诗歌遗产兼容并蓄的态度，反而与晏殊等人近，去石介等人远。如果我们过分强调西昆体在当时的影响，罔顾西昆体仅仅是众多诗学范本之一的事实，先设定它作为一个标靶或母体，我们就会陷入与石介等人相似的狭隘视界内，从而无法看清宋初诗坛的纷繁景象。

（三）题材对诗风的影响

宋代蒲积中《岁时杂咏》卷十收录了一组《奉和御制中和节》诗③，包含杨亿、刘筠、晏殊诗各一首：

> 佳节更春晦，长标令甲名。天渊摇绿浪，仙杏吐丹荣。连鼓将惊蛰，高枝已变莺。云谣传下土，汉曲被新声。（杨亿）④

---

① 程杰：《北宋诗文革新研究》，第42页。
② 王水照：《北宋洛阳文人集团的构成》，《王水照自选集》，第134页。
③ （宋）蒲积中编：《岁时杂咏》，文渊阁《四库全书》本。
④ 北京大学古文献研究所编：《全宋诗》卷122，第1417页。

载阳临仲序，初吉协嘉名。国授民时正，天资植物荣。草熏翔泽雉，风暖度林莺。尧思存稽古，洋洋播颂声。(刘筠)①

　　正元崇吉序，宝历记良辰。营室彤曦转，勾芒令祀新。尧蓂方告朔，汉畤更宜春。莒叶农耕候，如膏洒泽频。(晏殊)②

晏殊这首诗，用典下字，与杨、刘二诗近，与他所提倡的"富贵气象"远。大抵作诗题材、场合不同，诗风便有差异。再看一首王珪诗：

　　行子征骖去易迷，故乡回首在天涯。春心南陌风光远，晓梦西楼月影迟。沈客带宽无奈瘦，阮生车断不胜悲。花狂蝶乱家园晚，何事东归竟未期。(《客感》)③

这一首感怀客居之诗，虽然用典，但诗意晓畅，词语平易，不惟与西昆体有别，亦不可谓之"至宝丹"。另据《侯鲭录》载：

　　元丰中，裕陵以元夕御楼，宰臣、亲王观灯，有御制，令从臣和进。王禹玉为左相，蔡持正为右相。蔡密叩王云："应制上元诗，如何使事？"禹玉曰："鳌山凤辇外，不可使。"章子厚时为黄门侍郎，面笑之，云："此谁不知。"十七日登封，裕陵独赏禹玉诗，云："妙于使事。"诗云："雪消华月满仙台，万烛当楼宝扇开。双凤云中扶辇下，六鳌海上驾山来。镐京春酒霑周燕，汾水秋风陋汉才。一曲升平人共乐，君王又进紫霞杯。"是夕，以高丽进乐，又添一杯。④

---

① 北京大学古文献研究所编：《全宋诗》卷112，第1283—1284页。
② 北京大学古文献研究所编：《全宋诗》卷172，第1953页。
③ 北京大学古文献研究所编：《全宋诗》卷493，第5966页。
④ (宋)赵令畤：《侯鲭录》卷2，《侯鲭录·墨客挥犀·续墨客挥犀》，第67页。

谓王珪此诗不近西昆体、不为"至宝丹",可乎?可见题材对诗风影响之大。如果着眼于后期西昆派诗人的帖子词、应制诗、奉和御制等诗,即易认为其诗风近乎西昆体,而其他题材的诗歌,则风格多种多样。在认定某个诗人是否属于"后期西昆派"时,也当考虑这种因素。

第二节　西昆诗人门生对西昆体的接受

杨亿、刘筠、钱惟演三人居文坛与政坛之高位,携引后进成为其政治与文学生涯中一项重要内容,他们的诗学主张和诗歌风格也因此得到传承。其中以杨亿最为明显。欧阳修曰:"钱副枢若水尝遇异人传相法,其事甚怪,钱公后传杨大年。故当时称此二人有知人之鉴。"[1] 吴处厚曰:"昔人谓官至三品,不读相书,自识贵人,以其阅多故也。本朝臣公吕文靖、夏文庄、杨大年、马尚书皆有人伦之鉴。"[2] 无论是得相人之法还是阅多故识,杨亿在奖掖后进这一点上很积极,常为人所称道。《隆平集·杨亿传》谓杨亿"诱进后学,乐道人善,贤士大夫,翕然宗之"[3]。苏轼跋杨亿与王旦帖云:"夜得一士,旦而告人,察其情,若喜而不寐者。"[4] 可见杨亿之荐贤雅癖。杨亿又喜道人文采,"闻人有片辞可纪,必为讽诵"[5]。一时人才如章得象、蒋堂、张士逊、谢绛、吴待问、仲简、黄鉴、郑戬、聂冠卿、胡宿、张泂等人,或为其门下客,或为其赏识或举荐。他的这一雅癖也对西昆体的传播产生了积极作用。此外,刘筠为二宋座主,他在这一方面对西昆体的传播也有贡献。下面简略介绍一下西昆诗人门生对西昆体的接受。

---

[1] (宋) 欧阳修:《归田录》卷1,中华书局1981年标点本,第3页。
[2] (宋) 吴处厚:《青箱杂记》卷4,中华书局1985年标点本,第39页。
[3] (宋) 曾巩撰,王瑞来校证:《隆平集校证》卷13,中华书局2012年标点本,第388页。
[4] (宋) 叶梦得:《避暑录话》卷下,中华书局1985年标点本,第85页。
[5] (宋) 李焘:《续资治通鉴长编》卷96,第2227页。

一 黄鉴

黄鉴①是杨亿的亲近弟子之一,《杨文公谈苑》的笔录者。宋庠《谈苑序》云:"江夏黄鉴唐卿者,文公之里人,有俊才,为公奖重。"②《全宋诗》录黄鉴诗三首,残句一句一联,数量不多,然如"彩舻衔尾凌波驶,赪鲤骈头荐俎丰。玉季情深重睽索,南云延胪接飞鸿"(《送李殿省赴任常熟》)③,"珍篇蔼昼评,净义留梵译……佛垅有幽栖,鹰房多善识"(《送梵才大师归天台》)④,透露出西昆体消息。

二 李遵勖

李遵勖⑤字公武,叶梦得《避暑录话》云:"李公武尚太宗献穆公主,初名犯神宗嫌名,加赐上字遵。好学,从杨大年作诗,以师礼事之,死为制服。士大夫以此推重。"⑥这是李遵勖作诗学杨亿的明确记载。杨亿还为其文集作序。"李公武既以文词见称诸公间,杨大年尝为序其诗,为《闲燕集》二十卷。"⑦李遵勖与刘筠的关系也很好。"又与刘筠友善,筠卒,周其家。"⑧《全宋诗》录李遵勖诗一首:

> 雷海谭音出世雄,台岩香社冠禅丛。红炉点雪灵机密,翠径斑苔道步通。珠水滤罗晨漱净,豉莼萦筯午斋丰。归帆已应王臣

---

① 黄鉴(生卒年不详),字唐卿,浦城(今属福建)人。大中祥符八年(1015)进士。官至苏州通判。《宋史》卷442有传。
② (宋)杨亿口述:《杨文公谈苑》宋庠序,《杨文公谈苑·倦游杂录》,上海古籍出版社1993年标点本。
③ 北京大学古文献研究所编:《全宋诗》卷162,第1828页。
④ 北京大学古文献研究所编:《全宋诗》卷162,第1828页。
⑤ 李遵勖(988—1038),字公武,潞州上党(今山西长治)人。尚太宗女万寿长公主为驸马都尉。谥文和。有《闲燕集》(又作《闲宴集》)、《外馆芳题》,佚。《宋史》卷464有传。
⑥ (宋)叶梦得:《避暑录话》卷下,第70页。
⑦ (宋)叶梦得:《避暑录话》卷下,第70页。
⑧ (宋)李焘:《续资治通鉴长编》卷122,第2878页。

供，金地天龙绕旧宫。(《送僧归护国寺》)①

算不上典型的西昆体，但用典辞藻方面，有其影响在。刘筠同题诗云：

暂寄长安寺，时闻宝偈传。南归宗派盛，外护帝臣贤。桂色陵庵雪，芝腴助茗泉。离怀杳何许，凤刹际霞天。②

两相比较，李诗在整体上反而更近西昆体。

三 晏殊

"景德二年（1005）是杨、刘等人馆阁唱和开始之际，晏殊登上文坛，正是西昆体方兴未艾之际，他的诗歌创作自然深受西昆体影响，属于西昆体。"③晏殊早年间也受杨亿举荐。"晏元献公殊，父本抚州弓手。晏幼能文，李虚己知徐州，一见奇之，荐于杨大年以闻。"④杨亿有《晏殊奉礼归宁》诗，称赞其文才，已见上引。在诗学思想上，"晏殊主张写太平诗，唱太平调"⑤，这与杨亿等人"主张歌咏颂声"⑥的基本观点一致，"并且在新、旧诗风激烈斗争的时期，他还坚守前期西昆派的立场，主张雅颂之音"⑦，可见晏殊对杨亿等人诗学观念的继承之深。后人常目晏殊为后期西昆派诗人，杨亿的接纳与赞许对他诗风的影响，当为不小。段莉萍《后期"西昆派"研究》所论甚详，此不赘述。

---

① 北京大学古文献研究所编：《全宋诗》卷163，第1845页。
② 北京大学古文献研究所编：《全宋诗》卷112，第1285页。
③ 段莉萍：《后期"西昆派"研究》，第131页。
④ （宋）谢维新编：《古今合璧事类备要》卷43，文渊阁《四库全书》本。
⑤ 段莉萍：《后期"西昆派"研究》，第132页。
⑥ 段莉萍：《后期"西昆派"研究》，第132页。
⑦ 段莉萍：《后期"西昆派"研究》，第132页。

四　谢绛（附　胡宿）

欧阳修《归田录》载："谢希深为奉礼郎，大年尤喜其文，每见则欣然延接，既去则叹息不已。"① 希深乃谢绛②字。朱弁《曲洧旧闻》卷三云："'曳铃其空，上念无君子者；解组不顾，公其谓苍生何。'此谢绛希深《上杨大年秘书监启事》。大年题于所携扇曰：'此文中虎也。'"③ 杨亿欣赏的，是谢绛的文。谢绛的诗，《全宋诗》录十二首、句二联，去西昆体较远。用典如"尽日挥弦无一事，平时推毂有诸公"（《送余姚知县陈最寺丞》）④，明白畅达。从现存诗看，谢绛并未深受昆体影响。

不过被目为"后期西昆派"的胡宿，得杨亿与谢绛二人之赏识。欧阳修《赠太子太傅胡公墓志铭》："杨文公亿得其诗，题于秘阁，叹曰：'吾恨未识此人。'其举进士也，谢阳夏公绛荐公为第一，公名以此益彰，而谢公亦以此自负。"⑤ 胡宿之诗得杨亿赏识，而科举考试中诗赋为一场，胡宿之诗须获谢绛赏识，方可得中。可以说谢绛在诗歌审美上，与杨亿有共同之处。

五　二宋

天圣二年（1024），刘筠知贡举，宋庠、宋祁皆中进士，二宋都是刘筠的门生。在受西昆体影响的诗人中，宋氏兄弟是较为突出的两位，"他们曾得到前后西昆派诗人刘筠、晏殊、夏竦等人的赏识和

---

① （宋）欧阳修：《归田录》卷1，第3页。
② 谢绛（994—1039），字希深，富阳（今属浙江）人。大中祥符八年（1015）进士。官至知制诰，判吏部流内铨、太常礼院。《宋史》卷295有传。
③ （宋）李廌等：《师友谈记·曲洧旧闻·西塘集耆旧续闻》，中华书局2002年标点本，第121页。
④ 北京大学古文献研究所编：《全宋诗》卷177，第2013页。
⑤ （宋）欧阳修著，洪本健校笺：《欧阳修诗文集校笺》之《居士集》卷34，上海古籍出版社2009年标点本，第911—912页。

器重"①。

宋庠在诗学思想上,"继承了前期西昆派对'丽藻'与'声调'的强调"②。刘筠曾将诗稿送给宋祁,宋祁还投五十首,并写下一篇《座主侍郎书》随诗以进。宋祁在书中先说他对诗的理解,"重申了西昆派的文学主张"③,次说"唐德有荡"以来诗坛上的各种弊病,再说刘筠振起诗风的壮举:

> 伏惟侍郎明公禀道至明,为人先觉,虑含著蔡之吉,言埤金玉之度。三入秘禁,亲逢圣期。且以席间谈笑经大猷,以笔端肤寸润天下。赞累盛之布度,操斯文而主盟。而乃念雅颂之沦,轸风流之弊,渡橘成枳,众雌靡雄,下垂百年者杳默遗响。于是倡始多士,作为连章。钩深缔情,上薄于粹古;促节入律,下偶乎当世。震枹鼓以悚介士,运斗杓以准四时。复而不厌,茂而有间。使味之栩然骇其理胜,览之又蘴然恐乎卷尽。及夫盛气注射,英辞鼓动,思泉流唇,云纸落手,诸儒愿喙长而不克诵,小史惧腕废而不及书,此又精入于神,不可得而闻也。与夫订锦裹之品,诧篝袍之夺,赋韵竞病,咀父膏腴,一何区区哉!④

---

① 段莉萍:《后期"西昆派"研究》,第161页。庄绰《鸡肋编》卷中云:"宋景文与兄元宪,少时尝谒杨大年。坐中赋《落花诗》,元宪云:'金谷路尘埋国艳,武陵溪水泛天香。'景文云:'将飘更作回风舞,已落犹成半面妆。'文公以兄为胜,谓景文小巧,他日富贵亦不逮其兄,且不当更用'落'字也。"(宋)庄绰:《鸡肋编》,上海书店出版社1983年标点本,第74页。似谓二宋诗曾得杨亿称许,然吴处厚《青箱杂记》云:"文庄守安州,宋莒公兄弟尚皆布衣,文庄亦异待。命作《落花诗》,莒公一联曰:'汉皋珮解临江失,金谷楼危到地香。'子京一联曰:'将飞更作回风舞,已落犹成半面妆。'是岁诏下,兄弟皆应举。文庄曰:'咏落花而不言落,大宋君当状元及第。又风骨秀重,异日作宰相。小宋君非所及,然亦须登严近。'后皆如其言。故文庄在河阳,闻莒公登庸,以别纸贺曰:'所喜者,昔年安陆已识台光。'盖为是也。"(宋)吴处厚:《青箱杂记》卷4,第40页。祝尚书先生《论后期"西昆派"》一文已辩庄氏之非,可参看。

② 段莉萍:《后期"西昆派"研究》,第166页。

③ 段莉萍:《后期"西昆派"研究》,第163页。

④ 曾枣庄、刘琳主编:《全宋文》卷503,第24册,第79页。

所谓"倡始多士,作为连章",即为西昆酬唱,宋祁为奉承刘筠,将他推举为唱和之首,而唱和的起因是"念雅颂之沦,轸风流之弊",以唱和来振兴诗风。宋祁说西昆酬唱"钩深缔情,上薄于粹古;促节入律,下偶乎当世",认为西昆体是在用近体诗写"薄于粹古"的情性,注意到了西昆体全为近体诗的特征。

《诗话总龟》引《古今诗话》云:"宋莒公好玉溪诗,不爱韦苏州。"① 宋祁又将李商隐、段成式、温庭筠三人文章总结为"三十六体"②,说明二宋继杨亿等人后,继续推尊和仰慕李商隐③。宋祁《宋景文公笔记》云:"上即位,天圣初元以来,缙绅间为诗者益少。惟故丞相晏公殊、钱公惟演、翰林刘公筠数人而已。至丞相王公曙、参知政事宋公绶、翰林学士李公淑,文章外亦作诗,而不专也。其后石延年、苏舜钦、梅尧臣,皆自谓好为诗,不能自名矣。"④ 宋祁推崇晏殊、钱惟演、刘筠等人之诗,而谓石延年、苏舜钦、梅尧臣等人"不能自名",说明他对以西昆体诗人相当尊敬,对于革新派诗人则颇有成见,透过他对西昆派诗人的推崇和维护⑤,可知其受西昆体影响之深。

宋庠《缇巾集记》自注云:"余与子京初试吏,罢归,中山刘公子仪见索近诗,因各献一编。他日刘公取当世文士古律诗作句图置斋中,人不过一两联,惟余兄弟所作独占三十余联,自是刘公深加训奖。"⑥ 看来二宋的诗作,是颇得刘筠肯定的。"宋庠无论是从理论上还是创作实践上都坚守西昆体本色"⑦,宋祁早期诗歌也"具有西昆浓

---

① (宋)阮阅编:《诗话总龟》前集卷6,人民文学出版社1987年标点本,第60页。
② 《新唐书·李商隐传》:"商隐初为文瑰迈奇古,及在令狐楚府,楚本工章奏,因授其学。商隐俪偶长短,而繁缛过之。时温庭筠、段成式俱用是相夸,号'三十六体'。"(宋)欧阳修、(宋)宋祁:《新唐书》卷203,中华书局1975年标点本,第5793页。
③ 参见段莉萍《后期"西昆派"研究》,第166页。
④ (宋)宋祁:《宋景文公笔记》卷上,第5页。
⑤ 段莉萍:《后期"西昆派"研究》,第167页。
⑥ 曾枣庄、刘琳主编:《全宋文》卷430,第20册,第430页。
⑦ 段莉萍:《后期"西昆派"研究》,第186页。

艳诗风"①，他们作为后期西昆派中的主要人物，其诗作深受西昆体影响，故能符合刘筠的品位。

六 王质

王质②是北宋名相王旦之侄，王旦与杨亿关系亲密，而王质也深受杨亿赏识。范仲淹《尚书度支郎中充天章阁待制知陕州军府事王公墓志铭》云："尝师事杨文公，文公器之。每谓朝中名公曰：'是子英妙，加于人远矣。'时翰林刘公筠，风岸高峻，缙绅仰望，不得其门而进，乃与禁中诸公共荐公之才敏。"③ 王素《文正王公遗事》云："质复召试禁中，得进士第，杨文公率两禁诸公荐入馆，有闻于时。"④ 杨亿曾盛赞王质之诗，苏舜钦《朝奉大夫尚书度支郎中充天章阁待制知陕州军府事平晋县开国男食邑三百户上护军赐紫金鱼袋王公行状》云："公少以师礼事杨文公亿，文公深器之。尝以书誉于刘翰林曰：'子野英妙，不衒文干进，当世佳士也。'又以公诗句手写扇上，众争玩之，由是名称益大。"⑤《全宋诗》中无王质作品，但从杨亿对王质诗的称赞来看，其诗风离西昆体当不甚远。

七 其他

杨亿的门生还有郑戬。《宋史·郑戬传》载："郑戬字天休，苏州吴县人。早孤力学，客京，师事杨亿，以属辞知名，后复还吴。及亿卒，宾客弟子散去，戬乃倍道会葬。"⑥ 可见郑戬与杨亿的感情非常不错。《全宋诗》录郑戬诗一首，非西昆体，这与上述谢绛的情况相似。西昆体作为一种诗风，其接受与西昆体文的接受有区别，我们不能因

---

① 段莉萍：《后期"西昆派"研究》，第186页。
② 王质（1001—1045），字子野，大名莘县（今属山东）人。初以恩荫补官，后赐进士及第。官至天章阁待制、知陕州。《宋史》卷269有传。
③（宋）范仲淹：《范仲淹全集》卷14，四川大学出版社2007年标点本，第335页。
④（宋）王素：《文正王公遗事》，《百川学海》本。
⑤（宋）苏舜钦：《苏舜钦集》卷16，上海古籍出版社2011年标点本，第212页。
⑥（元）脱脱等：《宋史》卷292，第9766页。

为谢绛等人曾师事杨亿，就认为其诗为西昆体。

跟随杨亿学诗的还有仲简、吴待问。"仲简，扬州人也，少习明经，以贫佣书大年门下。大年一见奇之，曰：'子当进士及第，官至清显。'乃教以诗赋。"① 不过《全宋诗》中无仲简作品，无由得知其诗风。"乡人吴待问尝从公学，公语其徒曰：'汝辈勿轻小吴，小吴异日须登八座，亦有年寿。'后皆如其言。"②《全宋诗》中也没有吴待问的作品。据《八闽通志》，吴待问"咸平中登第"③，从时间上看，他登第之前从杨亿学时，西昆体尚未成型，所以他学西昆体的可能性不大。总的来说，杨亿的学生，有一部分学其文，还有一部分在从学于他之时，他的诗尚未形成昆体，故杨亿虽然门生众多，但是他们的诗风未必尽如西昆体。

第三节　北宋前期的诗文革新派及其他诗人对西昆体的接受

本节论述北宋诗文革新代表人物对西昆体的接受，主要包括姚铉、穆修、石介、欧阳修、梅尧臣等人。此外，因宋代禁体物语诗的创作起源于欧阳修，故西昆体与禁体物语诗之关系亦于此节进行论述。另外，在北宋前期的一片讨伐之声中，田况和张方平对西昆体进行了一定程度的肯定。

一　北宋前期的诗文革新派对西昆体的接受

（一）姚铉

《诗话总龟》载有姚铉[④]作诗为宋太宗称赏之事：

---

① （宋）欧阳修：《归田录》卷1，第3页。
② （宋）吴处厚：《青箱杂记》卷4，第40页。
③ （明）陈道：弘治《八闽通志》卷64，明弘治刻本。
④ 姚铉（968—1020），字宝之，合肥（今属安徽）人。太平兴国八年（983）进士。官至京东转运使。编有《唐文粹》。《宋史》卷441有传。

太宗留意艺文，好篇咏。淳化中，春日苑中有赏花钓鱼小宴，宰相至三馆毕预坐。咸命赋诗，中字为韵，上览以第优劣。时姚铉诗先成，曰："上苑烟花迥不同，汉皇何必幸回中！花枝冷溅昭阳雨，钓线斜牵太液风。绮箨惹衣朱槛近，锦鳞随手玉波空。小臣侍宴惊凡目，知是蓬莱第几宫？"赐白金百两，时辈荣之，以比夺袍赐花等故事。①

《全宋诗》收姚铉诗五首，残句一联，这首赏花钓鱼宴诗是他最接近西昆体的作品。但此事当太宗淳化间，西昆体尚未形成，姚铉此诗，乃受赏花钓鱼宴诗常体之影响，与西昆体并无干涉。他的其他诗则平易得多，如《曹娥庙碑》："箫鼓声中浪渺弥，古枫阴砌藓封碑。行人到此自恭肃，不似巫山云雨祠。"② 不仅风格清新，而且有凛然之气，与《西昆酬唱集》中乐用巫山云雨典故大异其趣。

姚铉选编有《唐文粹》，其序作于大中祥符四年（1011），序谓"铉不揆昧懵，遍阅群集，耽玩研究，掇菁撷华，十年于兹，始就厥志"③，则姚铉始选此集，在咸平四年（1001）前后。姚铉在序中说："今世传唐代之类集者，诗则有《唐诗类选》《英灵》《间气》《极玄》《又玄》等集，赋则有《甲赋》《赋选》《桂香》等集，率多声律，鲜及古道，盖资新进后生干名求试者之急用尔。岂唐贤之迹两汉、肩三代，而反无类次以嗣于《文选》乎？"④ 其谓《文选》为"一家之奇书也"，度姚铉之意，是想选一本不重声律、"宗经尊圣"⑤、非"资新进后生干名求试者之急用"的"奇书"。

《唐文粹》开始选编时，《西昆酬唱集》尚未编成，就算杨亿诗已

---

① （宋）阮阅编：《诗话总龟》前集卷4，第37页。
② 北京大学古文献研究所编：《全宋诗》卷103，第1176页。
③ （宋）姚铉编：《唐文粹》序，《四部丛刊》本。
④ （宋）姚铉编：《唐文粹》序。
⑤ 祝尚书：《北宋古文运动发展史》，北京大学出版社2012年版，第104页。

慢慢向西昆体靠拢，其影响也还不大，所以姚铉编选《唐文粹》，非针对西昆体。《四库全书总目》卷一百八十六《唐文粹》提要云："则铉非不究心于声律者。盖诗文俪偶，皆莫盛于唐。盛极而衰，流为俗体，亦莫杂于唐。铉欲力挽其末流，故其体例如是。"① 姚铉在序中推崇韩愈，他所谓"古道"，即是如韩愈般"以二帝三王为根本，以六经四教为宗师"②，他因为要推尊古道，摒退俪偶声律，因此不满《唐诗类选》《甲赋》等集，在编选时"止以古雅为命，不以雕篆为工，故侈言曼语，率皆不收"③，故《唐文粹》不选近体、不选四六。他反对当时流行的一切近体诗风以及四六文，包括白体、晚唐体。虽然在姚铉着手编《唐文粹》时西昆体尚未成熟及流行，但西昆体以近体为主，所以西昆体天然地就是他的反对对象。不过我们要清楚的一点是，姚铉编选《唐文粹》，绝非仅针对西昆体，他旨在畅明古道，西昆体只是他所反对的声律俪偶文体中的一种诗风罢了。

（二）穆修

钱锺书先生云："宋之穆参军，于文首倡韩柳，为欧阳先导；而《河南集》中诗，什九近体，词纤藻密，了无韩格，反似欧阳所薄之'西昆体'。"④ 认为穆修⑤之诗大部分近乎西昆体。穆修诗如《烛》："一箔珠帘掩映垂，房栊清染麝香枝。佳人盼影横哀柱，狎客分光缀艳诗。禁锁翠明初唱漏，官窗红短尚围棋。长宵且秉欢游去，无限风情见古辞。"⑥《雨中牡丹》："万金期胜赏，三月破秾芳。妒忌巫娥雨，摧残洛苑香。怨啼甄后玉，寒出贵妃汤。掩敛无聊极，谁来替断肠。"⑦ 在用事遣词上确有西昆风味。至于其《一百五日同周越陈永锡

---

① 魏小虎编撰：《四库全书总目汇订》卷186，上海古籍出版社2012年版，第6317页。
② （宋）姚铉编：《唐文粹》序。
③ （宋）姚铉编：《唐文粹》序。
④ 钱锺书：《谈艺录》（补订本），第302页。
⑤ 穆修（979—1032），字伯长，郓州汶阳（今山东汶上）人。大中祥符二年（1009）赐进士出身。官至文学参军。有《河南穆公集》。《宋史》卷442有传。
⑥ 北京大学古文献研究所编：《全宋诗》卷145，第1611页。
⑦ 北京大学古文献研究所编：《全宋诗》卷145，第1617页。

游吉祥僧舍》："痛饮方期数百杯，寻芳何事又空回。花愁酒困春无着，却访野僧萧寺来。"① 又显然白体。总体来讲，穆修提倡古文，反对时文，但是在诗歌方面，却对西昆体无异议，透露出宋代前期某一阶段的文人对诗和文要求的不同，也说明诗文发展的不一致性。

（三）石介

石介可谓是排杨亿最剧之人，其《怪说中》曰：

> 昔杨翰林欲以文章为宗于天下，忧天下未尽信己之道，于是盲天下人目，聋天下人耳，使天下人目盲，不见有周公、孔子、孟轲、扬雄、文中子、韩吏部之道；使天下人耳聋，不闻有周公、孔子、孟轲、扬雄、文中子、韩吏部之道。俟周公、孔子、孟轲、扬雄、文中子、韩吏部之道灭，乃发其盲，开其聋，使天下唯见己之道，唯闻己之道，莫知有他……夫《书》则有《尧》、《舜典》、《皋陶》、《益稷谟》、《禹贡》，箕子之《洪范》，诗则有《大小雅》、《周颂》、《商颂》、《鲁颂》，《春秋》则有圣人之经，《易》则有文王之《繇》、周公之《爻》，夫子之《十翼》。今杨亿穷妍极态，缀风月，弄花草，淫巧侈丽，浮华纂组，刓锼圣人之经，破碎圣人之言，离析圣人之意，蠹伤圣人之道，使天下不为《书》之《典》、《谟》、《禹贡》、《洪范》，《诗》之《雅》、《颂》，《春秋》之经，《易》之《繇》、《爻》、《十翼》，而为杨亿之穷妍极态，缀风月，弄花草，淫巧侈丽，浮华纂组。其为怪大矣！②

杨亿当然没有"忧天下未尽信己之道，于是盲天下人目，聋天下人耳"的企图，也没有"刓锼圣人之经，破碎圣人之言"的目的。石介对杨亿口诛笔伐，几欲除之而后快，实际上是在污蔑杨亿。杨亿称

---

① 北京大学古文献研究所编：《全宋诗》卷145，第1616页。
② （宋）石介：《徂徕石先生文集》卷5，中华书局1984年标点本，第62—63页。

赞人诗"恬愉优柔，无有怨谤，吟咏情性，宣导王泽，其所谓越《风》、《骚》而追二《雅》，若西汉《中和》、《乐职》之作者乎"①，其与石介等人推崇儒家传统诗教，相去无几。石介又说：

> 今夫文者，以风云为之体，花木为之象，辞华为之质，韵句为之数，声律为之本，雕镂为之饰，组绣为之美，浮浅为之容，华丹为之明，对偶为之纲，郑、魏为之声，浮薄相扇，风流忘返，遗两仪、三纲、五常、九畴而为之文也，弃礼乐、孝悌、功业、教化、刑政、号令而为之文也。②

所谓"以风云为之体，花木为之象"云云，与上文"穷妍极态，缀风月，弄花草，淫巧侈丽，浮华篆组"相近，是"今夫文者"即杨亿文章的特征。石介这里所说的"文"是仅指以西昆体骈文为代表的时文呢还是包括西昆体诗呢？很难遽断。石介所说的文，有时兼指诗，如"观其述作，炳然有三代制度、两汉遗风，殊不类今之文。曰诗赋者，曰碑颂者，曰铭赞者，或序记，或书箴，必本于教化仁义，根于礼乐刑政，而后为之辞"（《上赵先生书》）③，有时又单指文，如"子贤于文而又知诗"（《石曼卿诗集序》）④，并不统一。所以"今夫文者"之"文"的含义，尚需结合石介他文来考察。石介作有《祥符诏书记》，其文曰：

> 祥符二年，翰林学士杨亿、知制诰钱惟演、秘阁校理刘筠唱和《宣曲》诗，述前代掖庭事，辞多浮艳。真宗训之曰："辞臣，学者宗师也，安可不戒于流宕？"乃下诏曰……又天章阁待制刘公随常言：故杨翰林少知古道……又崖相初览其断文数十篇，大

---

① 曾枣庄、刘琳主编：《全宋文》卷294，第14册，第376—377页。
② （宋）石介：《上蔡副枢书》，《徂徕石先生文集》卷13，第144页。
③ （宋）石介：《徂徕石先生文集》卷12，第135页。
④ （宋）石介：《徂徕石先生文集》卷18，第213页。

奇之，持以示汉公曰："皇甫持正、柳柳州少年时正当如是。"本朝文人称孙、丁而皆推尊之，则杨为少知古道明矣。然以性识浮近，不能古道自立，好名争胜，独驱海内，谓古文之雄有仲涂、黄州、汉公、谓之辈，度己终莫能出其右，乃斥古文而不为，远袭唐李义山之体，作为新制。杨亦学问通博，笔力宏壮，文字所出，后生莫不爱之。然破碎大道，雕刻元质，非化成之文，而古风遂变。时执政冯文懿与二三朝士窃病之，又黄州、汉公皆已死，他人柔弱，无以摧杨雄铓……①

祥符诏书所针对的，是《西昆酬唱集》中的《宣曲二十二韵》，石介提到了此事，说明他也明白这一点。但他说杨亿"谓古文之雄有仲涂、黄州、汉公、谓之辈，度己终莫能出其右，乃斥古文而不为，远袭唐李义山之体，作为新制"，以及"又黄州、汉公皆已死，他人柔弱，无以摧杨雄铓"，这却是在说杨亿在骈文方面的作为和影响。石介提到杨亿"远袭唐李义山之体"，似乎是在说他的诗，但杨亿的骈文也学李商隐。清人朱鹤龄曰："义山四六，其源出于子山……迄于宋初，杨、刘刀笔犹沿习其制，诚厥体中之旃檀薝卜也。"② 因此"远袭唐李义山之体"，完全可以指杨亿的骈文。石介说杨亿"好名争胜，独驱海内"，"破碎大道，雕刻元质"，与《怪说中》之"欲以文章为宗于天下""刓镂圣人之经，破碎圣人之言，离析圣人之意，蠹伤圣人之道"，是同样的意思，此文与《怪说中》实乃一体。所以，学界常以为石介批判西昆体诗歌的《怪说中》一文，实在是针对杨亿的骈文（即西昆体文），而非西昆体诗。

石介《石曼卿诗集序》云：

国朝祥符中，民风豫而泰，操笔之士，率以藻丽为胜。惟秘

---

① （宋）石介：《徂徕石先生文集》卷19，第219—220页。
② （清）朱鹤龄：《新编李义山文集序》，《愚庵小集》卷7，华东师范大学出版社2010年标点本，第145页。

阁石曼卿与穆参军伯长,自任以古道,作之文,必经实不放于世。而曼卿之诗,又特震奇秀发,盖能取古之所未至,托讽物象之表,警时鼓众,未尝徒设。虽能文者累数十百言,不能卒其义,独以劲语蟠泊,会而终于篇,而复气横意举,飘出章句之外,学者不可寻其屏阈而依倚之。其诗之豪者欤!①

从现存作品看,穆修之诗并非"不放于世"。石介这里的意思是,穆修与石延年之文皆"不放于世",石延年的诗又写得很好。所谓"国朝祥符中,民风豫而泰,操笔之士率以藻丽为胜",也不是在说西昆体诗,而是指西昆体文。

石介有《读安仁学士诗》评价石延年诗,诗中透露出他对西昆体的态度:

> 齐梁无骏骨,李杜得秋毫。后世益纂组,变风堪郁陶。奔道少骥逸,秃冗如牛毛。试看安仁咏,秋风有怒涛。②

李杜"后世"的"益纂组",包括西昆体在内,石介认为它们是"少骥逸"的变风,"骏骨"谓风骨铮铮,"秋毫"谓有凌霜之气,与石延年诗"气横意举""秋风有怒涛",都是"少骥逸"的反面。这倒是石介对西昆体较有价值的评论,盖谓西昆体组织华丽,缺乏风骨,无张举之气。刘克庄曰:"徂徕力排杨、刘,而推重曼卿如此。但前云'骏骨',后又云'骥逸',何也?"③ 石介之意,乃谓齐梁诗与李杜之后"益纂组"的诗皆缺少如石延年诗之风骨耳。石介推崇《唐文粹》和韩愈诗文。"介近得姚铉《唐文粹》及《昌黎集》,观其述作,

---

① (宋)石介:《徂徕石先生文集》卷18,第212—213页。《石曼卿诗集序》的作者一说为苏舜钦,陈植锷、莫道才二先生已辨其非。见陈植锷《〈石曼卿诗集序〉的作者问题》(《文史》第27辑,中华书局1986年版)、莫道才《石介与苏舜钦:谁是〈石曼卿诗集序〉之作者》(《文学遗产》2002年第4期)。
② (宋)石介:《徂徕石先生文集》卷4,第37页。
③ (宋)刘克庄:《后村诗话》后集卷4,第130页。

有三代制度、两汉遗风，殊不类今之文。"(《上赵先生书》)①《唐文粹》不选近体，韩愈诗多硬语盘空，这些作品与"益纂组"的诗，尤其是富艳华丽、含蓄绵渺的西昆体，确为两端。

(四) 欧阳修、梅尧臣

欧阳修在创作上曾受西昆体影响②。《居士外集》卷五中所收之诗为"未第时及西京作。天圣、明道间"③，即欧阳修早期作品，其中之诗多有似西昆体者。如卷中第一首诗《汉宫》：

桂馆神君去，甘泉辇道平。翠华飞盖下，豹尾属车迎。晓露寒浮掌，光风细转旌。廊回偏费步，佩远尚闻声。玉树人间老，珊瑚海底生。金波夜夜意，偏照影娥清。④

"咏物有两类：……二是'赋咏'，即运用抽象视角，求全求广，求稳求平，梳理物类的基本属性和历史渊源，着重体现作者的知识修养和语言技巧……宋初的西昆体，就是'赋咏'传统的总结者和终结者。"⑤ 欧阳修此诗中每一句皆用与汉朝宫室有关之典故，即属赋咏之作。李商隐也有一首《汉宫》诗："通灵夜醮达清晨，承露盘晞甲帐春。王母西归方朔去，更须重见李夫人。"⑥ 两相比较，欧诗之铺排更像西昆体的"赋咏"。李商隐诗虽每句皆用汉武帝典故，但其用典的

---

① (宋) 石介：《徂徕石先生文集》卷12，第135页。
② 欧阳修《与荆南乐秀才书》云："仆少从进士举于有司，学为诗赋，以备程试，凡三举而得第……姑随世俗作所谓时文者，皆穿蠹经传，移此俪彼，以为浮薄，惟恐不悦于时人，非有卓然自立之言如古人者。"(宋) 欧阳修著，洪本健校笺：《欧阳修诗文集校笺》之《居士集》卷47，第1173—1174页。《记旧本韩文后》云："是时天下学者杨、刘之作，号为时文，能者取科第，擅名声，以夸荣当世，未尝有道韩文者。予亦方举进士，以礼部诗赋为事。"(宋) 欧阳修著，洪本健校笺：《欧阳修诗文集校笺》之《居士外集》卷23，第1927页。欧阳修这里学习"礼部诗赋"，恐不能作为他学习西昆体的依据，因为"礼部诗赋"与西昆体并不相等；"时文"指西昆体文而非诗。
③ (宋) 欧阳修著，洪本健校笺：《欧阳修诗文集校笺》之《居士外集》卷5，第1392页。
④ (宋) 欧阳修著，洪本健校笺：《欧阳修诗文集校笺》之《居士外集》卷5，第1392页。
⑤ 谢琰：《北宋前期诗歌转型研究》，北京大学出版社2013年版，第45—46页。
⑥ 刘学锴、余恕诚集解：《李商隐诗歌集解》，中华书局2004年标点本，第613页。

数量和铺排性质，明显不如欧阳修此诗，李诗辞藻也远不如欧诗华丽。欧阳修此诗更近于西昆体。又如欧阳修《公子》诗：

> 黄山开苑猎初回，绛树分行舞递来。下马春场鸡斗距，鸣弦初日雉惊媒。犀投博齿呼成白，桥隔车音听似雷。不问春蚕眠未起，更寻桑陌到秦台。①

八句诗用八种典型的富贵生活内容状公子之骄奢淫逸，句句用典，辞藻华丽。李商隐也有两首《公子》：

> 外戚封侯自有恩，平明通籍九华门。金唐公主年应小，二十君王未许婚。②
>
> 一盏新罗酒，凌晨恐易销。归应冲鼓半，去不待笙调。歌好唯愁和，香秾岂惜飘。春场铺艾帐，下马雉媒娇。③

李商隐这两首诗，气脉连贯，多用虚词，与欧诗之铺排不类。再看一首杨亿的《公子》：

> 夹道青楼拂彩霓，月轩宫袖按前溪。锦鳞河伯供烹鲤，金距邻翁逐斗鸡。细雨垫巾过柳市，轻风侧帽上铜堤。珊瑚击碎牛心熟，香枣兰芳客自迷。④

其"赋咏"特色，与欧诗无二致。从这两组诗的对比中我们可以看出，欧阳修早期诗中虽然有与李商隐同题之作，然实受西昆体影响更深。梅尧臣在钱惟演手下任主簿时所作《和谢希深会圣宫》《太尉

---

① （宋）欧阳修著，洪本健校笺：《欧阳修诗文集校笺》之《居士外集》卷5，第1399页。
② 刘学锴、余恕诚集解：《李商隐诗歌集解》，第1713页。
③ 刘学锴、余恕诚集解：《李商隐诗歌集解》，第1715页。
④ （宋）杨亿编，王仲荦注：《西昆酬唱集注》卷上，第69—70页。

相公中伏日池亭宴会》等诗,与钱惟演诗风相近,也具有西昆风味。①可见欧、梅的早期作品,都受西昆体影响。

欧阳修《居士外集》卷六中诗,为他"自西京至京师作。起明道元年,尽至和二年"②,其中有两首与晏殊的唱和诗:

> 关关啼鸟树交阴,雨过西城野色侵。避暑谁能陪剧饮,清歌自可涤烦襟。稻花欲秀蝉初嘒,菱蔓初长水正深。知有江湖杳然意,扁舟应许共追寻。(《和晏尚书夏日偶至郊亭》)③
>
> 未归归即秉鸿钧,偷醉关亭醉几春。与物有情宁易得,莫嗟花解久留人。(《和晏尚书自嘲》)④

我们从这两首欧阳修与晏殊的唱和诗中,可以看出欧诗的西昆体色彩已大大减弱,不过这与后来欧诗中大量关注现实,还是有显著区别的。随着欧阳修生活阅历的日益丰富与忧患意识的逐渐增强,晏殊诗酒流连的生活,与欧阳修关注现实的态度之间渐渐出现了冲突:

> 晏元献公作相,因雪设客,如欧阳文忠公辈在坐。时西方用兵,欧公有诗云:"可怜铁甲冷彻骨,四十余万屯边兵。"次日,蔡襄遂言其事,晏坐此罢相。公曰:"唐裴度作相,亦曾邀文士饮,如退之但作诗曰:'园林穷胜事,钟鼓乐清时。'几曾如此合闹。"⑤

这段材料实际上反映出,欧阳修此时的诗歌,其关注现实的程度,不仅远过晏殊,甚至已经超越了前贤韩愈。晏殊之所以会和欧阳修之

---

① 卢婧萍:《钱惟演诗歌研究》,第54页。
② (宋)欧阳修著,洪本健校笺:《欧阳修诗文集校笺》之《居士外集》卷6,第1431页。
③ (宋)欧阳修著,洪本健校笺:《欧阳修诗文集校笺》之《居士外集》卷6,第1447页。
④ (宋)欧阳修著,洪本健校笺:《欧阳修诗文集校笺》之《居士外集》卷6,第1448页。
⑤ (宋)赵令畤:《侯鲭录》卷4,《侯鲭录·墨客挥犀·续墨客挥犀》,第118页。

间产生龃龉,在于他们对诗歌的功能认识有异。对于杨、刘等人来说,诗歌更多是"羔雁之具"或智力游戏,晏殊则始终认为诗是一种文人清玩。① 这与欧阳修将诗歌作为美善刺恶、反映时事的载体大有区别。因此,欧阳修对西昆体的接受,有一个从学习西昆体到反对西昆体诗人以诗为"羔雁之具"、文人清玩的过程。欧阳修认为诗歌应当"发声通下情。上闻天子聪,次使宰相听"②;"《诗》三百五篇不言性,其言者政教兴衰之美刺也"③;"诗之作也,触事感物,文之以言,善者美之,恶者刺之,以发其揄扬怨愤于口,道其哀乐喜怒于心,此诗人之意也"④。欧阳修要求诗歌反映现实,与西昆体诗人以及晏殊将诗歌作为智力游戏与文人清玩的态度不同,其发声通情的方式也比杨亿等人的含蓄讽谏要直接得多。欧阳修对不问世事、唯安眼前的作风大不以为然,其《读李翱文》曰:

> 余行天下,见人多矣,脱有一人能如翱忧者,又皆贱远,与翱无异。其余光荣而饱者,一闻忧世之言,不以为狂人,则以为病痴子,不怒则笑之矣。呜呼!在位而不肯自忧,又禁他人使皆不得忧,可叹也夫!⑤

欧阳修的慨叹,与范仲淹"先天下之忧而忧,后天下之乐而乐"之自许,实为同声之应。"盖自嘉祐、治平之间,国家多事,固非臣子敢自言其私时也"⑥,其拳拳许国之心炳然。欧阳修这里的感慨,几乎是对晏殊不满他"作闹"进行直接批判。被欧阳修视为前辈的梅尧

---

① 参见傅蓉蓉《西昆体与宋型诗建构》,第107—116页。
② (宋)欧阳修:《赠杜默》,《欧阳修诗文集校笺》之《居士集》卷1,第18页。
③ (宋)欧阳修:《答李诩第二书》,《欧阳修诗文集校笺》之《居士集》卷47,第1169页。
④ (宋)欧阳修:《本末论》,《诗本义》卷14,《四部丛刊三编》本。
⑤ (宋)欧阳修著,洪本健校笺:《欧阳修诗文集校笺》之《居士外集》卷23,第1911页。
⑥ (宋)欧阳修:《续思颍诗序》,《欧阳修诗文集校笺》之《居士集》卷44,第1124页。

臣，也与欧阳修一样主张诗歌应反映现实。其《答韩三子华韩五持国韩六玉汝见赠述诗》云："圣人于诗言，曾不专其中。因事有所激，因物兴以通。自下而磨上，是之谓《国风》。《雅》章及《颂》篇，刺美亦道同，不独识鸟兽，而为文字工。屈原作《离骚》，自哀其志穷。愤世嫉邪意，寄在草木虫。迩来道颇丧，有作皆言空。烟云写形象，葩卉咏青红。人事极谀诒，引古称辨雄。经营唯切偶，荣利因被蒙。遂使世上人，只曰一艺充。"①梅尧臣将"下以风刺上"置于"上以风化下"之上，作为国风的主要内容，"这是诗论史上批判现实理论的发展"②。"引古称辨雄"可说是直斥西昆体。其《寄滁州欧阳永叔》推许欧阳修诗："君能切体类，镜照媸与施。直词鬼胆惧，微文奸魄悲。不书儿女书，不作风月诗。唯存先王法，好丑无使疑。"③称赞欧阳修诗面对现实，直斥丑恶，可谓知音之论。

不过欧阳修对于杨亿、刘筠等人的诗技持欣赏态度。《六一诗话》是其晚年著作，其中有云：

> 杨大年与钱、刘数公唱和。自《西昆集》出，时人争效之，诗体一变；而先生老辈，患其多用故事，至于语僻难晓。殊不知自是学者之弊。如子仪《新蝉》云："风来玉宇乌先转，露下金茎鹤未知。"虽用故事，何害为佳句也！又如"峭帆横渡官桥柳，迭鼓惊飞海岸鸥"，其不用故事，又岂不佳乎？盖其雄文博学，笔力有余，故无施而不可。非如前世号诗人者，区区于风云草木之类，为许洞所困者也。④

欧阳修并不反对用事，蔡绦《西清诗话》云："欧阳文忠公文章

---

① （宋）梅尧臣著，朱东润编年校注：《梅尧臣集编年校注》卷16，上海古籍出版社1980年标点本，第336页。
② 顾易生、蒋凡、刘明今：《中国文学批评通史》（宋金元卷），上海古籍出版社1996年版，第86页。
③ （宋）梅尧臣著，朱东润编年校注：《梅尧臣集编年校注》卷16，第330页。
④ （宋）欧阳修等：《六一诗话·白石诗说·滹南诗话》，第13页。

道术为学者师，始变杨、刘体，不泥古陈。然每用事间，钩深出奇以示学者，如《谢寄牡丹》：'尔来不觉三十年，岁月才如熟羊胛。'用史载海东有国曰骨利干，地近扶桑。国人初夜煮羊胛，方熟而日（以）〔已〕出，言其（病）〔疾〕也。"① 欧阳修对杨亿也十分尊敬，释惠洪《题晦堂墨迹》云："退之之与柳子厚，欧阳永叔之与杨大年，道枢不同，而韩、欧之称柳、杨，唯恐不师尊之。议者以谓避争名之嫌，非也。前辈倾倒，法当然耳。"② 欧阳修对"区区于风云草木之间"的九僧颇为鄙视，盖其非如杨、刘之"雄文博学，笔力有余"，以致规模狭小。清代祖之望《西昆酬唱集跋》云："窃谓古今掊击西昆之论，层见迭出，要皆便于空疏不学之人，不知其精工律切之处，实可自名一家。"③ 欧阳修正是站在这些掊击西昆体的空疏不学之人的反面，来赞扬杨亿等人的"雄文博学"，如九僧诸人之为许洞所困，因近于空疏不学而为他所批判。

对各种诗歌风格，欧阳修有广阔的胸襟，所谓"夫君子之博取于人者，虽滑稽鄙俚犹或不遗，而况于诗乎"④ 是也。他推崇李白之天才自放，又认同杜甫之精强，⑤"孟穷苦累累，韩富浩穰穰"要"合奏乃铿锵"⑥。对于当代诗人，他同时欣赏苏舜钦的雄放和梅尧臣的古硬。《六一诗话》云："圣俞、子美，齐名一时，而二家诗体特异。子美笔力豪隽，以超迈横绝为奇；圣俞覃思精微，以深远闲淡为意：各极其长，虽善论者不能优劣也。"⑦ 欧阳修有广阔的文学胸襟，故他对杨、刘等人的夸赞，也在情理之中。欧阳修所反对的，很大程度上是

---

① （宋）蔡绦：《西清诗话》卷下，明抄本。
② 曾枣庄、刘琳主编：《全宋文》卷3018，第140册，第144页。
③ （宋）杨亿编：《西昆酬唱集》，《浦城遗书》本。
④ （宋）欧阳修：《礼部唱和诗序》，《欧阳修诗文集校笺》之《居士集》卷43，第1107页。
⑤ 欧阳修《李白杜甫诗优劣说》："杜甫于白得其一节，而精强过之。至于天才自放，非甫可到也。"（宋）欧阳修：《欧阳修全集》卷129，中华书局2001年标点本，第1968页。
⑥ （宋）欧阳修：《读蟠桃诗寄子美》，《欧阳修诗文集校笺》之《居士集》卷2，第59页。
⑦ （宋）欧阳修等：《六一诗话·白石诗说·瀛南诗话》，第10页。

西昆后学。周益忠先生曰:"庆历年间主盟文坛的实为西昆的后起之辈,诸人学西昆,已不能再有杨亿时的环境,诸如真宗之求仙、王钦若之奸谗等,因而学西昆已难再得其精髓,但能引古称雄,经营切偶而已,如此自然为梅圣俞等所不满,而走上式微之路。"① 欧阳修对杨、刘等人与西昆后学,就区别对待,他赞赏杨、刘的雄文博学,而反对西昆后学作品之"语僻难晓"。

欧阳修认为:"诗以意义为主,文词次之。"② 他包容多种风格由此,各种不同的内容自然会表现为不同的语言风格;他不满西昆后学作品"语僻难晓"也是由此,"语僻难晓"掩盖了诗的意义,本末倒置。他之所以赞扬杨、刘等人雄文博学、无施不可,是从其表现诗意的能力来着眼的,九僧之"区区于风云草木之间",全无表现风云草木以外诸物的诗才,所以为欧阳修所鄙视。梅尧臣以"必能状难写之景,如在目前;含不尽之意,见于言外"为"诗之至"的观点③,与欧阳修这种主张近似,所以也为欧阳修所称扬。

欧阳修称赞其他诗人,也曾用与"雄文博学,故无施而不可"类似的评语,如他说韩愈"笔力无施不可""雄文大手",④ 梅尧臣"笔力雄赡"⑤,苏舜钦"醉墨洒霈霂"⑥ 等,皆是对其高超写作能力的倾心。欧阳修谓"先朝杨、刘风采,耸动天下,至今使人倾想"⑦,他所倾想者,恐非西昆体流行之盛况,而是杨、刘之写作能力,能够称雄诗坛,一时风光无比。

北宋诗文革新代表人物对西昆体接受的角度大致可分为两种:从卫道的角度看,姚铉、石介对西昆体一笔抹杀,穆修虽也是卫道之士,

---

① 周益忠:《西昆研究论集》,第 58 页。
② (宋)阮阅编:《诗话总龟》前集卷 5,第 55 页。
③ (宋)欧阳修等:《六一诗话·白石诗说·滹南诗话》,第 9 页。
④ (宋)欧阳修等:《六一诗话·白石诗说·滹南诗话》,第 16 页。
⑤ (宋)欧阳修等:《六一诗话·白石诗说·滹南诗话》,第 6 页。
⑥ (宋)欧阳修:《水谷夜行寄子美圣俞》,《欧阳修诗文集校笺》之《居士集》卷 2,第 46 页。
⑦ (宋)欧阳修:《与蔡君谟帖》(五),《欧阳修全集》卷 155,第 2592 页。

对西昆体却不非之；而当石介从诗艺方面着眼时，他也能较有见识地指出西昆体缺乏风骨的弊端。欧阳修和梅尧臣则是从诗艺角度批评西昆体及其后学的过分用典、语僻难晓之弊，但欧阳修又推崇杨亿等人的"雄文博学"，较之卫道者的一笔抹杀客观得多。欧、梅理论的客观性，源于欧阳修文学观念中对"道统论"的摒弃。柳开、石介等人所持的"道统"，在欧阳修看来是"诞者之道"。① 因此欧阳修的文艺思想中不讲究道统，而在诗歌创作上讲究"诗以意义为主，文词次之"②，在古文创作上讲究"事信矣，须文"③，二者是他的文艺思想在不同文学体裁上的体现，其实质则一。"'事'与'文'比较，当然'事'即内容更重要，所以他将其摆在首位；但'事'与'文'又是辩证的统一体，'事信言文'，才是最完美的结合。"④ 即既重视内容，又重视文辞，这使得他在面对西昆体诗时，能够客观进行分析，发独得之见，相较于石介之流对杨亿的主观污蔑，相去甚远。

（五）西昆体与禁体物语诗

欧阳修曾作《雪》诗，题下注云："时在颍州作，玉、月、梨、梅、练、絮、白、舞、鹅、鹤、银等事皆请勿用。"⑤ 后来苏轼又作有两首雪诗，一为《江上值雪效欧公体，限不以盐、玉、鹤、鹭、絮、蝶、飞、舞之类为比，仍不使皓、白、洁、素等字，次子由韵》，一为《聚星堂雪并引》，后诗引云："元祐六年十一月一日，祷雨张龙公，得小雪，与客会饮聚星堂。忽忆欧阳文忠公作守时，雪中约客赋诗，禁体物语，于艰难中特出奇丽。尔来四十余年，莫有继者。仆以老门生继公后，虽不足追配先生，而宾客之美，殆不减当时，公之二子，又适在郡，故辄举前令，各赋一篇。"⑥ 这种避免使用陈言俗字的

---

① 祝尚书：《北宋古文运动发展史》，第129页。
② （宋）阮阅编：《诗话总龟》前集卷5，第55页。
③ （宋）欧阳修：《代人上王枢密求先集序书》，《欧阳修诗文集校笺》之《居士外集》卷17，第1778页。
④ 祝尚书：《北宋古文运动发展史》，第136页。
⑤ （宋）欧阳修著，洪本健校笺：《欧阳修诗文集校笺》之《居士外集》卷4，第1363页。
⑥ （清）王文诰辑注：《苏轼诗集》卷34，中华书局1982年标点本，第1813页。

咏物诗，被称作禁体物语诗，也被称作白战体。① 因为禁体物语诗与西昆体有一定的联系，而宋代禁体物语诗的创作始于欧阳修，故将二者之关系于此章论之。

学界有人认为《西昆酬唱集》中的某些咏物诗，是从体物诗到禁体物语诗转变过程的体现，其根据主要是西昆体咏物诗中，一部分从侧面烘托来咏物，而非正面描写。但是"体物语并不等于体物之手段，而禁体物的手段也不能和禁体物语简单的划等号"②。《雪》诗序中只是禁用常见的形容雪或跟雪有关的字眼，并没有规定体物的手段。周裕锴先生说："'白战'的规则是不能使用前人咏物诗中常见而成套话的诗歌语言，诗人必须在赤手空拳、无所凭依的艰难情况下，自选奇字、生字、难字，创造出奇丽的境界。"③ 又说："欧、苏的咏雪诗，虽禁体物语，但并未禁体物……事实上，'白战'体的精神乃是在造语的避熟就生。"④ 也就是说，禁体物语诗不要求作者从侧面来写作，而是要求避免词句、意象的陈旧，这与注重从侧面烘托不一样。

雪、梅、玉、梨、鹤等几种物体之间相互比喻，是古代咏物诗中常见的现象，"拈出任何一个作为本体，其它几个都会成为诗人表达中习惯性采用的喻体……而白战体所要变革的对象——宋初的咏雪诗乃至咏月、咏梨、咏梅诗正落入了这样的窠臼"⑤。《西昆酬唱集》中的咏物诗也落入了这种窠臼，如"雪满梁园昼乍迷"（杨亿《鹤》）、"何年玉羽别昆丘"（任随《鹤》）、"嵊州甜雪不胜寒"（钱惟演《梨》）、"繁花如雪早伤春""五夜方渚月溜津"（杨亿《梨》）等，即是如此。西昆体诗人虽然留心用侧面烘托的手法来写物，但是他们却没有跳出意象陈熟的圈子。换句话说，西昆体诗人注重的是咏物角度

---

① 参见程千帆、张宏生《"火"与"雪"：从体物到禁体物——论"白战体"及杜、韩对它的先导作用》，《中国社会科学》1987 年第 4 期。
② 陈刚：《论宋代"禁体物语"诗》，载蒋寅、张伯伟主编《中国诗学》第 15 辑，人民文学出版社 2011 年版。
③ 周裕锴：《宋代诗学通论》，上海古籍出版社 2007 年版，第 498 页。
④ 周裕锴：《宋代诗学通论》，第 499 页。
⑤ 陈刚：《论宋代"禁体物语"诗》。

上的不同于以往，在意象的避陈趋新这一点上并未着意。而这后一点，恰恰是禁体物语诗的精髓所在。

叶梦得《石林诗话》云："诗禁体物语，此学诗者类能言之也。"① 其意并非宋人都能作禁体物语，而是学诗者都明白作诗当避免以滥俗之语体物的道理。叶书下文又说："欧阳文忠公守汝阴，尝与客赋诗于聚星堂。举此令，往往皆阁笔不能下。"② 欧阳修所处的时代，西昆体盛况未远，如果说西昆体咏物的方法与禁体物语吻合，众客大可以作易于成篇的西昆体咏物诗，何至于搁笔？"宋初的咏雪诗中，不仅体物语较为程序化，用典也呈现出了较为陈熟的倾向，其中以访戴、梁园为最多。欧阳修虽然禁体物语，但并未提出禁熟典，于是在许多诗人那里，以熟典来达到对禁体物语的趋避便成了一种常用手段。"③ 明代陈霆在《渚山堂词话》里就干脆说："予谓雪词既禁体，于法宜取古人成语，匀之句中，使人一览见雪，乃为本色。"④ 可见禁体物语诗中用典，是作禁体的一种投机取巧的办法。我们前面曾说，只要掌握了典故，西昆体诗就容易作，可以看出，西昆体诗中用与物有关的典故来咏物这种简单的做法，影响了禁体物语诗后来的发展方向，于是禁体物语诗慢慢出现了禁用熟典的趋势。

总而言之，禁体物语诗一开始是作为一种改革诗坛上咏物诗陈词滥调风气的诗体出现的，西昆体也是改革的对象之一。西昆体侧面咏物的方法，虽然是一种不直接体物的手段，却犯了禁体物语诗规避咏物熟语的要求，与禁体物语相矛盾。后来西昆体聚典咏物的方法影响了禁体物语诗的创作，违背了禁体物语避熟趋新的本意，便连这种方法也被禁止了。"从南宋杨万里开始便出现了对典故运用的限制……这也成为了后来一些禁体诗作禁典的先声，如张镃之诗就要求'禁体物

---

① （宋）叶梦得撰，逯铭昕校注：《石林诗话校注》卷下，人民文学出版社2011年标点本，第198页。
② （宋）叶梦得撰，逯铭昕校注：《石林诗话校注》卷下，第198页。
③ 陈刚：《论宋代"禁体物语"诗》。
④ （明）陈霆：《渚山堂词话》卷2，《渚山堂词话·词品》，人民文学出版社1960年标点本，第17页。

语及用故事',而到了宋元之交的艾性夫那里,就干脆将'一切熟事并去之'了。"① 西昆体并没有影响到禁体物语诗的产生,而是在禁体物语诗产生之后,有人为了讨巧而学习西昆体的创作方法,最后连这种创作方法也受到限制。这才是西昆体与禁体物语诗之间的关系。

二 北宋前期其他诗人对西昆体的接受

虽然历史上对西昆体的评价多为负面,但肯定西昆体的也不乏其人,北宋前期肯定西昆体的主要有田况和张方平。

(一)田况

田况②《儒林公议》云:

> 杨亿在两禁变文章之体,刘筠、钱惟演辈皆从而效之,时号"杨刘"。三公以新诗更相属和,极一时之丽,亿乃编而叙之,题曰《西昆酬唱集》。当时佻薄者谓之"西昆体"。其它赋、颂、章、奏,虽颇伤于雕摘,然五代以来芜鄙之气,由兹尽矣。③

田况注意到了西昆体两个方面的特点,一是"新诗",即诗皆近体,二是"极一时之丽",即西昆体相对于此前的诗,在辞藻上有富赡华丽的特点。宋祁也曾说西昆体"促节入律,下偶乎当世",这说明宋人已较多注意到西昆体在体裁上的特点。

田况既谓"杨亿在两禁变文章之体",总摄下文,则田况之意,乃谓杨亿在诗和"其它赋、颂、章、奏"上,都扫尽了"五代以来芜鄙之气"。尽管如此,他也认为杨亿的"赋、颂、章、奏"伤于雕摘。

---

① 陈刚:《论宋代"禁体物语"诗》。
② 田况(1005—1063),字元均,信都(今河北衡水)人。天圣八年(1030)进士。官至枢密使。谥宣简。有《儒林公议》《金岩集》,后者佚。《宋史》卷292 有传。
③ (宋)田况:《儒林公议》卷上,第5页。

他还说:"亿文词侈博,落笔即成,生平纂集数百卷,其劬劳至矣。然皆声韵偶丽,编组事物,鲜有及理之文。"① 在他看来,杨亿文章有去除五代以来芜鄙的功效,却并非文章的正道。

我们再来看田况对西昆体的态度。西昆体的名称,并不需要"佻薄者"来"谓之",谁都可以称之为西昆体,但田况这里特说"当时佻薄者谓之'西昆体'",实际是在指责学习、推崇西昆体的人是佻薄者。"谓之'西昆体'",有推崇这种诗风并冠名之以自重的用意,佻薄者学习杨亿等人的诗风,并以"西昆体"之名自我标榜,其神情乃"我之所学乃名为西昆体者,非无传授也"。从田况称学习西昆体的人为佻薄者这一点,便可以看出他对西昆体的态度。西昆体也是杨亿"变文章之体"的一种产物,与杨亿扫除"五代以来芜鄙之气"的文章的地位相仿,但是这种诗体却并不值得学习,所以田况才会称学习西昆体的人是佻薄者,也即只有佻薄者才去学习西昆体,其中也暗含了批判西昆体诗人佻薄的意思,不过这种批判,是以肯定西昆体扫除"五代以来芜鄙之气"为前提的。总体来说,田况对西昆体是一种"有保留的肯定"。

(二) 张方平

张方平②《题杨大年集后》云:

> 天上灵仙谪,人间秀气涵。朱弦《清庙》瑟,美干豫章柟。富艳三千牍,从容八十函。典纯追古昔,雅正合《周南》。温粹琼瑶润,滋醴稼穑甘。微中缄海蚌,巧处吐春蚕。璀璨龙宫出,精深虎穴探。机衡成虺虺,嵩洛入烟岚。寂忍修禅智,虚柔慕史耼。骥辕曾未骋,鸾驭不停骖。岩庙登何数,承明入独三。可怜

---

① (宋) 田况:《儒林公议》卷上,第45页。
② 张方平 (1007—1091),字安道,号乐全居士,应天宋城 (今河南商丘) 人。景祐元年 (1034) 举茂材异等科。官至参知政事。谥文定。有《乐全集》。《宋史》卷318 有传。

经济意，旧客记高谈。①

这首诗中从好几个方面来推崇杨亿，包括其才思、文章、人品、思想、韬略等。诗中对杨亿的文章和才思，从整体上进行夸赞，没有多少篇幅特别针对杨亿的诗，当然这种整体夸赞，也包含了对杨亿诗和诗才的推崇。"雅正合《周南》"一句，似是专门对杨亿诗的推许，认为杨亿诗符合儒家传统雅正的审美理想，评价不可谓不高。张方平诗也有受西昆体影响的痕迹，如其《夜意》云：

群动已沉响，蛩吟时一声。露寒仙掌重，月午庚楼清。慷慨闻鸡舞，悲凉感笛情。几多尘役者，凤驾待钟行。②

此诗与上引《题杨大年集后》，皆句句用典，唯二诗辞藻不如西昆体富艳耳。

---

① 北京大学古文献研究所编：《全宋诗》卷306，第3837页。"灵仙谪"用李白事；"秀气涵"用《礼记·礼运》"人者……五行之秀气也"；"朱弦清庙瑟"用《礼记·乐记》"《清庙》之瑟，朱弦而疏越"；"美干豫章楩"用《子虚赋》"其北则有阴林巨树，楩楠豫章"；"富艳三千牍，从容八十函"用东方朔、朱龄石事；"琼瑶"用《诗经·木瓜》中语；"滋醴"用扬雄《羽猎赋》"下决醴泉之滋"；"微中缄海蚌"用《刘子·崇学》"海蚌未剖则明珠不显"；"璀璨龙宫出"用《法华经·提婆达多品》"尔时文殊师利坐千叶莲花，大如车轮，俱来菩萨亦坐宝莲花，于大海娑竭罗龙宫，自然涌出"；"精深虎穴探"用《后汉书·班超传》"不入虎穴，不得虎子"；"臲卼"用《易经·困》"困于葛藟，于臲卼"；"烟岚"用宋之问《江亭晚望》"烟岚出远村"；"骥辕"用《孔丛子·对魏王》"驽骥同辕"；"鸾驭"用庾信《秦州天水郡麦积崖佛龛铭》"乃假驭凤"；"岩庙"用白居易《祭崔相公文》"岩庙匡辅"；"承明"用《汉书·翼奉传》"未央宫又无高门、武台、麒麟、凤皇、白虎、玉堂、金华之殿，独有前殿、曲台、渐台、宣室、承明耳"；"经济"用《晋书·殷浩传》"足以经济"；"高谈"用《人物志·接识》"抗为高谈"。

② 北京大学古文献研究所编：《全宋诗》卷307，第3858—3859页。"群动已沉响"用陶渊明《饮酒》"日入群动息"；"蛩吟"用崔豹《古今注》"蟋蟀一名吟蛩"；"露寒仙掌重，月午庚楼清"用汉武帝、庾亮事；"慷慨"用祖逖事；"悲凉感笛情"用向秀《思旧赋》"邻人有吹笛者，发声寥亮。追思曩昔游宴之好，感音而叹"；"尘役"用白居易《闲关》"役役尘壤间"；"凤驾"用《诗经·鹑之奔奔》中语。

第四节 朝廷政令与西昆体接受的关系

西昆体的接受,不止与诗坛上的种种纷争相关,还受到政治力量的左右,这表现为"祥符文禁"对西昆体的打压以及朝廷政令对省题诗风的纠正。

一 "祥符文禁"与西昆体

《西昆酬唱集》产生于《册府元龟》编撰时期,《册府元龟》的两位总撰官王钦若和杨亿关系极恶。《孔氏谈苑》载:"杨大年与王文穆不相得。在馆中,文穆或继至,大年必径出。它处亦然。如袁盎、晁错也。文穆去,朝士皆有诗,独文公不作。文穆辞日,奏真庙传宣令作诗,竟不肯送。"① 两人不和如此,必然会存在各种争斗,更何况王钦若是奸佞小人,排除异己、打击报复是其拿手好戏。《宋史·杨亿传》云:"亿刚介寡合,在书局,唯与李维、路振、刁衎、陈越、刘筠辈厚善。当时文士,咸赖其题品,或被贬议者,退多怨诽。王钦若骤贵,亿素薄其人,钦若衔之,屡抉其失;陈彭年方以文史售进,忌亿名出其右,相与毁訾。上素重亿,皆不惑其说。"② 虽然真宗站在杨亿这一边,但当杨亿等人的作为戳到真宗痛处时,真宗也不会一直容忍。据《续资治通鉴长编》载:

(大中祥符二年春正月己巳)御史中丞王嗣宗言:"翰林学士杨亿、知制诰钱惟演、秘阁校理刘筠,唱和《宣曲》诗,述前代掖庭事,词涉浮靡。"上曰:"词臣,学者宗师也,安可不戒其流宕!"乃下诏风励学者:"自今有属词浮靡、不遵典式者,当加严谴。其雕印文集,令转运使择部内官看详,以可者录奏。"江休复

---

① (宋)孔平仲:《孔氏谈苑》卷1,齐鲁书社2014年标点本,第4—5页。
② (元)脱脱等:《宋史》卷305,第10082—10083页。

云：上在南衙，尝召散乐伶丁香昼承恩幸，杨、刘在禁林作《宣曲》诗。王钦若密奏以为寓讽，遂著令戒僻文字。今但从国史。①

王嗣宗主动对《西昆酬唱集》中诗解寻诗意、参奏此事的可能性不大，谅为王钦若透露消息或授意。王钦若对杨亿既是"屡抉其失"，想必《西昆酬唱集》中诗，凡犯真宗之忌讳者，王钦若都不会放过。周益忠先生认为，《南朝》中有"偏安之讥，不敬之论""暗指真宗皇帝荒淫之行径"。杨亿诸人又常以东方朔、司马相如等人自比或相目，皇帝左右碍贤之人就不能不正视此等作品。而且西昆体诸人唱和，"更有诸人相濡以沫的知音在焉"，"若不被视为结党营私、公然讪上者，可说是不可能了"。至于"侈靡滋甚，浮艳相高"，只是奸邪之辈的"迂回侧击"罢了。② 另外，《西昆酬唱集》中还有如"《汉武》、《明皇》，深刺封祀之缪"③的诗。讽刺真宗偏安、封祀、临幸女伶、不用贤人，又唱和诸人有朋党嫌疑，这五条之任一都可以让真宗坐卧不安。然唱和本文人常事，讽谏乃诗教传统，都不可当作禁文之由，唯有"述前代掖庭事，词涉浮靡"，可闪烁其词，以为唱和诸人之戒。祥符文诏的背后，绝非如其表象那么简单。

《西昆酬唱集》的产生本是文学活动的结果，却因政治斗争而受牵连。但正如学者所言："真宗下诏显然是事出有因，'初不缘文体发也'，因而并未对西昆体的流行产生多少负面影响，从此后西昆之作的盛行就可以看出诏书实际上收效甚微。"④ 后此的仁宗天圣七年（1029）、明道二年（1033），朝廷曾两次下诏申诫浮文，都可以看见西昆体的强大影响（其中还有西昆体文的影响）。

不过单从文学风格来说，宋真宗还是偏向西昆体的反面。虽然现在见不到宋真宗评诗之语，但从他对西昆体诗的取舍，可以见其态度。

---

① （宋）李焘：《续资治通鉴长编》卷71，第1589页。
② 周益忠：《西昆研究论集》，第44—52页。
③ （宋）杨亿编，郑再时笺注：《西昆酬唱集笺注》自序，齐鲁书社1986年影印本。
④ 慈波：《〈西昆酬唱集〉与宋诗演进》。

释文莹《玉壶清话》载：

> 枢密直学士刘综出镇并门，两制、馆阁皆以诗宠其行，因进呈。真宗深究诗雅，时方竞务西昆体，碟裂雕篆，亲以御笔选其平淡者，止得八联。晁迥云："凤驾都门晓，微凉苑树秋。"杨亿止选断句："关榆渐落边鸿过，谁劝刘郎酒十分。"朱巽云："塞垣古木含秋色，祖帐行尘起夕阳。"李维云："秋声和暮角，膏雨逐行轩。"孙仅云："汾水冷光摇画毂，蒙山秋色锁层楼。"钱惟演云："置酒军中乐，闻笳塞上情。"都尉王贻永云："河朔雪深思爱日，并门春暖咏甘棠。"刘筠云："极目关山高倚汉，顺风雕鹗远凌秋。"上谓综曰："并门在唐世皆将相出镇，凡抵治遣从事者，以题咏述怀宠行之句，多写于佛宫道院，纂集成编，目太原事绩，后不闻其作也。"综后写御选句图立于晋祠。①

此事约在景德四年（1007）②，在真宗大中祥符二年（1009）"著令戒僻文字"之前。"两制、馆阁皆以诗宠其行"，说明作诗当不止八人，而且所选的八联，应该都是较好的作品。此时西昆唱和已经开始，西昆体在实质上已形成近两年。所选八联的作者中，有五人曾参与西昆唱和。这说明一个问题，即宋真宗的审美虽然趋向平淡，他仍不得不从西昆体诗人的作品里选择好的作品。也即至少在"两制、馆阁"里，西昆体诗相比其他诗在质量上较好，或者说参加西昆唱和的诗人，是其中比较好的诗人。我们或许可以这样讲：皇帝喜欢的，既不是平淡的白体或晚唐体，也不是纯粹的西昆体，而是西昆体中较为平淡者。白体或晚唐体苦于贫薄，典型的西昆体太过富缛，取两者之中，则得之矣。

学者在谈论宋代政府对西昆体的态度时，往往陷入一个悖论。一

---

① （宋）文莹：《玉壶清话》，中华书局1984年标点本，第2页。
② 《宋史·刘综传》："（景德）四年，西幸，道出河阳境上，时节度王显被疾还京，以综权知孟州事。未几召还，复出知并州，以政绩闻。"（元）脱脱等：《宋史》卷277，第9433页。

方面，宋代政府重视文化建设，西昆体往往被视为文化建设的产物及盛世的文学象征；另一方面，宋代政府却又禁行以西昆体为主的浮艳文风。要跳出这一悖论，需要从两个方面来看待朝廷对西昆体的态度。

其一，西昆体作为一种文学风格，包括几个方面的特点，如辞藻、用典、对偶等，这几个方面并非同进退的关系。如果抛开祥符文禁的背景，单看所谓浮艳文风，这往往是指辞藻方面。宋真宗黜落的诗句，只在"磔裂雕篆"，而他留下的诗句中，用典的诗句所占比例也不小。张咏《答杨内翰书》云："内翰大年负绝世之才，遇好文之主，迹系中禁，声驰四方，苟加颐气于和，啬精于漠，了然独到，邈与道俱，必臻长世之期，足称瑞时之表也。"① 张咏此意，盖谓杨亿诗文中有不"和"、不"漠"之处，故为朝廷所不满。清代冯班曰："梁有徐、庾，唐有温、李，宋有杨、刘，去其倾倒，存其繁富，则为盛世之音矣。"② 说明西昆体诗在一定程度上，符合盛世之音的要求，只不过有其"倾倒"的一面。如果用西昆体来书写宋朝的强盛，歌颂皇帝的仁政，歌颂皇帝的封祀，皇帝自然不会对之有意见。③ 同样，诗人在学习西昆体时，也可以只取某一方面为用。西昆体的一种特质被禁止，另一种或几种特质仍可大为传播，这就解释了为什么文禁不止，而西昆体仍能流行。

其二，朝廷对于诗文要求不一样。后人常说西昆体是盛世之音，实际上多针对其文。刘克庄云："余谓昆体若少理致，然东封西祀，粉饰太平之典，恐非穆修、柳开辈所长。"④ 吕中《类编皇朝大事记讲义》云："杨大年、王元之之文，自足以润色国家之制度。"⑤ 又云：

---

① （宋）张咏：《张乖崖集》卷7，中华书局2000年标点本，第70页。
② 转引自（清）瞿镛编纂《铁琴铜剑楼藏书目录》卷23"西昆酬唱集二卷"条，上海古籍出版社2000年标点本，第652页。
③ 张立荣指出："后昆体诗人中，夏竦最先用西昆体诗人擅长的典赡华美的语言进行歌颂。"张立荣：《北宋前期七言律诗研究》，第165页。
④ （宋）刘克庄：《平湖集序》，《刘克庄集笺校》卷98，中华书局2011年标点本，第4117页。
⑤ （宋）吕中：《类编皇朝大事记讲义·类编皇朝中兴大事记讲义》卷6，上海人民出版社2014年标点本，第139页。

"杨大年、刘子仪辈,其文章格力皆足以润色皇猷,黼黻云汉矣。"① 此处皆指西昆体文的风格,符合盛世朝典对应用文的需求。王称《东都事略·刘筠传》云:"亿与筠皆以文名于世,然去古既远,时尚骈俪,虽词华之妙足以畅帝谟,而议论之粹亦足以谋王体,至于属辞比事,用各有当,虽云工矣,而简严典重之体,温厚深淳之气,终有愧于古焉。"② 虽谓之"有愧于古",亦不否定其"词华之妙足以畅帝谟,而议论之粹亦足以谋王体"。钱锺书先生在给周振甫先生的一封信中说:"樊南四六与玉溪诗消息相通,犹昌黎文与韩诗也。杨文公(亿)之昆体与其骈文,此物此志。"③ 西昆体诗与骈文在用典、辞藻上确乎相似。西昆体文符合润色盛世的需要,但当西昆体诗人用作骈文的手法写出富艳华丽、用事过多的诗时,却有悖于传统的诗歌审美观念,而被真宗"黜落"。

二 省题诗与西昆体

科举是宋代士人入仕最主要的手段,诗赋在科举中占有重要地位。不过如果将诗与赋分开说,赋的地位又比诗高。"宋代试诗在科举中地位下降,举子投入的精力相对要少。"④ 欧阳修云:"自科场用赋取人,进士不复留意于诗,故绝无可称者。"⑤ 刘克庄云:"本朝亦以诗赋设科,然去取予夺一决于赋。"⑥ 即便如此,宋初科举考试中的省题诗仍有其重要性⑦,这一重要性影响了北宋前期西昆体的传播和接受。

(一) 西昆体与省题诗的相通点

省题诗的重要性虽然不如赋,但并非不重要。南宋陈宓《跋韩载

---

① (宋)吕中:《类编皇朝大事记讲义·类编皇朝中兴大事记讲义》卷7,第146页。
② (宋)王称:《东都事略》卷47,齐鲁书社2000年标点本,第372页。
③ 转引自周振甫《李商隐选集序》,《李商隐选集》,上海古籍出版社1986年版。
④ 祝尚书:《宋代科举与文学》,第266页。
⑤ (宋)欧阳修:《六一诗话》,《六一诗话·白石诗说·滹南诗话》,第16页。
⑥ (宋)刘克庄:《李耘子诗卷跋》,《刘克庄集笺校》卷99,第4163页。
⑦ 祝尚书先生曰:"凡体制与省题相同的诗,不管是否用于省试,也无论是否用于科场,宋人都称为'省题诗'。"故祝先生也将之称为省题诗。参见祝尚书《宋代科举与文学》,第249页。本书从其说,仍用省题诗之称。

叔省题诗》云："进士以赋为工，而诗殿其后，虽才高者，往往忽不经意，薄暮取办仓悴。不知观人之衍，每在细微，况此所关不小，纸穷卷尽，忽得孤罴于深丛，顾可忽哉！"① 科举考试中，诗赋为一场，一日之内考毕，所谓"纸穷卷尽，忽得孤罴于深丛"，乃指阅卷官在试卷之末读得一首好的省题诗，因为宋代考诗赋，需在试卷上先写赋，然后写诗，② 故有此言；作诗时天色已晚，故曰"薄暮取办仓悴"。由此可见省题诗在考试中的地位：一方面是其地位在科举考试中与唐代相比有所下降，另一方面又不能不重视省题诗。如此一来，对于"鸡肋"般的省题诗，就只能是追求一种"事半功倍"的效果，即短时间内创作质量较高的省题诗。那么西昆体会不会影响到省题诗的创作呢？我们可以通过下面两点来看西昆体与省题诗的相通之处：

1. 限时与限题

省题诗限定题目，使得举子不能拿旧稿交差，需现场创作。我们已知省题诗的创作时间非常紧张，只能"仓悴"为之，这样一来，晚唐体"两句三年得"的苦吟就显得太不适用，与之相反的是白体，虽然来得快，但白体应该是举子首先不予考虑的风格，因为其太过平易，除了在声韵、结构上中规中矩以外，白体诗很难有让人眼前一亮之效。而且，宋代省题诗的诗题与常规诗题材相差甚远。"随着宋代儒学复兴运动的勃兴和科举考试的规范化，命题的指导思想也逐渐发生了变化：需从经、子、史书中寻找题目出处。"③ "早在太宗年代，诗赋题目已开始取向于礼乐刑政、典章文物。"④ 在种种限制和要求下，原本"情动于中而形于言"的诗歌，在科举考试中变为一种快速"制造"或"组装"而非"创造"的产品。为达到这种地步，举子有两条路可走：一是将自己训练成具有非凡创造力的诗人，能够在短时间内凭才

---

① 曾枣庄、刘琳主编：《全宋文》卷6964，第305册，第180页。
② 《附释文互注礼部韵略》附《条式》云："举人书写试卷……写赋毕，次行便写诗题。"（宋）丁度等修：《附释文互注礼部韵略》，《四部丛刊续编》本。
③ 祝尚书：《宋代科举与文学》，第252页。
④ 祝尚书：《宋代科举与文学》，第255页。

学作出一篇好诗；二是找到一套简单有效的创作套路，变创作省题诗为一种轻松的行为。很显然，第二条路是大多数人的选择。

从时间快、创作方法简单这两点来看，西昆体完全符合省题诗的要求。张明华先生在《西昆体研究》一书中将西昆体作品和李商隐诗歌进行比较，认为"《西昆集》在用典上比义山诗更加浓密和均匀"，并且认为这种情况的原因包括杨、刘等人饱学，编书环境刺激他们用典，唱和的竞技性激发用典等。① 其实，西昆体用典密集的原因并不仅限于此，更主要的原因是，西昆体诗人取法的，是李商隐诗歌中用典密集的两类：咏史诗和咏物诗。

李商隐咏史诗如《茂陵》："汉家天马出蒲梢，苜蓿榴花遍近郊。内苑只知含凤觜，属车无复插鸡翘。玉桃偷得怜方朔，金屋修成贮阿娇。谁料苏卿老归国，茂陵松柏雨萧萧。"② 咏物诗如《泪》："永巷长年怨绮罗，离情终日思风波。湘江竹上痕无限，岘首碑前洒几多。人去紫台秋入塞，兵残楚帐夜闻歌。朝来灞水桥边问，未抵青袍送玉珂。"③ 就是分别把与汉武帝、泪有关的典故，按照诗人事先构想的诗意组合起来。这是李商隐用典最密集的一部分诗，西昆体所学的，正是这一部分，而且还将此方法运用于其他题材的诗歌创作中，故而显得西昆体比李商隐诗歌用典浓密均匀。《蔡宽夫诗话》云："荆公尝云：'诗家病使事太多，盖皆取其与题合者类之，如此乃是编事，虽工何益？若能自出己意，借事以相发明，情态毕出，则用事虽多，亦何所妨？'"④ 如李商隐《茂陵》《泪》之属，便是"取其与题合者类之"者，而西昆体所重点学习的，正是这种创作手法。这种方法，今人称之为"赋咏"。"即运用抽象视角，求全求广，求稳求平，梳理物类的基本属性和历史渊源，着重体现作者的知识修养和语言技巧。"⑤

---

① 参见张明华《西昆体研究》，第131—134页。
② 刘学锴、余恕诚集解：《李商隐诗歌集解》，第607页。
③ 刘学锴、余恕诚集解：《李商隐诗歌集解》，第1820页。
④ 郭绍虞辑：《宋诗话辑佚》卷下，第419页。
⑤ 谢琰：《北宋前期诗歌转型研究》，第45—46页。

如果我们深入体会，就会发现这种诗歌实际上非常容易成篇。我们只需要想出与诗题有关的典故，然后按一定顺序组合起来，就可以成为一首诗了。写鹤，便写华亭、性警、白羽毛、《诗经·鹤鸣》《鹤经》《别鹤操》，并用鲍照《舞鹤赋》中语；写泪，便写巴猿、陈阿娇、宋玉悲秋、蔡文姬、鲛人泣珠、新亭对泣、《白头吟》《易水歌》《黍离》等，并用江淹《别赋》中语；写成都，便写五丁开山、白帝、卧龙、蚕丛、望帝、司马相如、巴寡妇清、《剑阁铭》、《长恨歌》等。西昆体诗大都如此。这种手段简单有效之处，是在规定题材的情况下，能于短时间内作出有模有样的诗。这与省题诗限时限题的要求是不谋而合的。木斋先生说，如果学习西昆体，"你只要有学问，就可以作诗了……给没有生活根底而又富有学识的学者一条写诗的道路"①。其实并不需要多有学识，只消记得典故，就可以作诗了。

欧阳修《论更改贡举事件札子》言："今贡举之失者，患在有司取人先诗赋而后策论，使学者不根经术，不本道理，但能诵诗赋，节抄《六帖》、《初学记》之类者，便可剽盗偶俪，以应试格。"② 司马光《起请科场札子》也说："至于以赋、诗、论、策试进士，及其末流，专用律赋、格诗取舍过落，摘其落韵、失平侧、偏枯不对、蜂腰鹤膝，以进退天下士……是致举人专尚辞华，不根道德，涉猎抄节，怀挟剿剽，以取科名，诘之以圣人之道，未必皆知。"③ 举子所作之诗，往往是摘抄类书中典故，组合成诗，以此争胜。这与西昆体的创作思路，即将与诗题有关的典故按照诗人预设的诗意组合起来，是一样的。

2. 朝廷重文之号召

西昆体虽说有套路可循，简单易作，但前提是需要掌握足供驱使的典故。据《容斋随笔》载："国朝淳化三年，太宗试进士，出《卮

---

① 木斋：《宋诗流变》，第72页。
② （宋）欧阳修：《欧阳修全集》卷104，第1590页。
③ 李文泽、霞绍晖校点整理：《司马光集》卷52，四川大学出版社2010年标点本，第1082页。

言日出赋》题。孙何等不知所出,相率扣殿槛乞上指示之,上为陈大义。"① 连被王禹偁誉为"文章似六经"② 的孙何,都不知"厎言日出"的出处,宋初举子委实难称博学。但据《续资治通鉴长编》载,这一次考试"得汝阳孙何以下凡三百二人,并赐及第,五十一人同出身"③。孙何中了第一,说明他的应试能力非常了得。知识水平不高却有较高的应试能力,其得第手段,即如上引欧阳修所言"节抄《六帖》、《初学记》之类者",得益于对各种类书的死记硬背。除此之外,当时举子还重视《文选》。陆游《老学庵笔记》云:"国初尚文选,当时文人专意此书,故草必称'王孙',梅必称'驿使',月必称'望舒',山水必称'清晖'。至庆历后,恶其陈腐,诸作者始一洗之。方其盛时,士子至为之语曰:'《文选》烂,秀才半。'"④《雪浪斋日记》云:"昔人有言:'《文选》烂,秀才半。'正为《文选》中事多,可作本领尔。"⑤ 举子对《文选》的重视,盖有取于其中多事典,可资考试之用。

重视类书和《文选》,也是西昆体诗人或受西昆体影响的诗人的特点。参加西昆唱和的诗人,大部分即参加了《册府元龟》这部类书的编纂,后来晏殊等人又从《册府元龟》中掇取善美之事,编成《天和殿御览》,也等于参加了类书编纂。此外,晏殊还自编《类要》,"乃知公于六艺、太史、百家之言,骚人墨客之文章,至于地志、族谱、佛老、方伎之众说,旁及九州之外,蛮夷荒忽诡变奇迹之序录,皆披寻绅绎,而于三才万物变化情伪,是非兴坏之理,显隐细巨之委曲,莫不究尽"⑥,也是类书性质。另如《春明退朝录》载:"唐明皇

---

① (宋)洪迈:《容斋随笔》卷3,中华书局2005年标点本,第31页。
② 《诗话总龟》载:"丁晋公、孙何齐名。翰林学士王元之延誉,尝言二人可使白衣充修撰。尝赠之诗曰:'三百年来文不振,直从韩柳到孙丁。如今便合教修史,二子文章似六经。'"(宋)阮阅编:《诗话总龟》前集卷4,第39页。
③ (宋)李焘:《续资治通鉴长编》卷33,第734页。
④ (宋)陆游:《老学庵笔记》卷8,中华书局1979年标点本,第100页。
⑤ 转引自(宋)胡仔纂集《苕溪渔隐丛话》后集卷2,第9页。
⑥ (宋)曾巩:《类要序》,《曾巩集》卷13,中华书局1984年标点本,第210页。

以诸王从学,命集贤院学士徐坚等,讨集故事兼前世文辞,撰《初学记》。刘中山子仪爱其书,曰:'非止初学,可为终身记。'"① 这些都表明西昆体诗人和举子一样,重视类书。除此之外,当时受西昆体影响的诗人,也十分注重《文选》。王得臣《麈史》载:"乡人传元宪母梦朱衣人畀一大珠,受而怀之,既寤犹觉暖,已而生元宪。后又梦前朱衣人携《文选》一部与之,遂生景文,故小字'选哥'。二公文学词艺冠世,天下谓'二宋'。"② 此事虽有灵异成分,然宋祁《荆南府君行状》谓其父宋玘"雅性强记,暗诵诸经及梁昭明《文选》,以教授诸子"③,宋祁弟兄受《文选》之影响自不待言。宋祁又说:"手抄《文选》三过,方见佳处。"④ 可见《文选》在他心目中的地位非同一般。

程杰先生指出,真宗"要求文臣要'多闻好学'、'精详典礼',所言应'皆有所据'……这一新的创作标准,需要作家有励精积学、潜心钻研的工夫"⑤。西昆体就是这一风气的产物,从使事用典上来讲,《西昆酬唱集》就是符合这一要求的教科书。科举之主司,会根据皇帝的口味来铨衡举子的诗赋。这样,举子偏向学习西昆体,可说是顺理成章之事。学习西昆体使事用典的创作方法,可以显示举子之"博学",而且这种博学,可以通过背诵类书、《文选》达到,不用博览群书,极省工夫。西昆体诗人或受西昆体影响的诗人对类书、《文选》的重视,也说明西昆体与科举考试中的诗赋有相同之处。简单易作而又符合举子文学修养(突出在掌握典故方面)的西昆体容易为举子所借鉴。另外,律赋的考试,也需要大量用典,而这些典故,同样可以运用在省题诗中,举子完全可以把大量时间花在比诗重要的律赋上,而将诗作为律赋的副产品。可以看出,如果作省题诗前学习西昆

---

① (宋)宋敏求:《春明退朝录》卷下,中华书局1980年标点本,第45—46页。
② (宋)王得臣:《麈史》卷中,上海古籍出版社1986年标点本,第32页。
③ 曾枣庄、刘琳主编:《全宋文》卷525,第25册,第84页。
④ (宋)王得臣:《麈史》卷中,第37页。
⑤ 程杰:《北宋诗文革新研究》,第35—36页。

体，实在是科考的一种捷径。

（二）西昆体与省题诗的比较

启功先生认为明清的"试帖诗基本上属于咏物诗，但所咏的不限定某一物，而是咏'题'，题目中所有的几项内容，都要从他们的上下、左右、前后、正反、内外各个方面挖空心思拉拉扯扯"①。宋代的省题诗也是如此。如文彦博的两首省题诗：

> 国重司寒祭，羔羊献礼陈。开冰遵旧典，荐庙属昌辰。肥牷方登俎，清壶冀飨神。虫疑非蚤夏，狐听异先春。凿凿凝光莹，峨峨发彩新。何当比鱼上，从此出迷津。（《天圣五年春省试献羔开冰》）②

> 汉祀精禋洁，云亭禅礼殊。金泥伸秘检，车毂尚编蒲。越席侔前制，文茵愧后涂。软轮同致美，规地用难符。翠帟芳蕤集，华芝秀彩敷。升中仪矩盛，备物壮皇图。（《省试蒲车诗》）③

第一首第一句谓冬祭，第二句谓献羔羊，第三句谓开冰，第四句谓祭献，第五句谓献羔羊，第六句谓祭献，第七、第八句谓冰化早，第九、第十句谓冰形状，第十一句谓冰释而出比鱼祥瑞，第十二句谓臣下因睹祥瑞而明何去何从，且迷津又与冰所化之水有关。第二首第一、第二句谓汉武帝重神，第三句谓汉武帝重贤，第四句谓蒲车征贤，第五句谓蒲车之席，第六句谓蒲车之茵，第七、第八句谓蒲，第九句谓蒲车之帷，第十句谓蒲车之盖，第十一、第十二句谓武帝封禅盛礼〔此诗作于仁宗天圣八年（1030）④，数言封禅敬神，盖有以真宗比汉

---

① 启功：《说八股》，《北京师范大学学报》（社会科学版）1991年第3期。
② 北京大学古文献研究所编：《全宋诗》卷273，第3481页。
③ 北京大学古文献研究所编：《全宋诗》卷273，第3481页。
④ 司马光《温公续诗话》云："科场程试诗，国初以来，难得佳者。天圣中，梓州进士杨寘，始以诗著。其天圣八年省试《蒲车诗》云：'草不惊皇辙，山能护帝舆。'是岁以策用清问字下第。"（清）何文焕辑：《历代诗话》，中华书局1986年标点本，第275页。可知文彦博此诗亦作于天圣八年（1030）。

武之意］。两诗皆句句咏题、句句用典。我们再看《西昆酬唱集》中的诗，尤其是咏物诗，就是围着所咏之物，用与之有关的典故从各个方面说。如杨亿《梨》：

> 繁花如雪早伤春，千树封侯未是贫。汉苑谩传卢橘赋，骊山谁识荔枝尘。九秋青女霜添味，五夜方诸月溜津。楚客狂酲嘲已解，水风犹自猎汀苹。①

第一句写梨花，第二句用"千树梨"事；颔联用烘托手法，谓卢橘、荔枝不如梨；颈联写梨的味道、汁液；第七句写梨解酲之功效，第八句写梨花与杨花同季节。全诗每一联无不与诗题有关。方回《瀛奎律髓》将此诗选入《着题类》②，正因其"解题"之妙。《西昆酬唱集》中的咏物诗，基本上是相似的写法。当然，省题诗需"咏题"，而非简单咏物，二者有区别，但是这种围绕题目从多方面来"咏"的方法，却是西昆体与省题诗共有的特征。我们再来看《西昆酬唱集》中钱惟演的《夜宴》：

> 昨夜燕南堂，华灯烛九光。削青争落笔，举白斗飞觞。只觉辉裴玉，宁思梦谢塘。解烦多密勺，藉俎半兰芳。促席风弦怨，开帘月露凉。酡颜君莫诉，西北转银潢。③

第一句谓夜宴，第二句谓灯光，第三、第四句谓夜宴上斗文采、喝酒，第五、第六句夸赞与宴之人，第七、第八句谓酒与食物，第九句谓音乐，第十句谓夜，第十一句谓酒醉，第十二句谓夜将尽。全诗围绕"夜""宴"二字做文章，不离左右，句句用典，与上引文彦博两诗在章法结构上相去无几，唯色泽较之为浓耳。

---

① （宋）杨亿编，王仲荦注：《西昆酬唱集注》卷上，第136—137页。
② （元）方回选评：《瀛奎律髓汇评》卷27，第1184—1185页。
③ （宋）杨亿编，王仲荦注：《西昆酬唱集注》卷上，第63—64页。

我们将一首省题诗与《西昆酬唱集》中题材相近的诗进行比较，效果就更直观。仁宗嘉祐四年（1059）二月二十八日，殿试《求遗书于天下》诗，下面是杨杰的作品：

> 炎德牟三代，文章叹烬余。千金期重赏，诸郡购遗书。东鲁藏经出，西秦挟律除。儒生搜简毕，谒者鹜轩车。阙史修兰省，亡诗补石渠。愿观新四部，清禁直明庐。①

我们再来看杨亿《受诏修书述怀感事三十韵》的前半部分：

> 太极垂裳日，中原偃革初。楼船秋发咏，衡石夜程书。好问虚前席，征贤走传车。蓬莱侔汉制，煨烬访秦余。绀绎资金匮，规模出玉除。纷纶开四部，秘邃接千庐。饫赐双鸡膳，亲回六尺舆。华芝下阊阖，白羽拥储胥。望气成龙虎，披文辨鲁鱼。清光无咫尺，玄览亦踟蹰。②

我们比较这两首诗的诗句③，就可以发现这两段文字在思想与风格上极其相似。当然，不能不考虑这两首诗在题材上相近，而且巧得很，韵脚韵部也相同。不过就算不从这两方面着眼，其相似性也不可避免：两首诗都从各方面来"咏题"（一个求遗书，另一个修书），所以两首诗都涉及与书有关的各种意象，又由于两首诗都用典，便搜罗了与书有关的常用典故，诗中的意象就难免重合或相近。所以造成两首诗相似的真正原因，是创作手法（咏题和用典）的相似。

（三）科举对西昆体接受的影响的再思考

那么是不是就可以说西昆体影响了省题诗的创作呢？在下结论之

---

① 北京大学古文献研究所编：《全宋诗》卷764，第7863页。
② （宋）杨亿编，王仲荦注：《西昆酬唱集注》卷上，第1—4页。
③ "炎德牟三代"与"太极垂裳日，中原偃革初"；"文章叹烬余"与"煨烬访秦余"；"谒者鹜轩车"与"征贤走传车"；"阙史修兰省，亡诗补石渠"与"绀绎资金匮，规模出玉除"；"愿观新四部，清禁直明庐"与"纷纶开四部，秘邃接千庐"。

前，我们先看一首西昆体还未出现时，王禹偁为准备科考而习作的省题诗：

> 尧舜钦天日，羲和正历时。铜浑列辰象，玉烛照华夷。真宰潜能秉，飞廉讵可吹。祥光长赫矣，佳号得温其。衔处非龙首，燃来岂凤脂。皇明方比盛，鉴物自无私。（《四时和为玉烛诗》）①

第一、第二、第三句谓四时和稳，第四句谓玉烛光照，第五句谓皇帝能秉和气，第六句谓无谀臣破坏和气，第七、第八句谓玉烛之美，第九、第十句谓玉烛乃和气而非矫作，第十一、第十二句赞美顺应和气之皇明。《尔雅》云："四气和谓之玉烛。"② 郭璞注云："道光照。"③ 邢昺疏云："注云'道光照'者，道，言也，言四时和气，温润明照，故曰玉烛。"④ 这首诗一直围绕玉烛和气用典下字。后来孔文仲作过同题诗：

> 圣王臻大治，四海属休戈。遂致阴阳顺，均如玉烛和。德威周远迩，民俗被渐摩。品物皆蕃殖，昌辰绝札瘥。气充诸夏润，祥应太平多。华旦今如此，庸才愿咏歌。（《玉烛》）⑤

第一、第二句谓太平乃和气之因，第三句谓和气，第四句谓玉烛光照，第五、第六句美顺应和气之皇威，第七、第八、第九、第十句谓和气之表现，第十一、第十二句谓愿歌颂和气。此诗与王诗在章法结构、句句用典等方面几无二致。孔文仲是嘉祐六年（1061）进士，这首诗当为其习作，与上引杨杰《求遗书于天下》诗的创作时间相去

---

① 北京大学古文献研究所编：《全宋诗》卷69，第789页。
② （晋）郭璞注，（宋）邢昺疏：《尔雅注疏》卷6，北京大学出版社2000年标点本，第184页。
③ （晋）郭璞注，（宋）邢昺疏：《尔雅注疏》卷6，第184页。
④ （晋）郭璞注，（宋）邢昺疏：《尔雅注疏》卷6，第185页。
⑤ 北京大学古文献研究所编：《全宋诗》卷842，第9759页。

不远，甚至可能在杨诗前，与西昆体盛行的时代相近。此诗在章法结构上与西昆体产生之前的王禹偁诗，并无太大区别，与上引西昆体盛行时文彦博所作的两首省题诗，章法结构也相近。由此可见，西昆体在章法结构上对于省题诗的写法并无太多影响。

实际上，省题诗的章法结构，在唐代就已经如此了。唐代省题诗的题目未尽如宋代之出于经、子、史书，不过也有一部分与宋代省题诗题材范围相近。《文苑英华》卷一百八十至卷一百八十九选录了唐代人的省试诗，其中与宋代省题诗题材相近者如李观《中和节诏赐公卿尺》：

> 阳和行庆赐，尺度为臣工。一作"及群工"。宠荷乘一作"承"。佳节，倾心立大中。短长恩合制，远近贵相同。共荷裁成德，将酬分寸功。作程施有用，一作"政"。垂范播无穷。愿续延洪一作"南山"。寿，千春奉圣躬。①

柳宗元《观庆云图》：

> 设色方成象，卿云示国都。九天开秘旨，百辟赞嘉谟。抱日依龙衮，非烟近御炉。高标连汗漫，回望接虚无。裂素云光发，舒华瑞色敷。恒将配尧德，垂庆代河图。②

蒋防《藩臣恋魏阙》：

> 剖竹随皇命，分忧镇大藩。恩波怀魏阙，献纳望天阍。政奉南风顺，心依北极尊。梦魂通玉陛，动息寄朱轩。直以蒸黎念，思陈政化源。如何子牟意，今古道斯存。③

---

① （宋）李昉等编：《文苑英华》卷180，中华书局1966年影印本，第881页。
② （宋）李昉等编：《文苑英华》卷180，第884页。
③ （宋）李昉等编：《文苑英华》卷180，第884页。

李肱《霓裳羽衣曲》：

> 开元太平时，万国贺丰岁。梨园献《文粹》作"厌"。旧曲，玉座流新制。凤管递参差，霞衣竞摇曳。宴罢水殿空，辇余春草细。蓬壶事已久，仙乐功无替。谁《文粹》作"讵"。肯听遗音，圣明知善继。①

其写法与宋代省题诗相同，用典下字，皆不离题目左右。由此可见，虽然唐代省题诗的题材范围较宋代宽泛得多，但是两代相同题材的省题诗，其章法结构却是一脉相承的。在西昆体出现之前，省题诗就已经有其固定写法了，举子写作省题诗，并不需要《西昆酬唱集》在章法结构上的示范作用。

那么是不是就可以说西昆体对省题诗没有影响了呢？也未必尽然。西昆体除了结构章法和使事用典以外，还有辞藻华丽的一面。据《续资治通鉴长编》记载：

> 天圣七年五月己未朔，诏礼部贡举。庚申，诏曰："朕试天下之士，以言观其趋向。而比来流风之敝，至于会萃小说，碟裂前言，竞为浮夸靡曼之文，无益治道，非所以望于诸生也。礼部其申饬学者，务明先圣之道，以称朕意焉。"②

> （仁宗明道二年十月）辛亥，上谕辅臣曰："近岁进士所试诗赋多浮华，而学古者或不可以自进，宜令有司兼以策论取之。"③

一诏一谕皆为科举诗赋之浮华风气而发。前引王禹偁诗，没有浮华的特点，说明省题诗的浮华之风产生在王禹偁的时代之后，也就是

---

① （宋）李昉等编：《文苑英华》卷184，第902页。
② （宋）李焘：《续资治通鉴长编》卷108，第2512页。
③ （宋）李焘：《续资治通鉴长编》卷113，第2639页。

西昆体盛行的时期，而这一诏一谕颁布的时间也在西昆体盛行时。虽然现在难以见到作于明道二年（1033）以前的"浮夸靡蔓""浮华"的省题诗，但是从这一诏一谕来看，西昆体辞藻富赡的特点，确实对当时的省题诗创作产生了影响，而且影响深远，所以朝廷才会两次纠拨之。王珪被认为是受西昆体影响较深的诗人，考察他的拟试省题诗，可以看清省题诗与西昆体的关系。王珪有一首《采藻为旒》，为皇祐五年（1053）拟省试之作，诗云：

> 端扆垂君治，颙昂十二旒。藻文兼组烂，玉气若虹浮。体重宸居邃，仁深帝视收。珠光延外烛，星采会中稠。法服虽周盛，岩廊自舜游。无为格天下，涵德永孚休。①

因为诗题的原因，这首诗珠光宝气较多，有点"浮夸靡蔓""浮华"的味道。王珪还有两首《拟试置章御座诗》：

> 睿听来嘉论，忧勤政事昌。颙颙瞻帝座，谔谔置臣章。语切青规上，文留黼扆傍。受言初拜禹，罪己忽兴汤。进牍须盈几，垂衣岂下堂。只应千载治，危谏属忠良。②
> 君心图治切，座置直臣章。密奏留中宸，虚怀拱峻廊。聪明开二帝，道德劝三王。温室焚初稿，丹帷缉旧囊。程书劳夜览，造膝被天光。欲识忧民意，忠规不可忘。③

这两首诗较之他的"至宝丹"诗，色泽要清淡得多。孔文仲也有一首《置章御座》：

> 圣皇勤政治，虚己纳忠良。拱手居宸扆，留神置谏章。孜孜

---

① 北京大学古文献研究所编：《全宋诗》卷491，第5952页。
② 北京大学古文献研究所编：《全宋诗》卷491，第5952页。
③ 北京大学古文献研究所编：《全宋诗》卷491，第5952页。

收国论，密密迩天光。中昃常游息，焦劳慎作荒。至言规汉后，无逸戒周王。默处岩廊邃，洪基可世长。①

此诗与王珪二诗，在风格上区别不明显。从二人同题诗的比较可以看出，即便是受西昆体影响较深的诗人，其拟省题诗的风格已与常人之作风格相近。由此可见上引一诏一谕对于省题诗的写作风格，有较大的影响。

欧阳修云："夫时文虽曰浮巧，然其为功，亦不易也。仆天姿不好而强为之，故比时人之为者尤不工，然已足以取禄仕而窃名誉者，顺时故也。先辈少年志盛，方欲取荣誉于世，则莫若顺时。"②虽然欧阳修这里说的是时文，但省题诗也是如此。省题诗的浮华靡曼，乃是时代风气，如果想要博取功名，就须顺应时风也即"顺时"。另外，杨、刘等西昆体诗人以及受西昆体影响的晏殊、宋祁等人都曾主持科举考试，举子顺着主考官的兴趣作诗，自然会影响到省题诗的诗风；主考官也会欣赏符合自己审美风格的诗文，如宋庠、宋祁兄弟便是刘筠榜的进士。所谓"利之所在，人无不化"③，西昆体与省题诗章法结构的相似，使得举子学起西昆体来容易入手，学习西昆体既满足省题诗在章法结构上的要求，又可以符合主考官的喜好，何乐而不为？

西昆体对省题诗的影响，主要是形成省题诗"浮华"的诗风。西昆体的特点包括几个方面，辞藻华丽是其中之一。科举考试对于西昆体接受的促进作用，也当从这方面来考虑。西昆体作为一种诗歌范本，在士大夫圈子中的流传有限，而后人普遍认同的西昆体风行天下的盛况，实际上主要是因科举而来。不过，随着朝廷对浮华风格的纠禁，通过上引王珪和孔文仲的诗，我们可以看到至少在皇祐年间以后，西昆体对省题诗的影响已基本上不存在，而科举对于西昆体接受的促进

---

① 北京大学古文献研究所编：《全宋诗》卷842，第9759页。
② （宋）欧阳修：《与荆南乐秀才书》，《欧阳修诗文集校笺》之《居士集》卷47，第1174页。
③ （宋）苏轼：《拟进士对御试策》，《苏轼文集》卷9，第301页。

作用也就消失了，进而可知，熙宁间科举罢诗赋，对西昆体的接受，也就基本上不产生影响了。

第五节 "西昆"一词含义在接受中的发展变化

随着《西昆酬唱集》的产生和西昆体的传播，"西昆"一词的含义渐渐发展变化，主要表现为由宋前的大多数情况下指称昆仑山发展为宋代越来越多地指代秘阁，由概指西昆体诗扩展为包括李商隐诗和西昆体文。

一 从昆仑之称到秘阁之代称

西昆一词不始于《西昆酬唱集》，最开始的含义也和西昆体无关。沈约《和谢宣城》云："牵拙谬东泛，浮惰及西昆。"① 李善注曰："西昆，谓崦嵫，日之所入也。"② 以西昆为崦嵫山。徐陵《天台山馆徐则法师碑》："长生之树，尚挺西昆。"③《淮南子》云："掘昆仑虚以下地，中有增城九重，其高万一千里百一十四步二尺六寸。上有木禾，其修五寻，珠树、玉树、琁树、不死树在其西。"④ 许慎注曰："在木禾之西也。"⑤ 故此处西昆谓昆仑山西面。

宋代以前，西昆一词在大多数情况下都指昆仑山。如王僧孺《赠顾仓曹诗》："洛阳十二门，楼阙似西昆。"⑥ 庾信《奉和法筵应诏》："五城邻北极，百雉壮西昆。"⑦ 刘璠《雪赋》云："似北荒之明月，

---

① （梁）萧统编：《文选》卷30，上海古籍出版社1986年影印本，第1419页。
② （梁）萧统编：《文选》卷30，第1420页。
③ （陈）徐陵撰，许逸民校笺：《徐陵集校笺》卷10，中华书局2008年标点本，第1311页。
④ 何宁：《淮南子集释》卷4，中华书局1998年标点本，第322—323页。
⑤ 何宁：《淮南子集释》卷4，第323页。
⑥ （唐）欧阳询：《艺文类聚》卷31，上海古籍出版社1982年标点本，第554页。
⑦ （北周）庾信撰，（清）倪璠注：《庾子山集注》卷3，中华书局1980年标点本，第222页。

若西昆之阆风。"① 陈叔达《大唐宗圣观铭》："扬尘东海，问道西昆。"② 朱子奢《昭仁寺碑铭序》："选杞梓于南郢，征琬玉于西昆。"③ 王绩《过山观寻苏道士不见题壁四首》（其三）："心疑游北极，望似陟西昆。"④ 李峤《为何舍人贺御书杂文表》："珍宝之精，下烛西昆之岫；文章之气，上缠东壁之象。"⑤ 杨炯《遂州长江县先圣孔子庙堂碑》："西昆玉阙，南海金堂。"⑥ 刘宪《兴庆池侍宴应制》："自然东海神仙处，何用西昆辙迹疲。"⑦ 戴璇《大唐圣祖元元皇帝灵应碑》："至若王母西昆，比之如朝菌；麻姑东海，涵之如夏虫。"⑧ 李商隐《为马懿公郡夫人王氏黄箓斋文》："何必银台，远居东海；讵资瑶阙，近到西昆？"⑨《为河东公上翰林院学士贺冬启》："居石室于西昆，自通仙路；坐银台于东海，不接人寰。"⑩《梓州道兴观碑铭并序》："图石室于西昆，犹资粉墨。"⑪ 所言之西昆皆指西方昆仑山。

杨亿《西昆酬唱集序》云："取玉山策府之名，命之曰《西昆酬唱集》云尔。"以西昆代指帝王藏书之所。这种用法也不始于杨亿，唐代上官仪已用之。上官仪《为朝臣贺凉州瑞石表》云："臣等历选皇猷，稽河图于东序；详观帝箓，披册府于西昆。"⑫ 李商隐《太尉卫公会昌一品集序》云："公又观图东序，按牒西昆。"⑬ 不过据现存资料，唐代称帝王藏书之所为西昆，比称昆仑山为西昆的情况要少得多。

宋代西昆一词，主要是指西昆体诗文以及李商隐诗，不过由于

---

① （唐）欧阳询：《艺文类聚》卷2，第25页。
② （清）董诰等编：《全唐文》卷133，中华书局1983年影印本，第1337页。
③ （清）董诰等编：《全唐文》卷135，第1365页。
④ （唐）王绩：《王无功文集》卷3，上海古籍出版社1987年标点本，第95页。
⑤ （清）董诰等编：《全唐文》卷243，第2460页。
⑥ （唐）杨炯：《杨炯集》卷4，中华书局1980年标点本，第63页。
⑦ （清）彭定求等编：《全唐诗》卷72，中华书局1960年标点本，第782页。
⑧ （清）董诰等编：《全唐文》卷329，第3339页。
⑨ 刘学锴、余恕诚：《李商隐文编年校注》，中华书局2002年标点本，第721页。
⑩ 刘学锴、余恕诚：《李商隐文编年校注》，第2001页。
⑪ 刘学锴、余恕诚：《李商隐文编年校注》，第2042页。
⑫ （清）董诰等编：《全唐文》卷155，第1581页。
⑬ 刘学锴、余恕诚：《李商隐文编年校注》，第1659页。

《西昆酬唱集》和西昆体的流传，也影响到西昆一词其他含义的使用。杨亿在咸平六年（1003）的《秘阁舒职方知舒州》诗中已云："西昆册府控千庐，铅笔多年校鲁鱼。"①《贺资政学士王侍郎》云："论思东序清闲宴，偃息西昆翰墨林。"② 皆在《西昆酬唱集》成书之前。在《西昆酬唱集》成书之后，西昆用作秘阁的代名词的情况多了起来。胡宿《送宝应李尉》诗云："西昆已挟凌云誉，外户全消击柝声。"③ 宋祁《颍上唐公张集仙相劳》诗云"共束西昆帙"，自注曰："唐公与予同书局，又相次得郡来。"④ 又《和石学士直舍晨兴》诗云："新年居右席，此地到西昆。"⑤ 苏颂《暇日游逍遥台睹南华塑像独置一榻旁无侍卫前无香火对之歆然起怀古之思因抒长句一千四百字题于台上》云："逢辰偶得仕通籍，徼幸当与游西昆。"⑥ 毕仲游《谢召试入馆启》云："矧是西昆之奥，上连东壁之精。"⑦ 朱翌《送吏部张尚书帅成都一百韵》云："西昆收俊乂，东壁绝尘嚣。"⑧ 胡寅《二弟在远经年无书张倩忽来相看蔡生以诗见庆次其韵》云："东榻人材惭润玉，西昆诗韵胜芳兰。"⑨ 周必大《恭和御制幸秘书省诗二首》（其一）云："群玉西昆富典章，二星东壁粲辉光。"⑩《徐商老参议直阁进书登瀛创儒荣堂来索鄙句许示奏稿寄题》云："西昆东观有光华。"⑪ 杨万里《送沈虞卿秘监修撰将漕江东》（其一）云："东壁二星云汉近，西昆群玉简编香。"⑫ 项安世《二十四日省宿次杨文公集贤宿直韵兼拟其

---

① 北京大学古文献研究所编：《全宋诗》卷118，第1373页。
② 北京大学古文献研究所编：《全宋诗》卷119，第1381页。
③ 北京大学古文献研究所编：《全宋诗》卷183，第2105页。
④ 北京大学古文献研究所编：《全宋诗》卷207，第2365页。
⑤ 北京大学古文献研究所编：《全宋诗》卷218，第2518页。
⑥ 北京大学古文献研究所编：《全宋诗》卷522，第6336页。
⑦ 曾枣庄、刘琳主编：《全宋文》卷2395，第110册，第320页。
⑧ 北京大学古文献研究所编：《全宋诗》卷1865，第20863页。
⑨ 北京大学古文献研究所编：《全宋诗》卷1875，第21013页。
⑩ 北京大学古文献研究所编：《全宋诗》卷2325，第26746页。
⑪ 北京大学古文献研究所编：《全宋诗》卷2328，第26780页。
⑫ （宋）杨万里撰，辛更儒校注：《杨万里集笺校》卷22，中华书局2007年标点本，第1133页。

体》云："倦投东观中郎笔，起读西昆病监书。"① 徐元杰《跋刘状元集后》云："迨夫名与时显，学随年进，驰竞之情遣，公非西昆时矣。"② 皆是此用法，而且以西昆指帝王藏书之所的用法比唐代这种用法所占比例高得多。可见由于西昆体的影响，西昆一词除了指西昆体诗、西昆体文和李商隐诗以外，其用法由宋代以前倾向于指称昆仑山，转变为宋代越来越多地指代秘阁。

二 从西昆体诗到李商隐诗

学界根据现存资料，一般认为将李商隐诗歌称为西昆体，以宋代释惠洪《冷斋夜话》所记"诗到李义山，谓之文章一厄，以其用事僻涩，时称西昆体"③ 为最早。但是经过对历史材料的仔细梳理，我们发现将李商隐诗与西昆体诗混称，应可以追溯到杨亿等人还在世时。《道山清话》载："石曼卿一日在李驸马家，见杨大年写绝句诗一首云：'折戟沉沙铁未销，自将磨洗认前朝。东风不与周郎便，铜雀春深锁二乔。'后书'义山'二字。曼卿笑云：'昆里没这般文章。'"④ 石延年当着杨亿将"李义山诗里"称为"昆里"，可知杨亿在世时，已有人将李商隐诗与西昆体诗混称了。

宋金元时期将李商隐诗称为西昆体者为数不少。除前引释惠洪语外，赵汝回《云泉诗序》云："近世论诗有选体，有唐体。唐之晚为昆体。"⑤ 胡仔纂集《苕溪渔隐丛话》"西昆体"条下列李商隐诗⑥。严羽《沧浪诗话·诗体》列"李商隐体"，自注云："即西昆体也。"⑦

---

① 北京大学古文献研究所编：《全宋诗》卷2380，第27437页。
② 曾枣庄、刘琳主编：《全宋文》卷7754，第336册，第280页。
③ （宋）惠洪：《冷斋夜话》卷4，《冷斋夜话·风月堂诗话·环溪诗话》，第33页。
④ （宋）佚名：《道山清话》，中华书局1985年标点本，第13页。
⑤ 曾枣庄、刘琳主编：《全宋文》卷6941，第304册，第126页。
⑥ （宋）胡仔纂集：《苕溪渔隐丛话》前集卷22，人民文学出版社1962年标点本，第145页。
⑦ （宋）严羽著，郭绍虞校释：《沧浪诗话校释》，人民文学出版社1983年标点本，第59页。

又列"西昆体",自注云:"即李商隐体,然兼温庭筠及本朝杨、刘诸公而名之也。"① 是则不仅称李商隐诗为西昆体,更将温庭筠诗包括在内。金代元好问有"'望帝春心托杜鹃',佳人锦瑟怨华年。诗家总爱'西昆'好,独恨无人作郑笺"② 之语,刘学锴先生认为,元好问这首绝句与他的另一首论诗绝句,即"'有情芍药含春泪,无力蔷薇卧晚枝。'拈出退之《山石》句,始知渠是女郎诗"③,皆是"即以其诗评论其人诗风的高妙手段"④,故其中的"西昆"指李商隐诗。元代杨维桢《冶春口号》(其五)云:"南朝宫体袁才子,更说西昆郭孝廉。"⑤ 郭孝廉指郭翼,《元诗选》引杨维桢为其诗所作序曰:"其诗精悍者在李商隐间。"⑥ 杨维桢《齐稿序》⑦ 又径称李商隐为"李西昆",说明杨维桢也以李商隐诗为西昆体。

北宋刘跂有一首《七夕戏效西昆体》,诗云:"终年情脉脉,此夕夜迟迟。玉宇秋来阔,珠帘夜后宜。仙娥月为姊,海实树生儿。露共云车下,风将鹊扇移。鲛盘空有泪,椽笔未成诗。借取挥戈便,金釭更百枝。"⑧《西昆酬唱集》中有两组七夕诗,《七夕》为七律,《戊申年七夕五绝》为七绝,与刘跂诗体裁皆不同,而李商隐有五律《壬申七夕》《七夕偶题》,相比之下,刘跂此诗更接近李商隐诗,故诗题中西昆体当指李商隐诗。黄朝英《靖康缃素杂记》云:"余尝效昆体作《端午》诗云:'孟尝此日钟英气,王凤今朝袭庆源。五色呈祥文必显,丙时先诞位非尊。兰汤备浴传荆俗,水鸟浮江吊屈魂。却笑唐家

---

① (宋)严羽著,郭绍虞校释:《沧浪诗话校释》,第 69 页。
② 郭绍虞集解、笺释:《杜甫戏为六绝句集解·元好问论诗三十首小笺》,人民文学出版社 1978 年标点本,第 67 页。
③ 郭绍虞集解、笺释:《杜甫戏为六绝句集解·元好问论诗三十首小笺》,第 76 页。
④ 刘学锴:《李商隐诗歌接受史》,安徽大学出版社 2004 年版,第 47—48 页。
⑤ (元)杨维桢:《杨维桢诗集》之《铁崖乐府》卷 10,浙江古籍出版社 2010 年标点本,第 125 页。
⑥ (清)顾嗣立编:《元诗选二集》庚集,中华书局 1987 年标点本,第 1001 页。
⑦ (元)杨维桢:《东维子文集》卷 7,《四部丛刊》本。
⑧ 北京大学古文献研究所编:《全宋诗》卷 1072,第 12200 页。

公主骖,预令驰驿剪袛洹。"①虽云"效昆体",实则全拟李商隐《人日即事》。李诗云:"文王喻复今朝是,子晋吹笙此日同。舜格有苗旬太远,周称流火月难穷。镂金作胜传荆俗,剪彩为人起晋风。独想道衡诗思苦,离家恨得二年中。"② 二诗不仅章法脉络一样,黄诗中"此日""今朝""传荆俗"等语,也同于李诗。可见黄朝英所谓西昆体,乃谓李商隐诗无疑。元代耶律铸《拟西昆体后阁》云:"夜枕雨声细,晓窗花气浓。玉台挂秋月,绣幕生春风。藻井翠盘凤,画栏金走龙。功名是何物,只合付儿童。"③《西昆酬唱集》中无《后阁》诗,李商隐有《晓坐》诗,一名《后阁》,诗云:"后阁罢朝眠,前墀思黯然。梅应未假雪,柳自不胜烟。泪续浅深绠,肠危高下弦。红颜无定所,得失在当年。"④ 二诗无论诗题、体裁还是所写时间(早上)都相同,耶律此诗在用典密度和辞藻上更接近李诗而非西昆体,故这首题作"拟西昆体"的作品亦当是模拟李商隐诗。

值得注意的是,宋金元人称西昆体有时单指李商隐诗,如杨维桢;有时则包括西昆体诗和李商隐诗,如胡仔;至于严羽,则将温庭筠诗也包括在内。可见宋金元人对西昆体概念的误解,各自又有不同之处。

三 从西昆体诗到西昆体文

北宋吕希哲《吕氏家塾记》云:"天圣以来,穆伯长、尹师鲁、苏子美、欧阳永叔始唱为古文,以变西昆体,学者翕然从之。其有杨刘体者,人戏之曰:'莫太昆否?'石介守道深疾之,以为孔门之大害,作《怪说》二篇,上篇排佛老,下篇排杨亿。于是新进后学,不敢为杨刘体,亦不敢谈佛老。后欧阳公、苏公复主杨大年。"⑤ 前言"欧阳永叔始唱为古文",相对应地,"杨刘体"也当指文而非诗,故

---

① (宋)黄朝英:《靖康缃素杂记》卷5,上海古籍出版社1986年标点本,第45页。
② 刘学锴、余恕诚集解:《李商隐诗歌集解》,第765页。
③ 杨镰主编:《全元诗》第4册,中华书局2013年版,第40页。
④ 刘学锴、余恕诚集解:《李商隐诗歌集解》,第2194页。
⑤ 转引自(宋)朱熹《五朝名臣言行录》卷10,《四部丛刊》本。

所谓"莫太昆否"指文章近似杨、刘骈文，这是现在可见最早称杨、刘骈文为西昆体的记载。吕希哲记载了这种说法，说明在吕希哲之前，已有人将杨、刘骈文与西昆体混为一谈了。寻绎文意，似乎世有模仿杨、刘骈文太甚者，人有"太昆"之嘲，石介见此，深疾杨、刘骈文的影响过大，故作《怪说》，攻击杨亿。如果这种说法成立，将杨、刘骈文与西昆体混称的现象，在石介作《怪说》之前就已经存在了。

稍晚于吕希哲的叶涛在《重修神宗实录·欧阳修传》里面说："国朝接唐、五代末流，文章专以声病对偶为工，剽剥故事，雕刻破碎，甚者若俳优之辞。如杨亿刘筠辈，其学博矣，然其文亦不能自拔于流俗，反吹波扬澜，助其气势，一时慕效谓其文为昆体。"[①] 此后孙觌《送删定侄俅越序》云："声律之学，盛于杨、刘，号西昆体。一时学者师慕，骈四俪六，枝青配白，捻须鬣，琢肺肝，镌磨锻炼，以求合均度，故有言浮于其意，意有不尽于言。"[②] 皆是将杨、刘等人的骈文称为西昆体。

宋金元人在错用这一概念时，往往将西昆体与欧阳修等人的古文对举。何希之《问复元祐之文及濂洛诸书》云："本朝道德清明之感，山川风气之会，激摩动荡，真儒实生以五代浑沦鄙野之陋习，一唱以通经学古之欧公，则黜西昆，崇我辈，文体之粹，天下为嘉祐，积至元祐，酝郁极矣。"[③] 李曾伯《谢兴元帅举文华科启》："如师鲁变西昆之体，四方由是以推尊。"[④] 林駉《程氏党论》云："观欧阳、尹师鲁、穆伯长之说，作古文以变昆体，学者争师，而世莫之议。"[⑤] 陈亮《变文格》云："及杨大年、刘子仪因其格而加以瑰奇精巧，则天下靡然从之，谓之昆体。穆修、张景专以古文相高，而不为骈丽之语，则亦不过与苏子美兄弟唱和于寂寞之滨而已。"[⑥] 这是对西昆体文的批判。

---

① （宋）欧阳修：《欧阳修全集》附录卷2，第2670页。
② 曾枣庄、刘琳主编：《全宋文》卷3475，第160册，第300页。
③ （宋）何希之：《鸡肋集》，清刻本。
④ 曾枣庄、刘琳主编：《全宋文》卷7854，第340册，第260页。
⑤ （宋）林駉：《古今源流至论》前集卷4，文渊阁《四库全书》本。
⑥ （宋）陈亮：《陈亮集》卷12，中华书局1987年标点本，第135页。

刘克庄《平湖集序》云："余谓昆体若少理致，然东封西祀，粉饰太平之典，恐非穆修、柳开辈所长。"① 又是对西昆体文的肯定。

因为文的实用功能大于诗，所以在宋人看来，欧阳修等人的古文革除杨、刘骈文之弊，对于宋代文化建设意义更大，便在文学史的论述中多提及这一事件，言多必失，宋人错称杨、刘骈文为西昆体的次数，较之错称李商隐诗为西昆体的次数，要多得多，以上所举，只是一小部分而已。

从西昆酬唱一开始，西昆体的接受就呈现出纷繁复杂的态势。首先，西昆体诗人自身的诗歌风格与西昆体之间产生了疏离，典型的西昆体只存在于《西昆酬唱集》中，无论是后期西昆派诗人还是西昆派诗人的门生，都只能说是受到西昆体的影响而非全作西昆体诗；后期西昆派诗人作诗环境与取法对象的多样化，使得西昆体作为一种诗歌范本，与此前的许多文学范本，一起汇入宋诗长河之中。其次，北宋前期文人对西昆体的评价众说不一：田况持有保留的肯定态度；姚铉则是将包括西昆体在内的当时所有近体诗一棍子对待；穆修反对时文，其诗却深受西昆体影响；张方平认为杨亿诗歌有雅正之风；石介对杨亿的污蔑不足为训，他对包括西昆体在内的李杜以后"益纂组"的诗，有价值的评价是认为其缺乏风骨；梅尧臣认为西昆体"引古称辩雄"只能使诗歌流于"一艺"的境地，他的文友欧阳修对于杨亿、刘筠等人的"笔力有余"却大为倾倒，不过从欧阳修发轫的禁体物语诗，是对西昆体等诗风以陈词滥调来咏物的行为的革命。北宋前期文人对西昆体接受的复杂情况由此可见一斑。再次，朝廷对文学风格的要求，也对西昆体的接受产生影响。一是真宗的喜好以及政治斗争等因素直接影响了西昆体的接受，二是朝廷对省题诗风格的纠偏间接影响了广大举子对西昆体富艳华丽风格的接受。西昆体因影响到省题诗而大为兴盛，但也因朝廷对科举诗赋风格的不断纠偏而盛况不再。最后，在北宋前期，西昆体诗与西昆体文、李商隐诗混称的情况就已经

---

① （宋）刘克庄著，辛更儒校注：《刘克庄集笺校》卷98，第4117页。

存在，而且这种情况持续存在于整个西昆体接受史。由此可见，作为西昆体接受史开端的北宋前期西昆体接受，其情况不仅纷繁复杂，而且深远地影响了后来的西昆体接受。

西昆体在宋初从继白体、晚唐体而起，发展到声势浩大，又在各方面因素的作用下走向衰微，宋初西昆体的接受，实际上反映出宋初诗坛由纷繁复杂到整合为向宋调发展的过程。西昆体产生以后，无论是受它影响的诗人如晏殊等人，还是攻击它的石介等人，抑或是引导诗风转向的朝廷，都在为诗歌寻求一条出路，直至欧、梅等人出现，既批判了西昆体以及当时其他诗风的弊病，又对包括西昆体在内的文学遗产进行了吸收整合，以理论结合创作的方式，初步形成宋诗的面目。西昆体的衰微，并不等于西昆体艺术手法的消亡，西昆体艺术手法通过欧、梅等人之手分解融合，被纳入宋代诗歌创作，成为宋调的一部分特征。

第二章

北宋中后期对西昆体的接受

本章所谓北宋中后期，指嘉祐二年（1057）以后的北宋时期。此时杨、刘、钱等西昆体代表诗人已去世，西昆体的影响日渐衰微；经过朝廷屡次禁绝浮华之文，西昆体与科举考试间的距离日远，西昆体失去了举子这一广泛的接受群体；欧阳修、梅尧臣等人的作品，成为新的文学范本，杜甫、韩愈等前辈典范的形象日益高大，西昆体的形象则渐趋渺小；欧阳修嘉祐二年（1057）主持科考，使得文坛风气为之一变，二苏、曾巩等人由此在政坛和文坛上崭露头角，另外苏洵、王安石等人也各自发挥影响力。总体来看，文坛风气经历了一次大转变，西昆体不再是诗人们面临的重大课题，沦落为评论家偶一挂齿的诗风。

宋诗三大家对西昆体的接受不一。王安石与黄庶等人着眼于西昆体的诗意。苏轼对西昆体的"格力"有所论述。黄庭坚接受了西昆体的影响，生成"蜻蜓、江珧柱"一样的"山谷体"，流风形成江西诗派，江西诗派所景从者，是山谷体而非西昆体，表面看起来黄庭坚取法西昆是对西昆体的发扬，实际上山谷体的生成，使得西昆体更加边缘化。陆佃诗虽受到西昆体影响，但又与西昆体有不同之处。

第一节 王安石对西昆体的接受

王安石对西昆体持批判态度。首先他对杨亿诗的评价就不高，

《钟山语录》云：

> 晏相善作小词，诗篇过于杨大年；大年虽称博学，然颠倒少可取者。①

王安石用"颠倒"一词数次，如"威福颠倒谁复理"（《开元行》）②，"客卧书颠倒"（《秋夜二首》其一）③，"困来颠倒枕书眠"（《适意》）④ 等，度其意，盖谓杂乱无序也。其《张刑部诗序》云：

> 君并杨、刘生，杨、刘以其文词染当世，学者迷其端原，靡靡然穷日力以摹之，粉墨青朱，颠错丛庞，无文章黼黻之序，其属情藉事，不可考据也。⑤

"颠错丛庞，无文章黼黻之序"，正"颠倒"之谓。王安石并不像欧阳修那样将杨亿等人和西昆后学分开评论，而是认为无论是杨亿还是"学者"，西昆体"颠倒"的弊病乃是一以贯之。杨亿虽为博学之士，然其诗篇显得杂乱、凌乱，文理不畅。曾枣庄先生谓《西昆酬唱集》中的一部分诗有"缺乏明确主旨的嫌疑"⑥，即是此意。蔡居厚记王安石语云：

> 荆公尝云："诗家病使事太多，盖皆取其与题合者类之，如此乃是编事，虽工何益？若能自出己意，借事以相发明，情态毕

---

① 转引自（宋）胡仔纂集《苕溪渔隐丛话》前集卷26，第178页。
② （宋）王安石撰，（宋）李壁笺注：《王荆文公诗笺注》卷12，中华书局上海编辑所1958年标点本，第140页。
③ （宋）王安石撰，（宋）李壁笺注：《王荆文公诗笺注》卷22，第244页。
④ （宋）王安石撰，（宋）李壁笺注：《王荆文公诗笺注》卷45，第626页。
⑤ （宋）王安石：《王文公集》卷37，上海人民出版社1974年标点本，第431页。
⑥ 曾枣庄：《论西昆体》，第147页。

出，则用事虽多，亦何所妨？"①

西昆体"赋咏"的特色，有"取其与题合者类之"的使事方法在焉。清代贺裳曰："欧、梅恶西昆使事，力欲矫之……余意俗题不得雅事衬贴，何以成文？但不宜句句排砌如类书耳。"② 正谓西昆体用事如编书之弊。王安石不反对用事，他反对的是诗意轻弱，诗意不能统贯典故，而是类编典故淹没了诗意，或者让诗意支离破碎。我们举《西昆酬唱集》中杨亿的《馆中新蝉》诗为例，对西昆体的这一问题可产生直观的认识：

> 碧城青阁好追凉，高柳新声逐吹长。贵伴金貂尊汉相，清含珠露怨齐王。兰台密侍初成赋，河朔欢游正举觞。云鬓翠绫徒自许，先秋楚客已回肠。③

诗中第一句谓蝉所处之环境，第二句谓蝉声，第三言蝉之贵，第四句言蝉之清，第五句谓蝉为侍中之饰，第六句谓蝉鸣之时，第七、第八句以蝉自况，句句皆用典。此诗中间二联所写，无非是历史上各种与蝉有关之事，凑说蝉的典故，完全可以砍掉而不影响主旨；"伴金貂""密侍""云鬓翠绫"，皆与蝉作为饰品有关，显得重复，且"兰台密侍"与"楚客"也重复。主旨散漫、典故纷杂，此即王安石所谓"颠倒"者。再看王安石《和惠思闻蝉》一诗：

> 白下长干何可见，风尘愁杀庾兰成。去年今日青松路，忆似闻蝉第一声。④

---

① （宋）蔡居厚：《蔡宽夫诗话》，《宋诗话辑佚》卷下，第419页。
② （清）贺裳：《载酒园诗话》卷1，《清诗话续编》，上海古籍出版社1983年标点本，第212页。
③ （宋）杨亿编，王仲荦注：《西昆酬唱集注》卷上，第53—54页。
④ （宋）王安石撰，（宋）李壁笺注：《王荆文公诗笺注》卷45，第613页。

王诗同样写蝉，也用了典故①，却一气呵成而诗意浓厚，所谓"自出己意，借事以相发明，情态毕出"是也；如果将杨亿诗中间两联削去，未尝不是一首好诗，正是中间两联的存在，稀释了诗意的浓度，给人以七八句只说得一句话的印象。蔡居厚又云：

> 王荆公晚年亦喜称义山诗，以为唐人知学老杜而得其藩篱，惟义山一人而已。每诵其"雪岭未归天外使，松州犹驻殿前军"，"永忆江湖归白发，欲回天地入扁舟"，与"池光不受月，暮气欲沉山"，"江海三年客，乾坤百战场"之类，虽老杜亡以过也。②

与杨亿一样，王安石也欣赏李商隐。西昆体学李商隐，王安石也认为"学诗者未可遽学老杜，当先学李商隐，未有不能为商隐而能为老杜者"③，他们都学李商隐使事用典之法。释惠洪《冷斋夜话》云："诗到李义山，谓之文章一厄，以其用事僻涩，时称'西昆体'。然荆公晚年，亦或喜之，而字字有根蒂。"④ 王安石也可以做到字字有根蒂，但他所取于李商隐，与西昆体对李商隐的学习，是有区别的。

王安石所欣赏的李商隐"雪岭未归天外使"等诗句，以浓重的情感统率词句，读者面对这种诗句，首先体验到的是扑面而来的诗意，所以王安石学习李商隐用典，又"自出己意，借事以相发明"。杨亿佩服李商隐，在于其诗"包蕴密致，演绎平畅，味无穷而炙愈出，钻

---

① "风尘愁杀庾兰成"是王安石以庾信自比；"去年今日"用杜甫《至日遣兴奉寄北省旧阁老两院故人二首》其二"去年今日侍龙颜"；"忆似闻蝉第一声"用白居易《六月三日夜闻蝉》"微月初三夜，新蝉第一声"及杜牧《东都送郑处诲校书归上都》"槿堕初开艳，蝉闻第一声"。

② （宋）蔡居厚：《蔡宽夫诗话》，《宋诗话辑佚》卷下，第399页。

③ 《文献通考·经籍考》引叶梦得转述王安石语。（元）马端临：《文献通考》卷233，中华书局2011年标点本，第6365页。

④ （宋）惠洪：《冷斋夜话》卷4，《冷斋夜话·风月堂诗话·环溪诗话》，第33页。

弥坚而酌不竭"①,有反复"味""钻"的意思在,故西昆体学习李商隐,重在用典故造成"包蕴密致"的效果,不太用心于诗意的锻造。《西昆酬唱集》中的作品,在流连风景、咏物之外,还有不少以讽谏、失遇、咏史为主题的积极之作,但是这些诗的内容,不得不说是很单调陈旧的,诗中透露出的思想,也并无多少亮点。《唐诗纪事》云:

  杨大年出义山诗示陈恕,酷爱其一绝云:珠箔轻明覆玉墀,披香新殿斗腰支。不须看尽鱼龙戏,终遣君王怒偃师。叹曰:古人措词寓意,如此深妙,令人感慨不已。大年又曰:邓帅钱若水举《贾谊》两句云:可怜半夜虚前席,不问苍生问鬼神。钱云:措意如此,后人何以企及?②

  杨亿喜好李商隐两诗的措辞寓意,似乎有留心诗意的成分在,《西昆酬唱集》中《汉武》《明皇》《南朝》等诗,也不能说未学到文中所举李商隐诗的精神,但李商隐诗在前,杨亿等人就算学得再像,也是满纸陈旧单调,不能令人耳目一新。此外,西昆唱和时,因为"诸人既耿直而处危疑之地,又不能逢君之恶"③,以故其诗有含蓄绵缈、欲说还休的风格。钱锺书先生说:"在李商隐、尤其在西昆体的诗里,意思往往似有若无,欲吐又吞,不可捉摸;他们用的典故词藻也常常只为了制造些气氛,牵引些情调,仿佛餐厅里吃饭时的音乐,所以会给人一种'华而不实'、'文浮于意'的印象。"④ 情感的力度被尽量降低。这些原因造成了西昆体诗用事僻涩、诗意轻弱的特点。所以王安石对诗意的重视,与杨亿等人注重学习李商隐用典使事的功夫而忽略了诗意的锻炼大相径庭。

  王安石还有一首《杨刘》诗,诗云:

---

 ① (宋)杨亿口述:《杨文公谈苑》,《杨文公谈苑·倦游杂录》,第169页。
 ② (宋)计有功:《唐诗纪事》卷53,上海古籍出版社1987年标点本,第811页。
 ③ 周益忠:《西昆研究论集》,第70页。
 ④ 钱锺书:《宋诗选注》,生活·读书·新知三联书店2002年版,第156页。

人各有是非，犯时为患害。唯诗以谲谏，言者得无悔。厉王昔监谤，变雅今尚载。末俗忌讳繁，此理宁复在。南山咏种豆，议法过四罪。玄都戏桃花，母子受颠沛。疑似已如此，况欲谆谆诲。事变故不同，杨刘可为戒。①

古代讲究作诗谲谏，"言之者无罪，闻之者足以戒"②，这本是非常优秀的传统，但随着时代发展，"末俗忌讳繁"，作诗谲谏变成了一件很危险的事情，汉代杨恽、唐代刘禹锡都因此遭罪。西昆诗人唱和《宣曲二十二韵》，被王嗣宗参奏而获罪于皇帝，也属此种情形。此诗似乎在劝诫世人作诗时放弃刺上的做法，然王安石《答韩求仁书》云："乱在上则刺其上。"③ 又谓："岂有圣世而杀才士者乎？"④ 结合诗意，可知王安石此诗乃是说反话。作诗谲谏本为诗人之职，在后代却动辄得咎，"疑似已如此，况欲谆谆诲"，实为痛心惨恻之言。王安石拈出杨、刘作为当朝言者得罪之例，是对西昆诗人作诗讽谏的赞同。作为政治家同时又是诗人的王安石，自然明白诗歌匡扶政治的功用，这首诗中刺世的锋芒也锐不可掩。然祥符文禁离王安石时代非远，不能明目张胆为杨、刘等人抱不平，故不得不以说反话的方式出之。

第二节 苏轼对西昆体的接受

苏轼对杨亿人品的评价颇高，其《议学校贡举状》云：

近世士大夫文章华靡者，莫如杨亿，使杨亿尚在，则忠清鲠

---

① （宋）王安石撰，（宋）李壁笺注：《王荆文公诗笺注》卷12，第137—138页。
② （汉）毛亨传，（汉）郑玄笺，（唐）孔颖达疏：《诗大序》，《毛诗正义》卷1，北京大学出版社2000年标点本，第15页。
③ （宋）王安石：《王文公文集》卷7，第78页。
④ 周紫芝《读诗谳》引王安石语，曾枣庄、刘琳主编：《全宋文》卷3527，第162册，第256页。

亮之士也,岂得以华靡少之。通经学古者,莫如孙复、石介,使孙复、石介尚在,则迂阔矫诞之士也,又可施之于政事之间乎?①

寻绎文意,苏轼虽以杨亿为"忠清鲠亮之士",但文章华靡是其缺点,不过这是苏轼对杨亿骈文的评价,非指西昆体诗。苏轼对西昆体的评价,主要见于下诗:

五季文章堕劫灰,升平格力未全回。故知前辈宗徐、庾,数首风流似《玉台》。(《金门寺中见李西台与二钱惟演、易唱和四绝句,戏用其韵跋之》其四)②

从苏轼对钱惟演等人作品的评价,我们可窥出他对西昆体的态度。苏诗王注引赵次公曰:"盖言钱、李文辞绮艳,学江左之体也。"③ 徐、庾体也就是宫体,"由永明体的轻绮而变本加厉为秾丽"④,"宫体诗要描摹女色,描摹女色就要用华丽的辞藻,用得多了就成堆砌"⑤;《玉台新咏》"咏新而专精取丽"⑥,其特点是"辞藻的华丽和情调的缠绵"⑦。由此可知,在苏轼看来,宫体诗和《玉台新咏》秾丽、辞藻堆砌的特点,被西昆体所继承。实际上,西昆体的取法对象李商隐,无论是在题材上还是诗歌色彩上,都受到徐、庾的影响。⑧ 苏轼说西昆体"宗徐、庾""似《玉台》",也就在情理之中。

苏轼这首诗中,用了两个参照物来评价西昆体。第一个参照物是

---

① (宋)苏轼:《苏轼文集》卷25,第724页。
② (清)王文诰辑注:《苏轼诗集》卷28,第1513页。
③ (清)王文诰辑注:《苏轼诗集》卷28,第1513页。
④ 曹道衡、沈玉成:《南北朝文学史》,人民文学出版社1991年版,第241页。
⑤ 胡大雷:《宫体诗研究》,商务印书馆2004年版,第164页。
⑥ (明)赵均:《玉台新咏跋》,《玉台新咏笺注》,中华书局1985年标点本,第532页。
⑦ 曹道衡、沈玉成:《南北朝文学史》,第271页。
⑧ 参见吴调公《李商隐研究》第七章第三节《李商隐所受六朝诗人的影响》,中华书局2010年版。

五代之前的"升平格力"。苏轼于唐代诗人中最推崇李、杜,其《书黄子思诗集后》云:"李太白、杜子美以英玮绝世之姿,凌跨百代,古今诗人尽废。"① 是其倾心李、杜之明证。二者当中苏轼对杜甫的评价较多,如"子美诗,备诸家体"②"杜甫诗固无敌"③"才力富健"④"巨笔屠龙手"⑤等,这些评语即可作为"升平格力"的注脚,包括写作能力方面的"才力富健"和继承诗歌遗产方面的"备诸家体"。所谓"升平格力未全回",盖谓西昆诗人既不如唐人之才力富健,又拘于学习李商隐一家,不能与唐诗之"备诸家体"相比也。第二个参照物是徐、庾体和《玉台新咏》。苏轼《题文选》云"齐梁文章衰陋"⑥,因此"故知前辈宗徐、庾,数首风流似《玉台》"的断语,说明苏轼对西昆体的评价也不高。综合起来,苏轼对西昆体的评价可以总结为:西昆体有齐梁秾丽、辞藻堆砌的风格,虽然与五代"堕劫灰"的文章相比,有挽回"升平格力"的一面,但较之盛唐诗如杜甫作品的才力富健、兼包众体,则远远弗如。

清代查慎行注此诗云:"诗至唐末,格调已极卑弱,降而五代,干戈扰攘,士生其际,救死扶伤之不暇,岂复知有文章?所以有'五季文章堕劫灰'之叹也。宋兴,转祸乱为升平,人才辈出,宜其有挽回风气、力追正始者,而一时如杨大年、宋子京辈,务为艰涩隐僻,以夸其能,其间风流自命者,不过俎豆徐、庾,学为纤艳之体而已。窃意李、钱倡和之什,犹染唐末之云雾,故先生此诗云然。观其命题曰'戏用韵跋之',虽嘲谑为文,隐寓讥讽之义矣。"⑦ 苏轼谓徐君猷"绰有建安之风流"⑧,此风流谓高尚风格,所以"数首风流似《玉

---

① (宋)苏轼:《苏轼文集》卷67,第2124页。
② (宋)苏轼:《辨杜子美杜鹃诗》,《苏轼文集》卷67,第2100页。
③ (宋)苏轼:《记子美陋句》,《苏轼文集》卷67,第2104页。
④ (宋)苏轼:《书司空图诗》,《苏轼文集》卷67,第2119页。
⑤ (宋)苏轼:《次韵张安道读杜诗》,《苏轼诗集》卷6,第267页。
⑥ (宋)苏轼:《题文选》,《苏轼文集》卷67,第2092页。
⑦ (清)王文诰辑注:《苏轼诗集》,第1513—1514页。
⑧ (宋)苏轼:《祭徐君猷文》,《苏轼文集》卷63,第1946页。

台》"之风流,未尝不可以是风格之意,苏轼本谓钱、李诗风格似《玉台》体,非必如查氏所言之"其间风流自命者"之意。故查氏"隐寓讥讽"之论,或嫌太过。

王夫之曰:"人讥西昆体为獭祭鱼,苏子瞻、黄鲁直亦獭耳。彼所祭者肥油江豚,此所祭者吹沙跳浪之鲨鲨也;除却书本子,则更无诗。"① 从诗歌创作技法上来讲,苏诗也喜用典,这是苏诗与西昆体相通之处。不过,苏轼与西昆体和黄庭坚之"獭祭鱼",都有区别。上述王安石"若能自出己意,借事以相发明,情态毕出,则用事虽多,亦何所妨"之语,正符合苏诗特点。周裕锴先生认为:

> 苏轼基本上属于"直寻"派,较重视生活对于诗歌创作的感发作用。虽然他也强调过"读书万卷诗愈美"(《送任极》),也批评过孟浩然之诗"韵高而才短,如造内法酒手,而无材料"(《后山诗话》引),他的诗歌特别善于用典,也是得力于读书。但苏轼诗论总的说来并不把读书看作创作的重要源泉,他更重视的是"酌理以富才,研阅以穷照",求物之妙理,得自然之数。因此,虽然他肯定诗歌是情感的产物,但并不认为情感是天生的,而把它看作现实生活激发的结果……由于重视现实生活的感发,苏轼提倡的创作态度是"天机"或"自然"。这个论点包括两方面的含义,一是真率地表现自我审美意识,二是恰如其分地表达客体的审美特征。②

苏轼这种注重现实生活对诗歌情感的激发作用,使得他的诗歌体现出"自出己意"的特点,用典使事之际能"不为事使"③。这与西昆

---

① (清)王夫之著,戴鸿森笺注:《姜斋诗话笺注》卷2,人民文学出版社1981年标点本,第120页。
② 周裕锴:《苏轼黄庭坚诗歌理论之比较》,《文学评论》1983年第4期。
③ 方岳《深雪偶谈》云:"坡公诗:'东风袅袅泛崇光,香雾空蒙月转廊。只恐夜深花睡去,故烧银烛照红妆。'不为事使,居然可爱。"(宋)方岳:《深雪偶谈》,中华书局1985年标点本,第4—5页。

体和黄庭坚诗有所区别，西昆体诗意贫弱，前文已论之，而黄庭坚诗也有这样的缺点①。黄庭坚曾效省题诗作《岁寒知松柏》诗：

  松柏天生独，青青贯四时。心藏后凋节，岁有大寒知。惨淡冰霜晚，轮囷涧壑姿。或容蝼蚁穴，未见斧斤迟。摇落千秋静，婆娑万籁悲。郑公扶贞观，已不见封彝。②

苏轼有和作，诗云：

  龙蛰虽高卧，鸡鸣不废时。炎凉徒自变，茂悦两相知。已负栋梁质，肯为儿女姿。那忧霜贸贸，未喜日迟迟。难与夏虫语，永无秋实悲。谁知此植物，亦解秉天彝。③

  省题诗不同于一般诗，对诗人的束缚尤重，也正因此，从省题诗中可以看出诗人对于诗意和章法结构的锤炼经营。黄诗第一联谓松柏独立无倚、四时长青；第二联谓松柏后凋之节唯在严寒之时方能显现；第三联谓松柏在冷夜涧壑之中的蟠曲之姿；第四联谓松柏不免蝼蚁穿穴却迟迟不见采伐为栋梁；第五联谓余木摇落而松柏孤立悲凉；第六联自解，谓魏征见识远大，于贞观盛世居功至伟，亦不免封德彝辈之诋毁，言下之意，谓自身不必挂怀于不遇。苏诗第一联以冬季龙蛇蛰伏、鸡鸣不差起兴；第二联谓寒暑往来，松与柏不为所动，互为知己；第三联谓松柏栋梁材，不作儿女姿态；第四联谓松柏不因霜寒而忧，亦不因日暖而喜；第五联谓松柏之境界，远较夏虫为高，也不介怀于物化；第六联谓松柏通晓天理，故能如此。

  从诗意上讲，黄诗是传统的士不遇，苏轼则显出一种超然物外的

---

① 黄诗诗意单薄的特点，本书于后文论之。
② （宋）黄庭坚撰，（宋）任渊、（宋）史容、（宋）史季温注：《黄庭坚诗集注》之《山谷外集诗注》卷16，中华书局2003年标点本，第1368页。
③ （清）王文诰辑注：《苏轼诗集》卷30，第1615页。

精神。如果说黄庭坚着重在松柏后凋之节,那么苏轼就重在松柏"不以物喜,不以己悲"的常节。从黄诗中我们可以读到一股不偶于时的怨气,并且这股怨气有点老生常谈,而苏诗中的松柏,不仅在严冬之际傲然挺立,在暖阳之下也不轻浮窃喜,是一种真正的杰出挺特,其内涵较之黄诗所注重的后凋之节要广泛得多。

从手法上讲,黄诗紧扣主题,以岁寒和松柏之节为主,基本上是平铺直叙,顺着诗意一一说去,虽不至于像王安石说杨亿诗一样"颠倒",但十分中规中矩,并不能让人眼前一亮。苏诗章法则更复杂,一开始也说岁寒,但是用龙蛇、鸡鸣起兴,次又将松与柏分开,叙其惺惺相惜之态,下以寒、暖、夏虫、秋实四个方面来形容松柏之超脱,虽连用四个典故,但四个典故都在为体现松柏之节服务,缺一不可,末以松柏知天理作结。苏诗不仅有超然物外的诗意,而且这种超然也体现在其诗歌章法的灵活变换当中,并未死于题目之下,又没有逸出"解题"的范畴。

从上面的分析我们可以看出,虽然苏诗和黄诗都多用典故,都有"獭祭鱼"的特征,但苏轼以意为主,与王安石"自出己意"的主张一路,苏诗更多呈现出改革或摆脱西昆体用事风格的特点。

第三节　黄庭坚对西昆体的接受(附　朱弁)

黄庭坚诗受西昆体影响,从古到今皆存在此种认识。朱弁谓黄庭坚"独用昆体工夫,而造老杜浑成之地"[1],元代方回认为"山谷之奇,有'昆体'之变,而不袭其组织"[2]。清代以降,有贺裳曰:"鲁直好奇,兼喜使事,实阴效杨、钱,而外变其音节,故多矫揉倔佶,而少自然之趣。"[3] 黄培芳云:"学昆体者辄斥江西派,学山谷者亦鄙

---

[1] (宋)朱弁:《风月堂诗话》卷下,《冷斋夜话·风月堂诗话·环溪诗话》,第112页。
[2] (元)方回选评:《瀛奎律髓汇评》卷21评黄庭坚《咏雪奉呈广平公》,第886页。
[3] (清)贺裳:《载酒园诗话》卷5,《清诗话续编》,第638页。

西昆，岂知山谷固由昆体而造杜境者耶？"① 至于现当代人，对这一问题的认同尤多。民国杨钟羲言："朱少章云：山谷以昆体工夫而造老杜浑成之地。陈后山云：东坡诗初学刘宾客，晚乃学李太白。数公诗渊源有自，乃无一语相蹈袭，所谓遗貌取神者也。"② 梁昆曰："西昆体亦与山谷暗结夤缘，特山谷讳之……考山谷初年，犹得及西昆余势，无意中受其渐染，而终身不能摆脱净尽也。"③ 游国恩先生认为"山谷早年犹得及昆体余势，受其渐染，故虽逮其自成一家，犹暗中用其使事之法，此可见山谷与西昆之微妙关系"④。吴小如先生视黄庭坚"多多少少继承了西昆衣钵"⑤。郑骞《论诗绝句》曰："精严组织开山谷，深婉风神近玉溪。莫道杨刘无影响，西昆一脉到江西。"⑥ 王镇远、张明华和傅蓉蓉三位先生曾对黄庭坚与西昆体的关系进行过专门研究。王镇远先生认为，西昆体与江西诗在效法杜甫和讲究用典、对仗、字句锻炼上相同。⑦ 张明华先生认为，黄庭坚学西昆体是与他学杜结合在一起的，而黄庭坚在学习西昆体用典时又强调用典的融化无迹。⑧ 傅蓉蓉先生认为，西昆体诗人和黄庭坚都学习过李商隐和唐彦谦，这是黄庭坚受杨亿诗学思想影响的心理基础，黄、杨二人的诗学观念在重视读书、讲究研炼推敲、诗歌体现儒家政治之道而又不能发露等方面相通，但因与杨亿对杜甫的态度不同、西昆体不受世人待见、西昆体与宋诗总体审美有差别等原因，故黄庭坚虽学西昆而讳言西昆。⑨ 基于前贤对这一问题的认识，可以说黄庭坚受到西昆体的影响不可否认。

综合目前学界对黄庭坚与西昆体关系的认识，黄庭坚对西昆体的

---

① （清）黄培芳：《香石诗话》卷3，清嘉庆十五年岭海楼刻嘉庆十六年重校本。
② 杨钟羲：《雪桥诗话》卷9，北京古籍出版社1989年标点本，第433页。
③ 梁昆：《宋诗派别论》，第83页。
④ 游国恩：《论山谷诗之渊源》，《游国恩学术论文集》，第432页。
⑤ 吴小如：《西昆体平议》。
⑥ 转引自周益忠《西昆研究论集》自序。
⑦ 王镇远：《西昆体与江西派》。
⑧ 张明华：《西昆体研究》，第335—342页。
⑨ 傅蓉蓉：《论黄庭坚对"西昆体"诗学思想的承继与超越》，《齐鲁学刊》2008年第3期。

接受的研究尚有不足之处，如黄诗与西昆体用典相似性的具体体现、黄庭坚与西昆体诗人用典的共同基础、黄诗与西昆体的共同弊病等方面都有待挖掘，已有研究中的一些误会需要澄清，本节即在前人研究之基础上，从西昆体接受史的角度，对这一问题进行深入考察。

一　黄庭坚对西昆体的评价

黄庭坚在理论上对西昆体的评论，只有叶梦得谓"杨大年、刘子仪皆喜唐彦谦诗，以其用事精巧、对偶亲切。黄鲁直诗体虽不类，然亦不以杨、刘为过"①。黄庭坚认为"唐彦谦诗最善用事"②，而西昆体诗人也学习唐彦谦诗的用事，单从"用事精巧"的角度来讲，黄庭坚与杨亿等人对唐彦谦的看法相同，当然会"不以杨、刘为过"。

论者多提及黄庭坚所作的几句诗："元之如砥柱，大年若霜鹗。王杨立本朝，与世作郛郭。"③ 认为黄庭坚对西昆体有赞同之意。实际上，黄庭坚这是在赞赏杨亿的人品，并未提及其诗。如果我们以此作为黄庭坚推尊西昆体的依据，那么黄庭坚还称赞了王禹偁，是不是他又以白体诗为鹄的呢？黄庭坚《与王子飞书》（其四）云："如先达王元之、杨大年，其道德至今可爱敬，凛然有大臣风节者，盖不用此礼也。"④ 复将二人并提，爱敬其道德，与前诗一也。黄庭坚还有一首《思贤》诗，其序云："思贤，感杨文公遗事也。公事章圣，以直笔不得久居中。诏欲命公作某氏册文，公不听，卒以命陈公彭年。命下之日，全家逃归阳翟。今者道出故邑，冢木合抱，想见风烈，故作是诗。"⑤ 诗

---

①（宋）叶梦得撰，逯铭昕校注：《石林诗话校注》卷中，第76页。

②《洪驹父诗话》载："山谷言，唐彦谦诗最善用事，其《过长陵诗》云：'耳闻明主提三尺，眼见愚民盗一抔。千古腐儒骑瘦马，灞陵斜日重回头。'又《题沟津河亭》云：'烟横博望乘槎水，月上文王避雨陵。'皆佳句。"郭绍虞辑：《宋诗话辑佚》卷下，第426页。

③（宋）黄庭坚：《次韵杨明叔见饯十首》之七，《黄庭坚诗集注》之《山谷诗集注》卷14，第499页。

④（宋）黄庭坚：《黄庭坚全集》外集卷21，四川大学出版社2001年标点本，第1375页。

⑤（宋）黄庭坚撰，（宋）任渊、（宋）史容、（宋）史季温注：《黄庭坚诗集注》之《山谷诗外集补》卷1，第1536页。

谓杨亿"劲气坐中掩虎口,忠言天上婴龙鳞"①,也言其气节,非关诗事。由此可见,黄庭坚在理论上对西昆体的评论很少,他对西昆体的接受,主要体现在创作上。

二 "用昆体工夫,而造老杜浑成之地"

对黄诗与西昆体关系的认识,最有名者乃宋代朱弁的论断,其《风月堂诗话》卷下云:

> 李义山拟老杜诗云:"岁月行如此,江湖坐渺然。"直是老杜语也。其他句"苍梧应露下,白阁自云深"、"天意怜幽草,人间重晚晴"之类,置杜集中亦无愧矣,然未似老杜沉涵汪洋笔力有余也。义山亦自觉,故别立门户成一家。后人挹其余波,号西昆体,句律太严,无自然态度。黄鲁直深悟此理,乃独用昆体工夫,而造老杜浑成之地,今之诗人少有及此者。此禅家所谓更高一着也。②

金代王若虚反对朱弁的说法,乃云:"予谓用'昆体'功夫,必不能造老杜之浑全;而至老杜之地者,亦无事乎'昆体'功夫。"③不过他反对的,是用昆体工夫,不能达到杜甫的境界,并没有说黄庭坚不受西昆体的影响。王士禛以为朱弁"此语入微,可与知者道,难为俗人言"④。四库馆臣曰:"其论黄庭坚'用昆体工夫,而造老杜浑成之地',尤为窥见深际。后来论黄诗者皆所未及。"⑤看来朱弁对西昆体和黄诗之间关系的认识,确有独到之处。

朱弁说杜诗"浑成",还说杜甫"诗法妙处,浑然天成,如虫蚀木,不待刻雕,自成文理"⑥,"浑然天成"即"浑成",所以在朱弁

---

① (宋)黄庭坚:《思贤》,《黄庭坚诗集注》之《山谷诗外集补》卷1,第1536页。
② (宋)惠洪等:《冷斋夜话·风月堂诗话·环溪诗话》,第112页。
③ (金)王若虚:《滹南诗话》卷下,《六一诗话·白石诗说·滹南诗话》,第87页。
④ (清)王士禛:《带经堂诗话》卷3,第73页。
⑤ 魏小虎编撰:《四库全书总目汇订》卷195《风月堂诗话》提要,第6667页。
⑥ (宋)朱弁:《风月堂诗话》卷下,《冷斋夜话·风月堂诗话·环溪诗话》,第112页。

看来,"浑成"是杜诗的重要特点。朱弁说西昆体"句律太严,无自然态度",又在另一处说"杜牧之风味极不浅,但诗律少严;其属辞比事殊不精致,然时有自得为可喜也"①。盖其所谓"句律太严""诗律太严",乃是"自然""自得"的反面。所以朱弁谓黄庭坚用昆体工夫而造老杜浑成之地,自风格方面讲,是从"好作奇语"②"雕琢功多"③到"和光同尘"④"平淡(如)〔而〕山高水深"⑤,这是传统儒家诗学审美理想的体现,也即诗歌似浑然天成,"大致是指诗的意境浑然一体,内在气韵浩然充溢"⑥。浑然天成的诗没有雕刻锻炼的痕迹,"拘挛补缀而露斧凿痕迹者,不可与论自然之妙也"⑦。

关于昆体工夫的含义,主流意见以使事用典为昆体工夫。郭绍虞先生说:"朱氏之取于山谷者,亦正以其虽矜用事而归宿所在,仍以浑成自然为主耳。"⑧ 以用事为昆体工夫。钱锺书先生《谈艺录》说:"(田雯《古欢堂杂著》)卷六谓'生平于佳句善字,每好摘录,人有饾饤之讥',乃引山谷《答曹荀龙书》以自解;同卷论古文亦引山谷'陈言使研妙'之说。则其所得于山谷者,恐亦不过朱少章所谓山谷之'昆体工夫',洪觉范所谓'言用不言名',叶石林所谓'减字换字法'耳。"⑨"饾饤"、用陈言皆指用典。郑永晓云:"所言'昆体功

---

① (宋)朱弁:《风月堂诗话》卷下,《冷斋夜话·风月堂诗话·环溪诗话》,第107页。
② 黄庭坚《与王观复书》其一云:"好作奇语自是文章病,但当以理为主。"(宋)黄庭坚:《黄庭坚全集》正集卷18,第470页。
③ 黄庭坚《与王观复书》其二云:"所寄诗多佳句,犹恨雕琢功多耳。"(宋)黄庭坚:《黄庭坚全集》正集卷18,第471页。
④ 黄庭坚《赠高子勉四首》其三云:"妙在和光同尘,事须钩深入神。"(宋)黄庭坚撰,(宋)任渊、(宋)史容、(宋)史季温注:《黄庭坚诗集注》之《山谷诗集注》卷16,第574页。
⑤ 黄庭坚《与王观复书》其二云:"但熟观杜子美夔州后古律诗,便得句法。简易而大巧出焉,平淡(如)〔而〕山高水深,似欲不可企及,文章成就,更无斧凿痕,乃为佳作耳。"(宋)黄庭坚:《黄庭坚全集》正集卷18,第471页。
⑥ 张晶:《朱弁"体物"的诗学思想与其诗歌创作》,《河北大学学报》(哲学社会科学版)2001年第2期。
⑦ (宋)朱弁:《风月堂诗话》卷上,《冷斋夜话·风月堂诗话·环溪诗话》,第99页。
⑧ 郭绍虞:《宋诗话考》卷上,中华书局1979年版,第50页。
⑨ 钱锺书:《谈艺录》补订本,第110页。

夫'自然是指杨亿等人好用典故、资书以为诗的功夫。"① 周裕锴先生有不同意见，他说："西昆体的特征是格律精工，辞藻华丽，而语序错综，意脉含混，它与杜甫诗的思深、绪密有某些相似点。黄庭坚的诗有时就有意识通过语境的跳跃和意脉的断裂来传达深刻的思致，在一定程度上造就了浑融的意味。"② 认为昆体工夫即"语序错综，意脉含混"。另外还有人认为昆体工夫"指诗人作诗之初精心炼字锻意的努力过程"③。

昆体工夫的具体含义，可以综合以上各家的观点进行具体分析而得出。第一，如果说昆体工夫指"语序错综，意脉含混"，那么比西昆体声誉高得多的李商隐诗，也有这个特点，黄庭坚何必要取法乎下？至于"诗人作诗之初精心炼字锻意"，则是古今有成就的诗人的共同特点，黄庭坚若学此，更不用取法西昆。第二，朱弁说黄庭坚用昆体工夫，肯定着眼于黄诗和西昆体之间最大的共同点，而不是某些不易察觉或关系不大的方面，西昆体最显著的特色是用典和丽藻，对黄庭坚来说，丽藻与他所主张的"简易""平淡"相冲突，而用典又是黄诗和江西诗的重中之重，朱弁对黄诗的看重自然也在这方面。按道理说，苏轼和黄庭坚都在诗中大量使事用典，但在朱弁看来，苏轼是用天才写作④，所以用事如同"直寻"⑤，典故如同字词一样，只是供他

---

① 郑永晓：《江西诗派研究史》，博士学位论文，中国社会科学院研究生院，2003年，第57页。
② 周裕锴：《宋代诗学通论》，第409页。
③ 刘启旺：《朱弁诗话研究》，硕士学位论文，首都师范大学，2009年，第21页。
④ 《风月堂诗话》卷下云："令作随家鸡对。晁以道云：'指呼市人如使儿。'东坡最得此三昧。其和人诗用韵妥帖圆成，无一字不平稳。盖天才能驱驾，如孙、吴用兵，虽市井乌合，亦皆为我臂指，左右前却，在我顾盼间，莫不顺也。前后集似此类者甚多，往往一唱首不能逮者。"（宋）惠洪等：《冷斋夜话·风月堂诗话·环溪诗话》，第108页。
⑤ 朱弁推崇作诗时的即目直寻。《风月堂诗话》卷下云："客或谓予曰：'篇章以故实相夸，起朴何时？'予曰：'江左自颜、谢以来，乃始有之，可以表学问而非诗之至也。观古今胜语，皆自肺腑中流出，初无缀辑工夫。故钟嵘云："经国文符，应资博古；撰德驳奏，宜穷往烈。至于吟咏情性，亦何贵于用事？'思君如流水'，既是即目；'高台多悲风'，亦唯所见；'清晨登陇首'，羌无故实；'明月照积雪'，讵出经史。"其所论为有渊源矣。'……予曰：'……予每窃有所恨，故乐以嵘之言告人。吾子诚嗜诗，试以嵘言于爱杜者求之则得矣。'"（宋）惠洪等：《冷斋夜话·风月堂诗话·环溪诗话》，第115页。

驱使的诗材,而黄庭坚作诗,是用人工锻炼以臻浑成境界,用典是其手段即工夫。所以,昆体工夫应指用典使事,而非其他。综合起来,朱弁之语乃谓黄庭坚沿袭了西昆体使事用典的方法,但避免了西昆体"句律太严,无自然态度"的毛病,达到杜甫"沉涵汪洋,笔力有余"的境界。

(一)黄诗多典连用与"无一字无来处"

黄庭坚早期诗歌创作,受李商隐诗和西昆体诗影响[①],这包括了李商隐诗和西昆体诗中绮丽伤感的诗歌风格和用典、造句技巧,这从黄庭坚《红蕉洞独宿》《哀逝》《和仲谋夜中有感》等诗中可以看出来。但到后来,黄诗中的"性情之正"[②]代替了伤感,平淡代替了绮丽,又从谢景初等人学得杜诗句法,其诗与李商隐诗和西昆体诗中的伤感绮丽及华丽辞藻渐行渐远,只有用典这方面一直贯穿其整个诗歌创作生涯。

黄诗用典的最大特点是多典连用。李商隐诗固然有用典的特色,也不乏多典连用的例子,但是多典连用实际上是在《西昆酬唱集》中才形成一种主要的诗歌创作方法。《西昆酬唱集》中诗,以咏物和咏史两类为大宗,西昆诗人学习李商隐,也主要从这两类着手。其咏物诗学习李商隐《泪》《人日即事》等诗,根据律诗的规格以及一定的诗意,组合跟所咏之物有关的典故;咏史诗则主要学习李商隐《茂陵》等诗,通过铺陈转折、"卒章显志"的手法,摘取史书中一些有代表性的史事组合起来,不置一言而诗意自现。这种作诗方法,即方回所谓"凡'昆体',必于一物之上,入故事、人名、年代,及金、玉、锦、绣等以实之"[③],屠隆所谓"用故实组织成诗"[④]。这实际上是一种相当简单的创作套路,李商隐只是在创作过程中偶一为之,而

---

① 参见张巍《论李商隐对江西诗派的影响》,《北京大学学报》(哲学社会科学版)2012年第6期。
② 参见钱志熙《论黄庭坚的"情性说"》,《河池师专学报》(社会科学版)1997年第1期。
③ (元)方回选评:《瀛奎律髓汇评》卷18评李虚己《建茶呈使君学士》,第717页。
④ (明)屠隆:《文论》,《由拳集》卷23,明万历刻本。

西昆诗人则将之作为不二法门,不仅咏物、咏史诗中用之,在抒情诗中也用此法。西昆体能够一时风行海内,此种简单的创作套路实为主因之一。

不过《西昆酬唱集》中的诗歌,大多数停留在一句一典阶段,而翻开黄庭坚诗集,就可以发现黄庭坚"一句数典",几乎达到了"一词一典"或"一字一典"的程度。这源于黄庭坚"无一字无来处"的观点:

> 老杜作诗,退之作文,无一字无来处,盖后人读书少,胡谓韩、杜自作此语耳。古之能为文章者,真能陶冶万物,虽取古人之陈言入于翰墨,如灵丹一粒,点铁成金也。①

既然"无一字无来处",那么每一下字用语,自然会使用"有来处"的字词,即典故,所以才会形成"一句数典"。而其组织典故的方法,与西昆体诗人无二,即在创作的时候,先立大旨,再用典故表现之。钱锺书先生曾说:"黄庭坚有着着实实的意思,也喜欢说教发议论;不管意思如何平凡、议论怎样迂腐,只要读者了解他用的那些古典成语,就会确切知道他的心思。"② 黄庭坚用"有来处"的字来表现诗意,就算他以最高妙的句法章法来安排这些典故,也服从于用典故表现诗意的创作套路。这与西昆体诗人组织典故的方式是完全无二的。游国恩先生认为黄庭坚对于西昆体,"暗中用其使事之法",盖为此而说。我们可以拿黄庭坚久负盛名的《和答钱穆父咏猩猩毛笔》一诗举例(其用典本于任渊所注③):

> 爱酒醉魂在(意乃猩猩贪酒。典乃猩猩原典及韩愈诗句),

---

① (宋)黄庭坚:《答洪驹父书》其三,《黄庭坚全集》正集卷18,第475页。
② 钱锺书:《宋诗选注》,第156页。
③ (宋)黄庭坚撰,(宋)任渊、(宋)史容、(宋)史季温注:《黄庭坚诗集注》之《山谷诗集注》卷3,第149—150页。

能言机事疏（意乃猩猩能言。典乃猩猩原典及《易》中语）。平生几两屐（意乃猩猩爱着屐，并戒贪。典乃阮孚事），身后五车书（意乃毛笔之用。典乃张翰语与惠施事）。物色看王会（意乃毛笔之用，并言毛笔之所从来，杂他国臣服之意。典乃《列仙传》语、《文选》类目标题、"王会"之名及李德裕事），勋劳在石渠（意乃毛笔之用。典乃《礼记》语及《西都赋》语）。拔毛能济世，端为谢杨朱（此一联意乃以猩猩毛为笔之用，并抒用世之怀。典乃《孟子》之语、《列子》之语及鲍照诗句）。

钱勰咏猩猩毛笔诗，今已不可见，此诗之立意，是否受其影响不得而知。当然，即便黄庭坚一无倚傍而立意若此，诗意也并不复杂，无非是围绕猩猩的事迹和毛笔之用，再生发出一些情理。世人赞赏这首诗，往往是其用典与章法之工，言其立意高超者并不多见。

王夫之论诗用事曰："立门庭者必饾饤，非饾饤不可以立门庭……人讥西昆体为獭祭鱼，苏子瞻、黄鲁直亦獭耳。彼所祭者肥油江豚，此所祭者吹沙跳浪之鲿鲨也；除却书本子，则更无诗……用事不用事，总以曲写心灵，动人兴观群怨，却使陋人无从支借。唯其不可支借，故无有推建门庭者。"① 黄庭坚的某些诗，立意并不高超，但是他对于"曲写心灵"，是十分重视的。"诗者，人之情性也……其人忠信笃敬，抱道而居，与时乖逢，遇物悲喜，同床而不察，并世而不闻，情之所不能堪，因发于呻吟调笑之声，胸次释然，而闻者亦有所劝勉。"② 王直方也说黄庭坚论诗文主张"每作一篇先立大意，长篇须曲折三致意乃成章耳"③。也是在此基础上，他强调"无一字无来处"，然而恰恰是他"无一字无来处"的追求，产生了饾饤的嫌疑，时人蜂拥支借，流弊日生，黄庭坚自己受到拖累，也在所难免。

---

① （清）王夫之著，戴鸿森笺注：《姜斋诗话笺注》卷2，第120页。
② （宋）黄庭坚：《书王知载朐山杂咏后》，《黄庭坚全集》正集卷25，第666页。
③ （宋）王直方：《王直方诗话》，《宋诗话辑佚》卷上，第4页。

"臣之所好者道也，进乎技也。"① 黄庭坚在用典、字眼、句法、章法等方面下的工夫，具体而言包括"点铁成金""夺胎换骨"等手段，通通属于"技"的层面。他"简易而大巧出焉，平淡而山高水深"②的美学追求，则是在充分掌握和运用这些"技"的基础上，所达到的"道"的境界。朱弁说黄庭坚"独用昆体工夫，而造老杜浑成之地"，而清代王礼培说："自来论黄诗、学黄诗者，均不能拈出奥窍，彼以西昆绳尺黄诗者，又何讥焉？"③ 的确，黄庭坚诗尤其是后期的作品，已自成一家，有其心血工夫在内，非西昆体所能囿，不过不论黄庭坚晚年的诗向他的美学追求多么靠近，他总是绕不过对这些"技"的运用，而且也始终没有抛弃他的这些"技"。所以纵观黄庭坚的诗歌创作生涯，我们都可以看到他的诗歌与西昆体在用典方法上的相似之处。

（二）黄诗与西昆体用典相似的共同原因

"简易而大巧出焉，平淡而山高水深"，是黄庭坚对杜诗的评价，也是黄庭坚在诗艺上臻于"道"的追求目标，而这"道"的目标，也包含了黄庭坚在使事用典方面的努力，尤其表现为"平淡而山高水深"。中国古代对诗歌浑然天成的追求，在宋初表现为以梅尧臣为首的诗人所提倡的平淡诗风，后来苏轼、黄庭坚等人受老庄思想以及陶渊明诗的影响，在诗风上尤重平淡。然而诗歌光有平淡的风格不够，苏轼对这一点十分看重："所贵于枯淡者，谓外枯而中膏，似淡而实美，渊明、子厚之流是也。若中边皆枯，亦何足道。"④ 后来方回也说："（柳宗元之诗）不见其工，而不能忘其味，与韦应物同调。韦达，故淡而无味。"⑤ "中边皆枯"与"淡而无味"含义相近，对二者

---

① （清）郭庆藩：《庄子集释》，中华书局 2012 年标点本，第 125 页。
② 黄庭坚《与王观复书》其二云："但熟观杜子美夔州后古律诗，便得句法。简易而大巧出焉，平淡〔如〕〔而〕山高水深，似欲不可企及，文章成就，更无斧凿痕，乃为佳作耳。"（宋）黄庭坚：《黄庭坚全集》正集卷 18，第 471 页。
③ 王礼培：《小招隐馆谈艺录初编》卷 2，民国二十四年铅印本。
④ 转引自（宋）胡仔纂集《苕溪渔隐丛话》前集卷 18，第 122 页。
⑤ （元）方回选评：《瀛奎律髓汇评》卷 14 评柳宗元《旦携谢山人至愚池》，第 505 页。

的鄙弃，乃因在平淡之外另有追求。苏轼说："李、杜之后，诗人继作，虽间有远韵，而才不逮意，独韦应物、柳宗元发纤秾于简古，寄至味于淡泊，非余子所及也。"① 又说："渊明作诗不多，然其诗质而实绮，癯而实腴，自曹、刘、鲍、谢、李、杜诸人，皆莫及也。"② 要使诗歌在平淡的外表下，包含丰富的内容。这一点在黄庭坚的诗论中，即表现为"平淡而山高水深"。黄庭坚诗的"山高水深"得益于其多种艺术手段的运用，包括用典，而用典又和他与西昆体诗人相似的美学追求和创作环境有关。

1. 对诗歌容量的追求

从表达复杂情感的角度来讲，"典故作为浓缩着丰富历史内容的符号，正可使诗人复杂的情感通过简练的形式表达出来，它本身的象征意义、情感色彩尤其是文化内涵对于'言志'的作用，是意象语言所无法达到的"③。典故的运用有助于诗人在有限的篇幅内表达复杂的情感。反过来说，如果作诗时诗人的情感并不太丰富，或者咏物时所咏之对象过于狭窄时，典故增加诗歌容量的作用就显现了。钱锺书先生说宋诗"道理往往粗浅，议论往往陈旧，也煞费笔墨去发挥申说"④，这在黄庭坚的诗里表现非常明显，所以钱先生专门说黄庭坚"不管意思如何平凡、议论怎样迂腐"⑤。黄庭坚的诗，大都归旨到修身养性，读起来令人容易厌烦。魏泰在评白居易长韵叙事诗时说："虽百篇之意，只如一篇，故使人读而易厌也。"⑥ 这样的评语，用来说黄诗也不冤枉。在论述王安石对西昆体的接受时，我们曾说西昆体有诗意单薄贫弱的缺点，而黄诗与西昆体这点非常相似。

刘克庄说："元祐后，诗人迭起，一种则波澜富而句律疏，一种

---

① （宋）苏轼：《书黄子思诗集后》，《苏轼文集》卷67，第2124页。
② 转引自（宋）胡仔纂集《苕溪渔隐丛话》前集卷4，第21页。
③ 周裕锴：《宋代诗学通论》，第525页。
④ 钱锺书：《宋诗选注》，"序"第7页。
⑤ 钱锺书：《宋诗选注》，第156页。
⑥ （宋）魏泰：《临汉隐居诗话校注》卷2，巴蜀书社2001年标点本，第96页。

则锻炼精而性情远,要之不出苏、黄二体而已。"① 清代赵翼说:"山谷则书卷比坡更多数倍,几于无一字无来历;然专以选材庀料为主,宁不工不肯不典,宁不切不肯不奥,故往往意为词累,而性情反为所掩。"② 实际上,并非是黄庭坚太过锻炼而使性情为之所掩,而是黄诗中的性情本来就很单薄。曾敏行《独醒杂志》云:

> 汪彦章为豫章幕官,一日,会徐师川于南楼,问师川曰:"作诗法门当如何入?"师川答曰:"即此席间杯盘、果蔬、使令以至目力所及,皆诗也。君但以意剪裁之,驰骤约束,触类而长,皆当如人意,切不可闭门合目,作镌空忘实之想也。"③

面对一桌子饭菜,能有何诗意?徐俯是江西诗派中人,其观点当具有一定的代表性。

黄庭坚赞同作诗"语气平而意深"④,即诗歌之中须有深厚丰富的含义在。陈师道说:"山谷最爱舒王'扶舆度阳羡,窈窕一川花',谓包含数个意。"⑤ 可见黄庭坚对诗意丰厚的赞赏。翁方纲《渔洋先生精华录序》云:"愚在江西三年,日与学人讲求山谷诗文之所以然,第于中得二语曰:以古人为师,以质厚为本。"⑥ 所谓"以质厚为本",可以理解为山谷十分注重诗意的厚重。黄庭坚的诗本身诗意较贫弱,但是他又追求诗意的厚重,他的解决方法是用典。"他的用典,颇能作到精妙隐密、耐人寻味的地步,往往从一事中可令读者联想到许多,含有极为丰富的情思。"⑦ "遣词用语绝不虚发,不光是让 56 个'贤

---

① (宋)刘克庄:《后村诗话》前集卷2,第26页。
② (清)赵翼:《瓯北诗话》卷11,人民文学出版社1963年标点本,第168页。
③ (宋)曾敏行:《独醒杂志》卷4,上海古籍出版社1986年标点本,第31页。
④ (宋)黄庭坚:《答王观复》其三,《黄庭坚全集》续集卷5,第2033页。
⑤ (宋)王直方:《王直方诗话》,《宋诗话辑佚》卷上,第48页。
⑥ (清)翁方纲:《复初斋文集》卷3,《清代诗文集汇编》,上海古籍出版社2020年影印本,第382册,第34页。
⑦ 匡扶:《从山谷诗的艺术特点谈到"江西诗派"》,《文史哲》1981年第5期。

人',每个都能起到自己的作用,不令一个闲置,而且还要让他们一人兼数职,拓展诗歌的容量,以便在有限的空间内,包含尽可能多的内容。"① 上引徐俯所谓"触类而长",即是用手段将贫乏的诗意尽可能地扩充,而用典是行之有效的方法。杨亿论李商隐诗,谓其"包蕴密致,演绎平畅,味无穷而炙愈出,钻弥坚而酌不竭"②,结合杨亿学习李商隐所作之诗来看,他认为李商隐诗能达到这种效果,有用典之功在。这与黄庭坚用典故增加诗意的角度是一样的。

典故"能在简练的形式中包含丰富的多层次的内涵,精当而又含蓄"③,在诗中用典故来表达诗意时,读者不止读到原始的诗意,还能领会到典故本身所具有的含义。一两个白描的字词,只有很单纯的意思,如果用典故代替白描,则一二字中就包含了另一天地。西昆体一句一典,较之黄庭坚一句数典,在增加诗歌容量方面的效果小得多。如果将一首西昆体七律看作向读者呈现了八种意义的话,那么一首黄庭坚的七律,则向读者呈现了十数种甚至更多的意义,诗歌容量因此剧增。除此之外,典故本身含义的丰富性对诗歌容量的增加也大为有力:

> 作为诗歌语词的典故,乃是一个个具有哲理或美感内涵的故事的凝聚形态,它被人们反复使用、加工、转述,而在这种使用、加工、转述过程中,它又融摄与积淀了新的意蕴,因此它是一些很有艺术感染力的符号。它用在诗歌里,能使诗歌在简练的形式中包容丰富的、多层次的内涵,而且使诗歌显得精致、富赡而含蓄。④

---

① 张立荣:《苏轼、黄庭坚七律创作技法之异同及其人格异趣》,《晋阳学刊》2012年第2期。
② (宋)杨亿口述:《杨文公谈苑》,《杨文公谈苑·倦游杂录》,第169页。
③ 周裕锴:《宋代诗学通论》,第521页。
④ 葛兆光:《汉字的魔方》,辽宁教育出版社1999年版,第130页。

如果说一首白描的诗歌，其诗意是一层的话，用典则将诗意扩大到两层，典故含义的丰富性、复杂性，又将诗意拓展到第三层。黄庭坚常通过各色各样的典故来增加诗意的厚重性，除了用典故原意之外，常爱翻新一层，或反用，或翻案，或纯出以奇特的运用，如"湘东一目诚甘死，天下中分尚可持"（《弈棋二首呈任公渐》其二）①、"露湿何郎试汤饼，日烘荀令灶炉香"（《观王主簿家酴醾》）② 等，是其增加典故含义的丰富性从而将诗意拓展到第三层的积极探索。

2. 对诗意含蓄的追求

苏轼嬉笑怒骂皆成文章，对于这一点，黄庭坚是反对的。"东坡文章妙天下，其短在好骂。"③ "诗者，人之情性也，非强谏争于廷，怨忿诟于道，怒邻骂坐之为也。"④ 苏轼泼辣的诗风，与黄庭坚对"平淡"的要求自然相去甚远。黄庭坚对诗歌的这种要求，有其对诗歌中性情之正的追求的原因在。黄庭坚对诗歌的要求是："其人忠信笃敬，抱道而居，与时乖逢，遇物悲喜，同床而不察，并世而不闻，情之所不能堪，因发于呻吟调笑之声，胸次释然，而闻者亦有所劝勉，比律吕而可歌，列干羽而可舞，是诗之美也。"⑤ 这种"诗之美"，"不直接地宣露怨愤之情，而是通过草木荣衰、寒暑相推之类的形象曲折地表达感情，从诗中体现出仁义之泽、中和之美，言在此而意在彼，称物小而指意大，微讽婉谕而非直斥其事，就是合乎'道'和'义理'的艺术境界。"⑥

但现实的政治压力，也是他追求这种诗风的原因。"（黄庭坚在太和任上时）苏轼正以政治诗酿成的'乌台诗案'而在黄州谪所，或许

---

① （宋）黄庭坚撰，（宋）任渊、（宋）史容、（宋）史季温注：《黄庭坚诗集注》之《山谷外集诗注》卷2，第781—782页。
② （宋）黄庭坚撰，（宋）任渊、（宋）史容、（宋）史季温注：《黄庭坚诗集注》之《山谷外集诗注》卷12，第1200页。
③ （宋）黄庭坚：《答洪驹父书》其二，《黄庭坚全集》正集卷18，第474页。
④ （宋）黄庭坚：《书王知载朐山杂咏后》，《黄庭坚全集》正集卷25，第666页。
⑤ （宋）黄庭坚：《书王知载朐山杂咏后》，《黄庭坚全集》正集卷25，第666页。
⑥ 钱志熙：《论黄庭坚的兴寄观及黄诗的兴寄精神》，《文学遗产》1993年第5期。

这对黄庭坚产生了消极影响,不敢再缘诗人之义托事以讽,故政治批判不如苏诗尖锐。自此(元丰七年,黄庭坚自太和调往德州德平镇)以后,他的政治诗绝笔了,对诗歌的社会功能予以了重新思考。"① 黄庭坚监德平镇时,其上司是新党人物赵挺之。黄庭坚在太和任上写了不少反映新政弊病的诗,在德平任上却没有此类作品,或与此有关。"早在熙宁年间,黄庭坚就受到苏轼'乌台诗案'的牵连;到了绍圣年间,他又因所谓修《神宗实录》'多诬'的罪名被贬,所以不得不在文字方面谨慎小心。典故本身与现实无直接关联,可以避免政治方面的侵扰。"② 可见避祸心理是黄庭坚诗歌用典的重要原因。

黄庭坚并非没有疾邪淑世之怀,"兴托深远,不犯世故之锋,永怀喜怨,郁然类《骚》"③;"其兴托高远,则附于《国风》;其忿世疾邪,则附于《楚辞》"④。对于"怨""忿世疾邪"之类的情感,黄庭坚有两种解决之道,一是将诗意转为对个人修养的重视,二是在此前重视典故的基础上,将不平之意,用典故含蓄出之。周裕锴先生说:"心理上的对诗祸的怵惕造成诗人创作上的自律,即所谓'不犯世故之锋'、'文章不犯世故锋'或'藏锋避世故'。这种自律则决定诗人所选择的表达方式必然是'不迫不露'的微婉,而非'直辞咏寄'的痛快。黄庭坚在《书王知载朐山杂咏后》中关于'诗之旨'的思考以'诗之祸'为基点,正透露出其中消息。"⑤

黄庭坚作诗时的这种畏祸心态,与西昆体诗人"欲吐又吞,不可捉摸"的心理一样。"以他们(笔者按:指西昆体诗人)皆渥蒙君恩,高居要津,自不能不思有以抱君国苍生者……诸人既耿直而处危疑之地,又不能逢君之恶,其欲有所谏言乃为必然,欲闻之者足以戒,则又舍诗教不为功,因而他们想在诗中表达其对国事的忧心,自然不可

---

① 张承凤:《黄庭坚诗分期评议》,《社会科学研究》2005年第4期。
② 高锋:《论黄庭坚诗歌的用典》,《镇江师专学报》(社会科学版)2001年第3期。
③ (宋)黄庭坚:《答晁元忠书》,《黄庭坚全集》正集卷18,第462页。
④ (宋)黄庭坚:《胡宗元诗集序》,《黄庭坚全集》正集卷15,第411页。
⑤ 周裕锴:《宋代诗学通论》,第418—419页。

避免的在编修《历代君臣事迹》时要特地借题发挥,期能完成其致君尧舜之心志。"① 同样的惧祸心理,使得黄庭坚与西昆体诗人共同选择了使事用典的创作方法。

3. 次韵唱和的影响

元祐元年(1086),"轼始与黄庭坚相见"②,从此黄庭坚开始与苏轼以及其他聚集在苏轼周围的文人进行大规模地诗歌唱酬。"苏、黄等人都是读破万卷的学者,当他们在馆阁中作诗唱和时,丰富的腹笥自然会使他们技痒难忍而较多地运用成语典故入诗,所以元祐诗坛最典型地体现了宋诗'以学问为诗'的特色。"③ "黄诗用典的妙处在于密度大而又能精当、稳妥、细密,而这一点在元祐期间表现得最为突出。"④ 在用典这一点上,黄庭坚的特色较之苏轼更为显著。"山谷之诗与苏同律,而语尤雅健,所援引者乃多于苏。"⑤ 黄庭坚与苏轼唱和,在诗艺上争奇斗巧,其运用典故的技术日趋老练。诗歌大量用典,是西昆唱和的一个特色,也是参与唱和的诗人争奇斗巧的主要手段之一。在相似的境遇中,黄庭坚和西昆诗人运用了相同的方法,不过随着宋诗日益发展,黄庭坚用典的手段,较之西昆诗人,更加丰富和成熟。

除了次韵唱和对黄诗用典工夫的提高以外,在唱和诗中,受韵脚限定的影响,为了避免字词意思的重复,黄庭坚选择了用典,这尤以反复往来唱和的诗为代表。如:

……兰芳深九畹,露味挹三危……吴溪浣纱女,不用朱粉施。岂伊风尘子,市门自夸毗……光阴去易失,日月转两仪……(《次韵答黄与迪》)⑥

---

① 周益忠:《西昆研究论集》,第70页。
② 孔凡礼:《三苏年谱》卷37,北京古籍出版社2004年版,第1653页。
③ 莫砺锋:《论黄庭坚诗歌创作的三个阶段》,《文学遗产》1995年第3期。
④ 莫砺锋:《论黄庭坚诗歌创作的三个阶段》。
⑤ (宋)钱文子:《芗室史氏注山谷外集诗序》,《黄庭坚诗集注》,第715页。
⑥ (宋)黄庭坚撰,(宋)任渊、(宋)史容、(宋)史季温注:《黄庭坚诗集注》之《山谷诗集注》卷14,第524—525页。

……抽萌或发石，悬棰有阽危……今代捧心学，取笑如东施。或可遗巾帼，选耎如辛毗……猗猗淇园姿，此君有威仪……（《次前韵谢与迪惠所作竹五幅》）①

"危""施""毗""仪"，本义较狭，作为反复唱和之诗的韵脚来讲，如一直用其本义，则显重复。黄庭坚要在两首次韵诗中尽量避免这种情况，使用字面上含有韵脚的典故实为捷径，如例中"三危""辛毗""东施""两仪"，都含韵脚，且含义与韵脚本义不同，这就既避免了字义的重复，又显出才思学力之高妙通达，因难见巧，不为所困而愈见崛奇，一举两得。又如：

斋合寒麝熏，书帙映斜景（杜诗"色侵书帙晚"）。偶来樽俎同，延此笑言顷（顷刻）。官线添尺余，朝来日未永（日长）。一醉解语花，万事画地饼（画饼充饥）。要似虎头痴，何须樗里瘿（智囊）。（《饮润父家》）②

昏昏迷簿领，匆匆贵晷景（韩诗"忧愁费晷景"）。尝尽身百忧，迄无田二顷（苏秦故事）。喜从吾宗游，九里河润永（《庄子》典故）。呼儿跪酒樽，戒妇馈汤饼（刘禹锡诗"我作座上客，引箸举汤饼"）。老夫何取焉，君悦瓮盎瘿（《庄子》典故）。（《次前韵寄润父》）③

遥知谢法曹，诗句多夏景（景色）。闻道学书勤，墨池方一顷（张芝故事）。大字苦未遒，小字逼智永（人名）。我有何郎樽，清江酝玉饼（酒曲）。还书及斗数，与君酌楠瘿（树瘤）。

---

① （宋）黄庭坚撰，（宋）任渊、（宋）史容、（宋）史季温注：《黄庭坚诗集注》之《山谷诗集注》卷14，第526—527页。
② （宋）黄庭坚撰，（宋）任渊、（宋）史容、（宋）史季温注：《黄庭坚诗集注》之《山谷外集诗注》卷9，第1088—1089页。
③ （宋）黄庭坚撰，（宋）任渊、（宋）史容、（宋）史季温注：《黄庭坚诗集注》之《山谷外集诗注》卷9，第1090页。

(《送酒与周法曹用前韵》)①

可以看到，三首诗之所以能诗意出新，韵脚上典故的使用实为关键。黄诗中这样的例子有很多，不仅是反复次韵，就算他次韵一次他人的作品，就要避免与他人诗意、字义重复。黄诗字重义不重，实为受杜甫影响。孙奕《履斋示儿编》云："杜陵翁独为诗人冠冕者，吐辞不凡，复出尘表，有'受'字、'自'字、'不肯'字，前辈能言之。如'过'字，已经宗工钜儒道破，然愈用而愈新者，请复拈出。所谓'龟开萍叶过'（《屏迹》），'蛟龙引子过'（《到村》），'四十明朝过'（《守岁》），'何事炎天过'（《万丈潭》），'步履宜轻过'（《庭阜》），'读书难字过'（《漫成》），'俊鹘无声过'（《朝》）、'云里不闻双雁过'（《戏作》），'河广传闻一苇过'（《洗兵马》），则孰不喜谈而乐道。"② 所举杜诗例句，皆以"过"字结尾而诗意各别，黄庭坚次韵诗中韵脚的处理方法与此相近。黄诗与杜诗不同之处，乃在杜诗于不同诗句中同一字的意义愈用愈新，而黄庭坚主要以用典来达到字重义不重的目的。黄诗中有很多次韵诗，这种情况也是促进他诗歌用典的一种原因；反过来，用典使得次韵翻新变得容易，又增加了黄诗唱和次韵的积极性。《西昆酬唱集》中的唱和诗，多数不次韵，韵脚的选择较为自由，而黄诗唱和基本上都次韵，其使事用典的工夫，较之西昆体，是有相当提高的。

黄庭坚不以学西昆体著称，他推崇杜诗、学习杜诗是公认的。范温《潜溪诗眼》载："山谷常言少时曾诵薛能诗云：'青春背我堂堂去，白发欺人故故生。'孙莘老问云：'此何人诗？'对曰：'老杜。'莘老云：'杜诗不如此。'后山谷语传师云：'庭坚因莘老之言，遂晓老杜诗高雅大体。'"③ 王炎《双溪类稿》载："山谷外舅谢师厚、孙

---

① （宋）黄庭坚撰，（宋）任渊、（宋）史容、（宋）史季温注：《黄庭坚诗集注》之《山谷外集诗注》卷9，第1091页。
② （宋）孙奕：《履斋示儿编》卷10，中华书局1985年标点本，第89页。
③ 郭绍虞辑：《宋诗话辑佚》卷上，第327页。

莘老二人皆学杜诗，鲁直诗法得之谢、孙，故专以杜诗为宗。"① 可知黄庭坚学杜，受到其岳父孙觉、谢景初影响。孙觉对杜诗有一个见解值得重视，任渊曰："山谷诗律妙一世，用意高远，未易窥测。然置字下语，皆有所从来。孙莘老云：老杜诗无两字无来历。刘梦得论诗亦言：无来历字，前辈未尝用。山谷屡拈此语，盖亦以自表现也。"② 黄庭坚"因莘老之言，遂晓老杜诗高雅大体"，其中应包括了孙觉所理解的杜诗"无两字无来历"的特征，这是黄庭坚"无一字无来处"说法之所本。孙觉的《介亭》诗"句句用典，力求置字下语皆有来处"③，他的其他诗也基本上如此。黄庭坚又云："及庭坚失兰溪数年，谢公方为介休择对，见庭坚之诗，曰：'吾得婿如是足矣。'庭坚因往求之。然庭坚之诗卒从谢公得句法。"④ "自往见谢公，论诗得濠梁。"⑤ 可见无论在创作还是在理论上，黄庭坚都受到谢景初的影响。谢景初作诗学杜，不过黄庭坚从谢景初所得，主要是杜诗句法。曾季狸《艇斋诗话》曰："山谷诗妙天下，然自谓得句法于谢师厚，得用事于韩持国，此取诸人以为善也。"⑥ 黄庭坚从孙觉那里继承并发展了杜诗"无两字无来历"的理论，其使事用典能力的提高，则得益于对韩维诗歌的学习。《雪浪斋日记》云："韩持国、谢师厚诗绝妙，莘老亦亹亹逼人。韩云：'数亩家园荒杞菊，一池秋水沸龟鱼。'前人评此诗云：'沸字直钱。'谢师厚诗云：'倒着衣裳迎户外，尽呼儿女拜灯前。'莘老云：'尚想紫茨盘，明珠出新烹。'又云：'千里暮山横紫翠，一钩新月破黄昏。'"⑦ 可见当时有人将韩、谢、孙三人归为同调。

---

① （宋）王炎：《与杜仲高》，《双溪类稿》卷22，文渊阁《四库全书》本。
② （宋）黄庭坚：《古诗二首上苏子瞻》（其一）注文，《黄庭坚诗集注》之《山谷诗集注》卷1，第47—48页。
③ 王小兰：《先河后海渐造奇绝——"山谷诗法"孕育成熟的家学渊源》，《杭州师范大学学报》（社会科学版）2015年第2期。
④ （宋）黄庭坚：《黄氏二室墓志铭》，《黄庭坚全集》外集卷22，第1387页。
⑤ （宋）黄庭坚：《奉答谢公静与荣子邕论狄元规孙少述诗长韵》，《黄庭坚诗集注》之《山谷诗集注》卷4，第177页。
⑥ （宋）曾季狸：《艇斋诗话》，《历代诗话续编》，中华书局1983年标点本，第299页。
⑦ 转引自（宋）胡仔纂集《苕溪渔隐丛话》前集卷28，第197页。

实际上，韩维也是学杜的诗人，他有《读杜子美诗》：

> 寒灯熠熠宵漏长，颠倒图史形劳伤。取观杜诗尽累纸，坐觉神气来洋洋。高言大义经比重，往往变化安能常。壮哉起我不暇寐，满座叹息喧中堂。唐之诗人以百数，罗列众制何煌煌。太阳重光烛万物，星宿安得舒其芒。读之踊跃精胆张，径欲追摄忘愚狂。徘徊揽笔不得下，元气混浩神无方。①

其对杜诗推崇之态度显然。② 因此可以说黄庭坚使事用典的工夫，乃是近学韩维而远祧杜甫。

明代王鏊《震泽长语》云："为文好用事，自邹阳始；诗好用事，自庾信始，其后流为西昆体，又为江西派，至宋末极矣。"③ 可见黄诗与西昆体都以使事用典为特色。前文曾说黄庭坚赞同唐彦谦"善用事"，这点与杨亿等人一致。陈师道曰："唐人不学杜诗，惟唐彦谦与今黄亚夫庶、谢师厚景初学之。鲁直，黄之子、谢之婿也。其于二父，犹子美之于审言也。"④ 陈师道诗学黄庭坚，其唐彦谦诗学杜甫的论调，或受黄庭坚"唐彦谦诗最善用事"影响。综合孙觉、韩维、唐彦谦等人对黄庭坚的影响，我们可以看出黄庭坚学杜，有很大一部分心思花在使事用典的工夫上。黄庭坚谓杜甫夔州以后诗"平淡而山高水

---

① 北京大学古文献研究所编：《全宋诗》卷417，第5114—5115页。
② 韩维诗用典例，如《潘子真诗话》载："韩子华自相府以病乞补外，出镇北门。韩持国时以论事不当罢，犹带职名，以诗寄其兄，有'移病暂休丞相府，坐谩犹著侍臣冠'之句。移病谓移书言病，见《杨敞传》。坐谩免，见《孝武功臣表》。谩，诳也。"郭绍虞辑：《宋诗话辑佚》卷上，第304页。胡仔曰："郑谷《海棠》诗云：'秋丽最宜新着雨，妖饶全在欲开时。'前辈以谓此两句说尽海棠好处。今持国'柔艳着雨更相宜'之句，乃用郑谷语也。"（宋）胡仔纂集：《苕溪渔隐丛话》前集卷28，第197页。韩维还化用杜诗诗句，《能改斋漫录》载："韩持国《谢邵尧夫九日远寄新酒》诗云：'有客忽传龙阪至，开樽如对马军尝。'自注云：'锦屏山题名，有记河南府使马军送新酒。'余乃知杜诗'洗盏开尝对马军'。"（宋）吴曾：《能改斋漫录》卷6，第157页。虽然吴曾因韩维之注才明白了杜诗之意，不过韩维这句诗中"对马军"之语，显然从杜诗来。
③ （明）王鏊：《震泽长语》卷下，中华书局1985年标点本，第31页。
④ （宋）陈师道：《后山诗话》，《历代诗话》，第307页。

深","山高水深"与杜甫诗歌的"沉郁顿挫"有相似之处。"杜甫所谓沉郁,不仅指思想观点的深邃,也指深厚的语言功力,其中包括熔铸大量古书成语典故的能力在内。顿挫用于文学,指作品语言声调的停顿转折。"① 黄庭坚学杜,自然会对杜甫诗歌的这种风格心领神会。当然,"山高水深"的境界是黄庭坚多种诗歌技巧共同作用、百川汇海的结果,用典只是其中一种。

黄庭坚既受孙觉所说杜诗"无两字无来历"的影响而勤于用事,之后又"得用事于韩持国",技能得到提高,再因与苏轼等人的唱和而大有长进。他希望通过用典来增加诗歌容量,又要以之躲避政治纷扰,用典能力的日益提升,则能将他的想法更好地付诸实践。所以黄庭坚一生坚持"无一字无来处"的创作理念,也就不难理解。而他与西昆体相似的美学追求和创作环境,使得他的诗与西昆体呈现出共同点,后人认为他与西昆体之间有关系也就是当然之事。

(三) 黄诗用典的局限性

西昆诗人用典产生的弊病,在黄庭坚的作品里同样存在,甚至变本加厉。这主要体现在两个方面:诗意晦涩和用典重复。

1. 诗意晦涩

欧阳修云:"杨大年与钱、刘数公唱和。自《西昆集》出,时人争效之,诗体一变;而老先生辈,患其多用故事,至于语僻难晓。殊不知自是学者之弊。"② 欧阳修认为西昆体"语僻难晓",并非杨、刘等人的过错,而是西昆体后学的弊病。实际上,《西昆酬唱集》中的诗歌,大部分有这种缺陷,黄诗也有此病症。南宋许尹《黄陈诗注原序》云:"其(黄、陈)用事深密,杂以儒、佛。虞初稗官之说,《隽永》、《鸿宝》之书,牢笼渔猎,取诸左右。后生晚学,此秘未睹者,

---

① 王运熙、杨明:《中国文学批评通史·隋唐五代卷》,上海古籍出版社1996年版,第293页。
② (宋) 欧阳修:《六一诗话》,《六一诗话·白石诗说·滹南诗话》,第13页。

往往苦其难知。"① "苦其难知"与"语僻难晓",可谓无二。近代钱基博云:"而其好用事以语僻难晓,则与西昆不同体而同弊。"② 也是道出了黄诗与西昆体的共症。

黄诗与西昆体这种弊病,主要源于大量使事用典,给读者造成阅读的困难,然翁方纲谓上引许尹序为"深中后人痼疾,而积学之非易也"③,言黄诗"难知"乃因读者积学不厚。由于每个人的知识水平不同,对不同读者来说,"语僻难晓"的程度不一样。如"管城子无食肉相,孔方兄有绝交书"(《戏呈孔毅父》)④ 一联,若不了解"管城子""孔方兄"之为物,则浑不知黄庭坚所云何意。又如《次韵石七三六言七首》(其五):"幽州已投斧柯,崇山更用忧何?且喜龚邹冠豸,又闻张董上坡。"⑤《赠陈元舆祠部》:"招唤丁宁方邂逅,谁言天网漏吞舟。"⑥《题虔州东禅圆照师新作御书阁》:"道人饱参口挂壁,颇喜作诗如己公。"⑦ 此等诗句,对一般读者来讲,不晓其典故,根本无法理解其内涵。黄诗语僻难晓之弊,大抵表现如此。

清代赵翼谓黄诗"宁不工不肯不典,宁不切不肯不奥,故往往意为词累,而性情反为所掩"⑧。上文说黄庭坚诗意单调重复,其诗意被典故层层包裹,增加了诗歌的容量,诗歌的内涵似乎也显得丰厚起来。反过来看,黄庭坚诗中"性情反为所掩",是否是他故意以此方法来

---

① (宋)黄庭坚撰,(宋)任渊、(宋)史容、(宋)史季温注:《黄庭坚诗集注》,第614页。
② 钱基博:《中国文学史》,中华书局1993年版,第565页。
③ (清)翁方纲:《跋山谷手录杂事墨迹》,《复初斋文集》卷29,《清代诗文集汇编》,第382册,第296页。
④ (宋)黄庭坚撰,(宋)任渊、(宋)史容、(宋)史季温注:《黄庭坚诗集注》之《山谷诗集注》卷6,第225页。
⑤ (宋)黄庭坚撰,(宋)任渊、(宋)史容、(宋)史季温注:《黄庭坚诗集注》之《山谷诗集注》卷14,第505页。
⑥ (宋)黄庭坚撰,(宋)任渊、(宋)史容、(宋)史季温注:《黄庭坚诗集注》之《山谷外集诗注》卷14,第1339页。
⑦ (宋)黄庭坚撰,(宋)任渊、(宋)史容、(宋)史季温注:《黄庭坚诗集注》之《山谷诗外集补》卷2,第1613页。
⑧ (清)赵翼:《瓯北诗话》卷11,第168页。

增加诗意呢？王若虚云："以予观之：少陵，典谟也；东坡，孟子之流；山谷，则扬雄《法言》而已。"①苏轼谓扬雄"好为艰深之词，以文浅易之说，若正言之，则人人知之矣。此正所谓雕虫篆刻者，其《太玄》、《法言》皆是类也"②。对扬雄颇具好感的黄庭坚，不得不让人以为他也有用繁富的典故来掩盖其诗意的嫌疑。

2. 用典重复

我们说黄庭坚对扬雄颇具好感，从他诗句中所用扬雄的典故就可以看出来，如"后生晚出不勉学，从汉至今无扬雄"（《和舍弟中秋月》）③，"不随当世师章句，颇识扬雄善读书"（《读书呈几复二首》其一）④，"不应《太玄》草，睎价咸阳市"（《次韵答邢惇夫》）⑤，"频来草《玄》宅，共语清入寥"（《次韵答常甫世弼二君不利秋官郁郁初不平故予诗多及君子处得失事》）⑥，"至今扬子云，不与俗谐嬉……岁晚草《玄经》，覃思写天维"（《次韵奉送公定》）⑦等。不唯如此，现在所存的黄诗中，用扬雄典故超过36次，可见黄庭坚对扬雄推崇之深。通过这种高频率地使用同一典故的现象，还可以看出黄庭坚用典的一个特点，就是他用典的重复率很高。宋代文人虽然博览群书，但一个人所掌握的典故毕竟有限，能用于诗者更少，故诗人以运用典故为诗歌创作的主要手段时，就会出现典故"重复利用"的情况，这在《西昆酬唱集》中就有表现。如萱草的典故：

---

① （金）王若虚：《滹南诗话》卷下，《六一诗话·白石诗说·滹南诗话》，第85页。
② （宋）苏轼：《与谢民师推官书》，《苏轼文集》卷49，第1418页。
③ （宋）黄庭坚撰，（宋）任渊、（宋）史容、（宋）史季温注：《黄庭坚诗集注》之《山谷诗外集补》卷2，第1574页。
④ （宋）黄庭坚撰，（宋）任渊、（宋）史容、（宋）史季温注：《黄庭坚诗集注》之《山谷诗外集补》卷3，第1638页。
⑤ （宋）黄庭坚撰，（宋）任渊、（宋）史容、（宋）史季温注：《黄庭坚诗集注》之《山谷诗集注》卷3，第161页。
⑥ （宋）黄庭坚撰，（宋）任渊、（宋）史容、（宋）史季温注：《黄庭坚诗集注》之《山谷诗外集补》卷2，第1576页。
⑦ （宋）黄庭坚撰，（宋）任渊、（宋）史容、（宋）史季温注：《黄庭坚诗集注》之《山谷外集诗注》卷4，第856页。

易变肯随南地橘，忘忧虚对北堂萱。（杨亿《代意二首》之二）①

不待萱苏蠲薄怒，闲阶斗雀有遗翎。（杨亿《无题三首》之一）②

瑶光的典故：

夜影瑶光接，晨英玉露滋。（钱惟演《禁中庭树》）③
无妨天上芝泥熟，独看瑶光近太清。（钱惟演《再次首唱题和》）④
山上汤泉架玉梁，云中复道拂瑶光。（钱惟演《明皇》）⑤

巫山神女朝云的典故：

才断歌云成梦雨，斗回笑电作嗔霆。（杨亿《无题三首》之一）⑥
云气乍回巫峡梦，水嬉犹记曲池图。（杨亿《再赋七言》）⑦

至于不同诗人运用相同典故的情况则更多。《西昆酬唱集》中用到朝云典故的诗句还有：

吴宫何薄命，楚梦不终朝。（刘筠《槿花》）⑧

---

① （宋）杨亿编，王仲荦注：《西昆酬唱集注》卷上，第34页。
② （宋）杨亿编，王仲荦注：《西昆酬唱集注》卷上，第115页。
③ （宋）杨亿编，王仲荦注：《西昆酬唱集注》卷上，第20页。
④ （宋）杨亿编，王仲荦注：《西昆酬唱集注》卷上，第27页。
⑤ （宋）杨亿编，王仲荦注：《西昆酬唱集注》卷上，第104页。
⑥ （宋）杨亿编，王仲荦注：《西昆酬唱集注》卷上，第114—115页。
⑦ （宋）杨亿编，王仲荦注：《西昆酬唱集注》卷上，第132页。
⑧ （宋）杨亿编，王仲荦注：《西昆酬唱集注》卷上，第30页。

虢国妆初罢，高唐梦始回。(刘骘《槿花》)①
雾鸾晓影忽参差，云雨阳台役梦思。(李宗谔《代意》)②
不知谁有高唐梦，翠被华灯彻曙香。(钱惟演《又赠一绝》)③
梦散高唐夜正遥，楚天无处不无憀。(丁谓《又赠一绝》)④

好在《西昆酬唱集》中诗不太多，诗人在驰骋才学时，尚能尽量运用不同典故。至于黄庭坚，其作诗既多，诗意复单调，用典重复的情况便大量存在。上述扬雄典故的使用只是一例，黄诗中重复比较严重的还有阮籍青白眼的典故，使用超过31次。不仅如此，黄诗中还反复以青眼和白头相对：

江山千里俱头白，骨肉十年终眼青。(《送王郎》)⑤
今日相看青眼旧，他年肯作白头新。(《次韵奉答文少激纪赠二首》其一)⑥
青眼向来同醉醒，白头相望不缁磷。(《再次韵杜仲观二绝》其二)⑦
读书头愈白，见士眼终青。(《寄忠玉提刑》)⑧
看镜白头知我老，平生青眼为君明。(《和答君庸见寄别时绝

---

① (宋)杨亿编，王仲荦注：《西昆酬唱集注》卷上，第31页。
② (宋)杨亿编，王仲荦注：《西昆酬唱集注》卷上，第35页。
③ (宋)杨亿编，王仲荦注：《西昆酬唱集注》卷上，第135页。
④ (宋)杨亿编，王仲荦注：《西昆酬唱集注》卷上，第135页。
⑤ (宋)黄庭坚撰，(宋)任渊、(宋)史容、(宋)史季温注：《黄庭坚诗集注》之《山谷诗集注》卷1，第77页。
⑥ (宋)黄庭坚撰，(宋)任渊、(宋)史容、(宋)史季温注：《黄庭坚诗集注》之《山谷诗集注》卷13，第473页。
⑦ (宋)黄庭坚撰，(宋)任渊、(宋)史容、(宋)史季温注：《黄庭坚诗集注》之《山谷外集诗注》卷12，第1199页。
⑧ (宋)黄庭坚撰，(宋)任渊、(宋)史容、(宋)史季温注：《黄庭坚诗集注》之《山谷外集诗注》卷17，第1383页。

句》）①

　　身更万事已头白，相对百年终眼青。（《次韵和台源诸篇九首》之《南屏山》）②

黄花与青眼相对：

　　九日黄花倾寿酒，几回青眼望归尘。（《同韵和元明兄知命弟九日相忆》其一）③

　　黄花节晚犹可惜，青眼故人殊未来。（《九日对菊有怀粹老在河上四首》其二）④

　　此种用典与对偶皆重复，又甚于重复用一典。据笔者不完全统计，除扬雄、青白眼的典故外，黄诗中重复较多的典故还有《诗经》之"泾以渭浊，湜湜其沚""衮职有阙，维仲山甫补之""脊令在原，兄弟急难""伐木丁丁"，《春秋》之"西狩获麟"，《左传》之"二三子""秣马蓐食""行李之往来""国士在，且厚，不可当也"，《论语》之"一箪食一瓢饮""岁寒，然后知松柏之后凋也""曲肱而枕之"，《楚辞》之《渔父歌》、"草木摇落而变衰"，《庄子》之鲲鹏、樗树、"郢匠斫垩""轮扁斫轮""庖丁解牛""坐井观天""朱泙漫学屠龙于支离益""白驹过隙""舍者与之争席矣""宁其生而曳尾于涂中乎""庄子与惠子游于濠梁之上""昔者庄周梦为蝴蝶"，《孟子》之"吾不忍其觳觫"，《列子》之俞伯牙与钟子

---

① （宋）黄庭坚撰，（宋）任渊、（宋）史容、（宋）史季温注：《黄庭坚诗集注》之《山谷别集诗注》卷上，第1442页。
② （宋）黄庭坚撰，（宋）任渊、（宋）史容、（宋）史季温注：《黄庭坚诗集注》之《山谷诗外集补》卷4，第1724页。
③ （宋）黄庭坚撰，（宋）任渊、（宋）史容、（宋）史季温注：《黄庭坚诗集注》之《山谷外集诗注》卷9，第1078页。
④ （宋）黄庭坚撰，（宋）任渊、（宋）史容、（宋）史季温注：《黄庭坚诗集注》之《山谷诗外集补》卷4，第1719页。

期事,《战国策》之"夫骥之齿至矣,服盐车而上太行""拔城于尊俎之间",《吕氏春秋》之"水之美者,有三危之露",《史记》之"采薇而食之""人无不按剑相眄者""桃李不言,下自成蹊""主家令两人与骑奴同席而食",《列女传》之"南山有玄豹",《法言》之"譬之于蚁行磨石之上",《汉书》之"乃图画霍光等十一人于麒麟阁""使卖剑买牛,卖刀买犊""取客车辖投井中",荀悦《汉纪》之"侏儒饱欲死,臣朔饥欲死",《月令章句》之"麦以孟夏为秋",《三辅决录》之"舍中有三径",《世说新语》之"阮籍胸中垒块,故需酒浇之""何可一日无此君邪",《述异记》之王质山中观棋而柯烂,《水经注》之"昔费长房为市吏,见王壶公悬壶于市",《晋书》之"翰因见秋风起,乃思吴中菰菜、莼羹、鲈鱼脍""吾不能为五斗米折腰",《三辅黄图》之"邵平瓜",《景德传灯录》之"狸奴白牯为什么却知有",宋玉之《高唐赋》,汉乐府之"携手上河梁""客从远方来,遗我双鲤鱼",曹操诗之"老骥伏枥",陶渊明之《桃花源记》,谢朓诗之"澄江静如练",杜甫诗之"已诉征求贫到骨",韩愈文之"伯乐一过冀北之野而马群遂空",唐传奇之"黄粱一梦""南柯一梦"等。黄诗中提到的古人如阮籍、顾恺之、谢安、谢朓等,也经常重复。黄诗中这些典故,少则重复五六次,多则二三十次。可见黄诗用典重复的严重程度。

张晶先生论黄庭坚"夺胎换骨""点铁成金"时说:"对于欣赏者来说,前人之语所生成的审美表象本来是熟悉的,但经过一诗人点化陶钧、改变了原来陈熟的意象,而生成新的意象,这种熟中取生的方法,尤能引起人们的审美兴趣。从审美心理学的角度看,人的审美知觉能力和敏感性同眼前的'图式'与心中熟悉的'图式'之间的差异程度有关。在完全熟悉的事物面前,审美主体可能失去对此事物的知觉敏感,而处于'熟视无睹'的心意状态;对于那些完全陌生的'图式',审美主体也很可能无动于衷,难以引起兴趣。只有那些与主体所熟悉的图式有所不同,但又可以看出与它们有一定联系的事物,才能引起审美主体的敏感。"① 我们不否认黄庭坚诗中确实有不少"以故为新"、化腐朽为神奇的案例存在,但是当我们一遍一遍读着黄诗中这些烂熟的典故又一次次领教他单调的修身养性的诗意时,只能是"熟视无睹"、昏昏欲睡了。

周裕锴先生说:"要使创作既不同于民歌作者的'俗',又要不同于低能文人的'熟',保持诗歌的典雅化、书卷气,就得求雅求新。所以黄庭坚的'点铁成金'和'夺胎换骨'还是有一定的推陈出新的作用,特别是在西昆体'挦扯'李商隐诗的时代风气下,具有一定的历史进步作用。"② 黄庭坚也有不少关于创新的理论:"听他下虎口著,我不为牛后人"③ "著鞭莫落人后,百年风转蓬科"④ "随人作计终后人,自成一家始逼真"⑤ "文章最忌随人后"⑥。黄诗较之西昆体,确有其创新性,与同时代的诗人相比,也有其独特面貌,所以黄诗能够自成一家。但是黄庭坚在注意超越"俗"和"熟"的同时,却陷入了对自己的重复,异于人而同于己。他的诗歌,拿出任何一首,可谓都与众不同,但如果连续读几首黄诗,就会发现诗意和典故的重复。

苏、黄都强调"以故为新,以俗为雅"。苏轼说:"诗须要有为而作,用事当以故为新,以俗为雅。好奇务新,乃诗之病。"(《题柳子厚诗二首》其一)⑦ 黄庭坚则曰:"盖以俗为雅,以故为新,百战百胜,如孙吴之兵,棘端可以破镞,如甘绳飞卫之射,此诗人之奇也。"

---

① 张晶:《因难以见巧:黄庭坚的诗美追求》,《辽宁师范大学学报》(社会科学版)1988年第5期。
② 周裕锴:《苏轼黄庭坚诗歌理论之比较》。
③ (宋)黄庭坚:《赠高子勉四首》其三,《黄庭坚诗集注》之《山谷诗集注》卷16,第574页。
④ (宋)黄庭坚:《再用前韵赠子勉四首》其二,《黄庭坚诗集注》之《山谷诗集注》卷16,第576页。
⑤ (宋)黄庭坚:《以右军书数种赠丘十四》,《黄庭坚诗集注》之《山谷诗外集补》卷2,第1605页。
⑥ (宋)黄庭坚:《赠谢敞王博喻》,《黄庭坚诗集注》之《山谷诗外集补》卷4,第1720页。
⑦ (宋)苏轼:《苏轼文集》卷67,第2109页。

(《再次韵杨明叔引》)①黄庭坚将苏轼视为用事要求的"以故为新"看成诗歌的普遍要求。朱弁《风月堂诗话》卷下载:"客又曰:'仆见世之爱老杜者,尝谓人曰:此老出语绝人,无一字无来处。审如此言,则词必有据,字必援古,所由来远,有不可已者。'予曰:'……如近体格俯同今作,则词不遗奇,杂以事实,掇英撷华,妥帖平稳,殆以文为滑稽,特诗中之一事耳,岂见其大全者邪。'"②说明朱弁不同意老杜诗"无一字无来处"的说法,认为用典使事本杜诗中的"一事",而非其"大全"。周裕锴先生认为:"黄庭坚把苏轼的话斩头去尾,抛掉了限定词,把'以俗为雅,以故为新'推广到立意、造句等方面,并看作诗歌'百战百胜'的唯一手段。"③实际上,与其说黄庭坚抛掉限定词,推广了"以俗为雅,以故为新"的范围,不如说是黄庭坚限制了诗歌创作的方法,将诗歌拉到以用典为主的创作道路上来。黄诗无不用典,所以他当然要以"以故为新"作为诗歌的通则。苏轼说:"鲁直诗文如蝤蛑、江瑶柱,格韵高绝,盘飧尽废,然不可多食,多食则发风动气。"④陆游在《读近人诗》中说:"雕琢自是文章病,奇险又伤骨气多。君看太羹玄酒味,蟹螯蛤柱起同科。"⑤结合陆游的意思,盖苏轼所谓,乃是黄庭坚诗虽格高韵绝,然终非诗之正道。本来,用典只是诗歌创作的一种手段,黄庭坚却将之作为诗歌创作的普遍规律,画地为牢,他在诗艺上的努力方向,是在用典基础上的"平淡而山高水深""不烦绳削而自合",不管他在诗法上有何高妙之处,都只能在这个牢里比划。他并没有放弃用典的意思,也没有追求典故的不重复。典故资源有限,而黄诗数量不少,所以他的诗歌用典重复,也就是注定的了。黄诗看重超越一般文人的"熟",却最终落在了自己

---

① (宋)黄庭坚撰,(宋)任渊、(宋)史容、(宋)史季温注:《黄庭坚诗集注》之《山谷诗集注》卷12,第441页。
② (宋)朱弁:《风月堂诗话》卷下,《冷斋夜话·风月堂诗话·环溪诗话》,第115页。
③ 周裕锴:《苏轼黄庭坚诗歌理论之比较》。
④ (宋)苏轼:《书黄鲁直诗后二首》其二,《苏轼文集》卷67,第2122页。
⑤ (宋)陆游著,钱仲联校注:《剑南诗稿校注》卷78,上海古籍出版社1985年标点本,第4238页。

的"熟"中。

通过对黄庭坚诗的考察，我们发现在用典使事这一点上，黄诗与西昆体确有相似性，而黄庭坚与西昆诗人的文学思想、境遇之相近，形成并巩固了这种相似性。由于黄诗数量大大超过了《西昆酬唱集》中作品的数量，所以在《西昆酬唱集》中初步出现的诗病，在黄诗中就大肆出现了。

三 "有昆体之变，而不袭其组织"

方回《瀛奎律髓》卷二十一选黄庭坚《咏雪奉呈广平公》一首，诗云：

> 春寒晴碧来飞雪，忽忆江清水见沙。夜听疏疏还密密，晓看整整复斜斜。风回共作婆娑舞，天巧能开顷刻花。政使尽情寒至骨，不妨桃李用年华。①

方回评云："山谷之奇，有昆体之变，而不袭其组织。其巧者如作谜然。此一联亦雪谜也，学者未可遽非之。"② 方回所谓"雪谜"者，乃此诗颔联。吕本中《紫微诗话》云："欧阳季默尝问东坡：'鲁直诗何处是好？'东坡不答，但极口称重黄诗。季默云：'如"卧听疏疏还密密，晓看整整复斜斜"，岂是佳邪？'东坡云：'正是佳处。'"③ 可知苏轼亦推许此联。周振甫先生解释方回的话说："即用昆体工夫加以变化，即不点明雪，写出疏疏密密的声音，整整斜斜的下雪形态。"④ 周先生所谓"昆体工夫"⑤，乃西昆体咏物诗的一大特点，即大部分的西昆体咏物诗不从正面体物，而是从各方面来烘托描写。如

---

① （元）方回选评：《瀛奎律髓汇评》卷21，第886页。
② （元）方回选评：《瀛奎律髓汇评》卷21，第886页。
③ （宋）吕本中：《紫微诗话》，《历代诗话》，第374页。
④ 周振甫、冀勤编著：《钱锺书〈谈艺录〉读本》，中央编译出版社2013年版，第187页。
⑤ 方回本身未说"昆体工夫"，此处乃周先生理解的昆体工夫。昆体工夫的含义，上文已作分析。

西昆唱酬三位领袖的《鹤》诗：

> 碧树阴浓扣砌平，华亭归梦晓频惊。仙经若未标奇相，琴操何因寄恨声。养气自怜鸡善胜，全身却许雁能鸣。芝田玉水春云伴，可得乘轩是所荣。（刘筠）①
>
> 怅望青田碧草齐，帝乡归路阻丹梯。露浓汉苑宵犹警，雪满梁园昼乍迷。瑞世鸾皇徒自许，绕枝乌鹊未成栖。终年已结云罗恨，忍送西楼晓月低。（杨亿）②
>
> 碧树阴浓接玉墀，几年飞舞伴长离。天渊风雨多秋意，辽海烟波失旧期。自许一鸣闻迥汉，可随三匝绕空枝。从来腐鼠何曾顾，不似鹓雏枉见疑。（钱惟演）③

三诗皆未直言鹤，而是渲染鹤生活的环境以及组织与鹤有关的典故，通过对诗中典故的解读，可知所写对象是鹤。吕本中《童蒙诗训》云："义山《雨》诗'戚戚度瓜园，依依傍水轩'，此不待说雨，自然知是雨也。后来鲁直、无己诸人，多用此体，作咏物诗不待分明说尽，只仿佛形容，便见妙处。"④ 西昆体侧面咏物的写法，正来源于李商隐，不过更近于李商隐组织典故的《泪》《人日即事》等诗。方回谓黄庭坚"有'昆体'之变，而不袭其组织"，指黄庭坚学习西昆体从侧面咏物，而摒弃了西昆体聚集与所咏之物有关的典故之方法。

《漫叟诗话》云："尝见陈本明论诗云：'前辈谓作诗，当言用勿言体，则意深矣。若言冷则云"可咽不可漱"，言静则云"不闻人声闻履声"之类。'本明何从得此？"⑤ "可咽不可漱"与"不闻人声闻履声"都是苏轼的诗句⑥，他对黄庭坚雪谜一联的赞赏，正可透出苏

---

① （宋）杨亿编，王仲荦注：《西昆酬唱集注》卷上，第64—65页。
② （宋）杨亿编，王仲荦注：《西昆酬唱集注》卷上，第65—66页。
③ （宋）杨亿编，王仲荦注：《西昆酬唱集注》卷上，第68—69页。
④ 郭绍虞辑：《宋诗话辑佚》附录，第590—591页。
⑤ 转引自（宋）胡仔纂集《苕溪渔隐丛话》前集卷37，第254页。
⑥ 分别出自《栖贤三峡桥》《宿海会寺》。

黄二人在言用不言体这一点上的相互认同。周振甫先生说："'言用不言体'是一种高深的'描摹刻画'的修辞方法，'化空洞为坐实，使廓落有着落'。"① 言用不言体即不说所咏物之名，而通过描摹物的性状来写所咏之物。这种方法唐人已用之。《诗人玉屑》卷三引释惠洪语云："郑谷咏落叶，未尝及凋零飘坠之意；人一见之，自然知为落叶。诗曰：'返蚁难寻穴，归禽易见窠。满廊僧不厌，一个俗嫌多。'"② 此诗无一言及落叶，而落叶自现，与西昆体咏物的方法相似，区别乃在此诗不用典。

西昆体所选取的与咏对象有关的典故，实际上也可说是物之用。以上引刘筠诗为例③。"华亭归梦晓频惊"，没有直接写鹤，也没有直接写鹤的叫声，而是以陆机对华亭鹤声的怀念来写鹤声，陆机的怀念，自然可说是鹤之用。"仙经若未标奇相，琴操何因寄恨声"，谓如果经仙人之手的《相鹤经》中没有说鹤为"羽族之宗长，仙人之骐骥"的话，那么《别鹤操》也就不会有怨恨之声了；此联是刘筠自喻，意谓如果我不是像鹤那样内在高贵，那么不得志的我也不会作这样有怨言的诗；骨相高是鹤的气质，乃鹤之用。"养气自怜鸡善胜，全身却许雁能鸣"，谓鹤养气修身，却让鸡先出一头，虽然能全身，更希望能如雁之善鸣，也是作者自况；养气、全身皆鹤之用。"芝田玉水春云伴，可得乘轩是所荣"，上句写鹤在野外的生活环境，衬出鹤之高洁，下句以鹤渴望乘轩来寄托诗人希冀近君之意；写鹤的生活环境和乘轩，皆为鹤之用。可见西昆体中这一类咏物诗，也属言用不言体，只不过是用典故来写物之用而已。

黄庭坚"夜听疏疏还密密，晓看整整复斜斜"一联，也是以用典为雪之用。"疏疏"是杜牧诗语，"密密"是陶渊明诗语，"整整复斜

---

① 周振甫、冀勤编著：《钱锺书〈谈艺录〉读本》，第399页。
② （宋）魏庆之：《诗人玉屑》卷3，上海古籍出版社1978年标点本，第45页。
③ 所引典故据（宋）杨亿编，王仲荦注《西昆酬唱集注》卷上，第64—65页。

斜"是《台城曲》中语，① 皆写雪之状态。与西昆体不同的是，这些字眼与雪本没有关系，黄庭坚通过自己的精心裁剪，以之用来形容雪，是其匠心独具之处。不过其言用不言体的方法，与西昆体咏物诗是相同的。周振甫先生对黄庭坚雪谜一联的分析，也说明了这一点。

　　黄庭坚言用不言体的诗句，自然不止雪谜一联。宋人提到的还有《观王主簿家酴醾》诗之"露湿何郎试汤饼，日烘荀令炷炉香"，② 而这一联乃学李商隐《酬崔八早梅有赠兼示》"谢郎衣袖初翻雪，荀令薰炉更换香"二句③，手法相近，亦言用不言体。《童蒙诗训》又云：

　　　　东坡诗云："赋诗必此诗，定知非诗人。"此或一道也。鲁直作咏物诗，曲当其理，如《猩猩笔诗》"平生几两屐，身后五车书"，其必此诗哉？④

　　"平生几两屐"，谓猩猩之习性，"身后五车书"，谓猩猩毛制笔之用，此二句亦属言用不言体。黄诗言用不言体之例甚多，如《双井茶送子瞻》："人间风日不到处，天上玉堂森宝书……我家江南摘云腴，落硙霏霏雪不如。为君唤起黄州梦，独载扁舟向五湖。"⑤《见诸人唱和酴醾诗辄次韵戏咏》："玉气晴虹发，沉材锯屑霏。"⑥《次韵张昌言

----

① 据（宋）黄庭坚撰，（宋）任渊、（宋）史容、（宋）史季温注《黄庭坚诗集注》之《山谷诗集注》卷6，第215页。
② （宋）吕本中：《童蒙诗训》，《宋诗话辑佚》附录，第591页。
③ （宋）朱翌《猗觉寮杂记》云："诗人论鲁直《酴醾》云：'"露湿何郎试汤饼，日烘荀令炷炉香。"不以妇人比花，乃用美丈夫事。'不知鲁直此格，亦有来历。李义山《早梅》云：'谢郎衣袖初翻雪，荀令薰炉更换香。'亦以美丈夫比花。鲁直为工。"（宋）朱翌：《猗觉寮杂记》卷上，中华书局1985年标点本，第27页。
④ （宋）吕本中：《童蒙诗训》，《宋诗话辑佚》附录，第591页。
⑤ （宋）黄庭坚撰，（宋）任渊、（宋）史容、（宋）史季温注：《黄庭坚诗集注》之《山谷诗集注》卷6，第219页。
⑥ （宋）黄庭坚撰，（宋）任渊、（宋）史容、（宋）史季温注：《黄庭坚诗集注》之《山谷诗集注》卷6，第228页。

给事喜雨》："减去鲜肥忧玉食，遍宗河岳起炉薰。"① 此等例句，在黄诗中随处可见。

方回站在江西诗派的立场，称黄庭坚诗"其巧者如作谜然"，以谜为巧。吕本中推崇《和钱穆父咏猩猩毛笔》中二句，而王若虚批判黄庭坚此诗说："此乃俗子谜也，何足为诗哉！"② 复以谜贬之。释惠洪称赞落叶诗，而胡仔曰："刘义《落叶》诗云：'返蚁难寻穴，归禽易见窠。满廊僧不厌，一片俗嫌多。'郑谷《柳》诗云：'半烟半雨溪桥畔，间杏间桃山路中。会得离人无限意，千丝万絮惹春风。'或戏谓此二诗乃落叶及柳谜子，观者试一思之，方知其善谑也。"③ 亦是以诗谜调侃二诗。言用不言体这种手法为苏黄等人所推崇，而批判者谓之诗谜，清人尤苛责之。王夫之《姜斋诗话》卷二云："咏物诗齐梁始多有之。其标格高下，犹画之有匠作，有士气。征故实，写色泽，广比譬，虽极镂绘之工，皆匠气也。又其卑者，饾凑成篇，谜也，非诗也。"④ 沈德潜《说诗晬语》卷下云："咏物，小小体也。而老杜咏房兵曹胡马，则云：'所向无空阔，真堪托死生。'德性之调良，俱为传出。郑都官《咏鹧鸪》，则云：'雨昏青草湖边过，花落黄陵庙里啼。'此又以神韵胜也。彼胸无寄托、笔无远情，如谢宗可、瞿佑之流，直猜谜语耳。"⑤ 袁枚《随园诗话》卷二云："咏物诗无寄托，便是儿童猜谜。"⑥ 皆以咏物诗之下者为诗谜，与方回之论，可谓针锋相对。都作"谜"说，方回是褒义，其他诸人则是贬义。

以上各家之意见，可总结为"巧"与"情"之分歧。方回所取于黄庭坚者，乃在其形容下雪之贴切，状出雪飘洒之态，他称黄诗为

---

① （宋）黄庭坚撰，（宋）任渊、（宋）史容、（宋）史季温注：《黄庭坚诗集注》之《山谷诗集注》卷6，第249页。
② （金）王若虚：《滹南诗话》卷下，《六一诗话·白石诗说·滹南诗话》，第84页。
③ （宋）胡仔纂集：《苕溪渔隐丛话》前集卷55，第376页。
④ （清）王夫之著，戴鸿森笺注：《姜斋诗话笺注》卷2，第152页。
⑤ （清）沈德潜：《说诗晬语》卷下，《原诗·一瓢诗话·说诗晬语》，人民文学出版社1979年标点本，第245页。
⑥ （清）袁枚：《随园诗话》卷2，人民文学出版社1982年标点本，第58页。

"雪谜"者，正谓其紧贴雪的形态、性质；释惠洪肯定郑谷落叶诗，在于其"人一见之，自然知为落叶"，以道得出物态为妙。而清人贬之为诗谜，在于其虽道得出物态，却脱离了诗言志抒情的本质。作为谜语来讲，只要让人知道所指为何物即可，巧者能夺天工，而好的咏物诗要求"托物言志"。言用不言体，作为一种体物方法，自然有其存在价值，不过以此为极致，不顾情性之抒发，则失却作诗之本旨，又何足道哉。

第四节　陆佃对西昆体的接受

陆佃[①]是较为重要的受西昆体影响的诗人。《恢大山西山小稿序》云："别有一派曰'昆体'，始于李义山，至杨、刘，及陆佃绝矣。"[②] 方回对陆佃的认识，可以从《瀛奎律髓》所选陆佃两首诗来考察。其一云：

　　无事何妨数命宾，一湖清境是西邻。栽花要与春为主，对酒嘖将月借人。诗就彩笺舒卷玉，舞余花碗倒垂银。由来景物常无价，谩道钱多会有神。（《依韵和赵令畤》）[③]

此诗虽每句用典，然纪昀曰："中四句全是俗格，结尤浅近。"[④] 与西昆体含蓄而富赡的风格相去甚远。其二云：

　　蓬山仙子任天真，乞领南麾奏疏频。金锁阙边辞黻座，水晶宫里约朱轮。公庭事简烦丞掾，斋阁诗多泣鬼神。莫为行春恋苕

---

① 陆佃（1042—1102），字农师，越州山阴（今浙江绍兴）人。陆游祖父。熙宁三年（1070）进士。官至尚书左丞。有《陶山集》（四库馆臣辑本）、《尔雅新义》、《埤雅》。《宋史》卷343有传。
② （元）方回：《桐江续集》卷3。
③ （元）方回选评：《瀛奎律髓汇评》卷42，第1509页。
④ （元）方回选评：《瀛奎律髓汇评》卷42，第1509页。

霄,銮坡挥笔待词臣。(《赠别吴兴太守中父学士》)①

此诗较之上一首,辞藻就华丽得多,也典雅得多。方回对西昆体有一种理解,即"凡'昆体',必于一物之上,入故事、人名、年代,及金、玉、锦、绣等以实之"②,他评晁补之《次韵李秬梅花》云:"五、六似近昆体,以用事故也。"③ 他将用典作为西昆体的主要特征。如果从用典这方面来看,陆佃此二诗确近昆体。《瀛奎律髓》评胡宿《公子》云:"胡武平笔端高爽,似陆农师。"④ 又评其《飞将》为"壮丽"⑤。卢文弨《跋胡方平文公集书后》云:"诗丰缛而不失气骨,置唐中盛间,诚无所多让。"⑥ 所谓"笔端高爽""壮丽""丰缛而不失气骨",大抵谓胡宿诗虽继承了西昆体富赡华艳的风格,但较之西昆体的含蓄绵渺、辞繁意弱,胡宿诗的主体情性更为浓郁、意境更为开阔,对诗意的重视远过西昆体诗人,"兴象高远,不失气骨"⑦,而陆佃诗也有这样的特点。陆佃诗"笔端高爽",可以从他的咏物诗中看出:

苍仞千寻画不如,信知韫玉胜怀珠。一卷会使民瞻峻,三品何妨主眷殊。看日谬烦鞭气力,补天真待炼工夫。寄声欲取黄金印,雨后还曾堕鹊无。(《圆石》)⑧

碧光新近跨长桥,免使游人隔岸招。想象蓬瀛今仿佛,丁宁风雨莫漂摇。少浮蛟蜃平生气,才露虹霓一半腰。明月满天天似

---

① (元)方回选评:《瀛奎律髓汇评》卷42,第1509—1510页。
② (元)方回选评:《瀛奎律髓汇评》卷18评李虚己《建茶呈使君学士》,第717页。
③ (元)方回选评:《瀛奎律髓汇评》卷20,第801页。
④ (元)方回选评:《瀛奎律髓汇评》卷47,第1618页。
⑤ (元)方回选评:《瀛奎律髓汇评》卷30,第1335页。
⑥ (清)卢文弨:《抱经堂文集》卷13,《四部丛刊》本。
⑦ 段莉萍:《后期"西昆派"研究》,第118页。
⑧ 北京大学古文献研究所编:《全宋诗》卷907,第10659页。

水，直疑霄汉路非遥。(《新桥》)①

仍旧句句用典，但其情感不仅显豁，而且诗境较之西昆体为阔大。石介批判西昆体缺少风骨，而胡、陆二人诗，在继承西昆体的某些特点外，又避免了这种毛病。方回谓陆佃为西昆体殿军，他对其他西昆体诗人，除胡宿以外，都没有"笔端高爽"及类似的评价，可知他看重二人诗与西昆体的不同。严格来讲，胡、陆二人这类"笔端高爽"之诗，已非典型西昆体，这与《儒林公议》所引刘筠《淮水暴涨舟中有作》《召入翰林别同僚》等诗一样，都是对西昆体的疏离。胡、陆二人在创作上接受了西昆体富赡华艳的诗风的影响，同时又注重诗歌的意境和情感，最终自成风格，已非西昆体所能囿。

第五节　北宋中后期其他诗人对西昆体的批判

本节中的诸人对西昆体、"西昆后进"及杨亿等人的诗学思想持批判态度，故将之合为一节。

一　黄庶（附　王得臣、魏泰）

黄庶②《吕先生许昌十咏后序》云：

> 广文先生吕公，天圣中为许昌掾，取境内古之迹著者为《十咏》。其时文章用声律最盛，哇淫破碎不可读，其于诗尤甚。士出于其间，为辞章能主意思而不流者，固少而最难，先生之诗，其不流者欤。③

---

① 北京大学古文献研究所编：《全宋诗》卷908，第10677页。
② 黄庶（1019—1058），字亚夫，洪州分宁（今江西修水）人，黄庭坚之父。庆历二年（1042）进士。官至摄知康州。有《伐檀集》。
③ 曾枣庄、刘琳主编：《全宋文》卷1112，第51册，第242页。

在黄庶看来，"用声律最盛，哇淫破碎不可读"，是天圣间文章的特点，这种特点在诗歌里的表现尤为严重。《四库全书总目》云："然则庶当西昆体盛行之时，颇有意矫其流弊。"① 黄庶谓"用声律最盛，哇淫破碎不可读"，乃针对西昆体，盖谓西昆体太讲究字面诗律上的琢磨，使得诗歌支离破碎，这与王安石说杨亿诗"颠倒"态度一致。黄庶认为不沉溺于西昆诗风者"为辞章能主意思"，即重视诗意。"诗成动笔墨，恨乏风雅骨。"② 黄庶对诗意的要求，也即克服西昆体诗意不足的办法，是增加诗中的"风雅骨"，也即恢复儒家的风雅传统。

与王安石和黄庶对西昆体不主意思的看法相近的还有王得臣和魏泰的观点。王得臣③《麈史》卷二云：

> 刘氏《传记》载隋炀帝既诛薛道衡，乃云："尚能道'空梁落燕泥'否？"盖道衡诗尝有是句。《杨文公谈苑》载诗僧希昼《北宫书亭》诗云："花露盈虫穴，梁尘堕燕泥。"予以谓炼句虽工，而致思不逮薛也。④

所谓"《杨文公谈苑》载"云云，见杨亿《杨文公谈苑》云："公常言，近世释子多工诗，而楚僧惠崇、蜀僧希昼为杰出……希昼……《北宫书亭》云：'花露盈虫穴，梁尘堕燕泥。'"⑤ 希昼这两句诗，为杨亿所赞赏，而王得臣以为"炼句虽工，而致思不逮薛"，谓其立意平凡也。可以窥出杨亿对于诗意之重视，不如王得臣。

---

① 魏小虎编撰：《四库全书总目汇订》卷152，第4901页。
② （宋）黄庶：《宿采石》，《全宋诗》卷453，第5494页。
③ 王得臣（1036—1116），字彦辅，自号凤台子。安州安陆（今湖北安陆）人。嘉祐四年（1059）进士。官至司农少卿。有《江夏辨疑》《凤台子和杜诗》《江夏古今纪咏集》，皆佚；有《麈史》传世。
④ （宋）王得臣：《麈史》卷2，第42页。
⑤ （宋）杨亿口述：《杨文公谈苑》，《杨文公谈苑·倦游杂录》，第90—91页。

魏泰①则直接说西昆体诗诗意轻浅。《临汉隐居诗话》云：

> 杨亿、刘筠作诗务积故实，而语意轻浅。一时慕之，号"西昆体"，识者病之。欧阳文忠公云："大年诗有'峭帆横渡官桥柳，迭鼓惊飞海岸鸥'，此何害为佳句！"予见刘子仪诗句有"雨势宫城阔，秋声禁树多"，亦不可诬也。②
>
> 永叔《诗话》称谢伯初之句，如"园林换叶梅初熟"，不若"庭草无人随意绿"也；"池馆无人燕学飞"，不若"空梁落燕泥"也。盖伯景句意凡近，似所谓"西昆体"，而王胄、薛道衡峻洁可喜也。③

魏泰虽替杨亿和刘筠辩护，但欧阳修所引诗句，是作为杨亿"其不用故事，又岂不佳"的例子，刘筠此句，也非典型西昆体诗句，魏泰的辩护并不能洗刷西昆体"务积故实，而语意轻浅"的缺点。第二条直云"句意凡近"似西昆体，则谓西昆体于诗意琢磨不深入也，与"语意轻浅"性质一样。

二 刘攽

刘攽④《中山诗话》中有"挦扯义山"一事，是现今可见对此事最早的记载，文曰：

> 祥符、天禧中，杨大年、钱文僖、晏元献、刘子仪以文章立朝，为诗皆宗尚李义山，号"西昆体"，后进多窃义山语句。赐宴，优人有为义山者，衣服败敝，告人曰："我为诸馆职挦扯至

---

① 魏泰（约1041—?），字道辅，号汉上丈人，襄阳（今属湖北）人。有《临汉隐居诗话》《东轩笔录》传世。
② （宋）魏泰：《临汉隐居诗话校注》卷3，第124页。
③ （宋）魏泰：《临汉隐居诗话校注》卷4，第190页。
④ 刘攽（1023—1089），字贡父，号公非，临江新喻（今江西新余）人。庆历六年（1046）进士。官至中书舍人。有《彭城集》《中山诗话》。

此。"闻者俱笑。大年《汉武》诗曰："力通青海求龙种，死讳文成食马肝。待诏先生齿编贝，忍令索米向长安。"义山不能过也。元献《王文通》诗曰："甘泉柳苑秋风急，却为流萤下诏书。"（皆佳。）① 子仪画义山像，写其诗句列左右，贵重之如此。②

这也是现在可见最早称晏殊诗为西昆体的材料。这段材料后为《古今诗话》所引，略有变动。③ 蔡正孙《诗林广记》后集卷九杨亿简介云："宋自天圣以来，缙绅间为诗者少，惟丞相晏公殊、钱公惟演、翰林杨公亿、刘公筠数人而已。然皆未离昆体也。"即为整合《宋景文公笔记》和《古今诗话》中语而成。④

刘攽谓"后进多窃义山语句"，这一句值得注意。前文曾论及欧阳修批判西昆后学"语僻难晓"，而赞赏杨、刘的"雄文博学，无施而不可"，刘攽此处也是将杨、刘等人与西昆后学分别开来，"后进"即欧阳修所谓"后学"。刘攽认为杨亿《汉武》"义山不能过"、晏殊《王文通》"佳"，而西昆后进则"窃义山语句"，"挦扯"即"窃义山语句"，所以"挦扯义山"当是西昆后进之事，与杨、刘诸人学习李义山作诗，性质有别。《四库全书总目》卷一百八十六《西昆酬唱集》提要云："其诗宗法唐李商隐，词取妍华而不乏兴象，效之者渐失本

---

① 据（明）单于：《菊坡丛话》卷9补，明成化刻本。意谓杨亿《汉武》与晏殊《王文通》诗皆佳。
② （宋）刘攽：《中山诗话》，《历代诗话》，第288页。
③ 《苕溪渔隐丛话》前集引《古今诗话》云："杨大年、钱文僖、晏元献、刘子仪，为诗皆宗义山，号'西昆体'。后进效之，多窃取义山诗句。尝内宴，优人有为义山者，衣服败裂，告人曰：'吾为诸馆职挦扯至此。'闻者大噱。然大年《咏汉武》诗云：'力通青海求龙种，死讳文成食马肝，待诏先生齿编贝，忍令索米向长安。'义山不能过也。"（宋）胡仔纂集：《苕溪渔隐丛话》前集卷22"西昆体"条，第145页。
④ 《诗林广记》引《古今诗话》云："杨大年、钱文僖、晏元献、刘子仪为诗，皆宗义山，号'西昆体'。后进效之，多窃取义山诗句。尝内宴，优人有为义山者，衣服败裂，告人曰：'吾为诸馆职挦扯至此。'闻者大噱。"引宋祁《笔记》云："宋自天圣以来，缙绅间为诗者益少。惟丞相晏殊、钱公惟演、翰林杨公亿、刘公筠数人而已。"（宋）蔡振孙：《诗林广记》前集卷6"李义山"条、后集卷9"晏元献"条，中华书局1982年标点本，第99、405页。

真，惟工组织，于是有优伶挦扯之戏。"① 可见四库馆臣亦明白西昆后进之诗与杨刘诸人之诗有差距，所以才招致挦扯义山的嘲笑，与刘攽一样分而论之。优人之所以说"诸馆职挦扯"，有两层原因：一是西昆后进难成噱头，馆职诸人是后进的学习榜样，故能以之为代表；二是此事发生于内宴之上，馆职诸人的身份，符合此情此景。因此，常常被后人用来调侃西昆体的"挦扯义山"一事，实际上是讥讽西昆后进偷取义山诗句，而非针对杨亿等人。

三　蔡居厚

蔡居厚②认为杨亿学习李商隐，并未学到其长处。《蔡宽夫诗话》云：

> 义山诗合处信有过人，若其用事深僻、语工而意不及，自是其短。世人反以为奇而效之，故昆体之弊，适重其失。义山本不至是云。③

蔡居厚认为"用事深僻、语工而意不及"，本是李商隐诗的短处，而西昆体所学，恰恰是这种缺点。历史上批判西昆体，大多批判杨亿等人取法李商隐时，自己走入了邪道，并没有十分从李商隐身上着眼。蔡居厚这种看法，对于考察西昆体是一种值得关注的角度。

蔡居厚又曰："祥符、天禧之间，杨文公、刘中山、钱思公专喜李义山，故昆体之作，翕然一变，而文公尤酷嗜唐彦谦诗，至亲书以自随。景祐、庆历后，天下知尚古文，于是李太白、韦苏州诸人，始杂见于世。杜子美最为晚出，三十年来学诗者，非子美不道，虽武夫女子皆知尊异之，李太白而下殆莫与抗。文章隐显，固自有时哉！今

---

① 魏小虎编撰：《四库全书总目汇订》卷186，第6318页。
② 蔡居厚（？—1125），字宽夫，原居临川，徙润州丹徒（今属江苏镇江）。绍圣元年（1094）进士。官至户部侍郎。有《蔡宽夫诗话》（郭绍虞辑本）。《宋史》卷356有传。
③ （宋）蔡居厚：《蔡宽夫诗话》，《宋诗话辑佚》卷下，第399—400页。

太白诗集犹兼行，独彦谦殆罕有知其姓名者。诗亦不多，格力极卑弱，仅与罗隐相先后，不知文公何以取之？当是时以偶俪为工耳。"① 这一段话是对西昆体诗人学习唐彦谦的评价。《宋朝事实类苑》引杨亿语云：

> 鹿门先生唐彦谦慕玉溪，得其清峭感怆，盖圣人之一体也。然警绝之句亦多，予数年类集，后求得薛廷珪所作序，凡得百八十二首。②

在杨亿看来，唐彦谦诗有两个特点。一是清峭感怆。"盖圣人之一体也"，指唐彦谦诗学到了李商隐诗"清峭感怆"的风格，杨亿的一部分诗也有这种风格。张毅先生说："西昆体诗人作诗学习李商隐，以偶丽为工，重修辞，好用事，以表现才学和功力，但不乏清峭感怆的讽喻之作。"③ 并举杨亿《南朝》诗为清峭感怆之例。二是警绝之句多。陈振孙《直斋书录解题》卷二十二云："《杨氏笔苑句图》一卷、《续》一卷。黄鉴编。盖杨亿大年之所尝举者。皆时贤佳句。续者不知何人，亦大年所书唐人句也，所录李义山、唐彦谦之句为多。西昆体盖出二家。"④《杨氏笔苑句图》及《续》，今已不可见，但其中所收唐彦谦之句，当即其"警绝之句"，可知杨亿对唐彦谦的佳句非常推崇。蔡居厚谓"文章隐显，固自有时"，故他认为杨亿推崇唐彦谦，是因为杨亿所在的时代"以偶俪为工"，而唐彦谦诗善于对偶，杨亿就取他诗以为法，并不在意其"格力极卑弱"，算是说到了杨亿推崇唐彦谦诗"警绝之句多"的部分。

如果说蔡居厚能够解释杨亿推崇唐彦谦，他对杨亿喜爱卢延让诗则不能理解：

---

① （宋）蔡居厚：《蔡宽夫诗话》，《宋诗话辑佚》卷下，第398—399页。
② （宋）江少虞：《宋朝事实类苑》卷34，上海古籍出版社1981年标点本，第435页。
③ 张毅：《唐宋诗词审美》，南开大学出版社2013年版，第153页。
④ （宋）陈振孙：《直斋书录解题》卷22，上海古籍出版社1987年标点本，第646页。

卢延逊诗目为容易，如"每过私第邀看鹤，长着公裳送上驴"，"高僧解语牙无水，老鹤能飞骨有风"。此等之语，其殆庶几。又如"栗爆烧毡破，猫跳触鼎翻"，而杨文公爱之，不知何谓。①

"延让或作延逊，系宋人避讳改。"② 蔡居厚谓"杨文公爱之"，盖因《杨文公谈苑》中有如下语：

卢延逊诗浅近，人多笑之，惟吴融独重其作，盛称于时，且云：此公不寻常，后必垂名。延让诗至今传之，亦有绝好者……余在翰林尝召对，上举延逊诗云："臂鹰健卒悬毡帽，骑马佳人卷画衫。"虽浅近亦自成一体。③

杨亿说"逊诗至今传之，亦有绝好者"，似谓卢延让诗有非常好的作品，所以蔡居厚有"杨文公爱之"之语。不过杨亿说"卢延逊诗浅近"，并非褒语，又说"亦自成一体"，也不是夸奖，这样一来，就与"亦有绝好者"矛盾。观《唐诗纪事》卷六十五"卢延让"条引杨亿语云："延让诗至今存，人亦有绝好之者。"④ 如此则文理通矣。盖杨亿谓卢延让诗虽浅近，亦自成一体，有人极喜好之，并没有称赞卢延让之意。蔡居厚谓"杨文公爱之"，实为误会。

四 晁说之

晁说之⑤是参与西昆酬唱的晁迥的玄孙，他于宣和五年（1123）五月戊午作了一篇《清风轩记》，文中有云：

---

① （宋）蔡居厚：《诗史》，《宋诗话辑佚》卷下，第442页。
② 傅璇琮主编：《唐才子传校笺》卷10，中华书局1990年版，第4册，第405页。
③ （宋）杨亿口述：《杨文公谈苑》，《杨文公谈苑·倦游杂录》，第33页。
④ （宋）计有功：《唐诗纪事》卷65，第973页。
⑤ 晁说之（1059—1129），字以道，一字伯以，因慕司马光之为人，自号景迂生，济州钜野（今山东巨野）人。晁迥玄孙。元丰八年（1085）进士。官至中书舍人。有《嵩山文集》（又名《景迂生集》）。

夫于时清风之生，请言其状，予则不能。然予祖尝倡而作之矣，属而和者六人，曰杨大年、刘中山、钱司空、李昌武、薛尚书、张密学，其辞盛行于世，著之《西昆集》。今大夫学士或不得而闻见，谨因是轩而刊于石，亦古之人藏诸名山之意也。且其唱和墨迹乃不在吾家，而藏诸杨氏无锡眷中。今两浙不幸，盗贼凶残，血变江水，不保是诗之能存也，未必异日不托此山城深靓无虞而传焉。或评诸公之诗，曷为此郡而作哉？予曰：天下之清风一也。风之为物非若云气，各象其山川、人民所聚积而变，有楚云秦云之异也。盖天下之清德一也，其来居守者，或鞅掌不给，或湮郁无聊，或羁旅去国之恨不自胜，一揽诸公之符采，自澄其心思，俄而穆如之风猎鬓泛襟，而凤凰之山亦为尔歌吉父之诵矣。以御嘉宾，以柔斯民，亦以乐哉！①

所谓"予祖尝倡而作之矣，属而和者六人……著之《西昆集》"，指《西昆酬唱集》中晁迥首唱而杨亿等六人和作的《清风十韵》。晁迥诗云：

仙御来相慰，解颜良会稀。病蠲宜养素，趣远欲忘机。惩躁宁无渐，延龄或可祈。影摇珠箔细，声泛钿筝微。委恨余班扇，流欢入楚衣。陶潜知梦稳，韩寿畏香飞。气爽苍龙阙，凉生白虎闱。健资鸡距笔，偷撼兽环扉。松下琴心逸，江东鲙缕肥。宿怀真隐处，终约与同归。②

观晁迥此诗，实乃流连光景之作，其清风乃遁隐之清风，非穆如之清风，了无晁说之所谓"凤凰之山亦为尔歌吉父之诵矣"意。盖晁

---

① 曾枣庄、刘琳主编：《全宋文》卷2816，第130册，第273—274页。
② （宋）杨亿编，王仲荦注：《西昆酬唱集注》卷下，第276—278页。

说之为光大其祖行,乃作如此发明,非其祖之原意。另外晁说之根据唱和墨迹,列出"张密学"一人,给《西昆酬唱集》中作家的考辨提供了依据,为陈植锷先生《西昆酬唱诗人生卒年考》①所吸收,确定参与西昆酬唱的诗人中名秉之人为张秉,如今成为定论。

在作《清风轩记》的第二天,也就是宣和五年(1123)五月己未,晁说之为新建的杜甫祠堂作了一篇《成州同谷县杜工部祠堂记》。文中先叙述杜甫在唐朝受到敬仰,然后说杜甫在宋初的冷遇:

> 而在本朝,王元之学白公,杨大年矫之,专尚李义山,欧阳公又矫杨而归韩门,而梅圣俞则法韦苏州者也。②

这是对宋初诗史的简要概括。谓欧阳修始矫西昆体,如今可见者似以晁氏为最早。③

晁说之还有一首与西昆体有关之诗,诗云:

> 江左多才士,君诗醉玉红。几篇愁客恨,九畹任春空。便欲倾家酿,谁知出《谷风》。刘杨名一代,可惜义山穷。自注曰:西昆体方盛时,梨园伶人作一穷士,云是李商隐,襟缕甚,云近日为人偷尽。(《邓掾知言再和暮春诗见视过形推奖有意论诗报作三首》其三)④

诗谓邓知言诗"俊逸""苦淡""不爱深红",学"山谷体",有"建安风",⑤能够远绍《离骚》和《诗经》,不像西昆体诗人那样窃

---

① 陈植锷:《西昆酬唱诗人生卒年考》,《文史》第 21 辑,中华书局 1983 年版。
② 曾枣庄、刘琳主编:《全宋文》卷 2816,第 130 册,第 279 页。
③ 关于欧阳修矫西昆体的说法,下小节将详论之。
④ 北京大学古文献研究所编:《全宋诗》卷 1209,第 13731 页。
⑤ 《邓掾知言再和暮春诗见视过形推奖有意论诗报作三首》其一云:"骀荡残春恨,霞余散绮红。游丝能四塞,落叶剧三空。思苦欲留夜,愁多却喜风。参军真俊逸,好是念文穷。"其二云:"君侯哦苦淡,雅不爱深红。冷眼看春尽,愁肠欲海空。近寻山谷体,远到建安风。只恐妨高步,令君似我穷。"

李商隐语句。言下之意，西昆体诗人窃李商隐诗句不可取。晁说之虽因其曾祖晁迥之故，对《西昆酬唱集》中的《清风十韵》有过誉之论，然引"挦扯义山"一事，作为邓知言诗的反面衬托，可见他对西昆体的评价并不高。

五 叶梦得

叶梦得[①]是南北宋之交的重要文学批评家，其《石林诗话》卷上云："欧阳文忠公诗始矫昆体，专以气格为主，故其言多平易疏畅，律诗意所到处，虽语有不伦，亦不复问。"[②]《文献通考·经籍考》引叶氏语云："唐人学老杜，惟李商隐一人而已。虽未尽造其妙，然精密华丽，亦自得其仿佛。故国初钱文僖与杨大年、刘中山皆倾心师尊，以为过老杜，一时翕然从之，好事者次为《西昆集》，所谓'昆体'者也，至欧阳文忠公始力排之。"[③] 对于叶梦得所谓欧阳修"始矫""力排"西昆体的看法，《四库全书总目》卷一百九十五《六一诗话》提要云："陈师道《后山诗话》谓修不喜杜甫诗，叶梦得《石林诗话》谓修力矫西昆体。而此编载论蔡都尉诗一条，刘子仪诗一条，殊不尽然。"[④] 认为叶梦得说欧阳修"力矫西昆体"的看法不正确。前文曾论及欧阳修批判西昆学者的作品"语僻难晓"，而佩服杨、刘诸人的写作能力。欧阳修佩服杨、刘等人，并不代表对他们的诗一概推崇，四库馆臣之论有失偏颇；而在欧阳修看来，西昆学者的作品"语僻难晓"之弊，不能算是西昆体的整体特征，谓欧阳修"始矫""力排"西昆体，又嫌太过笼统了，宋金元人于此问题的认识，皆有此片面之失，不唯叶梦得而已。

另外，叶梦得对杨亿和黄庭坚推崇唐彦谦诗颇有看法。《石林诗

[①] 叶梦得（1077—1148），字少蕴，号石林居士，吴县（今江苏苏州）人。绍圣元年（1094）进士。官至福建安抚使。有《石林总集》，佚；有《石林居士建康集》《石林燕语》《避暑录话》《岩下放言》等传世。
[②] （宋）叶梦得撰，逯铭昕校注：《石林诗话校注》卷上，第20页。
[③] （宋）马端临：《文献通考》卷233，第6364页。
[④] 魏小虎编撰：《四库全书总目汇订》卷195，第6653页。

话》卷中云：

> 杨大年、刘子仪皆喜唐彦谦诗，以其用事精巧、对偶亲切。黄鲁直诗体虽不类，然亦不以杨、刘为过。如彦谦《题汉高庙》云："耳闻明主提三尺，眼见愚民盗一抔。"每称赏不已，多示学诗者，以为模式。"三尺"、"一抔"，虽是著题，然语皆歇后。"一抔"事无两出，或可略"土"字；如"三尺"，则三尺律、三尺喙皆可，何独"剑"乎？"耳闻明主"，"眼见愚民"，尤不成语。余数见交游，道鲁直意殊不可解。苏子瞻诗有"买牛但自捐三尺，射鼠何劳挽六钧"，亦与此同病。"六钧"可去"弓"字，"三尺"不可去"剑"字，此理甚易知也。①

唐彦谦诗用事精巧是杨亿和黄庭坚共同着眼处，对偶亲切则蔡居厚已言及，皆非叶梦得新论。叶梦得此处谓唐彦谦诗并不用事精巧，并举他所认为的唐彦谦诗句用事不恰当之处。叶梦得说，唐彦谦诗以"三尺"代指剑是歇后用法，但"三尺"不一定指剑，还可以指三尺律和三尺喙，故唐彦谦用典不精巧。叶梦得此论一出，后人颇反对之。陈岩肖《庚溪诗话》云：

> 然余按《汉高帝纪》曰"吾以布衣，提三尺取天下"，又《韩安国传》"高帝曰：'提三尺取天下者，朕也'"，皆无"剑"字，唯注曰："三尺谓剑也。"出处既如此，则诗家用其本语，何为不可？②

谓唐彦谦乃是"用其本语"，非歇后用法，是叶梦得自己判断错误。与陈岩肖差不多同时的吴曾，在其《能改斋漫录》中还指出：

---

① （宋）叶梦得撰，逯铭昕校注：《石林诗话校注》卷中，第76页。
② （宋）陈岩肖：《庚溪诗话》卷下，《历代诗话续编》，第176页。

"颜师古注曰:'三尺,剑也。而流俗书本或云"提三尺剑",剑字后人所加耳。'然则《石林诗话》乃有歇后之说,何邪?"① 谓叶梦得所据《汉书》版本有误,"三尺"本非歇后语,叶梦得根据俗本《汉书》的错误内容,也未留心颜师古注,才有歇后之说。清代姜宸英《湛园集》云:"是歇后语,班固已然,而石林止凭《史记》,从梦中弹驳古人,不虑子瞻、鲁直胡卢地下耶?……然云'提三尺',自是剑,不闻三尺喙、三尺律可提也,若'捐三尺'则未妥。"② 谓《汉书》中已以剑为"三尺"之歇后语,叶梦得不知,只根据《史记》中"提三尺剑取天下"③ 之语非议唐彦谦,是"从梦中弹驳古人";并且说"提三尺"只能是剑,"捐三尺"则不能说明一定是剑,苏轼的用法不妥。综合三人的看法,都认为叶梦得此论非确。

六 张表臣

张表臣④《珊瑚钩诗话》云:

> 篇章以含蓄天成为上,破碎雕镂为下。如杨大年西昆体,非不佳也,而弄斤操斧太甚,所谓七日而混沌死也。⑤

此论"最能代表传统审美趣味对昆体的审视"⑥。张表臣对西昆体的评价可分为两方面,一为"非不佳也",二为"弄斤操斧太甚",论者常注意到后一方面而忽视前者。张表臣注重诗意以及字句的锻炼,"诗以意为主,又须篇中炼句,句中炼字,乃得工耳。以气韵清高深

---

① (宋)吴曾:《能改斋漫录》卷10,第297页。
② (清)姜宸英:《书石林诗话》,《湛园集》卷8,文渊阁《四库全书》本。
③ (汉)司马迁:《史记》卷8,中华书局1959年标点本,第391页。
④ 张表臣(生卒年不详),字正民,单父(今山东单县)人。官至司农丞。有《珊瑚钩诗话》。
⑤ (宋)张表臣:《珊瑚钩诗话》卷上,《历代诗话》,第455页。
⑥ 王水照主编:《宋代文学通论》,第87页。

眇者绝,以格力雅健雄豪者胜,元轻白俗、郊寒岛瘦,皆其病也"①。可见张表臣认为不锻炼的诗也不是好诗。西昆体毕竟有锻炼字句的功夫在,所以张表臣也说西昆体"非不佳也",而他所谓"弄斤操斧太甚""破碎雕锼",乃是认为西昆体在字句方面锻炼太过而不自然。

七 《黄鲁直传赞》

无名氏《黄鲁直传赞》云:"宋兴,杨文公始以文章苾盟。然至于诗,专以李义山为宗,以渔猎掇拾为博,以俪花斗叶为工,号称'西昆体'。嫣然华靡,而气骨不存。"②此语从创作和风格两方面来评论西昆体。在创作时,西昆体诗人一是"以渔猎掇拾为博",追求用典的数量多;二是"以俪花斗叶为工",过分追求对偶和辞藻华丽。西昆体诗人的这种做法,就导致了西昆体风格上的缺点,即"嫣然华靡,而气骨不存"。不论是讲究用典、对偶还是藻丽,都导致了西昆体在视觉上的"嫣然华靡",而西昆体诗人对这三方面的倾心追求,使得诗歌的诗意贫乏,故而"气骨不存"。北宋前期的石介谓"益篡组"的西昆体"少骥逸",与《黄鲁直传赞》所谓"嫣然华靡,而气骨不存"着眼点一致,皆认为西昆体太过华丽而缺少气骨。

综上,北宋中后期对西昆体的批判主要针对西昆体的以下几个缺点:一是诗意贫弱,王安石、黄庶、王得臣、魏泰皆有此认识;二是不善学古,蔡居厚认为西昆体学到的是李商隐诗的短处,刘攽批评西昆后学捋扯义山,晁说之则以之批评西昆体诗人;三是以传统审美习惯为标准批评西昆体风格,如张表臣批评西昆体破碎雕锼,《黄鲁直传赞》作者批评西昆体缺少气骨等。

北宋中后期西昆体的接受包括创作和理论批评两个方面。在创作上,苏轼与西昆体诗人一样,在诗中大量用典,但是他注重诗意的锤炼,故避免了西昆体诗意贫弱的特点;黄庭坚因孙觉等人的诗学传授,

---

① (宋)张表臣:《珊瑚钩诗话》卷上,《历代诗话》,第455页。
② (宋)胡仔纂集:《苕溪渔隐丛话》后集卷8,第58页。

又因与西昆体诗人相同的畏祸心态，以及诗歌唱酬等与西昆体诗人相同的创作环境，故其诗与西昆体在用典使事方面有相同点，并继承了西昆体咏物诗言用不言体的方法；陆佃因在诗歌中大量用典，而被方回视为西昆体殿军，但他的诗情感强烈、意境阔大，已非典型西昆体。在理论批评上，王安石批判西昆体过分重视用典而忽略了诗意的锻炼，黄庶、王得臣、魏泰等人意见与此相近，不过王安石对祥符文禁持批判态度，认为杨亿、刘筠等人继承了传统的作诗谲谏精神，这是他作为政治家对杨亿等人独到的赞许；刘攽将西昆体诗人与西昆后学区别开来，第一次记载了针对西昆后学的挦扯义山一事；苏轼认为西昆体较之五代诗，有挽回升平格力的一面，但又与南朝宫体和玉台体近，没能完全恢复盛唐格力；黄庭坚因与西昆体诗人都称赞唐彦谦善用事，故不否定西昆体；蔡居厚认为西昆体诗人学的是李商隐诗的缺点，并以为杨亿学习唐彦谦，是因当时以偶俪为工；晁说之首先提出欧阳修矫正西昆体的观点，并批判西昆体诗人挦扯义山；叶梦得也主张欧阳修矫正西昆体；张表臣认为西昆体锻炼太过而伤浑厚；《黄鲁直传赞》认为西昆体诗人太过注重用典、对偶和辞藻，故而西昆体缺少气骨。

从黄诗与西昆体的种种相似性可以看出，虽然西昆体学习的是唐代李商隐的作品，但已经具备了典型宋调的一些特征。正是这些特征，通过欧阳修、黄庭坚等人之手，在宋诗中得到放大。欧阳修对杨、刘等人"雄文博学"的认识无疑影响了他初具宋调色彩的诗风，而用典是"雄文博学"的重要体现。黄庭坚以学杜为标榜，西昆体学习李商隐，而李商隐学习杜甫，如果不是李商隐和西昆体诗人对诗歌用事这方面一步一步地强化，黄庭坚或许不会强调对杜诗"无一字无来处"的认识。可以看出，西昆体用典的手段既影响到宋调的初步形成，其对用典的强调又影响了作为成熟的宋调的黄诗。

第 三 章

南宋对西昆体的接受

靖康之役，宋室南渡，北宋文学到了一个被总结的时候，欧、王、苏、黄等人，成为与唐代李、杜、韩遥相呼应的文学巨擘。一方面，西昆体夹在这两个文学高潮中间，往往成为文学低谷的标志；另一方面，宋诗呈现出与唐诗不同的面貌，从唐宋诗风转变的角度来讲，西昆体又处在这种转变的关节点上。南宋对西昆体的接受，也受到这两种情况的影响，如张元幹、朱熹、冯去非等人之论，即从唐宋诗风的传承与转变的角度着眼。另外，对西昆体风格的褒贬仍在继续，陆游、刘克庄、林希逸、方岳等人在这方面均有论述。陆游、刘克庄、赵与虤等人对与西昆体有关的事实与西昆体诗中的典故还有所考证。

第一节　对西昆体的批判

南宋人对西昆体的批判有从风格方面着眼者，有从文统、道统方面着眼者，也有从学古方面着眼者，其范围大抵未出前人。

一　张元幹（附　王十朋、喻良能、陈造）

本小节所涉之人，往往将西昆体作为杜、韩、欧、苏之反面。张元幹[①]《亦乐居士文集序》云：

[①] 张元幹（1091—1161），字仲宗，号真隐山人、芦川居士，永福（今福建永泰）人。政和年间以上舍人仕。官至右朝奉郎。有《芦川归来集》（四库馆臣辑本）。

文章名世，自有渊源，殆与天地元气同流，可以斡旋造化，关键顾在人所钟禀及师授为如何……前辈尝云："诗句当法子美，其它述作无出退之。""韩、杜门庭，风行水上，自然成文，俱名合法，金声玉振，正如吾夫子集大成。"盖确论也。国初儒宗杨、刘数公，沿袭五代衰陋，号西昆体，未能超诣。庐陵欧阳文忠公初得退之诗文于汉东弊箧故书中，爱其言辨意深，已而官于洛，乃与尹师鲁讲习，文风丕变，寖近古矣。未几，文安先生苏明允起于西蜀，父子兄弟俱文忠公门下士。东坡之门又得山谷櫽括诗律，于是少陵句法大振。如张文潜、晁无咎、秦少游、陈无己之流，相望辈出。世不乏才，是岂无渊源而然耶？①

张元幹认为，唐宋文学有其渊源传承，杜甫于诗，韩愈于文，都有集大成之地位，欧阳修学韩愈，与尹洙切磋，而欧阳修门生三苏、苏轼门生黄庭坚，俱有渊源传承，所以杜诗韩文能够大畅于北宋。西昆体沿袭的是五代衰陋文章，不处在这一条传承师受的线索上，故"未能超诣"。随着杜诗韩文在宋代日受重视，以及欧、苏、黄文学史地位的确立，张元幹实际上描述了从唐代到宋代，从杜、韩到欧、苏、黄的文统。这是宋代重视建设道统、文统风气的产物，而西昆诗文，则被排除在这个文统之外。

王十朋②《读东坡诗》对西昆体甚为排斥，"向来学者尊西昆，诗无老杜文无韩。净扫书斋拂尘几，瓣香敬为三夫子"③，表示要推尊学习杜甫、韩愈、苏轼。其《赠陈教授正仲》云："渊源师杜真知体。"自注曰："正仲赠予诗云：'渊源师老杜，体制陋西昆。'而正仲诗，

---

① （宋）张元幹：《芦川归来集》卷9，第155—156页。
② 王十朋（1112—1171），字龟龄，号梅溪，温州乐清（今属浙江）人。绍兴二十七年（1157）进士。官至太子詹事。谥忠文。有《梅溪集》。《宋史》卷387有传。
③ 北京大学古文献研究所编：《全宋诗》卷2037，第22856页。

殊有杜体。"① 无论是王十朋还是陈正仲，都赞同以杜甫为师，而鄙视西昆体。喻良能②《次韵王侍制读东坡诗兼述韩欧之美一首》乃次韵王十朋《读东坡诗》，诗云："不须酬唱说西昆，宋有欧苏唐有韩。"③ 亦是黜西昆体而尊韩、欧、苏。陈造④《还王编修诗卷》云："几人不溺西昆体，老我亲聆正始音。"⑤ 则以西昆体为正始之音的反面。统而观之，这种只言片语，往往是将西昆体作为作者所推崇的文学大家之反面，就像论者常将齐梁文学作为晋前以及唐代文学之反面，而并未对西昆体进行具体的评论，也难以知晓其所谓西昆体的具体含义，他们只是笼统将之作为非正统文学的代表，对于西昆体的考察，并无太多价值。

二 陆游（附 吕中）

陆游《老学庵笔记》卷七云：

> 今人解杜诗，但寻出处，不知少陵之意，初不如是。且如《岳阳楼诗》："昔闻洞庭水，今上岳阳楼。吴楚东南坼，乾坤日夜浮。亲朋无一字，老病有孤舟。戎马关山北，凭轩涕泗流。"此岂可以出处求哉？纵使字字寻得出处，去少陵之意益远矣。盖后人元不知杜诗所以妙绝古今者在何处，但以一字亦有出处为工。如《西昆酬唱集》中诗，何曾有一字无出处者，便以为追配少陵，可乎？且今人作诗，亦未尝无出处，渠自不知，若为之笺注，亦字字有出处，但不妨其为恶诗耳。⑥

---

① 北京大学古文献研究所编：《全宋诗》卷2043，第22954页。
② 喻良能（生卒年不详），字叔奇，号香山，义乌（今属浙江）人。绍兴二十七年（1157）进士。官至朝请大夫。有《忠义传》，佚；有《香山集》（四库馆臣辑本）。
③ 北京大学古文献研究所编：《全宋诗》卷2344，第26940页。
④ 陈造（1133—1203），字唐卿，自号江湖长翁，高邮（今属江苏）人。淳熙二年（1175）进士。官至淮南西路安抚司参议。有《江湖长翁文集》。
⑤ 北京大学古文献研究所编：《全宋诗》卷2435，第28179页。
⑥ （宋）陆游：《老学庵笔记》卷7，第95页。

第三章 南宋对西昆体的接受 / 161

"无一字无来处",是黄庭坚对杜诗的评价,亦是黄诗的特点。陆游说《西昆酬唱集》中诗"何曾有一字无出处",道出了西昆体用典使事的特点,也道出了西昆体跟黄诗的内在关系。他又认为凡文字必有出处,故一切诗中字皆有来处,不能以此作为作诗、评诗之标准。西昆体、江西诗以用典使事为能,在陆游看来不能算诗之工。陆游这里没有特别批判西昆体,只是认为西昆体不如杜诗。

陆游有两篇《跋西昆酬唱集》,其一云:

> 通直郎张玠,河阳人,吕汲公家外甥,藏书甚富。淳熙二年正月八日夜读此集,灯架忽仆,坏书,时传毕方;一曰:岂欧尹诸人亦有灵邪?记之为异时一笑。①

陆游转述了时人对西昆体的看法,"记之为异时一笑",说明他并不将毕方、欧尹诸人有灵当真,并不能确实推测出陆游对西昆体的态度。陆游另一篇《跋西昆酬唱集》云:

> 祥符中,尝下诏禁文体浮艳,议者谓是时馆中作宣曲诗。宣曲见《东方朔传》。其诗盛传都下,而刘、杨方幸,或谓颇指宫掖。又二妃皆蜀人,诗中有"取酒临邛远"之句。赖天子爱才士,皆置而不问,独下诏讽切而已。不然,亦殆哉。②

从陆游将"二妃皆蜀人"与"取酒临邛远"相联系来看,他赞同

---

① (宋)陆游:《陆游集》之《渭南文集》卷26,中华书局1976年标点本,第2231页。原文作"时传毕方一日,岂欧尹诸人亦有灵邪",文意难通,应为"时传毕方;一曰:岂欧尹诸人亦有灵邪"。这种判断,没有版本上的支持,但据张福勋先生《陆游谈"西昆"体》所引周振甫先生给他的信,周先生亦作如是观。如果作"日"字,"岂欧尹诸人亦有灵邪",有可能是陆游的观点,如果作"曰"字,则陆游只是转述他人语,这两种情况的区别,会影响陆游对西昆体的态度,前者近谑,后者则近常理。笔者赞同周先生的意见,以"曰"字为是。

② (宋)陆游:《陆游集》之《渭南文集》卷31,第2294—2295页。

《西昆酬唱集》中《宣曲二十二韵》"颇指宫掖",也认为祥符文禁由此。《续资治通鉴长编》引江休复语云:"上在南衙,尝召散乐伶丁香昼承恩幸,杨、刘在禁林作《宣曲》诗。王钦若密奏以为寓讽,遂著令戒僻文字。"①江休复以《宣曲二十二韵》讽刺宋真宗在做开封府尹时宠幸乐伶。曾枣庄先生认为:"江休复生于景德二年,即祥符下诏前四年;卒于嘉祐五年,距祥符下诏五十年。而陆游是南宋人,自然江说更可信。学界早有人指出,《宣曲》诗的内容与刘、杨二妃的事迹不合,应以江说为是……因为丁香是小人物,刘、杨是大人物……话越传越涨,丁香附会成刘、杨。"②可见陆游的判断有失严谨。

陆游虽然错解了《宣曲二十二韵》本意,但是并没有否认杨亿等人谲谏的正确性,他对"天子爱才士"的肯定,实际上是对"言之者无罪"而皇帝又能容忍讽谏这种良好君臣关系的赞赏。后于陆游的吕中③则站在皇帝的一边而对杨、刘等人不满。其《类编皇朝大事记讲义》卷六云:

> 先是,王嗣宗言翰林学士杨亿、知制诰钱惟演倡和《宣曲》,词涉浮靡。上曰:"词臣,学者宗师也,安可不戒其跌荡?"乃下诏风励。《大风》之歌,其高帝霸心之所存乎?《秋风》之歌,其汉武悔心之所存乎?盖帝王之文,不当以文论,当以心论。以我真宗之本心可知矣,此《书》不载《庆云》之歌而载《明良》之歌也。至于下诏戒词臣浮靡,是又以人文化成天下者也。变天下之文自朝廷始,变朝廷之文自人主之文始。人知西昆之体变于欧阳倡古文之时,而不知已源流于此时矣。④

---

① (宋)李焘:《续资治通鉴长编》卷71,第1589页。
② 曾枣庄:《论西昆体》,第9页。
③ 吕中(生卒年不详),字时可,晋江人。淳祐七年(1247)进士。官至秘书郎。有《类编皇朝大事记讲义》《类编皇朝中兴大事记讲义》《论语讲义》《演易十图》《宋朝治迹要略》等。
④ (宋)吕中:《类编皇朝大事记讲义·类编皇朝中兴大事记讲义》卷6,第123页。

这全是一种迂腐的"为尊者讳"论调。真宗之本心，江休复之言可谓已揭之昭然，只是打着"以人文化成天下"的幌子行杜绝讽谏之实。吕中只注重《宣曲二十二韵》的"词涉浮靡"，于杨亿等人的讽谏之意只字不提，句句为真宗辩解，堂而皇之，实则外强中干，不堪一击。

三 魏了翁

魏了翁①《裴梦得注欧阳公诗集序》云：

> 余亦雅好欧公诗简易明畅，若出诸肆笔脱口者，今披味裴释，益知公贯融古今，所以蓄德者甚弘，而非及卿博见强志、精思而笃践焉，亦不足以发之也……余唯窃叹，古之士者惟曰德行道艺，固不以文词为学也。今见之歌谣风雅者，上自公卿大夫，下至里间闾阎，往往后世经生文士专门名世者所不逮。盖礼义之浸渍已久，其发诸威仪，文词皆其既溢之余，是惟无言，言则本乎情性，关乎世道。后之人自始童习即以属词绘句为事，然旷日逾年，卒未有以稍出古人之区域。迨乎去本益远，则辨篇章之耦奇，较声韵之中否，商骈俪之工拙，审体制之乖合，自谓穷探力索，然有之固无所益，无之亦无所阙，况于为己之事了无相关。极于晚唐、闰周以暨我国初，西昆之习滋炽，人亦稍稍厌苦之，而未有能易之者。于是不以功利为用世之要学，则托诸佛老为穷理之极功。微欧公倡明古学，裁以经术，而元气之会，真儒实才后先迭出，相与尽扫而空之，则怅怅乎未知攸届也。②

---

① 魏了翁（1178—1237），字华父，号鹤山，邛州蒲江（今属四川）人。庆元五年（1199）进士。官至端明殿学士、同签书枢密院事。有《鹤山先生大全集》。《宋史》卷437有传。

② 曾枣庄、刘琳主编：《全宋文》卷7080，第310册，第48—49页。

所谓"去本益远"的文学,即文学只注重篇章耦奇、声韵中否、骈俪工拙、体制乖合,远离"德行道艺",不"本乎情性,关乎世道",又不能修养自己的道德,"于为己之事了无相关"。魏了翁认为晚唐五代文学以及宋初西昆体,是"去本益远"文学的极致,因而导致学问不言德而言利、穷理不言儒而言佛老的风气,都是对儒家传统的不尊重,这与石介之排佛老、杨亿,性质是一样的。魏了翁赞赏欧阳修诗的角度,是"蓄德者甚弘",他认为欧阳修改变西昆体,也是通过"倡明古学,裁以经术",其影响则是"真儒实才后先迭出"。文学和学术风气的变化,被描述为儒家之道衰而复兴的过程。可以看出,理学家身份的魏了翁,所依据的还是"有德者必有言"的古老标准,并非从文学特征上来看待西昆体。

四　黄公绍

黄公绍[①]《诗集大成序》云:

> 诗之难言也甚矣,春秋之世,不言作诗,惟言歌诗,歌诗不类,贻讥与国,匪直作诗之难,而诵诗之为不易矣!今是集也,将使天下才笔之流,一之乎斯诗。"彼稷之穗",方永慨于《王风》;《何草不黄》,又增伤于变雅。望古人而不见,玩古礼而有思,读是诗者,能勿感乎?而岂曰"摸拟乐府,挦扯西昆"也哉?抑陆机尝谓"执斧伐柯,能取则不远;随手之变,亦难以辞逮"?是在乎读之何如耳。[②]

《诗集大成》由《诗格》《诗法》《诗类》《诗派》四部分组成,序云"独未有会而一元者,此《诗集大成》之所以作也",盖此书乃

[①] 黄公绍(生卒年不详),字直翁,邵武(今属福建)人。咸淳元年(1265)进士。有《在轩集》。

[②] (宋)黄公绍:《在轩集》,文渊阁《四库全书》本。

各种诗格诗话之合集，与《诗人玉屑》《诗话总龟》为同类。黄公绍认为，"诗道"备乎此书之中，为学诗者提供门径，所以有"将使天下才笔之流，一之乎斯诗"之作用。不过学诗者对待此书，有"读之何如"的区别，黄公绍将之分为两类：一类为"摸拟乐府，挦扯西昆"，生吞活剥，剽窃语句；一类为"取则"而能有"随手之变"，学而能变，不死前人句下。在黄公绍看来，被讥为"挦扯义山"的西昆体，学古而不能变化，是不善学古的典型。①

五 对西昆体风格的概括

本小节所论，是南宋人对西昆体风格的概括，往往以一二语出之，或可从诗歌风格方面为我们考察西昆体提供新的参照。

李洪②《橛株集序》云："皇朝之初，时尚昆体，自欧阳公、王文公起，而一变怪涩为清圆。"③ 以"怪涩"概括西昆体。西昆体取法李商隐，李洪此论盖受宋代人对李商隐的评论的影响。《新唐书·文艺传序》云："谲怪则李贺、杜牧、李商隐。"④ 释惠洪《冷斋夜话》云："诗到李义山，谓之文章一厄，以其用事僻涩，时称'西昆体'。"⑤ 周紫芝《风玉亭记》云："唐人以诗名家者甚多，独以李长吉、李义山、杜牧之为诡谲怪奇之作。牧之之诗其实清丽闲放，宛转而有余韵，非若义山之僻，长吉之怪，隐晦而不可晓也。"⑥ 与李洪同时的王十朋谓"李义山之险怪"⑦，朱熹《奉使直秘阁朱公行状》谓朱

---

① 黄公绍说"挦扯西昆"，有可能是他将李商隐诗当作西昆体，然后杨、刘等人挦扯李商隐诗为挦扯西昆，但不管是"挦扯西昆"还是"挦扯义山"，"挦扯"都是在说杨、刘等人。
② 李洪（1129—?），字可大，扬州（今属江苏）人。官至知州。有《芸庵类稿》（四库馆臣辑本）。
③ 曾枣庄、刘琳主编：《全宋文》卷5385，第241册，第117页。
④ （宋）欧阳修、（宋）宋祁：《新唐书》卷201，第5726页。
⑤ （宋）惠洪：《冷斋夜话》卷4，《冷斋夜话·风月堂诗话·环溪诗话》，第33页。
⑥ 曾枣庄、刘琳主编：《全宋文》卷3529，第162册，第276页。
⑦ （宋）王十鹏：《祭潘先生文》，《全宋文》卷4639，第209册，第188页。

弁"于诗酷嗜李义山,而词气雍容,格力闲暇,不蹈其险怪奇涩之弊"①。可见对李商隐诗怪、涩、僻的评价,在宋代一直存在,而这种评价也影响了时人对西昆体的看法。

戴复古②《望江南·仆既为宋壶山说其自说未尽处,壶山必有答语,仆自嘲三解》其一、其二云:

石屏老,家住海东云。本是寻常田舍丁,如何呼唤作诗人。无益费精神。

千首富,不救一生贫。贾岛形模元自瘦,杜陵言语不妨村。谁解学西昆。③

戴词第二阕之意,源于杨亿对杜诗的评价。刘攽《中山诗话》云:"杨大年不喜杜工部诗,谓为'村夫子'。"④ 宋人对杨亿此语,其意见大致可分为四类:一类是不解⑤;一类认为是由于性情好恶之不同⑥;一类认为各有所见,对杜诗评价不同十分正常,将之作为一种

---

① (宋)朱熹:《朱子全书》之《晦庵先生朱文公文集》卷98,上海古籍出版社、安徽教育出版社2002年标点本,第4556页。
② 戴复古(1167—?),字式之,号石屏,黄岩(今浙江台州)人。有《石屏诗集》《石屏词》传世。
③ 唐圭璋等编:《全宋词》,中华书局1965年版,第2309页。
④ (清)何文焕辑:《历代诗话》,第288页。
⑤ 如刘克庄曰:"杨大年、欧阳公皆不喜杜子美诗,王介甫不喜太白诗,殊不可晓。"(宋)刘克庄:《后村诗话》新集卷1,第152页。佚名《北山诗话》云:"杨大年谓颜鲁公书如叉手并脚村里汉,杜少陵诗如学究语,何耶?"(宋)佚名:《北山诗话》,明抄本。
⑥ 如袁文曰:"欧阳文忠公不喜《中说》,以为无所取,而司马温公酷爱之。杨文公不喜杜子美诗,而黄太史眷眷未尝辄去手。又苏东坡喜《汉书》,而独不《史记》。夫《中说》、杜诗、《汉书》、《史记》,人人皆知其美,而诸公所见不同如此,岂其性情之癖耶?"(宋)袁文:《瓮牖闲评》卷5,《瓮牖闲评·考古质疑》,中华书局2007年标点本,第81页。陈善云:"文章似无定论,殆是由人所见为高下尔。只如杨大年、欧阳永叔,皆不喜杜诗。二公岂为不知文者,而好恶如此。"(宋)陈善:《扪虱新话》卷1,中华书局1985年标点本,第3页。

文学史现象，不予置评①；一类认为杜诗复杂多变，难免各执一词②。戴复古立足于自己"本是寻常田舍丁，如何呼唤作诗人"的情况，既然贾岛、杜甫之诗各有瘦、村的特点，自己也当根据本性来创作，不必学习与自己气质不符的、富赡华丽的西昆体。复古本意，在主张根据自己气质来创作诗歌，而不必盲从他人，于褒贬西昆体无多干涉。

杜旟③《读杜诗斐然有作》云："五季兵戈繁，嘲哳虫鸟喧。颓波既弥漫，新奇尚西昆。吻喙生讥评，神鬼怀愤冤。王、苏发醢瓮，黄、陈穷河源。"④谓五代及宋初，诗坛上如虫鸟聒噪，一片颓唐景象，而西昆体的出现，让时人感到新奇，故群起而效之，却最终人神共愤，对西昆体的批判不能说不严厉，待王、苏、黄、陈等人出，开始扭转风气。其意盖谓西昆体较之五代诗之衰飒，虽显新奇，但是其流波所至，更为糟糕。

---

① 如蔡绦云："诗至李杜，古今尽废。退之每叙诗书以来作者，必曰李白、杜甫。又曰：'李杜文章在，光焰万丈长。'至杨大年亿，国朝儒宗，言少陵村夫子。欧阳文忠公每教学者，先李不必杜。又曰：'甫于白得二节耳。天才高放，非甫所能到也。'王文公晚择四家诗以贻法，少陵居第一，欧阳公第二，韩文公次之，李太白又次之。然欧阳公祖述韩文而说异退之，王文公返先欧公、后退之、下李白，何哉？后东坡每述作，崇李杜，尊甚，镯未尝优劣之。论说殊纷纠，不同满世。呜呼！李杜著矣，一时之杰，立见如此，况屑屑馀子乎！余谓：譬之百川九河，源流经营，所出虽殊，卒归于海也。"（宋）蔡绦：《西清诗话》卷下。释居简《跋常熟长钱竹岩诗集》云："竹岩婿翁钱德载问余曰：'子于诗以前辈谁为准的？'余曰：'以自己为准的。'竹岩笑曰：'子何言之诞也。'余曰：'事与境触，情与物感，发之于言，惟志之所之，不至学孙吴，顾方略何如耳。'竹岩曰：'审若子之言，陶谢其犹病诸。虽然，陶谢亦人耳。少陵号称诗史，又曰集大成，老坡比之太史迁，学昆体者目之村夫子。或又谓文章至李义山特一厄，学郊、岛则工于一二新巧字，谓之字面，已见笑于商周庸人小夫。余用力陶谢，博约少陵，十数年所得于风涛尘土中，古律相半，盍为我观之，欲观子嗜好与我何如？'"曾枣庄、刘琳主编：《全宋文》卷6802，第298册，第280—281页。

② 如李石《何南仲分类杜诗叙》云："雅道不复作，至于子美、太白，天下无异议，退之晚尤知敬而仰之。唐人多工巧，退之以为余事，其有取于李、杜者，雅道之在故也。近世杨大年尚西昆体，主李义山句法，往往摘子美之短而陋之，曰村夫子语，人亦莫不信。何者？子美诗固多变，其变者必有说，善说诗者固不患其变而患其不合于理。理苟在焉，虽其变无害也。《诗》记十五国之风，而吾夫子取其不齐者而齐之，上而王公大夫，下而庸散仆隶，上而性命道德，下而淫佚流荡，此岂可一说尽之哉？"曾枣庄、刘琳主编：《全宋文》卷4562，第205册，第341页。

③ 杜旟（生卒年不详），字仲高。有《癖斋小集》。

④ （清）厉鹗辑撰：《宋诗纪事》卷65，上海古籍出版社2013年标点本，第1622页。

方岳①《跋陈平仲诗》云：

> 本朝诗自杨、刘为一节，昆体也，四瑚八琏，烂然皆珍，乃不及夏鼎商盘自然高古。②

西昆体富赡华丽的风格，确乎可以当"四瑚八琏，烂然皆珍"的评语，方岳说其不"自然高古"，与张表臣谓西昆体"弄斤操斧太甚"，都是从传统的审美角度来评判西昆体的。前者谓西昆体太过华丽，后者谓西昆体太过雕琢，这都是西昆体偏离传统审美之特征。

第二节 对西昆体的肯定

南宋批评家对西昆体的肯定，有因奉承钱惟演、二宋的后人而持此态度者如周必大，也有从西昆体本身风格和西昆体诗人成就上着眼者如朱熹、冯去非和林希逸等。大体上看，这一时期的批评家对待西昆体及西昆体诗人，较之前人有进一步的拔高。

一 周必大（附 袁说友）

周必大③《鹿鸣宴坐上次钱宁韵》云：

> 制举巍科世有贤，闻孙传业中兴年。贡才合益诸侯地，宠饯真开刺史天。有弟已容持布鼓，无能仍许鬻栀鞭。太平故事西昆体，指日皇都万口传。④

---

① 方岳（1199—1262），字巨山，号秋崖，祁门（今属安徽）人。绍定五年（1232）进士。官至知州。有《秋崖集》。
② 曾枣庄、刘琳主编：《全宋文》卷7907，第342册，第342页。
③ 周必大（1126—1204），字子充，一字洪道，晚号平原老叟，庐陵（今江西吉安）人。绍兴二十一年（1151）进士。官至参知政事。谥文忠。有《平园集》。《宋史》卷391有传。
④ 北京大学古文献研究所编：《全宋诗》卷2322，第26715页。

钱宁当是吴越钱氏之后，故周必大在诗中列数钱氏伟迹。最后一联以钱惟演所预之西昆酬唱为"太平故事"、西昆体流传京城来称赞钱氏文才，又切合当下次韵唱酬的环境，不可谓不巧。虽然诗中赞扬西昆体有逢场作戏的嫌疑，但至少可以说明在宋人心中，西昆酬唱是一场文学盛会，不然周必大不会引为钱氏美事。本书第二章第六节中曾论说过西昆体诗文作为"盛世之音"的问题，后人往往偏向于说西昆体文体现了太平气象，而不满西昆体诗的雕琢，周必大之说，盖为此种论调之变体。后此的袁说友①《日华书自通州来言其同僚多唱酬》云："题舆赢得锦囊归，酬唱西昆事可追。"② 也以西昆酬唱为宋代酬唱之典型而引用之。

周必大《钱文季状元去春用杨吉州子直韵赋玉蕊诗老悖久稽奉酬今承秩满还朝就以为饯》，同样是针对钱氏子孙，也用了钱惟演参加西昆酬唱的故事：

昼揽群芳博物华，夕披众说聚萤车。花来北固无新唱，诗到西昆有故家。乡里孝廉流泽远，弟兄科甲搢绅夸。盍归史馆开群玉，徐步词垣判五花。欧公《诗话》两言杨大年与钱文僖、刘子仪数公唱和，号《西昆集》。后进学者争效之，风雅一变，谓之昆体，唐贤诸诗集几废不行。文季系出文僖，而上世本姓刘云。③

钱文子字文季，据诗自注，文季为钱惟演之后，其上世姓刘一事则不可考。周必大此诗谓"诗到西昆有故家"，故家指钱惟演、刘筠二人，贴合钱文子的姓和上世之姓，较之上诗更加巧合。

周必大可谓到什么山上唱什么歌，其《跋宋待制暎宁轩自适诗》云：

---

① 袁说友（1140—1204），字起岩，号东塘居士，建安（今福建建瓯）人。隆兴元年（1163）进士。官至参知政事。有《东塘集》（四库馆臣辑本）。
② 北京大学古文献研究所编：《全宋诗》卷2578，第29957页。
③ 北京大学古文献研究所编：《全宋诗》卷2327，第26771页。

惟本朝承五季之后，诗人犹有唐末之遗风，迨杨文公、钱文僖、刘中山诸贤继出，一变而为昆体。未几宋元宪、景文公兄弟又以学问文章别成一家，藻丽而归之雅正，学者宗之，号为二宋。公盖元宪曾孙，字景晋，名载诗序中。东坡先生诗云："吾观二宋文，字字照缣素。渊源皆有考，奇险或难句。后来邈无继，嗣子其殆庶。"此六语者，今可复施之公。①

当对钱氏后裔时，称赞西昆酬唱；当对宋暎时，便言宋暎的曾祖宋庠以及庠弟宋祁将西昆体之藻丽归之雅正。宋祁曾云："然而大方之家，往往披华于沈宋之林，收实乎曹王之囿，窒其流宕，归之雅正。"② 周必大此论，源出宋祁语。周必大谓二宋诗雅正，实为前人所未道；谓二宋改革西昆体诗风，也未经人语，是其创新之处。宋人常以欧阳修、苏轼等人为改革西昆体诗风的主要人物，周必大此语，道出了受西昆体影响的诗人对西昆体诗风的纠正，从宋诗史研究的角度来讲，周必大对于西昆体发展的细致描述，有独特的意义。

二　朱熹

《朱子语类》论云：

本朝杨大年虽巧，然巧之中犹有混成底意思，便巧得来不觉。及至欧公，早渐渐要说出来。然欧公诗自好，所以他喜梅圣俞诗，盖枯淡中有意思。欧公最喜一人送别诗两句云："晓日都门道，微凉草树秋。"又喜（王）〔常〕建诗："曲径通幽处，禅房花木深。"欧公自言平生要道此语不得。今人都不识这意思，只要嵌字，使难字，便云好。③

---

① 曾枣庄、刘琳主编：《全宋文》卷5132，第230册，第409—410页。
② （宋）宋祁：《座主侍郎书》，《全宋文》卷503，第24册，第79页。
③ （宋）黎靖德编：《朱子语录》卷140，第3334页。

关于"混成",朱熹又说:"诗须是平易不费力,句法混成。如唐人玉川子辈句语虽险怪,意思亦自有混成气象。因举陆务观诗:'春寒催唤客尝酒,夜静卧听儿读书。'不费力,好。"① 盖朱熹所谓好诗,包括两个方面:一是语言上的平易不费力,二是"意思"上的混成。因此语言上可以巧如西昆体,可以险怪如卢仝诗,也不妨意思上的混成。朱熹这一席话的重点,乃欧阳修诗与杨亿诗在"意思"上的差别,一个是混成,另一个是"渐渐要说出来"。周裕锴先生说:"'说出来'之诗就是所谓'以议论为诗',这种诗基于理性的思维方式,并采用分析或推理的语言,物质世界的浑融感、内心世界的朦胧感都消失了,一切都显得清晰明了。"② 朱熹又说:"苏、黄只是今人诗。苏才豪,然一滚说尽,无余意;黄费安排。"③ 从杨亿诗"犹有混成底意思"到欧阳修诗的"说出来",再到苏轼诗的"一滚说尽",是从宋初西昆体到典型宋调的转变,是从拥有"物质世界的浑融感、内心世界的朦胧感",也即"言有尽而意无穷"④ 到"无余意"的转变,"其实质是唐诗审美观念与宋诗审美观念的差异"⑤。所以,在朱熹看来,西昆体仍属于"唐音"而非"宋调",并且倾向于赞同西昆体。而他评判的标准,则是"意思"的混成与否,也即是否合乎传统诗歌的审美倾向。所谓"今人都不识这意思",即认为宋人已完全不注意"意思"的混成了。

三 汪莘(附 韩淲)

汪莘⑥有《群玉堂即事》诗,作于一次文人集会。诗中有云:"君

---

① (宋)黎靖德编:《朱子语录》卷140,第3328页。
② 周裕锴:《宋代诗学通论》,第406页。
③ (宋)黎靖德编:《朱子语录》卷140,第3324页。
④ 谷曙光说:"杨亿与欧阳修诗风差异的深层信息是欧、梅的诗已与典型意义的'言有尽而意无穷'的传统作品有所不同,'说出来'表明欧诗对记叙、议论的注重,这已逗露出几丝诗风转化的消息。"谷曙光:《韩愈诗歌宋元接受史研究》,安徽大学出版社2009年版,第26页。
⑤ 吴大顺:《欧梅唱和与欧梅诗派研究》,陕西人民出版社2008年版,第73页。
⑥ 汪莘(1155—1227),字叔耕,自号方壶居士,学者称柳塘先生,休宁(今属安徽)人。有《方壶集》。

不见咸平景德时,太平都在杨刘诗。又不见庆历元祐际,后来谁与欧苏继。只今延阁多才贤,如玉在山珠在渊。杨刘欧苏未为老,秦黄晁张俱少年。有客野于孟东野,更宜卢仝作诗社。碧笺小纸辱佳命,青林紫笔令挥写。"① 汪莘此诗有两点值得注意。其一,他说"君不见咸平景德时,太平都在杨刘诗",说明他认为《西昆酬唱集》是太平盛世的反映,这与周必大"太平故事西昆体"持论相同。其二,汪莘以杨、刘、欧、苏、秦、黄来比喻与会诸人,说明杨、刘等人为他所认同,而且是可与欧、苏等人相提并论的文学大家。与汪莘同时的韩淲②《昌甫题徐仙民诗集因和韵两篇》(其二)谓徐仙民为"杨刘万代手,温李再生身"③,也以杨、刘作比喻来夸奖他人,与汪莘此论同调。

四 冯去非

冯去非④《〈对床夜语〉序》云:

> 杜子美诗,王介甫谈经,以为优于经;其为史学者,又视为史。无它,事核而理胜也。韩退之谓李长吉歌诗为骚,而进张籍诗于道。杨大年倡"西昆体",一洗浮靡,而尚事实。至送王钦若行,君命有所不受,其名节有如此者。若论诗而遗理,求工于言辞而不及气节,予窃惑之。⑤

冯去非此论,有两点值得注意。其一,他认为西昆体荡涤了五代宋初诗坛上的浮靡之风而尚事实,虽未论及西昆体尚事实之风是否对

---

① 北京大学古文献研究所编:《全宋诗》卷2909,第34696页。
② 韩淲(1159—1224),字仲止,号涧泉,上饶(今属江西)人。以父荫入仕。有《涧泉集》《涧泉日记》(皆四库馆臣辑本)。
③ 北京大学古文献研究所编:《全宋诗》卷2759,第32545页。
④ 冯去非(1192—1272后),字可迁,号深居,都昌(今属江西)人。淳祐元年(1241)进士。官至宗学谕。《宋史》卷425有传。
⑤ (宋)范晞文:《对床夜语》,《历代诗话续编》,第406页。

宋诗有影响，然其谓西昆体洗去五代浮靡，赞同西昆体在宋初诗坛上的创新自立，与前文张元幹认为西昆体"沿袭五代衰陋"，是两种截然不同的认识。其二，度冯氏之意，当谓杜诗与李贺、张籍诗都不遗理，杨亿则工于言辞而及气节，这对杨亿的评价也非常高。宋人对杨亿诗评价较高者不多，而称赞其气节者不少，冯去非谓杨亿在言辞和气节两方面能够兼顾，推许之意溢于言表。

五　林希逸

林希逸[①]《方君节诗序》云：

> 前此我朝诸大家数，律之精，莫如半山，有杨、刘所不及；古之奥，莫如宛陵，有苏、黄所不及。[②]

"律"即近体诗。林希逸认为，北宋律诗写得最"精"的是王安石，"有杨、刘所不及"，意谓杨亿、刘筠之诗，不如王安石诗精。反过来说，北宋律诗，以王安石诗为最精，次之则西昆体。王安石诗"精"包括几个方面，一指押韵之工，二指对仗精工，三指用字新奇工巧，四指用典精确。[③] 西昆体在对偶、用典两个方面，有其独特成就。曾枣庄先生云："西昆体诗人，特别是杨、刘、钱三人都是精于诗律的老手。"[④] 又说："李商隐诗以对仗精工见长，西昆体诸人在这方面确实是下了很大功夫的。"[⑤] 关于西昆体的用典，曾先生云："《西昆集》中的部分诗篇虽有杂凑有关典故，缺乏明确主旨的嫌疑，但多数诗篇所用的典故是恰切的，有助于用简练的语言表达复杂丰富的诗

[①] 林希逸（1193—1271），字肃翁，号鬳斋，又号竹溪，福清（今属福建）人。端平二年（1235）进士。官至中书舍人。有《竹溪十一稿诗选》《竹溪鬳斋十一稿续集》传世。
[②] 曾枣庄、刘琳主编：《全宋文》卷7731，第335册，第329页。
[③] 参见莫砺锋《论王荆公体》，《南京大学学报》（哲学·人文·社会科学版）1994年第1期。
[④] 曾枣庄：《论西昆体》，第142页。
[⑤] 曾枣庄：《论西昆体》，第146页。

意,而且大大增加了诗歌的含蓄性。"① 可见西昆体在对偶和用事两方面俱有成就。叶梦得云:"杨大年、刘子仪皆喜唐彦谦诗,以其用事精巧、对偶亲切。"② 西昆体注重对偶和用事,盖是宋代人的普遍认识。

还值得注意的是,林希逸认为宋代律诗最出色的是王安石诗和西昆体,却不言及也很擅长律诗的黄庭坚,这说明专为近体的西昆体在宋代律诗史上有重要地位。梁崑《宋诗派别论》云:"西昆诗既宗主玉溪,故玉溪诗好对偶,西昆亦好对偶,玉溪好用事,西昆亦好用事,玉溪好丽字,西昆亦好丽字,玉溪好近体,西昆亦好近体。"③ 但重近体却不是西昆体最突出的特点,西昆体诗以七律为主,而在西昆体产生之前已有大量白体七律存在,然白体七律的成就远不如西昆体七律。可见宋代七律虽不以西昆体为最早,西昆体却是宋代七律创作史上的第一座高峰。

第三节 刘克庄对西昆体的接受(附葛立方、刘克逊、赵与虤)

南宋诗人中,刘克庄与西昆体有关的论述尤多,包括西昆体风格、西昆体的宋诗史定位、西昆体诗人的优劣、西昆史事等,因此也最复杂。葛立方之论西昆体,可以与刘克庄之语参照观之;刘克逊是刘克庄之弟;刘克庄考证了西昆体作家群的构成,赵与虤则考证了西昆体典故含义。故本节将此数人合而论之。

一 "首变诗格者,文公也"

先看刘克庄[④]对西昆体在宋诗史上的定位:

---

① 曾枣庄:《论西昆体》,第147页。
② (宋)叶梦得撰,逯铭昕校注:《石林诗话校注》卷中,第76页。
③ 梁崑:《宋诗派别论》,第33页。
④ 刘克庄(1187—1269),字潜夫,号后村,莆田(今属福建)人。嘉定二年(1210)以荫入仕,淳祐六年(1246)赐同进士出身。官至焕章阁学士。有《后村先生大全集》。

《唐绝句诗选》成，童子复以本朝诗为请。余曰："兹事尤难。杨、刘是一格，欧、苏是一格，黄、陈是一格，一难也。以大家数掩群作，以鸿笔兼众体，又一难也。昔赵公履常欲编本朝诗辄止，其意深矣。"①

刘克庄将西昆体作为北宋诗头一格，个中原因很值得探讨。他并非没有注意到宋初晚唐体的存在，"国初诗人，如潘阆、魏野，规规晚唐格调，寸步不敢走作"②，他对西昆体也颇有微词，"杨、刘则又专为昆体，故优人有挦扯义山之谑"③，乍一看，似乎晚唐体诗人和西昆体诗人都是学习唐代诗人，并且都有太过拘束的弊病，那么刘克庄何以将西昆体列为宋诗的一格，而不算上晚唐体呢？类比刘克庄对初唐诗史的描述，我们或可窥出一丝消息：

唐初王、杨、沈、宋擅名，然不脱齐梁之体。独陈拾遗首倡高雅冲澹之音，一扫六代之纤弱，趋于黄初、建安矣。④

王、杨、沈、宋等人"不脱齐梁之体"，这与潘阆、魏野等人"规规晚唐格调"的情况近似。刘克庄推崇陈子昂，以其能复古诗风，西昆体是不是也存在这种情况呢？刘克庄说：

余尝评本朝诗，昆体过于雕琢，去情性寖远。至欧、梅始以开拓变拘狭、平澹易纤巧。子曰："辞达而已矣。"岂必挦扯义山入（社）〔杜〕乎？⑤

---

① （宋）刘克庄：《本朝五七言绝句序》，《刘克庄集笺校》卷94，第4005页。
② （宋）刘克庄：《江西诗派总序·黄庭坚》，《刘克庄集笺校》卷95，第4023页。
③ （宋）刘克庄：《江西诗派总序·黄庭坚》，《刘克庄集笺校》卷95，第4023页。
④ （宋）刘克庄：《后村诗话》前集卷1，第6页。
⑤ （宋）刘克庄：《跋刁通判诗卷》，《刘克庄集笺校》卷110，第4559页。"杜"字据《四部丛刊》本《后村先生大全集》改。

刘克庄虽批判西昆体过于雕琢,但他说西昆体"岂必挦扯义山入杜乎"值得玩味。其意盖谓西昆体要想进入老杜藩篱,不必通过"挦扯义山"来达到目的。刘克庄既云"杨、刘则又专为昆体,故优人有挦扯义山之谑",那么他所谓的"挦扯义山",就是指杨、刘等人太过专注于学习李商隐,取径太狭。刘克庄非常注重遍师前人,其《跋姚镛县尉文稿》云:"翡翠鲸鱼,并归摹写;大鹏斥鷃,咸入把玩,则格力雄而体统全矣。"①《后村诗话》云:"善学者,若齐王之食鸡也,必食其跖数千而后足。物莫不有长,莫不有短,善学者假人之长以补其短。"②他夸奖别人的诗,称之曰"兼众体"③"出入众体"④。他自述学诗渊源时说:"初,余由放翁入,后喜诚斋,又兼取东都、南渡江西诸老,上及于唐人大小家数,手抄口诵。"⑤林希逸即称他"诗虽会众作而自为一宗,文不主一家而兼备众体"⑥。转益多师、广泛取法,才能够成大家数,西昆体唯以李商隐为重(唐彦谦诗之锻炼雕琢与之相近,而且唐对杨亿等人的影响也远不如李商隐大),"认准了一家去打劫"⑦,要想达到杜甫的境地,几乎不可能。此即刘克庄"岂必挦扯义山入杜"语意。

西昆体对李商隐的专习,与潘阆、魏野等人"规规晚唐格调",都是一种偏执,刘克庄却将之分别对待,实在是因为这种偏执的最终对象不一样。晚唐体仍是晚唐诗的延续,而西昆体则上绍杜甫,只不过杨亿等人取径有问题罢了。欧梅等人"以开拓变拘狭",即去除西

---

① (宋)刘克庄著,辛更儒校注:《刘克庄集笺校》卷99,第4152页。
② (宋)刘克庄:《后村诗话》续集卷2,第6页。
③ 《野谷集序》"明翁诗兼众体",《刘克庄集笺校》卷94,第3983页;《跋南溪诗》"窃以为先生诗兼众体",《刘克庄集笺校》卷100,第4214页。
④ 《张昭州集》"盖君诗师石湖、诚斋,然出入众体",《刘克庄集笺校》卷95,第4014页。
⑤ (宋)刘克庄:《刻楮集序》,《刘克庄集笺校》卷96,第4063页。
⑥ (宋)林希逸:《后村居士集序》,《刘克庄集笺校》附录三,第7841页。
⑦ 钱锺书:《宋诗选注》序。

昆体诗人对李商隐的偏执。刘克庄将西昆体当作宋初复古诗风,这与他所认为的陈子昂诗在唐诗史上的地位近似,无怪乎他将西昆体作为宋诗的一格,而不列晚唐体于其中。

刘克庄又说:"杨大年、欧阳公皆不喜杜子美诗,王介甫不喜太白诗,殊不可晓。"① 看来他是知道杨亿不喜杜诗的,但王安石谓"唐人知学老杜而得其藩篱,惟义山一人而已"②,西昆体既然"挦扯义山",在宋人看来,就有不经意间跳脱李商隐诗而趋向杜诗的精神在。刘克庄对李商隐颇具好感:

> 温庭筠与商隐同时齐名,时号温李。二人诗记览精博,才思横逸,其艳丽者类徐、庾,其切近者类姚、贾。义山之作尤锻炼精粹,探索幽微,不可草草看过。③

"锻炼精粹"的评价,与刘克庄对西昆体"精工律切""精丽"的评价相近。他说"杨、刘诸人师李义山可也",结合"岂必挦扯义山入杜"之语可以看出,一方面,刘克庄认为李商隐确实有值得学习之处,西昆诗人取法李商隐未尝不可;另一方面,他对西昆体专学李商隐以希求接近杜诗的做法又看不顺眼。总之,在刘克庄看来,西昆体虽然缺点很明显,但是作为宋初一种有复古倾向的诗风,完全可以作为宋诗脱离晚唐诗的影响、最先出现的复古诗风。这便是刘克庄对西昆体在宋诗史上的定位。他看到了西昆体的"宋调"因素,将其放在宋诗史的发展历史来看,以之为宋诗初格,颇具眼光。

杨、刘、钱是西昆体的代表作家,在刘克庄看来,三人对于变革晚唐体诗风的作用却不一样:

> 杨文公《谈苑》云:"近世钱惟演、刘筠首变诗格,得其格

---

① (宋)刘克庄:《后村诗话》新集卷1,第152页。
② 转引自(宋)蔡居厚《蔡宽夫诗话》,《宋诗话辑佚》卷下,第399页。
③ (宋)刘克庄:《后村诗话》新集卷4,第208页。

者蔚为佳咏。"又云："二君丽句绝多。"且各举数十联。钱咏《汉武》云："立候东溟邀鹤驾，穷兵西极待龙媒。"刘咏《明皇》云："梨园法部兼胡部，玉辇长亭更短亭。"工则工矣，余按首变诗格者，文公也。自欧阳公诸老，皆谓昆体自杨、刘始，今文公乃巽与二人，若己无与者，前辈谦厚不争名如此。文公亦咏《汉武》云："力通青海求龙种，死讳文成食马肝。待诏先生齿编贝，却教索米向长安。"《明皇》云："河朔叛臣惊舞马，渭桥遗老识真龙。蓬山钿合空传信，回首风涛百万重。"比之钱、刘，尤老健。①

刘克庄谓杨亿领导了西昆体诗风，其诗也好过钱惟演、刘筠二人诗。所谓钱、刘二人诗"工则工矣"，度刘克庄之意，盖谓钱、刘二人诗在对偶字面上虽工，却完全不如杨亿诗的"老健"为佳。刘克庄论苏轼曰："惟坡公海外笔力，益老健宏放，无忧患迁谪之态。"② 故刘克庄谓杨亿诗"老健"，乃指其笔力而言，这与欧阳修称赞杨、刘"雄文博学，笔力有余，故无施而不可"③ 角度相同，只不过刘克庄认为杨亿较钱、刘二人更高一着，所以能"首变诗格"。杨亿将首变之功推让给笔力不如自己的钱、刘二人，故刘克庄谓杨亿"谦厚不争名如此"④。

---

① （宋）刘克庄：《后村诗话》后集卷1，第57页。
② （宋）刘克庄：《后村诗话》后集卷1，第45页。
③ （宋）欧阳修：《六一诗话》，《六一诗话·白石诗说·滹南诗话》，第13页。
④ 葛立方《韵语阳秋》云："咸平、景德中，钱惟演、刘筠首变诗格，而杨文公与王鼎、王绰号'江东三虎'，诗格与钱、刘亦绝相类，谓之'西昆体'。大率效李义山之为丰富藻丽，不作枯瘠语，故杨文公在道中得义山诗百余篇，至于爱慕而不能释手。公尝论义山诗，以谓包蕴密致，演绎平畅，味无穷而炙愈出，（镇）〔钻〕弥坚而酌不竭，使学者少窥其一斑，若涤肠而洗骨。是知文公之诗，有得于义山为多矣。又尝以钱惟演诗二十七联，如'雪意未成云著地，秋声不断雁连天'之类，刘筠诗四十八联如'溪笺未破冰生砚，炉酒新烧雪满天'之类，皆表而出之，纪之于《谈苑》。且曰二公之诗，学者争慕，得其格者，蔚为佳咏。可谓知所宗矣。文公钻仰义山于前，涵泳钱、刘于后，则其体制相同，无足怪者。小说载优人有以义山为戏者，义山服褴缕之衣而出。或问曰：'先辈之衣何在？'曰：'为馆中诸学士挦扯去矣。'人以为笑。"（宋）葛立方：《韵语阳秋》，《历代诗话》，第499页。葛氏拘于《谈苑》字面意思，以为杨亿向钱、刘二人学习，较之刘克庄的判断，可谓胶柱鼓瑟。

从杨亿的诗学思想及他对昆体诗风的倡导来看,他在创作新的诗体——西昆体这一点上更有自觉性,这样看起来,刘克庄是颇具眼光的,与其他南宋诗人不同,他看到了杨亿"首变诗格"处。

二 "对偶字面虽工,而佳句可录者殊少"

刘克庄谓钱、刘二人诗"工",对西昆体相似的评价在刘克庄的诗论中较多:

> 君谟以诗寄欧公,公答云:"先朝杨、刘,风采耸动天下,至今使人倾想。"世谓公尤恶杨、刘之作,而其言如此,岂公特恶其碑板奏疏碟裂古文为偶俪者,其诗之精工律切者,自不可废欤!①
>
> 天台戴复古,字式之,能诗。尝自诵其先人诗云:"惜树不磨修月斧,爱花须筑避风台。"精丽不减昆体。②

谓西昆体有"精工律切""精丽"的特点,皆是说西昆体在炼字酌句上达到了一定的水平。不过对于刘克庄来讲,"精工律切""精丽"并不代表西昆体就是好诗:

> 杨、刘诸人师李义山可也,又师唐彦谦。唐诗虽雕琢对偶,然求如一抔三尺之联,惜不多见。五言叙乱离云:"不见泥函谷,俄惊火建章。剪茅行殿湿,伐柏旧陵香。"语犹浑成,未甚破碎。若《西昆酬倡集》,对偶字面虽工,而佳句可录者殊少,宜为欧公之所厌也。③

唐彦谦诗虽注重雕琢和对偶,好诗不多,但其诗仍"浑成",所

---

① (宋)刘克庄:《后村诗话》前集卷2,第22页。
② (宋)刘克庄:《后村诗话》后集卷2,第74页。
③ (宋)刘克庄:《后村诗话》前集卷2,第21页。

谓"未甚破碎",盖其仍注重诗抒发情性的功能,字词上的雕琢是为抒情服务的。西昆体对偶字面之工,得益于诗人的精雕细琢,然过犹不及,太注重对偶字面的雕琢,对于诗歌抒发情性方面就会有所忽略,故刘克庄说:"余尝评本朝诗,昆体过于雕琢,去情性寖远。"① 刘克庄推崇"风人之诗",其《跋何谦诗》云:"余尝谓以情性礼义为本,以鸟兽草木为料,风人之诗也。以书为本,以事为料,文人之诗也……夫自《国风》、《骚》、《选》、《玉台》、《胡部》,至于唐、宋,其变多矣。然变者诗之体制也,历千万世而不变者,人之情性也。"② 刘克庄谓西昆体"对偶字面虽工,而佳句可录者殊少",指西昆体虽在字面锻炼上有所成就,但算不上好诗。"以性情礼义为本"才是本色的诗歌,只注重对偶字面的雕琢,忽略情性的抒发,虽然精致,却如一盘珍珠,没有情性的脉络贯穿其中,所以显得"破碎"。刘克庄说西昆体"破碎",与王安石谓杨亿诗"颠倒",是同样的意思。

因此,刘克庄虽认为西昆体是宋诗的"一格",却对之颇有微词,故云"变风而下世无诗,幼学西昆壮耻为"③。总体来说,刘克庄对西昆体还是持批判态度。其弟刘克逊④谓刘魁"解变西昆体,一赋冠群英"⑤,以变西昆体来夸奖人,亦是批判西昆体。

三 与西昆体有关史事的记载与考证

杨亿《西昆酬唱集序》称《西昆酬唱集》中"凡五七言律诗二百五十章,其属而和者,计十有五人"⑥,但今本《西昆酬唱集》中止十七人诗,故杨亿所云"计十有五人"是否包括了杨亿自己,长期未有

---

① (宋)刘克庄:《跋刁通判诗卷》,《刘克庄集笺校》卷110,第4559页。
② (宋)刘克庄著,辛更儒校注:《刘克庄集笺校》卷106,第4413页。
③ (宋)刘克庄:《病起十首》其九,《刘克庄集笺校》卷35,第1864页。
④ 刘克逊(1189—1246),字无竞,号西墅,刘克庄弟。官至江东提刑。有《西墅集》,佚。
⑤ (宋)刘克逊:《水调歌头·同黄主簿登清风峡刘魁读书岩赋水调歌头调》,《全宋词》,第2687页。
⑥ (宋)杨亿编,王仲荦注:《西昆酬唱集注》。

定论。《后村诗话》卷八云：

> 今考十五人者，丁谓、刁衍、张咏、晁迥、李宗谔、薛映、陈越、李维、刘骘、舒雅、崔遵度、任随、钱惟济，有名秉，不著姓。王沂公只有一篇在卷末。①

刘克庄记录参加西昆酬唱的第十八人为王曾，这条材料为祝尚书先生《西昆酬唱集二考》②等文章所吸收，故知杨亿不属十五人之数。

刘克庄对西昆体史事的了解也有疏忽之处。其《问讯竹溪二首》（其一）云："有太学生笑韩子，为西昆者谤欧公。"③谤欧公者，恐非"为西昆者"。《宋史·欧阳修传》载："知嘉祐二年贡举。时士子尚为险怪奇涩之文，号'太学体'，修痛排抑之，凡如是者辄黜。毕事，向之嚣薄者伺修出，聚噪于马首，街逻不能制；然场屋之习，从是遂变。"④由此可知，谤欧阳修之人当是"为太学体者"。又其《书堂山》云："子厚文章宗，仲涂岂后身？不肯作昆体，宁来牧湘滨。"⑤前引刘克庄云"自欧阳公诸老，皆谓昆体自杨、刘始"，说明他知道西昆体始于《西昆酬唱集》，而柳开卒于北宋咸平三年（1000），其时西昆唱酬尚未发生，此处乃刘克庄之误。

赵与虤⑥《娱书堂诗话》中有一条关于西昆体诗典故的考证：

> "力通青海求龙种，死讳文成食马肝。"此杨文公咏武帝诗。《汉书》："武帝既诛文成，惜其方不尽。胶东栾大与文成同师，因乐成侯求见。帝说，大曰：'臣恐效文成，则方士皆掩口，乌敢言方哉？'上曰：'文成食马肝死耳。'"按《洞冥记》云："元

---

① （宋）刘克庄：《后村诗话》续集卷4，第138页。
② 祝尚书：《宋代文学探讨集》，大象出版社2007年版，第433页。
③ （宋）刘克庄著，辛更儒校注：《刘克庄集笺校》卷33，第1777页。
④ （元）脱脱等：《宋史》卷319，第10378页。
⑤ （宋）刘克庄著，辛更儒校注：《刘克庄集笺校》卷6，第378页。
⑥ 赵与虤（生卒年不详），字威伯。有《娱书堂诗话》传世。

鼎五年,郅支国贡马肝石,半青半黑,如马肝,春以和九转之丹,用拭发,白者皆黑。群臣于甘泉,有白发者,赐拭皆黑。酷烈,不杂丹砂,不可近发。齐人李少翁以神仙惑帝,帝乃以马肝石和九转神明丸赐少翁,少翁死,即文成也。"今人见景帝有"食肉不食马肝,未为不知味"之语,遂谓文成食马之肝而死,非也。①

认为"死讳文成食马肝"中的"马肝",是一种药石,而非真的马肝。这种说法为郑再时《西昆酬唱集笺注》所吸收。然王仲荦注杨亿诗引《史记索隐》云:"案《论衡》云:'气热而毒盛,故食走马肝杀人。'"②谓人食走马肝能死。检《论衡·言毒》云:"火困而气热,气热而毒盛,故食走马之肝杀人,气困为热也。盛夏暴行,暑暍而死,热极为毒也。"③可知汉代有走马肝有毒的说法,故以"食马肝死"为食走马之肝而死,并无不合适。味赵与旹之言,乃谓文成将军食汉武帝所赐之马肝石和九转神明丸而死,然赵与旹所引《洞冥记》只说马肝石"酷烈",不能独以之近发,并未言食马肝石会死。今检《洞冥记》卷二云:"元鼎五年,郅支国贡马肝石百斤……国人长四尺,惟饵此石而已。半青半白,如今之马肝。春碎以和九转之丹,服之,弥年不饥渴也……此石酷烈,不和丹砂,不可近发。"④所谓"服之,弥年不饥渴",与赵与旹意大相矛盾。马肝石和九转神明丸,食之可弥年不饥渴,可知其不仅可食,且为宝物。《史记》《汉书》皆谓汉武帝"诛文成将军"⑤,故文成将军实死刀斧之下,与马肝和马肝石皆无关,此后汉武帝担心栾大不为他所用,故对栾大说文成将军食马肝死。马肝与马肝石原为二物,走马之肝有毒,马肝石为食物之宝,

---

① 赵与旹:《娱书堂诗话》卷下,《历代诗话续编》,第497页。
② (宋)杨亿编,王仲荦注:《西昆酬唱集注》卷上,第43页。
③ 黄晖:《论衡校释(附刘盼遂集解)》卷23,中华书局1990年标点本,第953—954页。
④ (汉)郭宪:《汉武帝别国洞冥记》卷2,《汉魏六朝笔记小说大观》,上海古籍出版社1999年标点本,第127页。
⑤ (汉)司马迁:《史记》卷12、卷28,第458、1388页。(汉)班固:《汉书》卷25,中华书局1962年标点本,第1220页。

汉武帝既打算掩盖诛杀文成将军的真相，自然要说文成将军误食有毒之马肝，即走马肝而非马肝石。因此赵与旹的考证并不足信，"死讳文成食马肝"之马肝，非谓马肝石，也不是一般的马肝，乃走马之肝耳。

　　唐诗宋诗，两峰峙望，西昆体夹处其间，较之唐宋诗两个高潮，西昆体只能算诗歌的低谷，但从唐宋诗风转变过程来看，西昆体又是转变之关捩。这种情况使见识了唐代以及北宋诗歌盛况的南宋人在评价西昆体时，发出了不同的声音。有批判之者，如张元幹谓西昆体不属唐宋文统，魏了翁谓之为"去本益远"的文学之极致；有赞许之者，如朱熹谓西昆体尚为浑成，非如宋诗之"说出来"，冯去非谓西昆体洗去五代浮靡。这种复杂情况在刘克庄身上表现得尤为明显，刘克庄认为西昆体慕杜，故将之作为宋初诗格之首，已见其"宋调"的因子，但他又以西昆体过于雕琢，并且只学李商隐，复又批判之。南宋时期的其他人对西昆体的接受，有同于前人的看法，如认为西昆体诗人不善学古、偏离传统审美等。除此之外，南宋人的意见也颇有可观之处，如陆游将西昆诗人谲谏与宋真宗的不予深究视为君臣和谐的表现，又指出西昆体和江西诗皆有"无一字无来处"的特点；杜旃认为在五代颓波弥漫之时，西昆体面貌新奇，故而受到欢迎；周必大、袁说友、汪莘以西昆唱和为太平盛事，周必大又指出二宋变西昆体之藻丽为雅正；林希逸则对西昆体诗人的律诗创作成就给予了肯定。总的来讲，南宋人对西昆体的接受，较之北宋人，更显出多样化的特点，也越来越深入，尤其是对西昆体作为唐宋诗转换节点的定位，这一定位对认识唐宋诗史发展以及考察两代诗风区别的作用，颇可称道。

第 四 章

金元两代对西昆体的接受

方回论西昆体之语颇多，包括他对西昆体的诗学史定位、建立宋代西昆体诗史的努力、对西昆体的艺术评价等，是西昆体接受史上重要的一环，因其《瀛奎律髓》编于元代①，而他大部分论西昆体之语都在此书中，故本书将方回划归元代，并特辟一节论之。除方回以外，金元两朝的诗人常常沉潜于唐宋之争、苏黄之争，所以对西昆体的关注，较之宋代进一步下降，加以两代国祚短促，流传至今的西昆体接受材料寥寥无几，然其中新见，亦颇可留意。

第一节 金代对西昆体的接受

金代论及西昆体之人，主要有王若虚和李纯甫，二人论诗重诗意，故他们对西昆体皆持批判态度。

一 王若虚（附 刘从益）

王若虚②《滹南诗话》卷下云：

朱少章论江西诗律，以为"用昆体功夫而造老杜浑全之地"。

---

① 据田金霞《方回〈瀛奎律髓〉研究》，博士学位论文，浙江大学，2013 年。
② 王若虚（生卒年不详），字从之，号慵夫，藁城（今属河北）人。承安二年（1197）进士。官至直学士。有《慵夫集》《章宗实录》《宣宗实录》，均佚；有《滹南遗老集》传世。

予谓用昆体功夫，必不能造老杜之浑全，而至老杜之地者，亦无事乎昆体功夫，盖二者不能相兼耳。①

朱弁的说法前文已论之。王若虚没有说黄庭坚不受西昆体的影响，他所反对的，是用"昆体功夫"，不能达到杜甫的境界。"昆体功夫"的要义是用典，王若虚对黄诗重视用典甚为不满：

鲁直论诗，有"夺胎换骨"、"点铁成金"之喻，世以为名言。以予观之，特剽窃之黠者耳。鲁直好胜而耻其出于前人，故为此强辞，而私立名字。夫既已出于前人，纵复加工，要不足贵。虽然，物有自然之理，人有同然之见，语意之间，岂容全不见犯哉！盖昔之作者，初不校此，同者不以为嫌，异者不以为夸，随其所自得，而尽其所当然而已。至其妙处，不专在于是也。故皆不害为名家而各传后世。何必如鲁直之措意邪？②

王若虚一方面认为"夫既已出于前人，纵复加工，要不足贵"，一方面又说"语意之间，岂容全不见犯"，他不主张诗中之语全出于前人，又不否认在体物抒情时，今人之语有与古人相合处。揆度其意，盖谓诗之优劣，与其语之出于前人与否并无关系，"凡辞达理顺，无可瑕疵者，皆在所可取也。其余优劣，何足多较哉"③。其舅周昂论诗曰："文章以意为之主，字语为之役。主强而役弱，则无始不从。"④王若虚深许之，认为创作时对诗歌语言应"随其所自得，而尽其所当然"。他称赞白居易诗为"坦白平易，直以写自然之趣，合乎天造，厌乎人意"⑤，"合乎天造"与浑然天成意同，要需抒写自然之意耳。

---

① （金）王若虚：《滹南诗话》卷下，《六一诗话·白石诗说·滹南诗话》，第87页。
② （金）王若虚：《滹南诗话》卷下，《六一诗话·白石诗说·滹南诗话》，第86页。
③ （金）王若虚：《滹南诗话》卷下，《六一诗话·白石诗说·滹南诗话》，第93页。
④ （金）王若虚：《滹南诗话》卷上，《六一诗话·白石诗说·滹南诗话》，第52页。
⑤ （金）王若虚：《高思诚咏白堂记》，《滹南遗老集》卷43，《四部丛刊》本。

书写自然之趣,诗意所到,诗语从之,所用之语与古人同与不同,皆非关键。所谓"用昆体功夫,必不能造老杜之浑全",指专用"昆体功夫",不可达杜诗境界;所谓"无事乎昆体功夫",非指作诗一定要排除"昆体功夫",而是不在乎用不用"昆体功夫",要皆以意为主耳。其《文辨》云:"左、杜冠绝古今,可谓天下之至工而无以加之矣。黄、韩信美,曾何可及。"① 王若虚不否认黄庭坚诗"信美",但黄诗"铺张学问以为富,点化成腐以为新;而浑然天成,如肺肝中流出者,不足也"②,浑然天成即老杜之境界,"肝肺中流出者",即诗之意也。黄诗所不足者,正是王若虚重视之"意",无怪乎他对黄庭坚不满了。

王若虚《文辨》云:

> 旧说杨大年不爱老杜诗,谓之"村夫子语",而近见傅献简《嘉话》云:"晏相常言大年尤不喜韩、柳文,恐人之学,常横身以蔽之。"呜呼!为诗而不取老杜,为文而不取韩、柳,其识见可知矣。③

据现存资料,宋人对杨亿谓杜甫为村夫子一事,或不解,或从各个角度来分析此事非无道理④,而"颇好议论"的王若虚则直斥杨亿为"识见可知"。刘祁《归潜志》载其父刘丛益⑤之诗句云:"杨刘变体号西昆,窃笑登坛子美村。大抵俗儒无正眼,惟应后世有公言。"⑥谓杨亿为"俗儒",其严厉态度与王若虚近似。

《滹南诗话》卷中云:

---

① (金)王若虚:《滹南遗老集》卷35。
② (金)王若虚:《滹南诗话》卷中,《六一诗话·白石诗说·滹南诗话》,第72页。
③ (金)王若虚:《滹南遗老集》卷35。
④ 参见本书第三章《南宋对西昆体接受》第一节第五小节《对西昆体风格的概括》。
⑤ 刘丛益(1181—1224),字云卿,浑源人。大安元年(1209)进士。官至应奉翰林文字。有《蓬门先生集》,佚。
⑥ (金)刘祁:《归潜志》卷8,中华书局1983年标点本,第91页。

卢延让有"栗爆烧毡破，猫跳触鼎翻"之句，杨文公深爱；而或者疑之。予谓此语固无甚佳，然读之可以想见明窗温炉间闲坐之适。杨公所爱，盖其境趣也邪！①

后人以为杨亿欣赏卢延让诗，纯属误会②，王若虚曲为解说，亦非杨亿本意。好议论之人，往往喜下断语，与他斩截说杨亿"识见可知"，风格一也。

二　李纯甫

《中州集》乙部第二《刘汲小传》引李纯甫③为刘汲诗集所作序云：

人心不同如面，其心之声发而为言，言中理谓之文，文而有节谓之诗，然则诗者，文之变也，岂有定体哉？故《三百篇》，什无定章，章无定句，句无定字，字无定音，大小长短，险易轻重，惟意所适，虽役夫室妾悲愤感激之语，与圣贤相杂而无愧，亦各言其志也已矣，何后世议论之不公耶？齐梁以降，病以声律，类俳优然。沈宋而下，裁其句读，又俚俗之甚者，自谓灵均以来，此秘未睹，此可笑者一也。李义山喜用僻事、下奇字，晚唐人多效之，号西昆体，殊无典雅浑厚之气，反詈杜少陵为村夫子，此可笑者二也。黄鲁直天资峭拔，摆出翰墨畦径，以俗为雅，以故为新，不犯正位，如参禅着末后句为具眼，江西诸君子，翕然推重，别为一派，高者雕镌尖刻，下者模影剽窃，公言韩退之以文为诗，如教坊雷大使舞，又云学退之不至，即一白乐天耳，此可

---

① （金）王若虚：《滹南诗话》卷中，《六一诗话·白石诗说·滹南诗话》，第66页。
② 参见本书第二章《北宋中后期对西昆体的接受》第三节第三小节。
③ 李纯甫（1177—1223），字之纯，号屏山居士，弘州襄阳（今河北阳原）人，承安二年（1197）进士。官至京兆府判官。《金史》卷126传。

笑者三也。嗟乎！此说既行，天下宁复有诗邪？①

李纯甫所举可笑之三事，皆"后世议论之不公"，大抵谓于诗无甚解者公然嘲讽前贤。他所认为的第二可笑者，以为晚唐人学李商隐诗，形成西昆体，与文学史不符。但推测起来，大抵李纯甫以为西昆诗人所取法既不正，其诗"殊无典雅浑厚之气"，又"詈杜少陵为村夫子"，十分可笑。

宋人蔡居厚云："义山诗合处信有过人，若其用事深僻、语工而意不及，自是其短。世人反以为奇而效之，故昆体之弊，适重其失。义山本不至是云。"② 认为西昆体所学，是李商隐诗"用事深僻、语工而意不及"的短处。李纯甫此处则认为"喜用僻事、下奇字"是李商隐诗的整体特点，较之蔡语显得片面。李商隐诗已不受李纯甫待见，西昆体又效其用事下字，与李纯甫所主张的诗文无定体、"各言其志"适相背反。说西昆体不浑厚，已是老生常谈，李纯甫此处又说西昆体不典雅，则是前人所未发。在他看来，李商隐之用僻事奇字，与传统之典雅已不相符，而西昆体又从而效之，盖愈流愈下。李纯甫谓西昆体"殊无典雅浑厚之气"，未尝不有将李商隐连坐之意。他以"詈杜少陵为村夫子"为可笑，则与上文王若虚之态度相似。

第二节　方回对西昆体的接受③

宋亡之后，宋代诗学亟须得到一次整体的梳理和总结，处在宋元之交的方回，以他不凡的诗学修养和诗史见识，担当起了这一重任。他的《瀛奎律髓》选取了大量的唐宋律诗，并附以诗评表达他的诗学理论，同时在其文集中还有大量诗序等文章，这些材料初步勾勒出宋

---

① （金）元好问编：《中州集》乙部第二，中华书局1962年标点本，第77—78页。
② （宋）蔡居厚：《蔡宽夫诗话》，《宋诗话辑佚》卷下，第399—400页。
③ 本节曾以《论方回对西昆体的评价》（署名段莉萍、张龙高）为题发表于《中国诗学》第20辑，略有改动。张伯伟、蒋寅主编：《中国诗学》第20辑，人民文学出版社2016年版。

代的诗学史概况。西昆体作为宋代诗学不可忽视的一部分，也因此得到了较为全面系统的评价与梳理。

一　方回对西昆体的评价概况

（一）《瀛奎律髓》所收西昆体诗作

方回所认为的西昆体诗人，除作品收录在《西昆酬唱集》中的诗人外，还包括宋庠、宋祁、晏殊、胡宿、李虚己、陆佃等。通过对李庆甲先生集评校点的《瀛奎律髓汇评》进行统计，《瀛奎律髓》选这些西昆体诗人作品一共九十二首。其中宋祁最多，三十六首；杨亿、钱惟演次之，各十三首；然后是刘筠，九首。

《瀛奎律髓》选诗共两千九百九十二首，西昆体诗人诗九十二首，虽所占总体比例低，但是相比白体之七首、晚唐体之八十四首，宋初三体中西昆体入选诗歌数量最多，其中宋祁三十六首，在宋代诗人中名列第十，数量在黄庭坚（三十五首）之上。[①]

《瀛奎律髓》选杨亿诗十三首、钱惟演诗十三首、刘筠诗九首，其中各自分别有十首、十二首、七首见于《西昆酬唱集》，而刁衎、李宗谔、舒雅每人一首诗，皆出自《西昆酬唱集》。说明方回在选西昆体诗人作品时，对《西昆酬唱集》有所参考，而且从杨、钱、刘三人诗选录的情况来看，《西昆酬唱集》中诗所占比例还很高。

《瀛奎律髓》所列类别中，西昆体诗人作品所占比例最高的是"侠少"类，占四分之一弱（4/17），第二是咏史类，占五分之一强（23/110），第三是风怀类，占六分之一（6/36），第四、第五位依次是宦情类占七分之一强（11/81）、寄赠类占七分之一弱（12/96）。

因为唐宋律诗中写侠少题材的少，西昆体诗人用律诗写此类题材，并且能够达到较高的艺术水平，所以方回才许之，选入《瀛奎律髓》，这是西昆体诗人对这类题材所作的贡献。至于咏史一类，西昆体诗人

───────
[①] 数据参考莫砺锋《从〈瀛奎律髓〉看方回的宋诗观》，《唐宋诗歌论集》，凤凰出版社2007年版，第508—524页。

所占比例之高最值得注意。"以他们皆渥蒙君恩，高居要津，自不能不思有以报君国苍生者……诸人既耿直而处危疑之地，又不能逢君之恶，其欲有所谏言乃为必然，欲闻之者足以戒，则又舍诗教不为功，因而他们想在诗中表达其对国事的忧心，自然不可避免的在编修《历代君臣事迹》时要特地借题发挥，期能完成其致君尧舜之心志。"①《西昆酬唱集》中咏史诗共七题二十八首，《瀛奎律髓》即选十七首（宋祁六首不在《西昆酬唱集》内），在唐宋咏史佳作众多的背景下，方回对西昆诗人之咏史诗，不可谓不重视。

（二）大量与西昆体有关之诗学材料

"所选，诗格也；所注，诗话也。学者求之，髓由是可得也。"②方回选诗时看重对诗之品评，以期用选评结合的方法弘扬江西诗学，所以《瀛奎律髓》中有大量评诗之语，另外方回别集中有不少诗文体现他的诗学思想。翻检《瀛奎律髓》和《桐江集》《桐江续集》，可以找出与西昆体有关的材料六十余条，而根据《宋诗话全编》统计，整个宋代所留下的与西昆体相关的、包括西昆体诗人本身留下的体现他们诗学观念的材料，剔除重复，所得才三百条左右，也即在跟西昆体有关的诗学问题上，方回一人的论述，相当于整个宋代的论述的五分之一，所以他在西昆体接受史上的地位非同一般。

方回所留下的这六十余条材料，有的从诗史角度论述西昆体在宋诗史上的地位，有的叙述西昆体本身的渊源和发展。另外由于《瀛奎律髓》选录了近百首西昆诗人的作品，方回对这些作品的评论，常聚焦于具体的诗艺层面，而且颇细致入微，这充分反映了方回对西昆体的关注，是西昆体接受史非常重要的一部分。

二　方回对西昆体的诗学史定位

（一）"宋初三体"

现在学界普遍接受的"宋初三体"之说，肇端于方回。方回《送

---

① 周益忠：《西昆研究论集》，第 70 页。
② （元）方回选评：《瀛奎律髓汇评》原序。

罗寿可诗序》中有言：

> 诗学晚唐，不自"四灵"始。宋划五代旧习，诗有"白体"、"昆体"、"晚唐体"。"白体"如李文正、徐常侍昆仲、王元之、王汉谋。"昆体"则有杨、刘《西昆集》传世，二宋、张乖崖、钱僖公、丁崖州皆是。"晚唐体"则"九僧"最逼真，寇莱公、鲁三交、林和靖、魏仲先父子、潘逍遥、赵清献之父（祖）。凡数十家，深涵茂育，气极势盛。①

《瀛奎律髓》卷一评晁端友《甘露寺》时也说：

> 殊不知宋诗有数体：有九僧体，即晚唐体也；有香山体者，学白乐天；有"西昆体"者，祖李义山。②

方回自己并未提出"三体"的概念，他对三体的概括，也只是他对整个宋诗史概括的一部分。方回这两段对宋诗史的概括当中，称之为"体"的，只有"白体""晚唐体"和"西昆体"（有时直接称"昆体"），不过这几个词都不是他的发明③，方回所做的，只是将宋初的诗坛情况归纳为这几种诗体，随着他诗学观念的流传，方回的这种归纳也为人所接受，而渐渐被人简称为"宋初三体"。

从现存材料看，在方回以前，尚无人对宋初诗史作如此具有概括力的阐述。如《蔡宽夫诗话》云："国初沿袭五代之余，士大夫皆宗白乐天诗，故王黄州主盟一时。祥符、天禧之间，杨文公、刘中山、钱思公专喜李义山，故'昆体'之作，翕然一变。"④晁说之《成州同谷县杜工部祠堂记》云："而在本朝，王元之学白公，杨大年矫之，

---

① （元）方回：《桐江续集》卷23。
② （元）方回选评：《瀛奎律髓汇评》卷1，第18页。
③ 参见张海鸥《北宋诗学》，河南大学出版社2007年版，第2—3、19—31、39—41页。
④ （宋）蔡居厚：《蔡宽夫诗话》，《宋诗话辑佚》卷下，第398页。

专尚李义山,欧阳公又矫杨而归韩门,而梅圣俞则法韦苏州者也。"①二人认为宋初只有白体和西昆体。刘克庄《江西诗派总序·黄山谷》云:"国初诗人如潘阆、魏野,规规晚唐格调,寸步不敢走作。杨、刘则又专为昆体,故优人有掊扯义山之谑。"② 又认为只有晚唐体和西昆体。严羽《沧浪诗话·诗辩》云:"国初之诗尚沿袭唐人:王黄州学白乐天,杨文公、刘中山学李商隐,盛文肃学韦苏州,欧阳公学韩退之古诗,梅圣俞学唐人平淡处。"③ 近于蔡、晁二人所论,多出学韦应物者。皆不如方回所论为得要领。方回为人作诗序颇多,序中常纵论宋代诗史,在《瀛奎律髓》评语中,亦有略论宋代诗史之语。他的目的固然在推尊江西诗派"一祖三宗",但这也反映出方回对于宋代诗史之熟稔。基于此,他对于"宋初三体"的归纳,具有较强的合理性,才为后人所普遍接受。而这一简明扼要的归纳,使后人对宋初诗史更易把握,其中自然包括后人对西昆体的把握。所以方回的这一阐述,在西昆体接受史上,当有不小影响。清初黄宗羲《姜山启彭山诗稿序》即云:"天下皆知宗唐诗,余以为善学唐者唯宋。顾唐诗之体不一:白体、昆体、晚唐体。"④

(二) 确定西昆体在宋诗史上的地位

方回在《恢大山西山小稿序》中说:

> 五言律、七言律及绝句,自唐始盛。唐人杜子美、李太白兼五体,造其极。王维、岑参、贾至、高适、李泌、孟浩然、韦应物,以至韩、柳、郊、岛、杜牧之、张文昌,皆老杜之派也。宋苏、梅、欧、苏、王介甫、黄、陈、晁、张、僧道潜、觉范,以至南渡吕居仁、陈去非。而乾、淳诸人,朱文公诗第一。尤、萧、杨、陆、范,亦老杜之派也。是派至韩南涧父子、赵章泉而止。

---

① 曾枣庄、刘琳主编:《全宋文》卷2816,第130册,第279页。
② (宋) 刘克庄:《江西诗派总序·黄庭坚》,《刘克庄集笺校》卷95,第4023页。
③ (宋) 严羽著,郭绍虞校释:《沧浪诗话校释》,第26页。
④ (清) 黄宗羲:《黄梨洲文集》,中华书局2009年标点本,第351页。

别有一派曰"昆体",始于李义山,至杨、刘,及陆佃绝矣。炎祚将讫,天丧斯文,嘉定中忽有祖许浑、姚合为派者,五、七言古体并不能为,不读书亦作诗,曰学"四灵"、"江湖"晚生皆是也。呜呼,痛哉!①

方回以"老杜之派"为唐宋诗史正脉,以西昆体为"别有一派",而将"嘉定中忽有祖许浑、姚合为派者"视为"炎祚将讫,天丧斯文"之表现。西昆体虽不为方回所推举,但是他也并不忽视或一笔抹杀。方回这里承认西昆体在宋诗史上"别是一派",是他回顾整个宋代诗学史后得出的较为客观的结论。

在方回的具体论述中,常将李商隐、西昆体(派)、九僧、许浑等人并提:"陈子昂、沈佺期、宋之问律体沿而下之,丽之极莫如玉溪,以至'西昆';工之极莫如唐季,以至'九僧'。"②"予独悲夫近日之诗,组丽浮华祖李玉溪,偶比浅近尚许鄞州,诗果如是而已乎?"③然则在方回眼里,无论是西昆体还是"祖许浑、姚合为派者",皆非诗道之正宗。但方回不以西昆为"炎祚将讫,天丧斯文",盖因为西昆体虽有"饾饤刻画""雕篆太甚"的不足,又与晚唐体同有对偶太工而少诗味的缺点,然"此'昆体'诗一变,亦足以革当时风花雪月小巧呻吟之病"④,西昆体廓清宋初诗坛上纤细巧薄之风,这是西昆派诗人对宋诗作出的贡献,而且,尽管梅、欧、苏开启宋诗面目,是对西昆体的反拨,但西昆诗人博学、重视"用事"的特点,却在宋调尤其是江西诗派中得到了继承。本书第三章已论及黄庭坚诗与西昆体之间的联系,方回也认为"山谷之奇,有昆体之变,而不袭其组织"⑤。方回倡一祖三宗之说,推崇宋调的代表——江西诗派,虽然他

---

① (元)方回:《桐江续集》卷33。
② (元)方回:《读张功父南湖集并序》,《桐江续集》卷8。
③ (元)方回:《跋冯庸居诗》,《桐江集》卷4,《宛委别藏》本。
④ (元)方回选评:《瀛奎律髓汇评》卷3评钱惟演《始皇》,第134页。
⑤ (元)方回选评:《瀛奎律髓汇评》卷21评黄庭坚《咏雪奉呈广平公》,第886页。

谓西昆为"龙虫之歌咏"①，但在适度批判西昆体缺点的同时，又给予西昆体较为特殊的诗史地位。《四库全书总目》卷一百八十八《瀛奎律髓》提要谓方回"大旨排西昆而主江西，倡为'一祖三宗'之说"②，这样的论述并不准确。方回"主江西"固然不错，但他对西昆体也有所吸取，这无论是在《瀛奎律髓》对西昆体作品的选录情况还是在方回对西昆体的具体评价中，都有所表现。

三 初步建立宋代西昆体诗史

上引方回《恢大山西山小稿序》中有云："别有一派曰'昆体'，始于李义山，至杨、刘，及陆佃绝矣。"这是方回对宋代西昆体诗史的概括。"始于李义山"，并不是方回将李商隐亦归入西昆体，而是说李商隐乃是西昆体诗人取法之源。"有'西昆体'者，祖李义山"③，"义山之诗，入宋流为'昆体'"④，"丽之极莫如玉溪，以至'西昆'"⑤，说明方回并不以李商隐和西昆体为一回事。方回在这里给出了宋代西昆体发展的首尾，即：杨亿、刘筠等人学习李商隐，为西昆体之始，而陆游之祖父陆佃，则是宋代最后一位西昆体诗人。

（一）西昆体的源头

关于"西昆体"名称之来源，方回说得很清楚：

> 杨文公亿集为《西昆酬唱集》，故谓之"昆体"云。⑥

杨亿、刘筠、钱惟演对于西昆体的首倡之功，方回也交代得明白：

---

① （元）方回：《虚谷桐江续集序》，《桐江续集》卷32。
② 魏小虎编撰：《四库全书总目汇订》卷188，第6370页。
③ （元）方回选评：《瀛奎律髓汇评》卷1评晁端友《甘露寺》，第18页。
④ （元）方回选评：《瀛奎律髓汇评》卷20评李商隐《十一月中旬至扶风见梅花》，第753页。
⑤ （元）方回：《读张功父南湖集并序》，《桐江续集》卷8。
⑥ （元）方回选评：《瀛奎律髓汇评》卷27评宋庠、宋祁《落花》，第1186页。

组织华丽,盖一变晚唐诗体、香山诗体,而效李义山,自杨文公、刘子仪始。①

惟演有《拥旄集》行于世,亦首作"昆体"之一人,即钱思公也。②

杨文公亿,字大年。首与刘筠变国初诗格。学李义山,集为《西昆酬唱集》。③

中山刘子仪,首变诗格为"昆体"者。④

宋代欧阳修、蔡居厚、刘克庄等,对杨、刘、钱诸人提倡昆体变革诗风的情况均有论及:

杨大年与钱、刘数公唱和。自《西昆集》出,时人争效之,诗体一变……盖其雄文博学,笔力有余,故无施而不可。非如前世号诗人者,区区于风云草木之类,为许洞所困者也。(欧阳修《六一诗话》)⑤

国初沿袭五代之余,士大夫皆宗白乐天诗,故王黄州主盟一时。祥符、天禧之间,杨文公、刘中山、钱思公专喜李义山,故"昆体"之作,翕然一变。(蔡居厚《蔡宽夫诗话》)⑥

余按首变诗格者,文公也。自欧阳公诸老,皆谓"昆体"自杨、刘始。(刘克庄《后村诗话》)⑦

欧阳修虽未明确指出西昆体变革诗风是针对晚唐体,但是"为许

---

① (元)方回选评:《瀛奎律髓汇评》卷3评杨亿《南朝》,第124页。
② (元)方回选评:《瀛奎律髓汇评》卷3评钱惟演《南朝》,第125页。
③ (元)方回选评:《瀛奎律髓汇评》卷27评杨亿《梨》,第1185页。
④ (元)方回选评:《瀛奎律髓汇评》卷34评刘筠《淮水暴涨舟中有作》,第1409页。
⑤ (宋)欧阳修等:《六一诗话·白石诗说·滹南诗话》,第13页。
⑥ 郭绍虞辑:《宋诗话辑佚》卷下,第398页。
⑦ (宋)刘克庄:《后村诗话》后集卷1,第57页。

洞所困者",则指晚唐体之代表诗人"九僧"①。杨、刘之诗,优于晚唐体诗作,所以欧阳修之意,是后出的西昆体诗,对当时诗坛上纤细巧薄的晚唐体诗风有变革之作用。蔡居厚所论,与欧阳修不同,他认为昆体变革的是白体诗风。刘克庄未言西昆体所变为何人之诗格。方回立足于他对宋代诗史的整体认识之上,直接指出西昆体革除了白体和晚唐体两种诗风:

> 组织华丽,盖一变晚唐诗体、香山诗体,而效李义山,自杨文公、刘子仪始。②
> 宋初诗人惟学"白体"及晚唐。杨大年一变而学李义山,谓之"昆体",有《西昆倡酬集》行于世。③
> 此"昆体"诗一变,亦足以革当时风花雪月小巧呻吟之病,非才高学博,未易到此。④

结合前两条材料,可知第三条材料里"风花雪月小巧呻吟之病",是指当时宋初白体和晚唐体之诗风。西昆诗人"大率效李义山之为丰富藻丽,不作枯瘠语"⑤,正宜扫之。

(二) 西昆体的盛况

除杨、刘、钱之外,方回还指出了当时及其后的西昆体诗人:

---

① 《六一诗话》载:"国朝浮图以诗名于世者九人,故时有集号《九僧诗》,今不复传矣……当时有进士许洞者,善为辞章,俊逸之士也。因会诸诗僧分题,出一纸,约曰:'不得犯此一字。'其字乃'山'、'水'、'风'、'云'、'竹'、'石'、'花'、'草'、'雪'、'霜'、'星'、'月'、'禽'、'鸟'之类,于是诸僧皆阁笔。"(宋)欧阳修:《六一诗话》,《六一诗话·白石诗说·滹南诗话》,第8页。
② (元)方回选评:《瀛奎律髓汇评》卷3评杨亿《南朝》,第124页。
③ (元)方回选评:《瀛奎律髓汇评》卷22评梅尧臣《和永叔中秋月夜会不见月酬王舍人》,第925页。
④ (元)方回选评:《瀛奎律髓汇评》卷3评钱惟演《始皇》,第134页。
⑤ (宋)阮阅编:《诗话总龟》后集卷11,人民文学出版社1987年标点本,第66页。

"昆体"则有杨、刘《西昆集》传世,二宋、张乖崖、钱僖公、丁崖州皆是。①

杨文公亿,字大年。首与刘筠变国初诗格。学李义山,集为《西昆酬唱集》。虽张乖崖,亦学其体。二宋尤于此体深入者。②

西昆体方盛之际,有宋庠、宋祁、张咏、丁谓,这是方回明确指出的几位西昆体诗人。另外还有受西昆体影响的晏殊、李虚己二人。方回评晏殊《春阴》诗"亦'昆体'"③,又评《赋得秋雨》诗:"此亦'昆体',盖当时相尚如此。"④评李虚己《建茶呈使君学士》:"八句佳,三、四'昆体'也。"⑤又评其《次韵和内翰杨大年见寄》:"三、四颂杨文公所作如'探珠'、'织锦'。五、六言翰苑景物。又谓梦中亲炙,承神仙丹点化之力,酷有'昆体'。"⑥《瀛奎律髓》选晏殊诗共三首,而其中两首为"昆体",选李虚己诗亦三首,两首中诗句为"昆体",所以方回当也视此二人为西昆诗人。

另外《瀛奎律髓》选了一首胡宿的《公子》,此诗紧接在杨亿、刘筠、钱惟演三首《公子》之后,且在用事、对偶方面,皆如西昆体,唯诗风健劲,所以方回评云:"胡武平笔端高爽,似陆农师。"⑦陆农师即陆佃,方回谓西昆体"及陆佃绝矣",陆佃是宋代西昆体后期诗人,则方回亦当认为"似陆农师"的胡宿是西昆体诗人。

参与西昆唱酬的诗人中,除杨、刘、钱、丁外,《瀛奎律髓》还选了刁衎《汉武》、李宗谔《南朝》、舒雅《答内翰学士》,此三诗皆出自《西昆酬唱集》。刁、李、舒三人是西昆体诗人自不必说,方回却没有在《送罗寿可诗序》中将之列出来,究其原因,大概因为方回

---

① (元)方回:《桐江续集》卷23《送罗寿可诗序》。
② (元)方回选评:《瀛奎律髓汇评》卷27评杨亿《梨》,第1185页。
③ (元)方回选评:《瀛奎律髓汇评》卷10,第367页。
④ (元)方回选评:《瀛奎律髓汇评》卷17,第692页。
⑤ (元)方回选评:《瀛奎律髓汇评》卷18,第717页。
⑥ (元)方回选评:《瀛奎律髓汇评》卷42,第1511页。
⑦ (元)方回选评:《瀛奎律髓汇评》卷47,第1618页。

所列，不管是白体、晚唐体还是西昆体，都选三四代表性诗人以及其中声誉盛隆者，举以为代表，其他略去，所以不提三人。

由此，方回所认为的西昆体繁盛时期之诗人，当包括《西昆酬唱集》中的所有诗人，外加二宋、张咏、晏殊、李虚己、胡宿等。西昆体之势，可谓彬彬盛矣，无怪乎"由是唐贤诸诗集几废而不行"①。

(三) 西昆体的衰落

方回对于西昆体之衰落，着眼点主要在艺术方面：

> 此"昆体"诗一变，亦足以革当时风花雪月小巧呻吟之病，非才高学博，未易到此。久而雕篆太甚，则又有能言之士变为别体，以平淡胜深刻。②

西昆体变革白体、晚唐体诗风，但弊病日生，宋代诗人又变革之。在这一过程中，宋人较突出欧阳修之作用，此论以晁说之发之最早，后来的叶梦得、张元幹等人皆同：

> 而在本朝，王元之学白公，杨大年矫之，专尚李义山，欧阳公又矫杨而归韩门，而梅圣俞则法韦苏州者也。(晁说之《成州同谷县杜工部祠堂记》)③
>
> 欧阳文忠公诗始矫昆体，专以气格为主，故其言多平易疏畅，律诗意所到处，虽语有不伦，亦不复问。(叶梦得《石林诗话》)④
>
> 国初儒宗杨、刘数公，沿袭五代衰陋，号"西昆体"，未能超诣。庐陵欧阳文忠公初得退之诗文于汉东弊箧故书中，爱其言辨意深，已而官于洛，乃与尹师鲁讲习，文风丕变，寖近古矣。

---

① (宋) 欧阳修：《六一诗话》，《六一诗话·白石诗说·滹南诗话》，第8页。
② (元) 方回选评：《瀛奎律髓汇评》卷3评钱惟演《始皇》，第134页。
③ 曾枣庄、刘琳主编：《全宋文》卷2816，第130册，第279页。
④ (宋) 叶梦得撰，逯铭昕校注：《石林诗话校注》卷上，第20页。

第四章　金元两代对西昆体的接受　/　199

(张元幹《亦乐居士集序》)①

又有将苏舜钦、梅尧臣与欧阳修并提为首变西昆体者，如刘克庄有以下论述：

> 杨、刘则又专为"昆体"，故优人有挦扯义山之谑。苏、梅二子稍变以平淡豪俊，而和之者尚寡。至六一、坡公，巍然为大家数，学者宗焉。②
> 余尝评本朝诗，昆体过于雕琢，去情性寖远。至欧、梅始以开拓变拘狭、平淡易纤巧。③

综观宋人论诗之语，皆以欧阳修为变革西昆体诗风之主将，偶及梅尧臣，而方回有所不同，他更突出梅尧臣之作用。除上引"则又有能言之士变为别体，以平淡胜深刻"显指梅尧臣外，方回还有如下之论：

> 圣俞诗一扫"昆体"，与盛唐杜审言、王维、岑参诸人合。④
> 变"西昆体"诗为盛唐诗，自梅都官圣俞始。当是时，变五代文体者，欧阳公也，故世称欧、梅。⑤

又有欧、梅并提处：

> 盖一变晚唐诗体、香山诗体，而效李义山，自杨文公、刘子仪始。欧、梅既作，寻又一变。然欧公亦不非之，而服其工。⑥

---

① (宋) 张元幹：《芦川归来集》卷9，第155—156页。
② (宋) 刘克庄：《江西诗派总序·黄庭坚》，《刘克庄集笺校》卷95，第4023页。
③ (宋) 刘克庄：《跋刁通判诗卷》，《刘克庄集笺校》卷110，第4559页。
④ (元) 方回选评：《瀛奎律髓汇评》卷4评梅尧臣《送任适尉乌程》，第170页。
⑤ (元) 方回：《送倪耕道之官历阳序》，《桐江续集》卷33。
⑥ (元) 方回选评：《瀛奎律髓汇评》卷3评杨亿《南朝》，第124页。

细味欧阳公诗,初与梅圣俞同官于洛,所作已超元、白之上,一扫"昆体"。①

杨、刘昆体变,谁实擅元功?万古推梅老,三辰仰醉翁。②

聚奎以来,"昆体"盛行,而欧、梅革之。③

方回对宋代西昆体诗史的论述,主要着眼于诗艺方面。他之所以看重梅尧臣的变昆之功,原因有三。其一,方回最推崇之唐宋近体诗人有六:"大概律诗当专师老杜、黄、陈、简斋,稍宽则梅圣俞,又宽则张文潜,此皆诗之正派也。"④ 甚至认为梅尧臣之诗为宋第一:"梅公之诗为宋第一,欧公之文为宋第一,诗不减梅。"⑤ "若论宋人诗,除陈、黄绝高,以格律独鸣外,须还梅老五言律第一可也。"⑥ 欧阳修与梅尧臣,方回更欣赏后者。其二,方回认为梅尧臣"淡泊中有醲醇味"⑦、"圣俞平淡有味"⑧,这与黄庭坚"平淡而山高水深"之审美理想相近,方回推崇"江西诗派",而梅尧臣诗风与之江西诗论有暗合处。其三,方回认为"当是时,变五代文体者,欧阳公也",欧阳修改革文风,主要在散文方面,诗风的变革则主要得梅尧臣之力。所以方回突出了梅尧臣变革西昆体、开创宋代新诗风之作用。

(四)西昆体的余波

尽管方回用了"一扫"来形容梅、欧对西昆体的变革,但西昆体余波尚在,方回自己就说"及陆佃绝矣",说明西昆体诗风在梅、欧之后并未斩绝,一直延续到陆佃。《瀛奎律髓》选陆佃诗二首,其

---

① (元)方回选评:《瀛奎律髓汇评》卷24 评欧阳修《送王平甫下第》,第1079页。
② (元)方回:《诗思十首》其七,《桐江续集》卷28。
③ (元)方回:《孟衡湖诗集序》,《桐江续集》卷31。
④ (元)方回:《送俞唯道序》,《桐江续集》卷1。
⑤ (元)方回选评:《瀛奎律髓汇评》卷22 评梅尧臣《和永叔中秋月夜会不见月酬王舍人》,第925页。
⑥ (元)方回选评:《瀛奎律髓汇评》卷23 评梅尧臣《闲居》,第970页。
⑦ (元)方回选评:《瀛奎律髓汇评》卷16 评梅尧臣《春社》,第588页。
⑧ (元)方回选评:《瀛奎律髓汇评》卷23 评梅尧臣《闲居》,第970页。

《赠别吴兴太守中父学士》曰：

> 蓬山仙子任天真，乞领南麾奏疏频。金锁阙边辞黻座，水晶宫里约朱轮。公庭事简烦丞掾，斋阁诗多泣鬼神。莫为行春恋苕霅，銮坡挥笔待词臣。①

这首诗无论是用事、对偶还是辞藻，都确有"昆调"。《四库全书总目》卷一百五十四《陶山集》提要认为方回说"胡武平笔端高爽，似陆农师"，是因为"大抵（陆佃）与宿并以七言近体见长，故回云然"②，实为不得要领之说。西昆体诗，用事对偶，也不妨"高爽"，前引胡宿诗便是一例，而此诗亦可当"高爽"二字。

四　方回对西昆体的艺术评价

方回对西昆体的诗史定位和对宋代西昆体诗史的勾勒，乃着眼于宏观，当他深入西昆体诗歌进行赏鉴时，又对西昆体有不少具体而微的诗艺分析：

> 宋初诗人惟学"白体"及晚唐。杨大年一变而学李义山，谓之"昆体"，有《西昆倡酬集》行于世。其组织故事有绝佳者，有形完而味浅者，尚以流丽对偶，岂肯如此淡净委蛇，而无一语不近人情耶？③

方回将西昆体诗作的特点归纳为三：用事、丽藻、对偶。缺点有一：味浅。下面从这四个方面来论述方回对西昆体诗作艺术上的评价。

---

① （元）方回选评：《瀛奎律髓汇评》卷42，第1509—1510页。
② 魏小虎编撰：《四库全书总目汇订》卷154，第4973页。
③ （元）方回选评：《瀛奎律髓汇评》卷22评梅尧臣《和永叔中秋月夜会不见月酬王舍人》，第925页。

(一) 用事

方回不反对用事,而且认为用事是作诗的一个重要艺术手段。"山谷最善用事。"① "晚唐诗讳用事,然前辈善作诗者必善于用事。"② "此但为善用事,亦诗法当尔。"③ "谁谓为诗不当用事乎?用事而不为事所用,可也。"④ 西昆体一大特色便是用事:

> 凡"昆体",必于一物之上,入故事、人名、年代,及金、玉、锦、绣等以实之。⑤

方回甚至将用事作为判定诗作是否为西昆体的一个标准,他评晁补之《次韵李秬梅花》云:"五、六似近昆体,以用事故也。"⑥ 善于用事与学问渊博大有关系,方回对诗人的学问颇为看重。他评范成大《耳鸣》曰:"前篇有云:'梦中鼓响生千偈,觉后春声失百非。'又云:'寄语爵阴吞贼道,玉床安稳坐朱衣。'皆奇博已甚。谓能诗者不必读书、不在用事,可乎?"⑦ 又评曾几《次韵王元勃问予齿脱》:"此当与陈简斋《目疾》、范石湖《耳鸣》诗参综以观,格律相似,善用事亦相似,但贮胸无奇书,落笔无活法,则不能耳。谁谓'江西'诗可轻视乎?"⑧ 方回在评价西昆体作品时,肯定了西昆作家的博学,称其对宋初诗风的变革,"非才高学博,未易到此"⑨,这与欧阳修认为杨、刘"雄文博学,笔力有余"相似,因此方回认为西昆体诗中有善于用事者:

---

① (元) 方回选评:《瀛奎律髓汇评》卷27评黄庭坚《和师厚接花》,第1166页。
② (元) 方回选评:《瀛奎律髓汇评》卷42评陈师道《赠田从先》,第1529页。
③ (元) 方回选评:《瀛奎律髓汇评》卷16评王珪《依韵恭和圣制上元观灯》,第617页。
④ (元) 方回选评:《瀛奎律髓汇评》卷3评皇甫冉《馆陶李丞旧居》,第103页。
⑤ (元) 方回选评:《瀛奎律髓汇评》卷18评李虚己《建茶呈使君学士》,第717页。
⑥ (元) 方回选评:《瀛奎律髓汇评》卷20,第801页。
⑦ (元) 方回选评:《瀛奎律髓汇评》卷44,第1598页。
⑧ (元) 方回选评:《瀛奎律髓汇评》卷44,第1597页。
⑨ (元) 方回选评:《瀛奎律髓汇评》卷3评钱惟演《始皇》,第134页。

"列子"、"神谌"、"颍谷"、"时门"，四事切，善造语。①

"昆体"，善于用事。"两崖不辨牛马"，与"谷量牛马"，融化作《腊后晚望》诗，精密之至。②

这种肯定也体现在方回对西昆作家的学习对象，即李商隐诗作的评价中：

五、六善用事。"玉垒"、"金刀"之偶尤工。③
三、四善用事。义山体喜如此。④

然而同样是对西昆体、李商隐诗作"用事"的评价，方回又时予以否定之词：

"昆体"诗所以用事务为雕簇者，此也。⑤
此"昆体"诗一变……久而雕篆太甚，则又有能言之士变为别体。⑥
子固诗一扫"昆体"，所谓饾饤刻画咸无之。⑦
亦焉用玉溪，纂组失天趣。⑧

所谓"纂组"，与"组织故事"意同。西昆体用事之弊，在李商隐的作品中早已有之。"山谷之奇，有昆体之变，而不袭其组织。"⑨

---

① （元）方回选评：《瀛奎律髓汇评》卷3评宋祁《官下》，第136页。
② （元）方回选评：《瀛奎律髓汇评》卷15评宋祁《腊后晚望》，第545页。
③ （元）方回选评：《瀛奎律髓汇评》卷3评李商隐《武侯庙古柏》，第84页。
④ （元）方回选评：《瀛奎律髓汇评》卷48评李商隐《郑州献从叔舍人》，第1792页。
⑤ （元）方回选评：《瀛奎律髓汇评》卷3评刘筠《南朝》，第125页。
⑥ （元）方回选评：《瀛奎律髓汇评》卷3评钱惟演《始皇》，第134页。
⑦ （元）方回选评：《瀛奎律髓汇评》卷16评曾巩《上元》，第620页。
⑧ （元）方回：《秋晚杂书三十首》第二十，《桐江续集》卷2。
⑨ （元）方回选评：《瀛奎律髓汇评》卷21评黄庭坚《咏雪奉呈广平公》，第886页。

在方回看来，西昆体的"组织"大有问题。过犹不及，西昆体以富赡华艳诗风一扫宋初诗坛纤细巧薄气氛的同时，自身又陷入"雕篆太甚""饾饤刻画"的泥淖，这与方回的观点背道而驰。《瀛奎律髓》的评语中有以下内容：

> 五、六用事妙，不觉其为用事也。①
>
> 刘潜夫初亦学"四灵"，后乃少变，务为放翁体，用近人事，组织太巧，亦伤太冗。②
>
> 予友陈杰寿夫尝谓此诗用事奇妙，意至而词严，不为事所束缚，诗之第一格也。③
>
> 岂可全不用事？善用事者不冗。④

在方回看来，对于西昆体的弊病而言，作诗要"不觉其为用事也"，主要包括"不冗""不为事所束缚"，即用事不要"饾饤刻画"，也不要"雕篆太甚"，用事而能自然，不伤诗作之"天趣"，乃可谓"善用事"。所谓"天趣"，即是"自然"：

> 人言太白豪，其诗丽以富。乐府信皆尔，一扫梁隋腐。余编细读之，要自有朴处。最于赠答篇，肺腑露情愫。何至昌谷生，一一雕丽句。亦焉用玉溪，篆组失天趣。沈宋非不工，子建独高步。画肉不画骨，乃以帝闲故。⑤

"帝闲"，意为皇帝之马厩。"画肉不画骨，乃以帝闲故"，意谓将

---

① （元）方回选评：《瀛奎律髓汇评》卷15评梅尧臣《吴正仲见访回日暮必未晚膳因以解嘲》，第544页。
② （元）方回选评：《瀛奎律髓汇评》卷20评翁卷《道上人房老梅》，第771页。
③ （元）方回选评：《瀛奎律髓汇评》卷43评陈师道《送王元均贬衡州兼寄元龙二首》，第1566页。
④ （元）方回选评：《瀛奎律髓汇评》卷47评罗隐《封禅寺居》，第1687页。
⑤ （元）方回：《秋晚杂书三十首》第二十，《桐江续集》卷2。

马置于马厩之中,伤却马自然之性,自不能画出马之神骏。所以"纂组失天趣",就是用事太过,有伤自然。

(二) 对偶

周益忠先生云:"形式美的要求,即在咏史诗的表现上,变成西昆体诗人在用典之外,所更重视的,而属对精切在七律上的地位更可想而见。"① 非止七律咏史诗,西昆体诗人在其他诗体和题材诗中对于对偶也非常重视。《杨文公谈苑》列举了钱惟演"丽语"二十七联、刘筠"丽语"四十八联②,曾枣庄先生又略举《西昆酬唱集》中杨亿的警句名联十三联③,这些诗句都是西昆体讲究对偶的证明。"李商隐诗以对仗精工见长,西昆体诗人在这方面确实是下了很大功夫的。"④ 方回对于西昆体及李商隐诗中之对偶,有所评说:

"尧时韭"、"禹日粮"之对工矣。诗忌太工,工而无味,如近人四六及小学答对,则不可兼。必拘此式,又为"昆体"。⑤

五、六善用事。"玉垒"、"金刀"之偶尤工。⑥

"六军"、"七夕"、"驻马"、"牵牛",巧甚,善能斗凑,"昆体"也。⑦

诗贵一轻一重对说,一曲《梁州》,为乐几何?万里桥在成都府,却忽屈万乘至彼,乐之中成此哀也。⑧

属对之"工"是西昆体诗和李商隐诗作的特点之一。实际上不只西昆体,晚唐体诗中对偶亦颇工:

---

① 周益忠:《西昆研究论集》,第108页。
② 参见(宋)杨亿《杨文公谈苑》,第86—89页。
③ 曾枣庄:《论西昆体》,第146页。
④ 曾枣庄:《论西昆体》,第146页。
⑤ (元)方回选评:《瀛奎律髓汇评》卷1评李群玉《登蒲涧寺后二岩》,第11页。
⑥ (元)方回选评:《瀛奎律髓汇评》卷3评李商隐《武侯庙古柏》,第84页。
⑦ (元)方回选评:《瀛奎律髓汇评》卷3评李商隐《马嵬》,第107页。
⑧ (元)方回选评:《瀛奎律髓汇评》卷3评钱惟演《明皇》,第130页。

陈子昂、沈佺期、宋之问律体沿而下之……工之极莫如唐季，以至九僧。①

近世学晚唐者，专师许浑七言，如"水声东去市朝变，山势北来宫殿高"之类，以为摹楷。老杜诗中有此句法，而无"东去"、"北来"之拘。如"湘潭云尽暮山出，巴蜀雪消春水来"，下句佳，上句不牵强乎？如此诗"幼妇"、"小姑"，工则工矣，而病太工。②

"工"不是方回对于对偶之终极要求，因为太偶则不活，太工则无味：

如许浑《登凌歊台》"湘潭云净暮山出，巴蜀雪消春水来"，不过砌叠形模，而晚唐家以为句法，今不敢取。盖老杜自有此等句，但不如是之太偶而不活耳。③

盖诗家之病忌乎对偶太过，如此则有形而无味。三洪工于四六而短于诗，殆胸中有先入者，故难化也。④

方回对诗句属对的看法是："诗未问工不工，且要对属亲切，轻轻重重得其平。"⑤ 所谓"对属亲切""得其平"，即对偶而有"自然真味"而能"化"、能"活"。方回评陆游《醉中作》："三、四天生对偶。"⑥ 评张泽民《梅花二十首》："此二十首梅诗，他人有竭气尽力而不能为之者，公谈笑而道之，如天生成自然有此对偶，自然有此声

---

① （元）方回：《读张功父南湖集并序》，《桐江续集》卷8。
② （元）方回选评：《瀛奎律髓汇评》卷10评许浑《春日题韦曲野老村舍》，第338页。
③ （元）方回选评：《瀛奎律髓汇评》卷2评陈师道《和寇十一晚登白门》，第40页。
④ （元）方回选评：《瀛奎律髓汇评》卷24评苏辙《送龚鼎臣谏议移守青州》，第1083页。
⑤ （元）方回：《吴尚贤诗评》，《桐江集》卷5。
⑥ （元）方回选评：《瀛奎律髓汇评》卷15，第733页。

调者。"① 评潘德久《上龟山寺》:"'丙丁'、'南北'之对巧中有味。"② 得来似全不费力,如"天生对偶""自然有此对偶""巧中有味",才是方回所认同的对偶的最高境界。所以,西昆体诗人如能"一轻一重对说",符合方回的审美,他未尝不赞许,但若只停留在"工"的层面上,"不活""无味",就为方回所不认同了。

(三) 辞藻

方回服膺黄庭坚,"老杜诗为唐诗之冠。黄、陈诗为宋诗之冠。"③ 黄庭坚在《与王观复书三首》(其二)中提出"平淡而山高水深"之审美理想:

> 所寄诗多佳句,犹恨雕琢功多耳。但熟观杜子美到夔州后古律诗,便得句法。简易而大巧出焉,平淡(如)〔而〕山高水深,似欲不可企及,文章成就,更无斧凿痕,乃为佳作耳。④

方回也说:

> 诗未问工不工,且要对属亲切,轻轻重重得其平。又复情多而景少,淡多而丽少。⑤

而西昆体在方回看来,适与"淡"南辕北辙:

> 予独悲夫近日之诗,组丽浮华祖李玉溪,偶比浅近尚许郢州,诗果如是而已乎?⑥
> 陈子昂、沈佺期、宋之问律体沿而下之,丽之极莫如玉溪,

---

① (元) 方回选评:《瀛奎律髓汇评》卷20,第850页。
② (元) 方回选评:《瀛奎律髓汇评》卷47,第1759页。
③ (元) 方回选评:《瀛奎律髓汇评》卷1评陈与义《与大光同登封州小阁》,第42页。
④ (宋) 黄庭坚:《与王观复书》(其二),《黄庭坚全集》正集卷18,第471页。
⑤ (元) 方回:《吴尚贤诗评》,《桐江集》卷5。
⑥ (元) 方回:《跋冯庸居诗》,《桐江集》卷4。

以至"西昆"。①

"组丽浮华"的李商隐、西昆体一脉,在唐宋诗史上为"丽之极"。方回又云:

> 此"昆体"诗一变……久而雕篆太甚,则又有能言之士,变为别体,以平淡胜深刻。②

此"能言之士",即梅尧臣。方回谓:"若五言律诗,则唐人之工者无数,宋人当以梅圣俞为第一,平淡而丰腴。"③ 所谓"变'西昆体'诗为盛唐诗,自梅都官圣俞始"④,正是梅尧臣"以平淡胜深刻"。而"平淡",首先应是语言上的平淡。

方回又以"流丽"来评价西昆体的语言风格("尚以流丽对偶"),但在《瀛奎律髓》的评语中,"流丽"不只是西昆体诗的风格:

> 流丽圆活,自然有味。⑤
> 流丽绵密,所圈五字,以全篇太缛,到此合放淡故也。⑥
> 欧阳公于自然之中或壮健、或流丽、或全雅淡。有德者之言自不同也。⑦
> 少游诗文自谓秤停轻重,铢两不差。故其古诗多学三谢,而流丽之中有淡泊。⑧

---

① (元)方回:《读张功父南湖集并序》,《桐江续集》卷8。
② (元)方回选评:《瀛奎律髓汇评》卷3评钱惟演《始皇》,第134页。
③ (元)方回选评:《瀛奎律髓汇评》卷1评陈与义《与大光同登封州小阁》,第42页。
④ (元)方回:《送倪耕道之官历阳序》,《桐江续集》卷33。
⑤ (元)方回选评:《瀛奎律髓汇评》卷2评梅尧臣《次韵景彝赴省直宿马上》,第76页。
⑥ (元)方回选评:《瀛奎律髓汇评》卷4评陆游《顷岁从戎南郑屡往来兴凤间暇日追忆旧游有赋》,第181页。
⑦ (元)方回选评:《瀛奎律髓汇评》卷12评欧阳修《秋怀》,第443页。
⑧ (元)方回选评:《瀛奎律髓汇评》卷12评秦观《九月八日夜大风雨寄王定国》,第461页。

"流丽"而需"圆活""放淡""淡泊",或"自然之中有流丽",西昆体诗只有"流丽",又增之以对偶,则于圆活自然之意有所缺失,所以常"全篇太缛",是为其弊。

方回在《送罗寿可诗序》中说罗寿可"诗律未脱'江西',有'昆体'意,崖岸骨鲠,似与赵紫芝诸人及刘潜夫不同"①,在他看来,江西诗与西昆体诗之间有相近之处,所以方回不会完全否定西昆体。方回所取于西昆体者,主要在西昆体之用典鸿博,一扫白体、晚唐体纤弱巧薄之风,另外,"且西昆之流丽对偶,更往往可见其'组织故事绝佳者'的工夫"②。因此西昆体之对偶与晚唐体之对偶,颇有不同之处,故为方回所吸取。但西昆体在语言上的"组丽浮华",却与方回对"平淡"的推崇相去甚远,至少,方回是认为诗须"丽少"的。

(四)味浅

方回对于"味",并无专门论述,而在品诗之时,又常以"有味""无味"定优劣,他所谓"味"的具体含义,此暂不深究。不过方回对于西昆体的评价,集中在用事、对偶和辞藻三个方面,所以对于方回所谓西昆体"形完而味浅",亦可从此三方面来论述。

1. 用事

西昆体作品"用事务为雕蒤""饾饤刻画""雕篆太甚",不能完全"不觉其为用事也",伤"天趣"。在方回对诗人的评论中,提到"天趣"两次,皆与"味"有关:

> 前辈巨公,有不可专以诗人目之者。至于难题,高致下笔便自不同,以胸中天趣胜也。此诗前二句有力,而又有味。中四句平淡。末二句用东坡《海棠》诗"高烧银烛照红妆",不必说破,只说秉烛以照玉立者,其胜艳丽多矣。③

---

① (元)方回:《桐江续集》卷32。
② 周益忠:《西昆研究论集》,第108页。
③ (元)方回选评:《瀛奎律髓汇评》卷20评张南轩《与弟侄饮梅花下分得香字》,第767页。

如灵运诗："昏旦变气候,山水含清晖。清晖能娱人,游子憺忘归。"天趣流动,言有尽而意无穷。似此之类,恐延之未敢到也。①

"言有尽而意无穷",便是"有味"。"胸中有天趣""天趣流动",才能使诗作"言有尽而意无穷",也即"有味"。"天趣"即为"自然",方回诗论中又多有"自然"与"味"连说之处,评梅尧臣《金山寺》:"三、四绝妙,尾句自然有味。"② 评张耒《夏日杂兴》:"亦自然有味。"③ 评张耒《二十三日立秋夜行泊林里港》:"宛丘诗大抵不事雕琢,自然有味。"④ 因此,用事不自然,是西昆体"味浅"的一个原因。

2. 对偶

前已有言,属对太偶则不活,太工则无味。西昆体诗人讲求对偶,作诗时力求对偶之工。然而方回要求"对属亲切""得其平",要能"化"、能"活","不觉杜撰之妙",此亦为"自然"之意。大部分西昆体诗达不到此一要求,故曰"味浅"。

3. 辞藻

西昆体诗"组丽浮华","流丽"而不"圆活"、不"放淡"、不"自然",语言上的不自然,与用事、对偶的不自然相同,都会导致"味浅"。

需要指出的是,在方回诗评中,"诙谐"⑤、"戏言"⑥、"深劲"⑦、

---

① (元)方回:《〈文选〉颜鲍谢诗评》卷2评颜延之《和谢灵运一首》,《瀛奎律髓汇评》附录,第1872页。

② (元)方回选评:《瀛奎律髓汇评》卷1,第15页。

③ (元)方回选评:《瀛奎律髓汇评》卷11,第415页。

④ (元)方回选评:《瀛奎律髓汇评》卷29,第1280页。

⑤ (元)方回选评:《瀛奎律髓汇评》卷6评袁说友《肃客借重金紫绶》"诙谐有味",第273页。

⑥ (元)方回选评:《瀛奎律髓汇评》卷16评梅尧臣《七夕》"虽戏言而有味",第596页。

⑦ (元)方回选评:《瀛奎律髓汇评》卷16评梅尧臣《依韵和李舍人旅中寒食感事》"'梨花'、'客子'一联,深劲有味",第626页。

"细密"①、"善斡旋"②、道"眼前所可道"③等,皆可以有味。方回在以"味"评人评诗时,还常与"平淡"连言,如评梅尧臣《夏日陪提刑彭学士登周襄王故城》:"五、六平淡之中有滋味。"④ 评梅尧臣《晓》:"圣俞诗淡而有味。"⑤ 评刘长卿《北归次秋浦界清溪馆》:"此公诗淡而有味。"⑥ 联系黄庭坚"平淡而山高水深",以及方回"淡多而丽少"的观点,可以得出这样的结论:淡而有味是方回的诗学理想,诗歌语言风格上的"淡"和丰富的内涵相结合,才能取得淡而有味的效果。但是"淡"并不是"有味"的原因,如上述"深劲""细密"都可以有味,方回甚至说"韦(指韦应物)达,故淡而无味"⑦,说明"淡"和"有味"没有必然联系。真正导致西昆体诗作"味浅"的原因,是西昆体诗人在用事、对偶和辞藻方面,有不自然之处。

方回可以说是第一个整体论述宋代诗学的批评家,虽然他的立场是江西诗学,但他对宋代诗学的宏观眼光是此前的宋代批评家无法具备的,这也是他的可贵之处,他对宋代每一种诗学现象的观照,都立足于他对宋代诗学的综合梳理和对宋代诗学发展史的熟稔。作为宋代重要诗体的西昆体,无论是在诗史方面还是具体的诗艺方面,都因为方回而得到了首次较为全面的概括和总结,这是方回对整个西昆体接受史所作出的不可忽视之贡献。

第三节 元代其他诗人对西昆体的接受

除方回外,元代论及西昆体者尚有刘埙与袁桷二人,二人论西昆

---

① (元)方回选评:《瀛奎律髓汇评》卷17评曾几《苦雨》"前联细密有味",第682页。
② (元)方回选评:《瀛奎律髓汇评》卷19评陆游《六日云重有雪意独酌》"三、四善斡旋,有味",第741页。
③ (元)方回选评:《瀛奎律髓汇评》卷20评林逋《山园小梅》"三、四眼前所可道,亦有味",第787页。
④ (元)方回选评:《瀛奎律髓汇评》卷3,第96页。
⑤ (元)方回选评:《瀛奎律髓汇评》卷14,第513页。
⑥ (元)方回选评:《瀛奎律髓汇评》卷43,第1544页。
⑦ (元)方回选评:《瀛奎律髓汇评》卷14评柳宗元《旦携谢山人至愚池》,第505页。

体皆与论欧阳修相关,其观点较有新意。

一　刘埙

刘埙①《隐居通议》卷七《欧阳公》云:

> 欧阳文忠公修,鸿文硕学,宗工大儒,所谓"文起八代之衰,道济天下之溺者",固不以诗名,人亦不敢以诗人目之,而公亦不以诗自名也。学者每恨公诗平易浅近,少锻炼之工,不得与少陵山谷争雄。予独以为不然,公之所作,实备众体,有甚似韦苏州者,有甚似杜少陵者,有甚似《选》体者,有甚似王建、李贺者,有富丽者,有奇纵者,有清俊者,有雄健苍劲者,有平淡纯雅者……所可恨者,格卑耳,要亦昆体之余习也。②

刘埙又谓欧阳修《送张屯田归洛歌》末句以及《述怀送张总之》诗"皆流丽有情致,可吟讽也"③,结合其《新编七言律诗序》所云"清丽或病格力之卑浮"④,刘埙谓欧诗格卑,盖谓其诗之流丽者也。"欧阳修写了不少抒怀言志诗和山水风物诗,这类诗篇最能体现出欧诗清新自然、平易疏放的特色。"⑤ 而其近体诗"尤其接近大历诸子"⑥。刘埙所谓流丽,当指欧阳修这一部分诗歌的风格。叶梦得《石林诗话》云:"欧阳修文忠公诗始矫昆体,专以气格为主。"⑦ 周裕锴先生说:"气盛则格高,气衰则格卑。"⑧ 如果注重欧阳修诗"专以气

---

① 刘埙(1240—1319),字起潜,自号水云村人,南丰(今属江西)人。曾任南剑州学官。有《水云村稿》《隐居通议》等。
② (元)刘埙:《隐居通议》卷7,中华书局1985年标点本,第70—71页。
③ (元)刘埙:《隐居通议》卷7,第72页。
④ (元)刘埙:《水云村稿》卷5,文渊阁《四库全书》本。
⑤ 孙望、常国武主编:《宋代文学史》(上),人民文学出版社1996年版,第143页。
⑥ 程千帆、吴新雷:《两宋文学史》,第57页。
⑦ (宋)叶梦得撰,逯铭昕校注:《石林诗话校注》卷上,第20页。
⑧ 周裕锴:《宋代诗学通论》,第286页。

格为主"的方面，则欧诗格高；如果着眼于欧诗中流丽的部分，则刘埙未尝不能说欧诗格卑。欧阳修早年确实学习过西昆体，在任西京留守推官时，又与钱惟演等人唱和。宋金元人往往重视欧阳修变西昆体之功，却未注意欧阳修受西昆体影响的一面。刘埙说欧阳修诗有"昆体之余习"，实为独具慧眼，发前人所未发。然欧诗也受到李白、李贺等人作品的影响①，故其流丽诗风非止是西昆体余习，刘埙此论，仍显片面。

二 袁桷

袁桷②《书鲍仲华诗后》云：

> 宋太宗、真宗时，学诗者病晚唐萎苶之失，有意乎玉台文馆之盛。缔组彰施，极其丽密，而情流思荡，夺于援据，学者病之。至仁宗朝，一二巨公，浸易其体。高深者极凌厉，摩云决川，一息千里，物不能以逃遁。考诸《国风》之旨，则蔑有余味矣。欧阳子出，悉除其偏而振絜之，豪宕悦愉，悲慨之语，各得其职。③

文中首先指出西昆唱和诸人不满晚唐体之失，又有推动馆阁文学建设的意识，故起而唱和，但西昆体在富艳密丽之外，有情思不正、用典太甚的弊病。袁桷说有"一二巨公，浸易其体"，这一二巨公，从其诗风上看，或指石介、石延年等人，然石介最高只做到国子监直讲，石延年最高只做到秘阁校理、太子中允，皆不符巨公之称。袁桷所谓，不知其何许人，宋人亦未曾论及之。此一二巨公以豪放凌厉之诗风变昆，失之于无余味。待欧阳修出，始纠此种诗风与西昆体之失。

---

① （宋）欧阳修撰，刘德清、顾宝林、欧阳明亮笺注：《欧阳修诗编年笺注》，中华书局2012年标点本，"序"第10页。

② 袁桷（1265—1327），字伯长，庆元鄞县（今浙江宁波）人。举茂才异等科。官至侍讲学士。谥文清。有《清容居士集》《延祐四明志》等。《元史》卷172有传。

③ （元）袁桷著，杨亮校注：《袁桷集校注》卷49，中华书局2012年标点本，第2189页。

此文重点不在论述宋诗之发展,而在强调欧阳修诗在宋诗史上之地位,所以在西昆体之外,还列出欧阳修所改革之其他对象。如果单纯叙述宋诗史,袁桷则又只说欧、梅等人变昆,而不言及"一二巨公"。如其《跋吴子高诗》云"杨、刘弊绝,欧、梅兴焉"①,《书梅圣俞诗后》云"昆体之变,至公而大成"②,与晁说之、叶梦得、方回等人的观点相近。

袁桷《书汤西楼诗后》云:

> 玉溪生往学草堂诗,久而知其力不能逮,遂别为一体。然命意深切,用事精远,非止于浮声切响而已也。自西昆体盛,襞积组错。梅欧诸公,发为自然之声,穷极幽隐。而诗有三宗焉:夫律正不拘,语腴意赡者为临川之宗;气盛而力夸,穷抉变化,浩浩焉沧海之夹碣石也,为眉山之宗;神清骨爽,声振金石,有穿云裂竹之势,为江西之宗。二宗为盛,惟临川莫有继者。于是唐声绝矣!至乾、淳间,诸老以道德性命为宗,其发为声诗,不过若释氏辈,条达明朗,而眉山、江西之宗亦绝。永嘉叶正则始取徐、翁、赵氏为"四灵",而唐声渐复。至于末造,号为诗人者,极凄切于风云花月之摹写,力孱气消,规规晚唐之音调,而三宗泯然无余矣。夫稡书以为诗,非诗之正也。谓舍书而能名诗者,又诗之靡也。若玉溪生,其几于二者之间矣。③

"别为一体"之语,盖出朱弁"义山亦自觉,故别立门户成一家"④。袁桷谓李商隐诗能居于"稡书以为诗"和"舍书而能名诗"两个极端之间,"命意深切,用事精远"二者同时存在。学习李诗的西昆体却"襞积组错","襞积组错"指典故之堆砌、密集,这只学到

---

① (元)袁桷著,杨亮校注:《袁桷集校注》卷49,第2196页。
② (元)袁桷著,杨亮校注:《袁桷集校注》卷46,第2010页。
③ (元)袁桷著,杨亮校注:《袁桷集校注》卷48,第2104页。
④ (宋)朱弁:《风月堂诗话》,《冷斋夜话·风月堂诗话·环溪诗话》,第112页。

李诗的一个方面而又变本加厉。梅、欧二人变昆，以自然之声来改变西昆体堆砌典故的缺陷，而且开出此后宋诗三宗派的盛况。关于欧阳修如何变昆，宋人有多种意见。叶梦得谓"欧阳文忠公诗始矫昆体，专以气格为主"①，认为欧阳修变其诗格之卑弱；魏了翁认为欧阳修变昆的手段是"倡明古学，裁以经术"②；刘克庄谓"至欧、梅始以开拓变拘狭、平淡易纤巧"③，认为欧、梅变西昆体专取李商隐之狭隘与风格上的纤巧。三人所关注之点各有不同。袁桷《书鲍仲华诗后》谓鲍仲华诗"语完气平，其于景也，不刻削以为能，顺其自然，以合于理之正。考其从来，有似夫欧阳子之旨矣"④，可知在他看来，欧阳修诗的特点就是"自然"，他认为欧诗"豪宕悦愉，悲慨之语，各得其职"，与欧阳修"诗以意义为主"的主张也相近。袁桷谓欧阳修以"自然之声"变昆，较之叶、魏、刘等人从风格、复古等角度来认识欧阳修变昆，应更符合欧阳修本意。

　　金元时期西昆体的接受虽不多，但颇有建设性。王若虚认为作诗好否与昆体工夫无关，与陆游认为"无一字无来处"不是判断诗歌良莠标准的观点近似；李纯甫对李商隐总体评价较低，西昆体等而下之，既不浑厚，也不典雅。方回首次提出"宋初三体"之说，认为西昆体"别有一派"，并梳理出宋代西昆体诗史，对西昆体后世的接受起了很大作用；另外，他认为西昆体的特点是用事、对偶、藻丽，西昆体在这三方面的不自然，导致了西昆体味浅的缺点。刘埙说欧阳修受西昆体影响，此为前人所未发；袁桷认为欧阳修用自然来纠正西昆体之失，较叶梦得、魏了翁、刘克庄等人，更合实际。

　　金元时期西昆体的接受有一个显著的特点，不管是王若虚还是方回，对西昆体的接受都以他们对黄庭坚以及江西诗派的态度为基础。王若虚不满黄庭坚，对他所运用的昆体工夫也就不以为然，而方回作

---

① （宋）叶梦得撰，逯铭昕校注：《石林诗话校注》卷上，第20页。
② （宋）魏了翁：《跋梦得注欧阳公诗集序》，《全宋文》卷7080，第310册，第49页。
③ （宋）刘克庄：《跋刁通判诗卷》，《刘克庄集笺校》卷110，第4559页。
④ （元）袁桷著，杨亮校注：《袁桷集校注》卷49，第2189页。

为江西诗派的殿军,对西昆体符合江西诗派审美的特征给予肯定,反之则进行否定。由此我们也可以看出,随着黄诗和江西诗派的影响日益扩大,在艺术手法上影响了它们的西昆体,其命运也与黄诗和江西诗派共沉浮,西昆体的独立性越来越小。

第 五 章

明代对西昆体的接受

  刘学锴先生在《李商隐诗歌接受史》中说："明代是诗歌批评流派纷呈、非常活跃的时期，也是尊唐抑宋倾向非常突出的时期。但前后七子所宗尚的主要是盛唐诗歌，而晚唐诗歌的翘楚李商隐则始终不在主要的批评视野之内。因此，这一时期对整个唐诗的接受虽然盛况空前，对李商隐诗的接受则相对显得较为冷落。"[①] 刘学锴先生这段话道出了西昆体所学对象李商隐在明代的接受情况。从明代的主流文学思想来看，西昆体在明代的接受也不甚乐观。"明代是文学体裁雅俗交替的时期。"[②] 首先，从思想上来讲，"一般说来，宋、元、明三朝居于官方统治地位的思想是程朱理学，但自明代正德、嘉靖以后，理学的别支——心学却风靡一时……此外，几乎与这一转变同时发生的是明代中后期社会文化思潮的新变。一种与理学相悖，充分肯定自我，充分肯定人情物欲的观念如狂飙突起，弥漫于整个社会。这一观念与明代中后期城市经济的繁荣密切相关，反映了新兴市民的意识情趣与审美态度，故亦称为市民思潮"[③]。在上述强有力的力量推动下，明代的文学产生了新的特征：第一，受心学影响，文学批评也侧重于内心的探究；第二，出于对理学的批判，文学批评中出现了与重理相对立的尊情的主张，同时，随着明代中后期市民思潮的勃兴，尊情的主张

[①] 刘学锴：《李商隐诗歌接受史》，第58页。
[②] 袁震宇、刘明今：《中国文学批评通史·明代卷》，上海古籍出版社2011年版，第1页。
[③] 袁震宇、刘明今：《中国文学批评通史·明代卷》，第2页。

也越来越带有新的与封建礼教相悖的异端色彩；第三，因为传统的诗文创作在明代已处于衰微阶段，因此就指导创作而言，其诗文方面复古的论调充塞于文坛，而其所宣传的复古则是"文必先秦、两汉，诗必汉魏、盛唐"。[1] 从明代文学的主要特征和主要文学思想来看，西昆体都游离于明代的文学主流之外。

为了更清楚地把握西昆体在明代的接受史脉络，我们将明代分为前期、中期和后期[2]三个时间段来看。明代前期是指朱元璋建立明朝（洪武元年，1368）至明孝宗弘治元年（1488），这段时间朱元璋开始对思想领域进行严格管理并促使这一阶段主流文学思想的形成，以及由存有元末文学思想的文人形成的或较为重视抒情或崇古拟古的非主流思想，以及其后景泰至成化末、弘治初台阁体的出现；明代中期指前七子活动的弘治、正德年间和后七子活动的嘉靖中叶至隆庆年间；明代后期指明神宗万历元年（1573）至明王朝结束。

第一节　明代前期对西昆体的接受

一　宋濂（附　王祎）

宋濂[3]为明初开国文臣之首，论及文学，以明道致用为宗旨，倡导"宗经师古、辞达道明"[4]。宋濂论文主"道"，论诗主"义"，并力图将诗歌纳入儒学的范围。他说："诗、文本出于一原……沿及后世，其道愈降，至有儒者、诗人之分，自此说一行，仁义道德之辞遂为诗家大禁，而风花烟鸟之章留连于海内矣，不亦悲夫！"[5]（《题许先生古诗后》）所以，宋濂的根本理论，"即在先承认诗文之一原。诗文

---

[1]　关于明代文学的特征，参见袁震宇、刘明今《中国文学批评通史·明代卷》，第2页。
[2]　本书对明代的分期，参考刘学锴《李商隐诗歌接受史》。
[3]　宋濂（1310—1381），初名寿，字景濂，号潜溪，别号龙门子、玄真遁叟等。祖籍金华潜溪，后迁居金华浦江。元末明初著名政治家、文学家、史学家、思想家，与高启、刘基并称为"明初诗文三大家"。有《宋学士全集》。
[4]　袁震宇、刘明今：《中国文学批评通史·明代卷》，第36页。
[5]　（明）宋濂：《宋濂全集》，浙江古籍出版社1999年标点本，第2085页。

一原,则诗论与文论相通,可以主张复古,可以主张宗经,可以明道,可以适用"①。概括来讲,宋濂的诗论就是"儒者之诗论"②。郭绍虞先生总结说,对宋濂的师古可有两种看法:说得浅一点,则是"审诸家之音节体制",此犹与诗人之见解为近;说得深一点,则全是儒家传统的理论了。③ 宋濂在《答章秀才论诗书》中说:"……至于李长吉、温飞卿、李商隐、段成式专夸靡曼。虽人人各有所师,而诗之变又极矣。比之大历尚有所不逮,况厕之开元哉。"④ 宋濂在这里用"专夸靡曼"评价李贺、温庭筠、李商隐、段成式四家,"认为他们的诗不过徒有华丽的形式辞采而已,流于轻艳柔弱。这明显反映了以李商隐为代表的晚唐绮艳诗风在宋濂心目中的地位"⑤。在《答章秀才论诗书》中,宋濂还说:

  宋初袭晚唐五季之弊,天圣以来,晏同叔、钱希圣、刘子仪、杨大年数人,亦思有以革之,第皆师于义山,全乖古雅之风。⑥

宋濂认为,对于晚唐五季以来的文学弊病,杨亿、刘筠等人也有志革除,但却因师法于李商隐,而导致西昆一脉全乖古雅之风。

与宋濂大致同时的王祎⑦,"师事黄溍,为宋濂之友"⑧。他在《练伯上诗序》中说:

  元和以降,王建、张籍、贾浪仙、孟东野、李长吉、温飞卿、

---

① 郭绍虞:《中国文学批评史》(下册),商务印书馆2010年版,第169页。
② 郭绍虞:《中国文学批评史》(下册),第170页。
③ 郭绍虞:《中国文学批评史》(下册),第171页。
④ (明)宋濂:《宋濂全集》,第208—209页。
⑤ 刘学锴:《李商隐诗歌接受史》,第59页。
⑥ (明)宋濂:《宋濂全集》,第209页。
⑦ 王祎(1322—1373),字子充,金华潜溪人(今浙江义乌)。有《大事记续编》《重修革象新书》《王忠文公集》。
⑧ 刘学锴:《李商隐诗歌接受史》,第59页。

卢仝、刘叉、李商隐、段成式，虽各自成家，而或沦于怪，或迫于险，或窘于寒苦，或流于靡曼，视开元遂不逮。①

王祎此论颇同于宋濂诗道之变之说。且王祎"此文历叙自西汉苏、李迄于唐末之诗道变化，其主旨即'气运有升降，而文章为之盛衰'一语，故其于大历、元和以降之诗道变化，明显带有贬抑色彩"②。他又在《张仲简诗序》中说：

开元以后，久于治平，其言始一于雅正，唐之诗于斯为盛。及其末也，世治既衰，日趋于卑弱，以至西昆之体作而变极矣。由是观之，谓文章与时高下。③

王祎在这里所说的"西昆之体"，即指李商隐、温庭筠诗。王祎论诗讲究"时运"，治平之世而有雅正之音，至唐末，"世治既衰"，那么这样的环境孕育出的诗歌就会"日趋于卑弱"，至晚唐其所谓西昆体出，也即李商隐等人出现，诗道之变已达极致。不难理解，这里所变之诗道，必是悖于雅正之诗道，王祎说其"卑弱"，显然也是认为其缺乏气骨与格调。王祎论诗，"正是典型的世运治乱决定文章盛衰的论调"④。

二　周叙、何乔新

明代初期，诗坛亦承袭了元代中期以来尊唐抑宋的风气，虽然诗坛上"是以宗唐为主流，但是也颇有一些人对一味尊唐抑宋的风气感到厌倦和不满，重新肯定宋诗的成就"⑤。比如方孝孺说："前宋文章

---

① （明）王祎：《王忠文集》卷5，文渊阁《四库全书》本。
② 刘学锴：《李商隐诗歌接受史》，第59页。
③ （明）王祎：《王忠文公集》第8册，中华书局1985年标点本，第54页。
④ 刘学锴：《李商隐诗歌接受史》，第60页。
⑤ 陈伟文：《清代前中期黄庭坚诗接受史研究》，中国人民大学出版社2012年版，第22页。

配两周，盛时诗律亦无俦。"①（《谈诗五首》其二）瞿祐曾选宋、金、元三朝诗为《鼓吹续音》，又说："世人但知尊唐，于宋则弃不取……私独不谓然。"② 及至成化前后，文学领域已渐渐兴起了一股师宋小潮流。③ 在这样的背景下，这一段时间内对西昆体的接受也是相对多元的。这里以周叙和何乔新为例说明。

周叙④在其《辨格》中或以时名，或以代名，或以体名，历数自魏晋至明的主要诗派。以人名者，历数"苏武、李陵（并汉人），曹子建、刘公幹（并魏人）……欧阳（六一居士）、苏东坡、黄山谷、陈后山、杨大年、刘子成、王荆公、邵康节、陈简斋、朱文公（并宋人）"⑤诸家，以诗体名者，又历数柏梁、玉台、西昆⑥、香奁、宫体、禁体各家。周叙作《诗学梯航》是为学诗者树立法度，《辨格》一节虽只在于对古近体诗歌类别及流派作基本介绍，但是也并没有忽略宋代诗歌在诗学源流中的地位和意义，杨亿甚至被单独列为一家，作者虽不置褒贬，但也能公正客观地正视宋代诗歌以及西昆体的存在，在诗歌发展史上给予其一席之地。

与此同时，宗唐之人对此时新兴的师法宋诗之风亦反应激烈，如何乔新⑦在《读曾南丰诗》中说：

> 韩公殁已久，诗道日陵夷。岂识浑雅作，徒逞妖媚词。有如苔砌蛩，竟夕鸣声悲。又如娼家妇，粉黛饰陋姿。寥寥数百载，天子起绍之。一扫西昆陋，力追骚雅遗。峻如登华岳，石磴何欹

---

① （明）方孝孺：《逊志斋集》卷24，文渊阁《四库全书》本。
② （明）瞿祐：《归田诗话》卷上，《历代诗话续编》，第1249页。
③ 具体阐述，参见陈伟文《清代前中期黄庭坚诗接受史研究》，第22—24页。
④ 周叙（1392—1452），字功叙，号石溪，吉水人，永乐十六年（1418）进士，官至南京侍讲学士。有《石溪集》《诗学梯航》《唐诗类编》等。
⑤ （明）周叙：《诗学梯航》，《全明诗话》，齐鲁书社2005年标点本，第91页。
⑥ 书中小字注云："即李商隐体，然兼温庭筠及宋杨、刘诸公之作名之。"
⑦ 何乔新（1427—1502），字廷秀，号椒丘，为何文渊之子。景泰五年（1454）进士。博学多闻，为诗多援典故。有《元史臆见》《周礼集注》《勋贤琬琰录》《椒丘文集》。

崎。壮如雷电惊，白昼腾龙螭。清如方塘水，风静绿漪漪。淡如空桑瑟，枯桐绲朱丝。雄拔追李杜，奇涩薄宗师。①

从诗中"韩公殁已久，诗道日陵夷"一句可以看出，何乔新对韩愈以后的诗歌总体上是持否定态度的，这也初步反映出他在唐宋诗之间的取向。又从"力追骚雅遗"和"峻如登华岳"至"奇涩薄宗师"这一段可以看出，何乔新认为诗歌创作当不悖于骚雅，又极为欣赏曾巩诗歌中峻拔的风格、磅礴的气势或者清淡的风格，且甚为推崇李白、杜甫的诗歌。可以看出，何乔新在唐宋诗之间更倾向于盛唐时期的诗歌。而对于韩愈之后的诗歌，何乔新的批判态度非常明显。诗中所谓的"妖媚词""娼家妇""粉黛""陋姿"等激烈的言辞，显然都是对西昆体华词丽藻、工于雕琢、勤于用事的激烈批判。

第二节　明代中期对西昆体的接受

明代中期是前后七子主盟文坛的时期。弘治前期，台阁体还在散发余温，弘治后期文学复古思想萌发，并逐渐形成规模庞大的文学复古思潮。"这一复古思潮从创作践履开始，逐渐形成文必先秦两汉，诗必汉魏盛唐的理论表述。他们在艺术上求质朴、重抒情、讲格调。"② 前七子的领袖人物李梦阳提出"汉后无文，唐后无诗"的极端主张。后七子的领袖李攀龙亦极力抵制天宝以后的诗歌，甚至认为唐无古诗。与复古文学思潮并存的，是重视独抒情怀的文学思想在吴中地区的发展，代表人物有沈周、祝允明、唐寅、文徵明等。他们没有明确的文学口号，但是他们在创作实践中力求摆脱明道观念，疏离与政权的关系，追求自我感情的满足，并且能自觉融入逐渐兴起的市民思潮，其重个性、重自我的核心价值在万历后张扬个性、注重抒情的

---

① （明）何乔新：《椒丘文集》卷21，文渊阁《四库全书》本。
② 罗宗强：《明代文学思想史》，中华书局2013年版，第3页。

性灵说中仍有体现并得到进一步展开。唐宋派提出了经世致用的文学思想，阳明心学也已在正德后期出现并影响着诗文创作与批评逐渐转向对内心的探究，以徐渭戏剧理论"本色说"为代表的真情、浅俗文学思想就可以说是在心学影响下产生的新的文学思潮。① 另外，随着前后七子诗学思想弊端的日益明显，与前后七子持不同诗学主张的声音也渐渐出现。如与前七子中何景明有交往的杨慎就提出"兼容并包"的文学思想，并多次批评前后七子影响下形成的"故作高古，生造词语，不切实际，妄拟古人之病"②；胡应麟针对在复古旗帜下所产生的"格调说"之弊而提出的"兴象风神"等。多种文学思想的并存以及不同文学思想之间的互相矫正，为这段时间的诗文坛创造了活跃的创作和批评氛围。③ 西昆体就是在这样的文化环境下迎来了它在明代的接受高潮：其一，《西昆酬唱集》最早的刻本，也即玩珠堂刊本，在嘉靖十六年（1537）问世，有张绖为之作序。其二，胡应麟在其《诗薮》中，从多个角度对西昆体给予了比较公正的评点，指出西昆体虽有用事僻涩的不足，但是西昆派诸人亦是材力富健，诗作格调雄整、字句精工。此外，胡应麟还以诗歌发展史的眼光将西昆体的产生和特点的形成置于诗歌发展和时代气运的背景中，解读其形成的必然性，体现了其诗学接受的大视野。明代中期，除张绖和胡应麟之外，王世贞、李蓘、顾璘等也对西昆体有过关注，以下，笔者将大致按时间先后一一叙述。

一 王世贞（附 李蓘）

我们先来看看前后七子及其追随者对西昆体的接受。前后七子中，难得肯为西昆体费一二笔墨的是王世贞[④]，他在《全唐诗说》中说：

---

① 参见罗宗强《明代文学思想史》，第3—4页。
② 袁震宇、刘明今：《中国文学批评通史·明代卷》，第195页。
③ 关于明代中期文学背景的叙述，参见袁震宇、刘明今《中国文学批评通史·明代卷》，第1—31页；罗宗强《明代文学思想史》，第3—4页。
④ 王世贞（1526—1590），字元美，号凤洲，又号弇州山人，南直隶苏州府太仓州（今江苏太仓）人，文学家、史学家。为"后七子"领袖。有《弇州山人四部稿》《弇山堂别集》《嘉靖以来首辅传》《艺苑卮言》等。

义山浪子，薄有才藻，遂工俪对，宋人慕之，号为"西昆"。杨、刘辈，竭力驰骋，仅尔窥藩。许浑、郑谷厌厌有就泉下意，浑差有思，句故胜之。①

王世贞本人论诗讲究"格调"，提出"才生思，思生调，调生格。思即才之用，调即思之境，格即调之界"②。一者由才思产生格调，且与才气互为制约；一者格调主于情实，当先情实而后格调。王世贞以"薄有才藻，遂工俪对"这样着眼辞藻的话语来评论李商隐的诗歌，显然李商隐诗与他所说的"格调"相差甚远，但同样也正是因为王世贞论诗讲求才思，所以才未对李商隐全盘否定，而是指出其诗歌有精于俪对的特点。但是杨、刘与李商隐相较则又次之，虽"竭力驰骋"，但也只是"仅尔窥藩"。王世贞对以杨、刘为代表的西昆体的接受态度也就仅仅闪现于这寥寥数语之中。

李蓘③生活的时间大致与王世贞同时，正是后七子活动的活跃时期。据《四库全书总目》《六李集》提要记载："（李蓘）其诗原出何景明，故诸李之诗，大抵安雅有法而颇乏深警之思，则才分之不逮也。"④王士禛《香祖笔记》亦载："李子田撰《宋艺圃集》二十二卷，时在隆庆初元，海内尊尚李、王之派，讳言宋诗，而子田独阐幽抉异，撰为此书，其学识有过人者。"⑤可见，李蓘虽出于七子，但终究不囿于七子。李蓘在《宋艺圃集序》里说：

---

① （明）王世贞：《弇州山人四部稿》卷147，伟文图书出版社1976年影印本，第6735—6736页。
② （明）王世贞著，罗仲鼎校注：《艺苑卮言校注》，齐鲁书社1992年标点本，第39页。
③ 李蓘（1531—1609），字子田，号黄谷。曾选注《杜诗》《宋艺圃集》《元艺圃集》《明艺圃集》。
④ （清）纪昀等：《钦定四库全书总目》（整理本）卷192，中华书局1997年标点本，第2693页。
⑤ （清）王士禛：《香祖笔记》，上海古籍出版社1982年标点本，第48页。

世恒言"宋无诗",谈何易哉!盖尝遡风望气,约略其世,概有二变焉,顾论者未之逮也。夫建隆、乾德之间,国祚初开,淳厐再合,一时作者尚祖五季,五季固唐馀也。故林逋、潘阆、胡宿、王珪、两宋、九僧之徒,皆摛藻荧荧,以清羸相贵;而杨大年、钱思公、刘筠辈又死拟西昆(阙)尺度,总之遗矩虽存,而雄思尚郁矣。①

翁方纲《石洲诗话》说:"吴序云:万历间李蓘选宋诗,取其远来而近唐者。曹学佺亦云:宋诗选始莱公以其近唐调也。以此义选宋诗其所谓唐终不可近也,而宋诗则已亡矣。"② 此段中,李蓘发议之初就说"世恒言'宋无诗',谈何易哉",表明了他已有跳出当时前后七子所主张的概不取宋诗的观念,这自是李蓘的可取之处。然而其《宋艺圃集》中所选林逋、潘阆等人的诗,是源于这些人尚祖五季,是唐诗馀绪,又说杨亿等人诗歌中尚且保留了唐诗的法则和气魄,所以,从根本上说,李蓘之选宋诗,并非是看到了宋诗本身的可取之处,只是在宋诗中挑选唐诗的馀绪,这又是比较遗憾的。

二 顾璘

"与复古文学思潮差不多同时存在的,是一股影响甚大的独抒情怀的文学思想潮流。"③ 顾璘④就是这股文学思想潮流中的一员。顾璘生活的时间横跨了整个前七子的活跃期间,又经历了心学兴起的嘉靖时期。他曾为开封知府,累官至刑部尚书。复杂的经历致使其文学思想虽始终重视真情的抒发,但亦颇受当时的心学和复古思潮的影响。⑤

---

① (明)李蓘辑:《宋艺圃集》,文渊阁《四库全书》本。
② (清)翁方纲:《石洲诗话》卷3,《石洲诗话·谈龙录》,第82—83页。
③ 罗宗强:《明代文学思想史》,第345页。
④ 顾璘(1476—1545),字华玉,号东桥居士。弘治九年(1496)进士。诗以风调胜。晚岁家居,江左名士推为领袖。有《息园》《浮湘》《山中》《凭几》《凭几集续编》诸集及《息园诗文稿》《国宝新编》《近言》等。
⑤ 参见罗宗强《明代文学思想史》,第345—361页。

顾璘对西昆体并无直接评价，只是误以"李商隐体"为"西昆体"，笔者只能从其对李商隐的态度上略作推测，依据主要存在于其《寄后渠》中：

> ……诗则《风》《雅》之后唯汉十九首及建安得其传，两晋若阮、陆、左、郭、靖节诸公犹有存者，可怪宋谢氏一出，倡为刻画，凿死混沌，即他日西昆之义山，学者靡然从之，而末流遂至陈隋之靡丽，古风尽灭，可为痛哭。①

前面说顾璘的诗学思想，也受到了复古思潮的影响，但是顾璘所谓的复古又有所限定。他重视"才情""风调"，于复古则反对直追《诗经》，推崇魏晋而轻宋、齐以下，重盛唐而轻初唐。② 于师古之道，主张师其实而不师其辞。所谓"实"，当指理道，"辞"，也即文辞。③顾璘在此处引文中也指出，他推崇古风，喜爱《风》《雅》《古诗十九首》及建安时期的诗作，但自谢灵运倡导刻画开始，作诗的雕刻之风日盛，及至李商隐出现，诗歌中的雕刻之功愈见深厚，影响愈广，以致"学者靡然从之，而末流遂至陈隋之靡丽"，至此，顾璘认为其所推崇的古风尽灭，更遑论此后的杨、刘诸人。

三 张綖

明代中期关于西昆体的接受，很重要的一点就是在嘉靖时期出现了《西昆酬唱集》现存最早的刊本，也即玩珠堂刊本。张綖④为之作序曰：

---

① （明）顾璘：《顾华玉集》之《凭几集续编》卷2，《金陵丛书》本。
② 参见罗宗强《明代文学思想史》，第360页。
③ 参见袁震宇、刘明今《中国文学批评通史·明代卷》，第192页。
④ 张綖（1487—1543），字世文，自号南湖居士，高邮（今属江苏）人，诗文家、词曲家。正德八年（1513）举人，官至光州知州。有《诗余图谱》《南湖诗集》《杜诗通》《杜律本义》等。

论诗者类知宗盛唐，黜晚唐，斯二体信有辨矣。然诗道性情，古人采之，观风正乐，以在治忽者也。如不得作者之意，徒曰盛唐盛唐，予不知其真似盛唐亦何以也。杜少陵，盛唐之祖也；李义山，晚唐之冠也，体相悬绝矣，荆国乃谓唐人学杜者，唯义山得其藩篱，此可以意会矣。杨、刘诸公唱和《西昆集》，盖学义山而过者。六一翁恐其流靡不返，故以悠游坦夷之辞矫而变之，其功不可少，然亦未尝不有取于昆体也。徂徕、冷斋，著为《怪说》、"诗厄"，和者又从而张之，昆体遂废，其实何可废也！夫子一叹由瑟，门人不敬子路，信耳者难以言喻如此。故曰"游于艺"，夫诚以艺游，晚唐亦可也。不然，盛唐犹是物也，奚得于彼哉！要必有为之根源者耳。子美曰："文章一小技，于道未为尊。"作者之言盖如此。夫惟达宣圣游艺之旨，审老杜技道之序，味介甫藩篱之说，而得欧公变昆之意，诗道其庶矣乎！[①]

张𬘡在序文中指出：从诗道性情角度来讲，盛唐和晚唐的诗歌都是各自性情的表现，都有观风正乐的价值；从游于艺的角度来讲，不管是盛唐还是晚唐的诗歌，实则都是游于艺的产物，不管是盛唐还是晚唐，其诗歌在技艺性和游戏性上都是相通的；从技道之序的角度来讲，诗歌属于技的层面，也即前文所说"游于艺"的层面，杜甫所谓"文章一小技，于道未为尊"是也，不能用无限拔高的道的要求对其施以规矩和束缚，否则就会限制诗歌在表达和功用上的施展。又说欧阳修之所以变昆，也是从诗道性情的层面矫正昆体不合于雅正的地方，然而从技艺上讲，西昆体与杜甫、李商隐实是一脉相承的，欧阳修本人对西昆体也是有所取的。石介、惠洪及前、后七子等人实不应厚此薄彼，至于其他跟风批评西昆体的，其实都是耳食之见。

张𬘡的生活时间与吴中独抒情怀思潮兴起的时间重合，其本人亦是扬州人，不管是从时间还是从地理环境来讲，张𬘡都极有可能受吴

---

① （明）张𬘡：《西昆酬唱集序》，《西昆酬唱集注》附录二，第340页。

中重情思潮的影响。根据这一点，我们可以看出，张綖这篇序文又含有将诗歌重新归位，重塑人们对诗歌乃一艺的认识，将其从"明道"的重负下解放出来的目的。

对西昆体而言，张綖这一论述又实是在为西昆体张目。这不仅在于这篇序文本身就是为《西昆酬唱集》现存最早的刊本所作的序文，更在于其对欧阳修与西昆体关系的再一次梳理，以及对石介、惠洪和耳食之人过于攻击西昆体的谴责，认为西昆体实"不可废"。张綖这样的声音，在明代可以说是前所未有，加之当时由前后七子主导的"诗必盛唐"、宋诗无足观的诗坛风气背景，他对西昆体的这一观点在西昆体的接受史上当有举足轻重的作用，亦是明代西昆体接受史上至为重要的一笔。

四　胡应麟

前后七子之外，这一时期论及西昆体较多的，当推末五子之一的胡应麟[①]。胡应麟生活的时间比王世贞稍晚，其文学思想也受到王世贞的影响，如其乐府诗、拟古诗，创作倾向与王世贞均有相同之处，其复古言论，也与王世贞有相似之处。但是，胡应麟又有自己的诗学主张，比如胡应麟能以发展的眼光看待诗歌的存在，论诗亦提出"体以代变，格以代降""体格声调，兴象风神"等观点，胡应麟的这些诗学思想主要体现在《诗薮》中。

胡应麟对西昆体的接受主要有分析西昆体的艺术特色、探讨西昆体弊病产生的原因和以时势看待西昆体的产生三个方面的内容。

其一，从艺术特色角度来讲，胡应麟承认前人所说的西昆体诗歌有用事僻涩且流于绮刻的观点，但是又指出西昆体诗歌于绮刻中又蕴含格调。比如他在下面这则材料中谈及西昆体用事时说：

[①] 胡应麟（1551—1602），字元瑞，号少室山人，后号石羊生，浙江金华府兰溪县城北隅人。明代万历丙子举人。明代中叶著名学者、诗人、文艺批评家，明中后期"末五子"之一。有《诗薮》《少室山房集》《少室山房笔丛》等。

用事之工，起于太冲《咏史》；唐初王、杨、沈、宋，渐入精严；至老杜苞孕汪洋，错综变化，而美善备矣。用事之僻，始见商隐诸篇，宋初杨、李、钱、刘，愈流绮刻。①

胡应麟对诗中用事自有看法。其在《诗薮》中说，"诗自模景述情，外则有用事而已。用事非诗正体，然景物有限，格调易穷，一律千篇，只供厌饫，欲观人笔力材诣，全在阿堵中"②；又说"用事患不得肯綮。得肯綮，则一篇之中八句皆用，一句之中二事串用，亦何不可？宛转清空，了无痕迹，纵横变幻，莫测端倪，此全在神运"③。胡应麟显然是充分认识到了善用典故在整首诗中所起到的画龙点睛的作用，并描述了其所谓的善用典故所达到的效果，也即融化无迹，以至神运。而此段话中，胡应麟将"用事"分为"工""僻"两类。前者有王、杨、沈、宋的"渐入精严"，以及老杜的"苞孕汪洋，错综变化，而美善备矣"；后者有晚唐的李商隐，以及宋初杨、李、钱、刘"愈流绮刻"。胡应麟论及用事讲究融化无迹，"用事之工"诸人的诗歌与胡应麟的这一主张是相符的。然"用事之僻"诸人，也即自李商隐而下至杨亿、刘筠等，用事僻涩，流于"绮刻"，也即绮丽雕刻，人工雕琢的痕迹过重，显然与其论诗所主张的"兴象风神"相背离。虽则如此，胡应麟却仍能在西昆体的"绮刻"之外找到西昆体值得肯定的闪光点，比如：

自李商隐、唐彦谦诸诗作祖，宋初杨大年、钱惟演、刘子仪辈，翕然宗事，号"西昆体"。人多訾其僻涩，然诸人材力富健，格调雄整，视义山不啻过之，惟丰韵不及耳。④

---

① （明）胡应麟：《诗薮》内编卷4，上海古籍出版社1979年标点本，第64页。
② （明）胡应麟：《诗薮》杂编卷5，第313页。
③ （明）胡应麟：《诗薮》杂编卷5，第313页。
④ （明）胡应麟：《诗薮》外编卷5，第209页。

胡应麟认为，杨、刘、钱等人虽有用事用字僻涩的不足，但是却不能因此忽视其学识丰富，擅长作诗的长处，并以"雄整"评论其"格调"。胡应麟所谓"格调"，简单说来，就是体格声调，是有则可循的作诗之法①。胡应麟在谈及这一问题时说："律诗全在音节，格调风神尽具音节中。""音节是诗歌格调的重要体现，说'格调风神尽具音节中'，等于说风神尽具格调之中。在胡应麟看来，格调包罗万象，它是诗歌艺术特征的总的体现，故作诗者当求格调；但又不可局限于体格声调的表面，而徒得其形似，当进一步求其涵蕴较深的'兴象风神'。因此，胡应麟的'体格声调，兴象风神'之说，实际上是一个广义的格调说，即把格调从体格、句格、格律、声调等狭义的形式规范中解脱出来，使之兼有兴象、风神、风韵等较为丰厚深邃的内涵。"② 所以，胡应麟说杨亿等人"格调雄整"，也即认为其在体格、句格、格律、声调等方面已达到很高的水平，这对杨亿等人在雕琢字句方面是一种客观的承认，然而这与胡应麟主张的"兴象风神"相距甚远。至于胡应麟将杨亿等人和李商隐所作的比较，按笔者理解，以雕刻人像作比，西昆的雕刻材料和技巧都是上乘的，唯独少了一丝生气和活人的韵味，李义山的雕刻材料和技巧虽不占上风，然其成品自有其丰神韵味，顾盼皆宜。

胡应麟对西昆体的接受，还以具体诗句为例，谈及其句格和用事。如：

> 杨大年"风来玉宇乌先觉，露下金茎鹤未知"，钱思公"立候东溟邀鹤驾，穷兵西极待龙媒"……丁晋公"乞珠泉客通关市，种玉仙翁寄版图"……李宗谔"一溪晓绿浮鸂鶒，万树春红叫杜鹃"，胡武平"雕戈夜统千庐卫，缇骑秋盘五柞宫"，右诸人诗，虽时伤晦僻，而句格多整丽精工，其用事亦时时可取，世咸

---

① 参见袁震宇、刘明今《中国文学批评通史·明代卷》，第283页。
② 袁震宇、刘明今：《中国文学批评通史·明代卷》，第283页。

以捋扯义山，非也。①

对西昆体，胡应麟一直持以客观公正的态度，他并不回避西昆体用事用字间或有伤于晦僻的缺点，但是仍然指出其"句格多整丽精工，其用事亦时时可取"。所谓句格整丽精工，乃是对其格调而言，用事，则又需回顾其所说的用典需融化无迹，此处胡应麟只是用一个"可取"含糊过去，并没有具体指出西昆体诗歌的用事究竟到了什么程度。但是这段话更值得我们注意的，不是胡应麟怎么评价了西昆体，而是胡应麟用这几句话想要实现的目的。这就需要我们细细品味胡应麟那一句"世咸以捋扯义山，非也"。胡应麟这句话不仅否定了自西昆体产生不久就有的"捋扯义山"的说法，更重要的是，在明代这种很少有人关注西昆体，即使关注也是对西昆体几乎一致批判的环境下，胡应麟产生了客观评价西昆体，肯定其所值得肯定之处的想法，这显然是西昆体在明代接受史上继张綖之后又一次重要的接受探索。

其二，对西昆体用事僻涩的不足，胡应麟力图从具体诗歌分析中寻找这一问题产生的原因，并用以警戒学诗之人。为实现这一目标，胡应麟采用的方式是将后期西昆派代表晏殊和杜甫进行比较：

晏同叔自以"梨花乱絮"取称，然实西昆之一也。"冰从太液池边动，柳向灵和殿里看。""灵和"字面稍僻，又于柳不切，遂落西昆，余为易作"长杨"，便了无痕迹。盖太液切冰，长杨切柳，本天生的对。彼嫌其熟，稍进厘毫，顿成千里。此西昆与老杜分界处，初不在用事间，学者当细酌也。②

胡应麟以晏殊"冰从太液池边动，柳向灵和殿里看"一联为例，指出晏同叔之所以用"灵和"这个僻涩且不大协调的词来指代"柳"，

---

① （明）胡应麟：《诗薮》外编卷5，第223—224页。
② （明）胡应麟：《诗薮》杂编卷5，第309页。

而不用"长杨",是因为"嫌其熟",因此故作僻涩。杜甫作诗亦用事,而世人对二者的评价却大相径庭,究其原因,本不在于是否用事,而是在于二者在选择所用之事时截然不同的取舍标准以及所期望达到的目标。笔者度之,若以显示学识为目标,或以僻涩为标准,也即此处的晏殊所为;若以胡应麟所说的以用典为方式来达到为诗歌画龙点睛的目标,或讲求化用无迹,那就应当不纠结于字句或是典故的僻熟,选用于诗歌而言最合适的即可。胡应麟在论述完毕之处说"学者当细酌也",显然其目的在于以此警示后来学者。

其三,胡应麟论诗还提出了时代、气运和人之才三要素对诗歌发展的影响,并由此形成了自己的诗歌发展史观。他的这种诗学思想在其对西昆体的接受中也有所反映:

> 唐中叶后,诗文异驱,宋文人乃无弗工诗者。王元之、杨大年、欧阳永叔、王介甫、苏子瞻、黄鲁直、陈无己、张文潜等辈,烜赫亡论。王禹玉、宋子京、苏子美、晏同叔、唐子西、杨廷秀、陆务观辈,皆其人也。明允、子由、子固亦俱有篇什,非默然者。①

文中说"宋文人乃无弗工诗者",结合胡应麟所持的"时""气运""才"的观点来看,这至少是对宋代文人"才"的肯定。在这段话中,胡应麟没有拈出"西昆派"的概念,仅提到了西昆派的代表人物杨大年、宋子京、晏同叔等人,指出其一时诗名煊赫,这只是对其在当时环境中所获得地位的一种客观承认,并没有将其放入整个诗歌发展史的大背景下评以优劣。胡应麟论诗还讲气运。他说:"盛唐句,如'海日生残夜,江春入旧年';中唐句,如'风兼残雪起,河带断冰流';晚唐句,如'鸡声茅店月,人迹板桥霜',皆形容景物,妙绝

---

① (明)胡应麟:《诗薮》杂编卷5,第313页。

千古，而盛、中、晚界限斩然。故知文章关气运，非人力。"① 又说："大历而后，学者溺于时趋，罔知反正。宋、元诸子亦有志复古，而不能者，其说有二：一则气运未开，一则鉴戒未备。"② 这两则材料，前者强调了在诗歌自身发展的过程中，一代有一代之诗歌，且时代不同，诗歌所体现的精神风貌各不相同，影响这种不同的根本因素是"气运"，而不是"人力"。将这一思路延伸下去，宋、元诸子的欲复古而不能的原因也就好理解了。我们再来看一段材料：

> 《西昆倡和》今不传，其诗尚散见宋人诗话及诸选中。世但知杨、刘、钱、晏数子，不知宋初诸名家，往往皆同。盖一时气运使然。虽门径自玉溪生，而才富力强，终是蓁隆人物。所恨者刻削未融，筋骨太露耳。③

胡应麟在这里指出，宋初时候，由于气运使然，学习李商隐的并非只是西昆诸子还有宋初诸多名家，都是门径自晚唐时期的李商隐，但由于宋初诸人学识丰富，才富力强，仍然表现出与当时气运相符的盛世气象。唯一遗憾的是这些人的诗歌创作经验不足，雕刻生硬，在用典上也没有做到融化无迹。胡应麟的这段话，一者以西昆体为论据来论证其气运说，二者也是将西昆体放到时代气运与诗歌发展的大背景下，指出其学李商隐诗歌是历史的必然，与气运相关，非人力可及。如此一来，对西昆体诗歌中所体现出的盛世气象也就不必过于褒扬或贬抑。可以看出，胡应麟这些言论，虽涉及西昆体，但最终落脚点却都不是西昆体，而是气运。唯一直指西昆体的，只有对雕琢的评价。

---

① （明）胡应麟：《诗薮》内编卷4，第59页。
② （明）胡应麟：《诗薮》外编卷5，第214页。
③ （明）胡应麟：《诗薮》外编卷5，第223页。

第三节　明代后期对西昆体的接受

　　明代自万历中叶以后，以前后七子为代表的复古运动已渐趋衰微，继之而起的是以"三袁"为代表的公安派和以钟惺、谭元春为代表的竟陵派。三袁的代表人物袁宏道论诗文强调文学与时俱变，他与前后七子唯宗盛唐贬抑中晚唐大有不同，尖锐地抨击七子派文必秦汉、诗必盛唐的复古论调，认为"唐自有诗，不必选体也；初、盛、中、晚自有诗也，不必初盛也"①。三袁论诗主张性灵说，他们标榜的是灵趣，不避俚俗，尚怪尚奇，一空依傍，以任情而发，反映人的"喜怒哀乐嗜好情欲"为宗旨，因而带有明显的反抗传统的色彩。它是当时的一种世俗的，以声色犬马、任情适兴为生活目的，力图摆脱封建礼教束缚，追求个体意识的社会思潮在文学中的反映，同时也是嘉靖以来戏剧、小说等世俗文艺的繁荣影响于诗文批评的结果。② 郭绍虞先生在其《中国文学批评史》中也总结说："在明代的文学与文学批评，有学古与趋新二种潮流，而中郎便是代表着新的潮流的人物。此新的潮流之形成由二种力量：自文学上的关系言，为戏曲、小说之发达；自思想上的关系言，为左派王学之产生。前者可于中郎之倾倒于徐文长见之，后者可于中郎之倾倒于李卓吾见之。"③ 公安派的"性灵说"强调的是露、俗、趣，带有市民阶层的欣赏趣味，不仅与传统诗教强调温柔敦厚者迥异，与李商隐诗之蕴藉、雅致乃至朦胧飘渺、感伤凄恻也截然不同，同样，与周益忠先生所说的西昆体"用事博奥，对仗工妙，且所用的文字浓丽奇艳"也大异其趣。

　　明代后期对西昆体稍有涉及的有许学夷、邓云霄、冯复京诸人。

---

　　① （明）袁宏道：《丘长孺》，《袁中郎全集》尺牍，中国图书馆出版部1935年标点本，第2页。
　　② 本段论述参见刘学锴《李商隐诗歌接受史》，第70—71页；袁震宇、刘明今《中国文学批评通史·明代卷》，第425页。
　　③ 郭绍虞：《中国文学批评史》下册，第276页。

一 许学夷

许学夷①论诗,强调正变之辨。其《诗源辩体》开篇就称:"诗自《三百篇》以迄于唐,其源流可寻,而正变可考也。学者审其源流,识其正变,始可与言诗矣。"② 因为"诗先定其正变,而后论其浅深,否则愈深愈僻,必有入于怪恶者"③。又说:"古诗以汉魏为正,太康、元嘉、永明为变,至梁陈而古诗尽亡,律诗以初盛唐为正,大历、元和、开成为变,至唐末而律诗尽敝。"④ 许学夷指出,辨明诗歌的正变,是认识诗歌的第一步。这与严羽所说的"学诗者以识为主,入门须正,立志须高,以汉魏晋盛唐为师,不作开元天宝以下人物"⑤ 是一致的,表明认识诗歌的正变源流是学诗的入门,入门须正,习正不习变,而大历、元和、开成至唐末的诗歌为变,非律诗正体,亦非可学之诗。他说:

> 予作《辩体》,于汉、魏、六朝、初、盛、中、晚唐,既详论之矣,而于元和诸公以至王、杜、皮、陆,亦皆反覆恳至,深切著明,正欲分别正变,使人知所趋向耳。宋朝诸公非无才力,而终不免于元和、西昆之流,盖徒取快意一时而不识正变之体故也。⑥

> 宋人才大者学韩白,若欧苏二公是也;才小者学李贺、李商隐、温庭筠,若杨大年诸人是也。⑦

---

① 许学夷(1563—1633),字伯清,又称许山人,江阴(今属江苏)人。自小能诗,为人高洁自爱。有《许山人诗集》《许伯清诗稿》《澄江诗选》《诗源辩体》等。
② (明)许学夷:《诗源辩体》,人民文学出版社 1987 年标点本,第 1 页。
③ (明)许学夷:《诗源辩体》,第 286 页。
④ (明)许学夷:《诗源辩体》,第 1 页。
⑤ (宋)严羽著,郭绍虞校释:《沧浪诗话校释》,第 1 页。
⑥ (明)许学夷:《诗源辩体》,第 317—318 页。
⑦ (明)许学夷:《诗源辩体》,第 249—250 页。

从这两段话中我们可以看出,许学夷论诗虽推崇盛唐而贬抑中晚唐,但态度与前后七子相较又稍显通达。"宋朝诸公非无才力,而终不免于元和、西昆之流",许学夷对西昆体虽不甚赞同,但对于西昆体作者的才力也并没有一概抹杀。

二 邓云霄

邓云霄[①]在《冷邸小言》里说:

> 李商隐为诗,书册排比满前,以资考用,时人谓之獭祭鱼。杨大年为文,每令子弟门人搜罗事实,黏缀而成,时人谓之衲被[②]。近世词客文人多犯此弊,不知者以为可骇,知之者比唾而欲呕。余尝谓读书只可开识见、助笔阵,如食参术丹砂,自能返老还童。若取参术丹砂挂在脸上,何补于颜?反益老丑。[③]

严格来说,邓云霄所论并非西昆体诗歌,而只是杨亿的文。笔者之所以在这里将其提出,是想借此表明邓云霄对黏缀事实的态度。文中说"读书只可开识见、助笔阵,如食参术丹砂,自能返老还童",邓氏在这里主要强调的是读书在作文中的一种潜移默化的作用,是一种内在的转化,而不必且不能用典故点缀在诗中,否则就成了将参术丹砂挂在脸上却想达到补颜的效果,最终却适得其反。且邓云霄强调读书"开识见、助笔阵"的作用与杨亿在《西昆酬唱集序》中说的"历览遗编,研味前作,挹其芳润,发于希慕,更迭唱和"无疑是不同的,这也当是双方产生分歧的重要原因。

---

① 邓云霄,广东东莞人,字玄度。万历二十六年(1598)进士。有《冷邸小言》《漱玉斋集》《百花洲集》等。

② 衲被,林駉《古今源流至论》云:"国初袭五季之陋,气习卑浅,体制浮靡,'衲被'之讥,君子所羞。"下有小字注云:"杨亿为文用故事,令子侄检讨出处,用片纸录之,文成,掇拾所录,人谓之'衲被'。"

③ (明)邓云霄:《冷邸小言》,清道光二十七年邓氏家刻本。

三 冯复京

冯复京[①]在《说诗补遗》里说：

> 沈约云："缉事比类，非对不发，惟睹事例，顿失精采。"钟嵘云："古今胜语，多非补假，皆由直寻。"凡此数语，皆以破除事障，自西昆搜僻，眉山堆垛，而后论之者，遂以用事为大戒。岂知伊公调鼎，必聚甘鲜；陶朱治生，恒资物力。若夫千载记乘四部典册，诚诗苑之禁脔，而骚坛之宝藏也。且摛景色于目前，则物貌易穷。写悲愉于幽腑，则情澜易竭。非博物宏览，陶古铸金，何以集毕精英，成斯经构。明使暗使，正用变用，通融出入，心矩相调，幻化灵奇，规环自协，何尝不引申触长，富有日新哉。若悬虚釜以待炊，张空拳而凌阵，无未见其可也。[②]

冯复京此说，实际并非是为西昆体的用事而辩驳，而只是就用事本身提出了自己的观点。冯复京指出，自沈约、钟嵘对用事发出议论，西昆为人诟病之后，后世皆以用事为大戒。冯复京对以用事为戒的观点并不赞同，并陈述了自己的理由：其一，伊公调鼎、陶朱治生，皆需材料。其二，"摛景色于目前，则物貌易穷。写悲愉于幽腑，则情澜易竭"，就事写事，物貌易穷，抒情单薄，幽腑凋敝，而用事的作用就是"触类旁通，发散思维"。其三，只有经过"博物宏览，陶古铸金"才可"集毕精英，成斯经构"，砖瓦齐全才可营造华屋。其四，用事并非是古板套用，简单堆垛，而是讲究"明使暗使，正用变用，通融出入，心矩相调，幻化灵奇，规环自协"诸般变化，如此，也可以"日新"，这与黄庭坚的"点铁成金"颇为相似。冯复京的这番言论无疑既是为诗中用典的必要性加码，也在客观上对西昆体的存在价

---

① 冯复京，字嗣宗，御史玘之玄孙。强学博记，早年治《诗经》，钩贯笺疏。喜聚书，藏书万卷。有《蠛蠓集》《六家诗名物疏》《遵制家礼》《常熟先贤事略》等。有冯舒与冯班二子。
② （明）冯复京：《说诗补遗》卷1，《全明诗话》，第3837页。

值予以了肯定。

  明代是尊唐抑宋倾向非常突出的时期，也是心学思想、市民思潮蓬勃兴起的时期，这导致西昆体在明代的接受土壤颇显薄弱。然而值得欣慰的是，明代诗坛上"宋无诗"的观点虽然不曾间断，但是也有不少关注宋诗的声音出现。西昆体在明代的接受情况就始终与明代诗人和批评家对宋诗的关注紧密联系。明代前期，宋濂、何乔新认为西昆体乖于古雅，王袆从时运变化角度看待西昆体（实则指温庭筠、李商隐之诗体）的产生，然而诸人对西昆体的评价都太过笼统，也不够深入。明代前期虽有一股师宋小风潮，但是其对宋诗的关注，或是泛泛而谈，没有具体阐述，或是企图从宋诗中寻找近似唐音的作品，西昆体在此时的接受并未获得较大的改观，但是这股风潮又确实唤起了部分人对宋诗的注意，比如周叙。然而这股风潮毕竟不是诗坛主流，如何乔新等宗唐之人依然对宋诗甚至晚唐诗歌保持激烈的批评态度。明代中期，前后七子追求"文必先秦两汉，诗必汉魏盛唐"，在艺术上求质朴、重抒情、讲格调，但是心学的兴起、吴中重情思潮的出现、文坛上唐宋派的出现以及戏剧方面徐渭的出现，都给明代中期的文学领域带来了鲜活的空气，加上针对前后七子诗学弊端而出现的矫正之声，给西昆体在明代的接受带来了意想不到的收获，出现了《西昆酬唱集》现存最早的刻本，张继在序文中又从诗歌是"游于艺"的角度，批驳了加诸其身的种种道学束缚和不甚客观的激烈批判。明代后期，诗人及批评家对西昆体的接受再度陷入了低谷，当时的诗坛主流，也即三袁等人，对西昆体不置一词。其余者，许学夷以杨、刘诸人为小才，邓云霄不赞同黏缀事实的诗歌创作手法。冯复京虽对与西昆体有极大关联的诗歌用事进行了深入肯定的分析，但是其本身对西昆体的关注亦是少得可怜。

  总的来说，明代对西昆体的关注较少，且诸家对西昆体否定主要在于"乖古雅之风"、过于雕镂以及黏缀事实。这些人的接受态度主要反映出三个问题。其一，"言简意赅"，直陈态度，而甚少陈述理由；其二，对"西昆体"的含义混淆不清，时误以"李商隐体"为

"西昆体",当然,这也是西昆体接受史上的常见问题,非独此时才有;其三,对"西昆体"的风格和内容评论言过其实,如何乔新甚至用"妖媚""娼家妇"等词评论之,失之妥当。根据以上几点,我们可以作出以下推测:其一,部分明代诗人对西昆体并未进行深入阅读和分析,有人云亦云之嫌,比如关于西昆得名一事,杨亿《西昆酬唱集序》明确表明:"凡五七言律诗二百五十章,其属而和者,计十有五人,析为二卷,取玉山策府之名,命之曰《西昆酬唱集》云尔。"[①]明代诸家若是认真翻阅了《西昆酬唱集》,便不该出现这样的错误。其二,虽然明代诗坛时常有多元的诗学主张存在,但是主流的宗唐抑宋思想依然在诗坛上占据了主导地位,以致部分关注宋诗的文人也只是在宋诗中寻找唐调。其三,西昆体自产生之初就备受争议,除了真宗时期的政治原因之外,更多也更根本的是西昆体本身的创作取向偏离了传统的雅正主流,导致其就算曾被关注,也注定不能成为诗评家评论的主要对象。

[①] (宋)杨亿:《西昆酬唱集序》,《西昆酬唱集注》。

第 六 章

清代对西昆体的接受

  清代是传统文化学术、传统文学批评总结和集大成的阶段。清代的批评家也往往具有宽宏的气度和广阔的视野,综博旁贯,善纳百川。束忱先生指出,纵观清代的诗歌发展全程可知,"宗唐""宗宋"时常是诗坛论争的焦点,围绕这一焦点,不同学者给出的不同回答,我们几乎都可视为该学者总体诗学认识的基石。清人对唐宋诗的选择,并不仅仅是其个人诗学趣味的体现,也直接影响着其对西昆体的接受态度。清人对唐宋诗的评价与时代精神、诗坛风气、诗人个人学术修养、生活经历等诸多方面的因素有关,对西昆体的接受亦然。受理学辨思和朴学实证两种治学方法的影响,清代文学批评家擅长论辩说理,虚实相辅,有论有据,抽象虚灵而少弄玄蹈空,实在详赡而富义理涵蕴,他们的批评理论也在总体上显出博大精深、周密详备、粗具系统的特色。① 长期以来被忽视、冷落甚至被偏颇地批判的西昆体诗歌,在清代也开始呈现出比较丰富的接受面貌。在本章中,我们将分别论述清代前期(顺、康、雍三朝,1644—1735 年)、清代中期(乾、嘉两朝,1736—1820 年)和清代后期(道光、咸丰、同治、光绪、宣统五朝,1821—1911 年)的西昆体诗歌接受历程。②

---

 ① 参见束忱《朱彝尊"扬唐抑宋"说》,《文学遗产》1995 年第 2 期;蒋寅《王渔洋与康熙诗坛》第二章,中国社会科学出版社 2001 年版,第 26—51 页;邬国平、王镇远《中国文学批评通史·清代卷》,上海古籍出版社 2011 年版,第 1 页。
 ② 此处时间划分,参考刘学锴《李商隐诗歌接受史》,第 77 页。

第一节　清代前期对西昆体的接受

西昆体在清代前期的接受内容甚为丰富。从诗人和诗评家对西昆体的接受来讲，我们可将清代前期接受西昆体的诗评家分为三类：其一是以冯氏家族、贺裳、吴乔为代表，他们论诗宗晚唐诗歌，又延及宋初西昆体，以之为晚唐余绪并给予了较多关注；其二是在宗唐宗宋之间处于中立的宋荦等人，对西昆体也以客观态度进行评价；其三是以较包容的心态正视宋诗并关注西昆体的贺裳、王士禛等人。从《西昆酬唱集》的刊刻传播来讲，清代前期刻本有徐乾学本、壹是堂本和朱俊升本，抄本有冯班手抄本、清初汲古阁影宋精抄本和故宫影宋精写本。关于《西昆酬唱集》的版本流传，我们将在第七章进行论述。从《西昆酬唱集》的校注来讲，这一时期出现了西昆集的第一个校注本，也即周桢、王图炜校注本，这个注本在校注方面略显简略，却因源自宋刻善本，而具有极高的校勘价值。

一　冯舒、冯班、冯武（附　朱俊升）

所谓冯氏家族，其成员主要有冯复京，冯复京二子冯舒、冯班及二冯从子冯武。冯复京是冯氏家族接受西昆体的先驱。从前文的论述可知，冯复京虽并未直接就西昆体作过论述，但肯定了用事在诗歌创作中的意义。冯舒、冯班①是清代前期西昆体接受史上的先锋。二冯以《玉台新咏》与《才调集》教人，提倡以温庭筠、李商隐为范式，又崇尚西昆体，以为"今日耳食之徒，羞论西昆体"的偏见亟须纠正。②然而值得注意的是，二冯对西昆体的肯定接受，多从师法策略的角度出发，是对学诗究竟取法何者为宜的一种探讨，而并不一定涉

---

① 冯舒（1593—1649），字己苍，号默庵，又号癸巳老人，有《默庵遗稿》《诗纪匡谬》，校定《玉台新咏》，较其他明刻本为善。冯班（1602 或 1604—1671），字定远，号钝吟居士，有《钝吟集》《钝吟文稿》《钝吟杂录》等。人称"海虞二冯"，有《二冯评点才调集》。

② 邬国平、王镇远：《中国文学批评通史·清代卷》，第132—136页。

及诗派源流间优劣高下之争。比如冯班用《才调集》教后学，冯武在《二冯先生评阅才调集凡例》中解释说："从此而入，则蹈矩循规，择言择行，纵有纨绔气习，然不过失之乎文。若径从江西派入，则不免草野倨侮，失之乎野。往往生硬拙俗，佶屈槎牙，遗笑天下后世而不可救。"①冯武的说法虽含有对江西诗派的偏见，但可说明这正是从师法策略的角度考虑而做出的选择。从诗学取法的角度来讲，二冯的取法对象均在晚唐。冯班学诗自幼便是从温庭筠、李商隐入手，认为从此入手，就可避免学宋元诗的粗率之病。从唐宋诗之争的角度来讲，二冯反对宗宋，尤其反对以黄庭坚为代表的江西诗派。他们批点方回《瀛奎律髓》，处处可见他们对江西诗派的排斥。冯班在《钝吟杂录》中说："夺胎接骨，宋人谬说，只是向古人集中作贼耳。"②

论及西昆体，二冯中对西昆体接受更丰富的是冯班。冯班在《同人拟西昆体诗序》中说："余自束发受书……以温、李为范式，然犹恨不见《西昆酬唱》之集。"③结合前文所述，冯班对西昆体虽极为推崇，但原因当在于西昆实为晚唐余绪。他在《钝吟杂录》卷五中说：

> （严羽）云西昆体，注云即李义山体，然兼温飞卿及杨、刘诸公而名之。按，《西昆酬唱集》是杨、刘、钱三君唱和之作，和之者数人，其体法温、李，一时慕效，号为西昆体。其不在此集者尚多，至欧公始变，江西已后绝矣，及元人为绮丽之文，亦皆附昆体。李义山在唐与温飞卿、段少卿号三十六体，三人皆行第十六也，于时无西昆之名。按，此则沧浪未见《西昆集序》也。（其误始于《冷斋夜话》。金源时，此书流于北方，如李屏山

---

① 转引自孙琴安《唐诗选本六百种提要》，陕西人民教育出版社1980年版，第242页。
② （清）冯班：《钝吟杂录》卷4，第50页。本段论述亦参见蒋寅《王渔洋与康熙诗坛》，中国社会科学出版社2001年版，第42—43页；王英志《清代唐宋诗之争流变史》，人民文学出版社2012年版，第104—107页；刘世南《清诗流派史》，人民文学出版社2004年版，第81—87页。
③ （清）冯班：《钝吟文稿》，《四库全书存目丛书》，齐鲁书社1996年影印本，集部，第216册，第566页。

《西岩集序》，元遗山《论诗绝句》，率指义山为昆体。玉溪不挂朝籍，飞卿沦于一尉，安得厕迹册府耶？杨文公序云：取玉山册府之名命之曰《西昆酬唱集》。）[1]

冯班对西昆体的论述，至为重要的一点就是在清代初期，他经过考证和辨源，再一次厘清了"西昆体""李商隐体"和"西昆三十六体"的正误和区别，进一步厘清了西昆体具体所指，在一定程度上减少了后世之人混淆三个概念的可能。[2]

另据杨绍和《楹书隅录》记载："甲辰三月，（先君）同叶君林宗入郡访朱卧庵之赤，其榻上乱书一堆。大都废历及潦草医方，残帙中有缮整一册，抽视之乃《西昆酬唱》也，为之一惊……因与借归，次日林宗入城喧传得此，最先匍匐而来者，定远先生也。仓茫索观，陈书于案，叩头无数，而后开卷，朗吟竟日，索酒痛饮而罢。使先君而在，得见此书不知若何慰悦言。念及此，不禁泪下沾衣也。"[3] 这则材料比较直观地为我们描绘了清初《西昆酬唱集》流传稀缺的情况，而文中所描绘的冯班见书的情景或许有夸张的成分，但也可为我们了解清初部分文人渴望得见《西昆酬唱集》的情状提供侧面依据。同时，杨绍和的这则材料也表明《西昆酬唱集》在清初已有一批潜在的读者。对于这一点，我们可以看看钱曾所作的《西昆酬唱集跋》："一日，已苍先生来……极论诗派源流，格之何以为格，律之何以为律，西江何以反乎西昆，反覆数千言，开予茅塞实多，但不得睹西昆集，共相惋惜耳。"[4] 读钱曾文字，我们可以想见当时他们关于《西昆酬唱集》热烈的讨论、极力的推崇以及渴望见到的急切心情。从这一点来说，也就不难理解杨绍和书中记载的"匍匐而来"和"陈书于案，叩

---

[1] （清）冯班：《钝吟杂录》，第71页。

[2] 清代还有王应奎、翁方纲、胡鉴等人为西昆体辨源，详见段莉萍《后期"西昆派"研究》，第58—60页。

[3] （清）杨绍和：《楹书隅录》卷5，《续修四库全书》，上海古籍出版社2002年影印本，史部，第925册，第28页。

[4] （清）钱曾：《西昆酬唱集跋》，《西昆酬唱集注》附录二，第341页。

头无数，而后开卷，朗吟竟日，索酒痛饮而罢"了。另外，钱曾在其跋文中也对严羽等人以"李商隐体"为"西昆体"，以杨、刘为西昆继起之人进行了批驳，观点与冯班相同，此处不详论。

冯武曾为朱俊升刻《西昆酬唱集》作序，序中说："元和、太和之代，李义山杰起中原，与太原温庭筠、南郡段成式，皆以格韵清拔，才藻优裕，为西昆三十六，以三人俱行十六也。西昆者，取玉山策府之意云尔。赵宋之钱、杨、刘诸君子竞效其体，互相酬唱，悉反江西之旧，制为文锦之章，名曰《西昆酬唱》。"① 又说"今江西之说，诗家之快利药物也，深入肺腑……苟不以是书（指《西昆酬唱集》）整饬之……文焉而去其鄙野，典焉而去其朴楝"②。冯武这篇序错误很多，如误将温、李、段骈文"三十六体"作"西昆三十六体"，又说杨、刘等人的唱和是为反江西之旧，更是大错特错。但是从考察《西昆酬唱集》在清代的刊刻流传角度来讲，冯武率先总结了西昆集在此时的刊刻情况，对我们现在梳理西昆集的流传是大有裨益的。冯序说："昔年西河毛季子（指奇龄）从吴门拾得，抄自旧本，狂喜而告于徐司寇健庵先生，健庵遂以付梓，汲汲乎惟恐其书之又亡也。刻成，而以剖厥未精，秘不以示人。吴门壹是堂又以其传之不广，而更为雕版……今又得阆仙朱子，从两家之后而三之。"③ 指出清代《西昆酬唱集》凡三刻：徐乾学本、壹是堂本和朱俊升本④。同时，朱俊升本人也为《西昆酬唱集》作了一篇序文，其中有一节说：

---

① （清）朱俊升：《清康熙戊子苏州重刻西昆酬唱集序》，《西昆酬唱集注》附录二，第343—344页。

② （清）冯武：《清康熙戊子苏州重刻西昆酬唱集序》，《西昆酬唱集注》附录二，第342—343页。

③ （清）冯武：《清康熙戊子苏州重刻西昆酬唱集序》，《西昆酬唱集注》附录二，第342—343页。

④ 关于《西昆酬唱集》版本流传及考证，详见祝尚书先生《宋人总集叙录》，中华书局2004年版，第17—21页；曾枣庄先生《〈西昆酬唱集〉及其版本校注》，《长江学术》2012年第1期。

西昆之制，仿于有唐，酬唱之篇，殷乎前宋。歌风咏雪，情婉转以相关，刻玉雕金，句琳琅而可诵。无心契合，诗成应不让元和，有意规橅，赋就亦能追正始。清新体格，俱流香艳于行间，细腻风流，一洗叫嚣于腕下。树五七言之壁垒，致足相当，追三十六之风流，真能学步。则此一集也，均属前人之逸响，伊何昔也亡而今也存，缅惟数子之清才，恍若前者唱而后者和。①

朱俊升虽说将西昆体诗歌与元和、正始并论，然而细细体悟其对西昆体的认识，不过流于歌风咏雪、刻玉雕金的表面。但说西昆体"清新"，却也有其独到之处，这一点将在后文论及刘熙载对西昆体的接受时详细阐述。

二 贺裳

清代前期对西昆体投入了较多关注的是贺裳②，其关于西昆体的接受主要体现在所著《载酒园诗话》中。贺裳论诗亦宗中晚唐。对宋诗，"贺裳既反对全部抹杀宋诗成就，更希求改变当时专尚宋诗一派的主张。他讲过'宋诗虽不及唐，才情原自不乏'这类对宋诗颇含肯定语气的话，又对众多宋代名家及其作品有过程度不同的称许，但是总的来说，他对宋诗贬大于褒，抑甚于扬，如云：'大率宋诗三变：一变为伧父，再变为魑魅，三变为群丐乞食之声。'他主要取宋诗合于唐诗风调的一面，或者说是以唐取宋"③。另外，"贺裳非常重视诗人锻铸捡择语言的能力，强调作诗应当言辞与意理并美无偏。他说：'必理与辞相辅而行，乃为善耳。'指出'意工语俗'、'有美意而无佳

---

① （清）朱俊升：《清康熙戊子苏州重刻西昆酬唱集序》，《西昆酬唱集注》附录二，第343—344页。
② 贺裳，生卒年不详，清江南丹阳（今属江苏）人，字黄公。康熙初监生。与杨维斗、张溥善。工古文，尤工词。有《红牙词》《载酒园诗话》等。《载酒园诗话》传本甚少，今通行《清诗话续编》本。
③ 邬国平、王镇远：《中国文学批评通史·清代卷》，第174页。

词'、思路虽深而神韵欠高雅均是诗歌美的偏缺"①。以此要求来观宋诗,贺裳指出宋诗的一大缺点是"敷陈多于比兴,蕴藉少于发舒,求其意长笔短,十不一二也"②,并认为当时宋诗派的主要不足也表现在此。贺裳对西昆体诗歌的接受主要集中在对其用事的探讨上。

> 欧、梅恶西昆之使事,力欲矫之。然如梅圣俞《咏蝇》曰:"怒剑休追逐,凝屏漫指弹",亦事也,岂言出其口而忘之乎?余意俗题不得雅事衬贴,何以成文?但不宜句句排砌如类书耳。③
>
> 晋荀勖久在中书,专管机事,久之以守尚书令,甚悯悯,或有贺之者,勖曰:"夺我凤凰池,诸君贺我耶!"故后人呼中书为凤池。卫瓘见乐广而奇之,命诸子造焉,曰:"此人之水镜,见之莹然。"乐非真有镜,荀非真有池也。飞卿《和太常嘉莲》诗曰:"同心表瑞荀池上,半面分妆乐镜中。"推其意不过言莲生池内,池内水澄如镜,照见花影耳,却如此使事,反觉支离。即笺启中,已属混语,况入之于诗!后有厌薄昆体者,正此种流弊。④

贺裳不反对用事,但反对支离,从这一点来看,若西昆体用事是为增加诗歌文采,则无可非议,但凡事过犹不及,若句句排砌如类书,或生造词句以代某典故以致字句支离,则显然是贺裳所不认同的,也就是他所说的昆体流弊。但西昆派中诗人众多,不同诗人不同学力不同诗作,贺裳也能根据其具体情况给予相应的评价。如对杨、刘、钱三人,贺裳对他们诗歌中的用事就给予了很高的肯定:

> 杨亿、钱惟演、刘筠。尝笑宋人薄馆职诸公,不知当日经营位置,备极苦心,实苦其难驾,为高论讥之,是犹晋人作达,徒

---

① 邬国平、王镇远:《中国文学批评通史·清代卷》,第 176 页。
② (清)贺裳:《载酒园诗话》卷2,《清诗话续编》,第 418 页。
③ (清)贺裳:《载酒园诗话》卷1,《清诗话续编》,第 212 页。
④ (清)贺裳:《载酒园诗话》卷1,《清诗话续编》,第 212—213 页。

利纵恣，原不解嗣宗本趣也。即如大年《梨》诗"九秋青女霜添味，五夜方诸月溜津"，后人咏物能有此形容乎？思公《苦热》"雪岭却思回博望，风窗犹欲傲羲皇"，每一诵之，殆令人忽忽忘暑。况诸公亦不专使事，子仪则有"旧山鹤怨无钱买，新竹僧同借宅栽"，大年则有"梅花绕槛惊春早，布水当檐觉夏寒"，思公则有"雪意未成云着地，秋声不断雁连天"，皆甚隽永。吾尝谓庐陵诋杨、钱，无异公安毁王、李。明诗坏自万历，宋诗坏始景祐、宝元，古今有同恨耳。①

这一段话中，贺裳以杨亿的《梨》和钱惟演的《苦热》为例，肯定了杨、钱诗歌中的用事；又以刘筠、杨亿和钱惟演未曾用事的诗句说明其作品亦具有隽永的韵味。于前者，贺裳尤其是在评价钱惟演《苦热》"雪岭却思回博望，风窗犹欲傲羲皇"时，说"每一诵之，殆令人忽忽忘暑"，这一比喻恰如手绘牡丹能引蝶，评价甚高。于后者，贺裳特意指出了前人甚少注意到的他们未曾用事的佳句。需知贺裳论诗，提出"对仗精工，诚为佳事，但作诗必先观大意，往往以争奇字句之间，意不得远，则亦不贵"（《载酒园诗话》卷一"属对"条），而含有"大意"的诗句，则是能感动心灵，引起他人共鸣的好句，所以贺裳以"甚隽永"评论杨、刘、钱的这些诗句，这或可表明杨、刘、钱的这些诗句不仅精于炼字，而且有动人之"大意"。但在这段话的末尾，贺裳又说"宋诗坏始景祐、宝元"，也就是禁西昆、矫西昆之后，却又是将西昆放到了一个过高的高度，而忽视了欧阳修以后宋诗的成就，就不免有所偏颇。

三　吴乔

吴乔②论诗服膺冯班、贺裳，其著作《围炉诗话》采录《钝吟杂

---

① （清）贺裳：《载酒园诗话》卷1，《清诗话续编》，第406页。
② 吴乔（1611—1695），一名殳，字修龄。明末清初诗人、史学家、武学学者，一生游踪甚广，与顺治、康熙年间的文坛人物多有交往。

录》《载酒园诗话》之说甚多。吴乔尤重学习中晚唐擅长比兴寄托、诗风浓丽婉曲的李商隐、温庭筠、韩偓诸家。对于西昆体，吴乔明确将其区分为李商隐之西昆和杨亿、刘筠、钱惟演之西昆。其所著《西昆发微》也是对李商隐《无题》诗的阐释。对杨、刘之西昆，吴乔认为"义山诗被杨亿、刘筠弄坏"①"杨、刘、钱之西昆，直是儿童之见"②。指出杨、刘诸人学李商隐而至此，其原因就在于学诗过于杂乱，又不能专守一家③。所以，吴乔所谓的学西昆体，实则是指学李商隐诗，对宋初杨、刘、钱之西昆实则持贬抑态度。④

吴乔论诗重学力和识见，其对西昆体的接受也主要从这一点切入讨论：

> 学业须从苦心厚力而得，恃天资而乏学力，自必无成，纵有学力而识不高远，亦不能见古人用心处也。杨大年十一岁，即试二诗二赋，顷刻而成。后来诗学义山，唯咏汉武帝云："力通青海求龙种，死讳文成食马肝。待诏先生齿编贝，忍令索米向长安。"稍有气分。其西昆诗全落死句，未能仿佛万一。文章不脱五代陋习，以视欧、苏，真天渊矣。非学不赡，识卑近也。识为目，学为足。有目无足，如老而策杖，不失为明眼人；有足无目，则为瞽者之行道也。今日作诗，于宋、明瞎话留一丝在胸中，纵读书万卷，只成有足无目之人。⑤

吴乔认为，好诗的创作需具备三个条件：天资、学力、识见。学力是学诗有成的最基本的条件，而识见则是通见古人用心之处的钥匙，

---

① （清）吴乔：《围炉诗话》卷5，《清诗话续编》，第606页。
② （清）吴乔：《围炉诗话》卷1，《清诗话续编》，第500页。
③ "学诗不可杂，又不可专守一家。乐天专学子美，西昆专学义山，皆以成病。大乐非一音之奏，佳肴非一味之尝，子美所以集大成也。"（清）吴乔：《围炉诗话》卷1，《清诗话续编》，第477页。
④ 此段论述参见邬国平、王镇远《中国文学批评通史·清代卷》，第177—178页。
⑤ （清）吴乔：《围炉诗话》卷4，《清诗话续编》，第592页。

正如其后文所说:"识为目,学为足。有目无足,如老而策杖,不失为明眼人;有足无目,则为瞽者之行道也。"学力与识见相辅相成,缺一不可。在吴乔看来,杨亿少年有成,自是天资聪颖;而西昆体诗歌中多用典故,也可以说是其颇有学力,但效果却是"全落死句,未能仿佛万一",其文章也难脱五代陋习,实是其识见不够高远的缘故。但吴乔最后说:"今日作诗,于宋、明瞎话留一丝在胸中,纵读书万卷,只成有足无目之人。"虽肯定了宋、明人学力这一方面,却完全否定了其识见,这一观点又太过偏颇。

吴乔也有对西昆体的具体作品进行评点的,我们也可从中看出一些他对西昆体的整体评论。如以下两则材料:

> 西昆诗尚有仿佛唐人者,如晏殊之"油壁香车不再逢,峡云无迹任西东⋯⋯"题曰《寓意》,而诗全不说明,尚有义山《无题》之体。欧、梅变体而后,此种不失唐人意者遂绝⋯⋯《吊苏哥》诗是刺宋子京,语甚温厚,得唐人法。①

> 诗文自有正道,着不得偏心。李献吉怒宾之,故矫其诗,终不成造就。欧公怒惟演,既已诬贬其先世,诗亦从而诋之。今观欧公诗,能胜杨、刘、钱三公否?只自固一世思路耳。②

第一则材料中说晏殊的《寓意》一诗"题曰《寓意》,而诗全不说明,尚有义山《无题》之体",且其《吊苏哥》一诗"语甚温厚,得唐人法"。吴乔的评点标准与冯班、贺裳一样,均是以晚唐诗歌为准绳来衡量西昆体诗歌的优劣。第二则材料中则说欧阳修贬低钱惟演的诗歌,实是背离诗文正道,以私怒之偏心加诸诗文而已,而今跳出当时当世,则并不以欧阳修之诗高于杨、刘、钱之诗。吴乔此说实则是他极端反对宋诗的产物,其可取性有待商榷。

---

① (清)吴乔:《围炉诗话》卷5,《清诗话续编》,第607页。
② (清)吴乔:《围炉诗话》卷5,《清诗话续编》,第621页。

四 宋荦

宋荦[①]堪称唐宋诗之争的折衷派代表。宋荦在《西陂类稿》里说："考镜三唐之正变，然后上则遡源于曹、陆、陶、谢、阮、鲍六七名家，又探索于李、杜大家，以植其根柢；下则泛滥于宋、元、明诸家，所谓取材富而用意新者，不妨浏览以广其波澜，发其才气。"[②] 宋荦对西昆体的接受主要是以诗学史的眼光为西昆体定位：

> 唐以后诗派，历宋、元、明至今，略可指数：宋初晏殊、钱惟演、杨亿号"西昆体"。仁宗时欧阳修、梅尧臣、苏舜钦谓之欧、梅，亦称苏、梅，诸君多学杜、韩。王安石稍后，亦学杜、韩。神宗时，苏轼、黄庭坚谓之苏、黄；又黄与晁补之、张耒、陈师道、秦观、李廌称苏门六君子；庭坚别开"江西诗派"，为"江西"初祖……其流别大概如此。[③]

宋荦在这段材料中，虽历数宋代主要的诗派和诗学大家，将西昆体与欧、梅，王安石，苏、黄等人并提，却未在其所述的诗学流派发展中为宋初三体中的白体和晚唐体列出一个席位，可见宋荦对西昆体的肯定。这种肯定可以有两种解释：第一是宋荦从诗歌发展的角度，肯定了西昆体对宋诗发展的奠基作用；第二是宋荦对西昆体诗歌的艺术成就有所肯定。遗憾的是宋荦并未涉及对西昆体诗歌的具体评价。

---

① 宋荦（1635—1714），河南商丘人，字牧仲，号漫堂，又号西陂，诗文与王士禛齐名。有《绵津山人集》，晚年别刻名《西陂类稿》。

② （清）宋荦：《西陂类稿》卷27，《清代诗文集汇编》，上海古籍出版社2010年影印本，第135册，第301页。

③ （清）宋荦：《漫堂说诗》，《清诗话》，上海古籍出版社1963年标点本，第419—420页。

五　王士禛

这一时期对西昆体投入了较多关注的是王士禛①，下面将从王士禛对西昆源流的界定、诗风的批评以及王士禛诗歌创作与西昆体的相似性等角度进行探讨。

（一）王士禛对西昆源流及名称界定的探讨

"西昆"之名，杨亿在《西昆酬唱集序》中所言甚明："取玉山策府之名，名之曰《西昆酬唱集》云尔。"但自宋代石延年始②，径以李商隐诗为西昆体之误一直存在，自此之后，"西昆体"之所指即遭到诸多误会。南宋严羽在《沧浪诗话》中说过，"西昆体，即李商隐体，然兼温庭筠及本朝杨刘诸公而名之也"③。严羽在这里明确将"西昆体"与"李商隐体"画上等号，并以"兼及"一词，指出李商隐与宋初杨、刘、钱诸人的源流关系。由于《沧浪诗话》的影响，"西昆体"即"李商隐体"的说法，由此愈广。

王士禛对西昆一脉源流的接受情况，我们可以从他的诗话中得出结论。他在《香祖笔记》中说："宋人诗，至欧、梅、苏、黄、王介甫而波澜始大。前此杨、刘、钱思公、文潞公、胡文恭、赵清献辈，皆沿西昆体，王元之独宗乐天。"④ 这段话对王士禛在西昆体诗源这一问题上，透露出一条很关键的信息。文中说，"前此杨、刘、钱思公、文潞公、胡文恭、赵清献辈，皆沿西昆体"，一个"沿"字表明，在王士禛的诗史观念中，杨亿诸人并不是西昆体的开创者。在王士禛看来，西昆体的产生当始于李商隐。

此外，以下数则资料也可说明王士禛对这个问题的看法：

---

① 王士禛（1634—1711），字子真，一字贻上，号阮亭，别号渔洋山人。有《带经堂集》《池北偶谈》等，其门人张宗柟采其各书中论诗之语，编成《带经堂诗话》33卷。
② 详见本书第一章第五节"西昆"一词含义在接受中的发展变化。
③ （宋）严羽著，郭绍虞校释：《沧浪诗话校释》，第69页。
④ （清）王士禛：《带经堂诗话》，第43页。

世人谓宋初学西昆体有杨文公、钱思公、刘子仪，而不知其后更有文忠烈（彦博）、赵清献（抃）、胡文恭（宿）三家，其工丽妍妙不减前人；今所传《西昆倡和集》则丁谓诸人也。①

丙寅、丁卯间，予方里居，钟子圣舆与赵子丰原、王子秋史先后来从游……钟子……偶赋《丰台芍药》诗四章，芊绵清丽，又似西昆三十六体，一时盛传之。②

李商隐、温庭筠、段成式倡和，号三十六体，初不解其义。《小学绀珠》云：三人皆行第十六也。③

以上第一则材料中能反映出西昆诗源的一个关键字就在于一个"学"字。有学必有源。杨文公诸人既然有可学的西昆对象，那么他们必然也就不是西昆的创始人。第二、第三则材料中，我们发现，王士禛不仅将"西昆体"等同于"李商隐体"，还将其等同于"西昆三十六体"。这些材料足以说明王士禛所谓的"西昆"，并不是由杨文公等人开始，而是始自李商隐等人。

其实，对于这个问题，比王士禛稍早的冯班已作过详细可靠的论述。他在《钝吟杂录》卷五中批驳严羽时说："（严羽）云西昆体，注云即李义山体，然兼温飞卿及杨刘诸公而名之。按，《西昆酬唱集》是杨刘钱三君倡和之作，和之者数人，其体法温李，一时慕效，号为西昆体。其不在此集者尚多，至欧公始变，江西已后绝矣，及元人为绮丽之文，亦皆附昆体。李义山在唐与温飞卿、段少卿号三十六体，三人皆行第十六也，于时无西昆之名。按，此则沧浪未见《西昆集序》也。"④

冯班此论，穷流溯源，考其根柢。显然，他对西昆的看法是在经过自己的考证和思考之后得出的结论，并有理有据地纠正了严羽对

---

① （清）王士禛：《渔洋诗话》卷中，《清诗话》，第194页。
② （清）王士禛：《带经堂诗话》，第125页。
③ （清）王士禛：《带经堂诗话》，第473页。
④ （清）冯班：《钝吟杂录》，第71页。

"西昆体"理解的谬误,将"李商隐体""三十六体""西昆三十六体"和"西昆体"作出了明显的区分,厘清了西昆体的源流。王士禛虽晚出于冯班,却并未采纳冯班早已考证清楚的结论,这当是与他的"宗唐"诗学思想有关。王士禛自小吟诵王维、孟浩然、韦应物等人的诗歌,这对其偏爱神韵诗的取向有着潜移默化的影响,加上受明代唐诗学的影响,最终形成了自己宗唐的诗学主张。至于他所提出的"典、远、谐、则"谈艺四言,除了"典"关乎学问,主张以经史为根柢外,其余三条皆与诗歌神韵有关,反映的是学问与性情兼备的诗学思想。王士禛在这四者中把"典"放在首位,主张化学问为性情而学为诗用,合诗人之诗和学人之诗为一,则有兼取唐宋的倾向。其诗学思想由唐至宋的转变和承接,导致他在西昆体诗学源流这一问题上与冯班的不同。冯班以考据为凭,将"西昆体"和"李商隐体"作了明显区分,王士禛则从二者的继承和流变关系上,将二者的历史脉络打通,连贯承续,并最终将二者视为一体。

(二)王士禛对西昆体及昆体诗人的接受

对于这个问题的讨论,我们主要从王士禛的诗话中寻找依据。《池北偶谈》卷十六云:"宋明以来,诗人学杜子美者多矣。予谓退之得杜神,子瞻得杜气,鲁直得杜意,献吉得杜体,郑继之得杜骨,它如李义山、陈无己、陆务观、袁海叟辈又其次也,陈简斋最下。《后村诗话》谓简斋以简严扫繁缛,以雄浑代尖巧,其品格在诸家之上,何也?"[1] 如前所述,王士禛眼中的西昆体,乃是始自李商隐诸人。所以,要了解王士禛对西昆的接受情况,当然也需要从他对李商隐等人的诗评入手。王士禛认为李商隐乃是学于杜甫,且李商隐在学杜之时,杜诗的神、气、意、体、骨,义山所学都算不上最好,而是"其次之也",这可以看作王士禛对西昆体的基本认知。《带经堂诗话》引《蚕尾文》云:"唐末五代诗人之作,卑下龌龊,不复自振,非唯无开元、元和作者豪放之格,至神韵兴象之妙,以视陈隋之季,盖百不及一焉。

---

[1] (清)王士禛:《带经堂诗话》,第20页。

宋兴，沿杨刘之习者尚数十年，而欧梅始出。"① 可见，在王士禛眼里，诗歌创作自唐末开始，就已走向了气格卑弱之路。宋初的杨、刘诸人似乎也仍是在唐末五代的风格上前行。而宋代诗家气象之变，乃是从欧、梅开始而见大势。王士禛在这里对宋初西昆体的评价虽说把握住了他们大体的诗风取向，却忽视了西昆体本身产生的背景，也即对白体和晚唐体的矫正作用。从这一点来讲，王士禛的评价颇有些囫囵的意思，对西昆体的评价自然也欠公允。

王士禛对西昆体的评价多是点到为止，少有深入评论的记载。以下是难得的一条他对西昆体评价比较深入的记录。《带经堂诗话》卷六引《蚕尾文》中材料云："宋杨亿、钱惟演、刘筠《西昆酬唱集》，凡五七言律诗二百四十七首，属和者十五人，有杨文公自序。和者……右谏议大夫薛映，□秉，已上止十四人。乖厓英雄，道院禅寂以及鹤相皆仿此体，然皆不逮三公之神到。予观文忠烈、赵清献二公集，律诗皆拟昆体甚工，而石介作《怪论》三篇，独苛于文公，何欤？"② 王士禛在这里论述了《西昆酬唱集》的作者人数及诗歌数量，指出张咏等人皆仿此体，却不如杨、刘、钱三人"神到"。"神到"一词是否与王士禛的"神韵说"一致呢？王士禛《香祖笔记》卷二曰："七言律联句，神韵天然，古人并不多见。如……皆神到不可凑泊。"刘世南先生《清诗流派史》解释"神韵"一词为："神，就是神味，即表现得恰到好处的诗味。而王士禛却侧重'神'字下的'韵'字，这就把诗引向一种悠闲淡远、有余不尽的境界。"③ 显然，二者是有联系但又不完全等同的。在王士禛看来，杨、刘、钱三人的律诗，其所含之"韵"或许稍微不足，但自有其神味、诗味。此条材料还论及文彦博、赵抃诸人皆学西昆体，而石介独抨击杨亿的不解。

《居易录》卷十一又谈及杨亿《武夷新集》："宋翰林学士杨亿大年《武夷新集》二十卷，景德丁未大年在翰林所自编定也；诗五卷，

---

① （清）王士禛：《带经堂诗话》，第124页。
② （清）王士禛：《带经堂诗话》，第136页。
③ 刘世南：《清诗流派史》，第184页。

杂文十五卷，闽谢在杭写本。大年以西昆体擅名宋初，其诗在同时钱刘诸公之上；览其全集，警策绝少。"这里首先介绍杨亿的《武夷新集》，接着认为杨诗在钱、刘诸公之上，肯定杨亿在宋初诗坛的地位。但又说"览其全集，警策绝少"。关于"警策"，这里似指整丽精工的诗句，《杨文公谈苑》曾言："钱惟演、刘筠特工于诗，其警策殆不可遽数。"① 所举的诗句皆整丽精工。古人有搜集好句的习惯，称之为"句图"。王士禛似乎说杨亿《武夷新集》中缺乏佳句名联。张明华先生指出，"《武夷集》（大部分）是西昆体形成期的产物，《西昆集》则标志西昆体的成熟"②。《武夷新集》既然是西昆体形成期的产物，其艺术水平还稍显不足。王氏指出其不足，应该说是颇具眼光的。

王士禛在考据西昆体源流这个问题上虽有诸多不妥，但是在评价西昆体诗歌艺术特点时，却不失公允。《渔洋诗话》卷中谓："世人谓宋初学西昆体有杨文公、钱思公、刘子仪，而不知其后更有文忠烈（彦博）、赵清献（抃）、胡文恭（宿）三家，其工丽妍妙不减前人；今所传《西昆倡和集》则丁谓诸人也。潞公以功名，清献以清直著闻，而诗格殊不类，亦一奇也。"③《居易录》卷二十五："《笔记》：司马文正公五字诗云：烟曲香寻篆，杯深酒过花。可谓工丽。此与文忠烈、赵清献诗拟西昆相似也。"④《香祖笔记》卷六："宋初诸公竞尚西昆体，世但知杨、刘、钱思公耳，如文忠烈、赵清献诗，最工此体，人多不知，予既著之《池北偶谈》、《居易录》二书，观李子田（蓁）《艺圃集》载胡文恭武平（宿）诗二十八首，亦昆体之工丽者，惜未见其全，聊摘录数联于左……风调与二公可相伯仲，起结尤多得义山神理，不具录。"⑤ 在以上数则材料中，王士禛评论他们的关键字在于"工丽妍妙"或"工丽"。仍旧回到王士禛的诗论上。王士禛论诗的主

---

① （宋）杨亿口述：《杨文公谈苑》，《杨文公谈苑·倦游杂录》，第81页。
② 张明华：《从〈武夷集〉到〈西昆集〉——西昆体形成期与成熟期作品比较》，《文学遗产》2002年第4期。
③ （清）王夫之等：《清诗话》，第194页。
④ （清）王士禛：《带经堂诗话》，第213页。
⑤ （清）王士禛：《带经堂诗话》，第213页。

张之一即"丽以则"。这一说法出自扬雄《法言·吾子》"诗人之赋丽以则",王士禛在这里将用之于诗评,主张诗歌既要写得绮丽且能摇荡性情,又要不失正则,不悖于"温柔敦厚"的诗教。"工"字当是评论其诗格律工整,"丽"字乃是指其用字和造象绮丽,而"妍妙"则当是指其意境能摇荡性情。① 从这个角度来讲,王士禛对前后西昆诸人的诗歌创作还是颇为赞赏的。

除"工丽"而外,王士禛还肯定了西昆体诗人用典广博、对仗精确的特点。这体现在对后期西昆体诗人宋祁的评价:"予观宋景文近体,无一字无来历,而对仗精确,非读万卷者不能,迥非南渡以后所及。今人耳食,誉者毁者,皆矮人观场,未之或知也。"② 王士禛对宋祁用典及对仗的肯定,也与其诗学理论相关,王氏论诗强调兴会,但也不排除学问根柢。《带经堂诗话》卷三曰:"夫诗之道,有根柢焉,有兴会焉,二者率不可得兼。镜中之象,水中之月,相中之色,羚羊挂角,无迹可求,此兴会也。本之风雅以导其源,溯之楚骚、汉魏乐府诗以达其流,博之九经、三史、诸子以穷其变,此根柢也。根柢原于学问,兴会发于性情。于斯二者兼之,又翰以风骨,润以丹青,谐以金石,故能衔华佩实,大放厥词,自名一家。"③ 邬国平、王镇远两先生解释为:"兴会是由一时一地的性情所决定的,而根柢则基于平素学问的积累,渔洋以为二者须兼而有之,方能自成一家。"④ 因此,王士禛对"以学问为诗"的西昆体并不排斥,反而较为欣赏。

(三)王士禛的诗歌创作与昆体风格的相似性

结合王士禛本人的诗歌创作来看,王士禛的诗评和诗歌创作显然是相距甚远的。袁枚曾说:"阮亭主修饰,不主性情。观其到一处必有诗,诗中必有典,可以想见其喜怒哀乐之不真矣。"⑤ 胡去非在《王

---

① 参见刘世南《清诗流派史》,第188页。
② (清)王士禛:《带经堂诗话》,第43页。
③ (清)王士禛:《带经堂诗话》,第78页。
④ 邬国平、王镇远:《中国文学批评通史·清代卷》,第325页。
⑤ (清)袁枚:《随园诗话》卷3,第80页。

士禛诗·绪言》中指出："王士禛虽自标神韵之义,而其为诗,则喜用僻事新字,倾于修饰,而神韵之旨反晦。"① 赵伯陶先生也认为:"隐括前人整首诗之意境为我所用,是王士禛诗创作获得'神韵'的一种方法。"②

我们看这些作品:如《南唐宫词六首》其二:"曾邀醉舞媚君王,鬟朵珠翘别样妆。红烛当筵新破就,更将金屑谱《霓裳》。"③ "曾邀"句,写南唐后主李煜与周后事。宋代陆游《南唐书》卷十六云:"(周后)举杯请后主起舞,后主曰:'汝能创为新声,则可矣。'后即命笺缀谱,喉无滞音,笔无停思,俄顷谱成,所谓《邀醉舞破》也。"④ "鬟朵"句,同样出自此书,言周后在宫中"创为高髻纤裳及首翘鬟朵之妆,人皆效之"。"红烛"句,典出宋代马令《南唐书》卷六:"后主尝演《念家山》旧曲,后复作《邀醉舞》、《恨来迟》新破,皆行于时。"⑤ "更将"句典出陆游《南唐书》卷十六:"盛唐时,《霓裳羽衣》最为大曲,乱离之后,绝不复传。后得残谱以琵琶奏之,于是开元、天宝之遗音复传于世。"再如王士禛《冬日偶然作四首》,其一曰:"太史下蚕室,坎壈谁见知。发愤传《货殖》,千古同悲噫。郭纵出铸冶,翁伯起贩脂。洒削既鼎食,胃脯亦连骑。志士守蓬荜,不如交马医。索带披敝裘,不如规鱼陂。"⑥ 其用典分别有汉司马迁因李陵事而受腐刑,郭纵因从事冶铁而致富,翁伯因贩运膏脂而起家,郅氏通过洒水磨刀之技而成为富家,浊氏因贩卖干羊肚而暴富。再者,马医、索带、规鱼陂等语,也都各有出处。这样的例子,在王士禛的咏史诗中最为常见,除上述例子之外,另有《读史杂感八首》《淮安新城有感二首》《晓雨复登燕子矶绝顶》《登金山》《虎丘》《五人墓》等诸多诗作,亦多用典故。

---

① 胡去非:《王士禛诗》,商务印书馆1935年版,第3页。
② 赵伯陶选注:《王士禛诗选》,人民文学出版社2009年版,第7页。
③ 赵伯陶选注:《王士禛诗选》,第8页。
④ (宋)陆游:《陆氏南唐书》,《四部丛刊》本。
⑤ (宋)马令:《马氏南唐书》,哈佛大学汉和图书馆藏本。
⑥ 赵伯陶选注:《王士禛诗选》,第12页。

除咏史诗之外，在王士禛的抒情诗中，也常采用化用前人诗句，或引用典故的方式，表述自己的情感。如《红桥二首》其一曰："舟入红桥路，垂杨面面风。销魂一曲水，终古傍隋宫。"①"销魂"句语出后期西昆派代表诗人宋庠《送令狐揆南游》"绿波易荡销魂水，紫陌难遮拂面尘"。《复雨》一诗中有"花枝濛濛日将暮，飒飒凉飚起庭树"②。"花枝濛濛"语本唐代顾况《萧郸草书歌》"上林花开春露湿，花枝濛濛向水垂"；"凉飚起庭树"语本唐代任希古《和李公七夕》"落日照高牗，凉风起庭树"。再如《雪后怀家兄西樵》："竹林上斜照，陋巷无车辙。千里暮相思，独对空庭雪。"③"竹林"句语本唐代钱起《天门谷题孙逸人石壁》"崖石乱流处，竹深斜照归"；"陋巷"句语本晋代陶渊明《归园田居》其二"野外罕人事，穷巷寡轮鞅"；"千里"句语本唐代杨炯《送并州旻上人诗序》"千里相思，空有关山之望"；"独对"句语本宋代蔡襄《六月八日山堂试茶》"今朝寂寞山堂里，独对炎晖看雪花"。还有《南园池上》《寄陈伯玑金陵》《海门歌》等诗作，亦多用典故。读这些诗，若不明个中出处，也不会影响对诗歌的理解，然而若是明白了背后出处，则对整首诗意境的理解必当更为深入，从而不得不佩服王士禛在理解前人诗歌意境和化用诗句方面的深厚功力。

王士禛诗歌的用典例子，其实不过占他这类型诗歌总数十之一二。综合学者对王士禛诗歌创作的评论，他在诗歌创作上大概有以下几个特点：作诗喜用僻事新字，主修饰，重用典，且好模拟。王士禛的这些诗歌创作特点表明他与西昆体的创作风格趋于一致，也即他和西昆体诗人都倾向于在诗歌中使用典故，以增加诗歌的内涵，抒发自己层层叠叠、难以言清的感慨。但是，与前期西昆体诗中所表现出的句句用典、间接描写相比，王士禛的诗歌更像晏殊等后期西昆体一样，摆脱了句句用典的诗歌创作方法，在浓墨重彩之外，掺入轻淡之味。另

---

① 赵伯陶选注：《王士禛诗选》，第97页。
② 赵伯陶选注：《王士禛诗选》，第2页。
③ 赵伯陶选注：《王士禛诗选》，第31页。

外，在描写的过程中，诗歌缺乏对诗人本人情感的真切抒发。这可能是过于重视典故、学问的代价。

可以说，王士禛实际的诗歌创作与西昆体具有相似之处，但是我们却不可武断地认为，王士禛就是在学习西昆体。数百年的时间间隔，诸多诗歌流派的流传演变，让西昆体在历史长河中的流传脉络显得复杂而难以明辨。从王士禛这一端，很难顺利追溯到另一端的源头。且诗歌创作的方法，尤其是诗歌创作中用典的方法，并不是某一体派所独有的，所以，我们只能说王士禛在诗歌创作的倾向上与西昆体有很大程度的相似性。

综上，王士禛对西昆体的接受情况主要表现在两个方面：一是王士禛对西昆体源流问题的界定，二是王士禛对西昆体诗歌的批评及态度。在前人列出可靠证据，证明西昆体当从宋初杨、刘、钱开始，而非从李商隐开始之后，王士禛站在"宗唐"的角度以及对诗歌由唐至宋承接和转变的认识上，仍然坚守己见，认为西昆体当是从李商隐开始，并将"李商隐体"和"西昆体"之间的承接脉络打通，连接为一体。在对西昆体诗歌的批评上，王士禛认为西昆体诗歌的主要特点在于用典广博和对仗精确，认为西昆体诗歌甚为"工丽"。另外，在点出张咏仿西昆之时，还不经意露出了他对杨亿诗歌"神到"的赞许，同时也客观地指出了杨亿诗歌"警策绝少"的不足。王士禛的诗学理论和他的实际创作却又有些出入。理论上，他主张"神韵说"，要求诗歌具有"典、远、谐、则"之美，但是在他的实际创作中，却又呈现出喜用僻事新字，主修饰，重用典，好模拟的特点，这与西昆体的创作风格是颇为相近的。

六 周桢、王图炜的《西昆酬唱集》注本

《西昆酬唱集》最早的注本出现在康熙时期，也即此小节要介绍的周桢、王图炜注本。此本极为罕见，1985年上海古籍出版社据黄永年先生家藏本影印出版，此书才得以传世。书分上、下两卷，序前及卷前均题有"虞山周桢以宁、云间王图炜彤文注"双行题款，内封上

有"王俨斋先生鉴定",而别无注书、刻书序跋。书前有黄永年先生所撰序言。书后又有黄永年先生所撰《释〈西昆酬唱集〉作者人数及篇章数》附录一篇。

周桢、王图炜的生平,据黄永年先生考证:周桢事迹未详,王图炜为王鸿绪俨斋长子,康熙四十七年(1708)中举人。又因此书以"王俨斋先生鉴定"标榜,黄先生根据王鸿绪的显达时间、卒年及书中避讳情况等因素,断定此书刊行于康熙中期。[①] 黄先生又在序言中详细叙述了《西昆酬唱集》的版本流传情况。对于周、王注本,黄先生说"其印本寡少,至乾隆时纂修《四库全书》亦未获著录存目"[②],"观《酬唱集》清初徐乾学传是楼、吴门壹是堂、朱俊升古香楼三刻之印本迄今亦皆罕观,知不独此周王注本为然耳"[③],可知清代《西昆酬唱集》虽有诸多刻本与抄本出现,但从总体上看,它的流传范围还是远远不够的。又说"周、王合注所用之本,当与铁琴铜剑楼旧藏冯班抄本之属同源自宋刻善本,故得保存旧式,而迥异于玩珠……此周、王注本之有裨校勘,止亚于宋刻、冯抄一等,而为玩珠以下通行诸本之所弗及"[④],肯定了周、王注本的校勘价值。

周、王这个注本的用力点主要在于注释书中的典故出处,然其所注又稍显疏漏。杨亿等人的部分诗歌,尤其是咏史类诗歌多暗指当时的历史事件,周、王注本在处理杨亿等人的讽刺类诗歌时就稍有顾及不到的地方。如卷中第一首诗,即杨亿所作《受诏修书述怀感事三十韵》"太极垂裳日,中原偃革初"一联,周、王注曰:"《魏略》:青龙三年起太极殿。徐坚《初学记》:历代殿名或沿或革,惟魏之太极自晋以降,正殿皆因之。《易》:皇帝、尧、舜垂衣裳而天下治;谢灵运《述祖德诗》:中原昔丧乱,丧乱岂解已。《汉书》:张良曰,昔武王伐

[①] 详见(宋)杨亿编,(清)周桢、(清)王图炜注《西昆酬唱集》,上海古籍出版社1985年影印本,第2页。
[②] (宋)杨亿编,(清)周桢、(清)王图炜注:《西昆酬唱集》,第2页。
[③] (宋)杨亿编,(清)周桢、(清)王图炜注:《西昆酬唱集》,第2页。
[④] (宋)杨亿编,(清)周桢、(清)王图炜注:《西昆酬唱集》,第4页。

殷纣，事已毕，偃革为轩。《宋史·真宗纪》：景德元年十一月，契丹进寇澶州，帝自将御之。四年六月，宜州军校作乱，以曹利用为广南安抚使，讨平之。"如其中对"太极"的解释，周、王只以《初学记》中的记载解释为"太极"名正殿，然而却没有注明"宋以朝元殿正殿，端明殿为视朝之所。此犹以太极为称，盖用前代故事也"①。"偃革"，《汉书》卷四十："昔汤武伐桀纣……殷事以毕，偃革为轩。倒载干戈，示不复用。"② 周、王所注，略嫌简短。然而周、王以《宋史·真宗纪》中所记载的事情来说明当时宋朝"放马南山"的局面，却是很合适的。

又如杨亿《汉武》诗中"光照竹宫劳夜拜"一句，周、王注曰："《汉书·礼乐志》：武帝以正月上辛用事甘泉圜丘，使童男女七十，俱歌昏祠至明。夜尝有神光如流星，止集于祠坛，天子自竹宫望拜。"③"露溥金掌费朝餐"一句，周、王注曰："见前注。张衡《西京赋》：立修茎之仙掌，承云表之清露。屑琼蕊以朝餐④，必性命之可度。"⑤ "露溥金掌费朝餐"一句，张衡的《西京赋》虽谈及了"金掌"的典故，但此诗主要谈的是汉武帝。这里如果用《汉武故事》中的"帝作金茎擎玉杯，以承云表之露，拟和玉屑饮之以求仙"⑥，当更切题。又如《汉武》诗中"待诏先生齿编贝，那教索米向长安"一联，周、王注曰："《汉书》：东方朔上书曰：'臣目如悬珠，齿如编贝。'又曰：'可用，幸异其礼；不可用，罢之，无令但索长安米。'帝大笑，因使待诏金马门。"周、王所注过于简短，中间多有删节，正如剔其血肉，只留骨架，一者言之不详，再者，汉武帝和东方朔之间的机锋也全被省略，不仅使注文显得枯涩，连同杨亿的诗歌也显得

---

① （宋）杨亿编，王仲荦注：《西昆酬唱集注》，第1—2页。
② （汉）班固：《汉书》卷40，第1571页。
③ （宋）杨亿编，（清）周桢、（清）王图炜注：《西昆酬唱集》，第43页。
④ "餐"：《文选》作"飧"。
⑤ （宋）杨亿编，（清）周桢、（清）王图炜注：《西昆酬唱集》，第43页。
⑥ 转引自（宋）杨亿编，王仲荦注《西昆酬唱集注》，第41页。

干瘪了。① 另外，杨亿诗这一联之所以言及汉武帝和东方朔，怕是和他自己当时的处境有所关联。沈括《梦溪笔谈》记载："旧翰林学士，地势清切，皆不兼他务。文馆职任，自校理以上，皆有职钱，唯内外制不给。杨大年久为学士，家贫，请外，表辞千余言，其间两联曰：'虚忝甘泉之从臣，终作莫敖之馁鬼。从者之病莫兴，方朔之饥欲死。'"② 结合杨亿的经历再来看"待诏先生齿编贝，那教索米向长安"一联，颇有以东方朔自况之意。

关于杨亿《汉武》一诗的诗意，王仲荦先生在其注本中略有阐述。"杨、刘诸君此数诗并谓汉武帝惑蓬瀛之虚说，祈年寿之灵长，竹宫望拜，玉屑和露，然而西母不来，东朔已去，末年回中道远，五祚运尽，终古茂陵，松柏萧萧，乃知向之致惑方士神仙之说，诚为虚妄。宋真宗信王钦若之进说，于大中祥符元年之春，即伪作黄帛，号为天书……是年六月，又伪造天书降于泰山，乃于十月东封泰山。四年二月，又西祀汾阴。此与汉武帝致惑方士神仙之说，固极近似也。馆臣之为诗讥讽汉武，实即欲以谏帝并止其东封也。"③ 周、王为杨亿《汉武》所作的注，所言之事，起于汉武帝，亦止于汉武帝，没有联系当时杨亿等人的所思所想，也没有涉及当时宋真宗的求仙行为，使

---

① 关于东方朔索米长安的故事，《汉书》卷65记载：东方朔，字曼倩，平原厌次人也。武帝初即位，征天下举方正贤良、文学材力之士，待以不次之位，四方士多上书言得失，自衒鬻者以千数。其不足采者，辄报闻罢。朔初来上书，曰："臣朔，少失父母，长养兄嫂，年十二，学书三冬，文史足用。十五学击剑，十六学诗书，诵二十二万言，十九学孙吴兵法、战阵之具，鉦鼓之教，亦诵二十二万言。凡臣朔，固已诵四十四万言。又常服子路之言。臣朔，年二十二，长九尺三寸，目若悬珠，齿若编贝，勇若孟贲，捷若庆忌，廉若鲍叔，信若尾生。若此，可以为天子大臣矣。臣朔，昧死再拜以闻。"朔文辞不逊，高自称誉。上伟之，令待诏公车。奉禄薄，未得省见。久之，朔绐驺朱儒曰："上以若曹无益于县官……徒索衣食，今欲尽杀若曹。"朱儒大恐啼泣。朔教曰：上即过，叩头请罪。居有顷，闻上过。朱儒皆号泣顿首。上问何为。对曰："东方朔言，上欲尽诛臣等。"上知朔多端，召问朔何恐朱儒为。对曰："臣朔生亦言，死亦言，朱儒长三尺余，奉一囊粟，钱二百四十。臣朔长九尺余，亦奉一囊粟，钱二百四十。朱儒饱欲死，臣朔饥欲死。臣言，可用，幸异其礼；不可用，罢之，无令但索长安米。"上大笑，因使待诏金马门，稍得亲近。

② （宋）沈括：《梦溪笔谈》卷1，转引自（宋）杨亿编，王仲荦注《西昆酬唱集注》，第44页。

③ （宋）杨亿编，王仲荦注：《西昆酬唱集注》，第41页。

原本蕴意丰厚的一首讽刺诗，变成了一首单纯的咏史诗。杨亿诗中用典故原本是在讽刺的基础上，达到厚积薄发的目的，但是周、王的注本将这层讽刺含义忽视，杨亿诗中的典故就显得过于堆垛了，削弱了诗歌本身蕴含的艺术感染力，也影响了诗歌的思想厚度。

第二节 清代中期对西昆体的接受

经顺治、康熙、雍正三朝的努力，清朝迎来了乾嘉之治。清王朝表面的繁荣与昌明需要盛世宏音为之宣传，以沈德潜为代表的浙派则迎合了盛世点缀升平、润色鸿业的需要。暗地里，清王朝的统治实则已由盛转衰，表面上稳定繁荣的政治经济背后潜伏着危机。文化方面，传统的经史之学受到文人普遍的重视，出现了以考据为特征的乾嘉学派。与此同时，一种反传统的意识也在文人中渐渐萌生。就诗歌批评而言，这一阶段也是派别纷呈、思想活跃的时期，各种诗歌学说和诗派层出不穷。[1] 面对这样的局面，西昆体诗歌接受在清代前期的基础上，迎来了新的可喜局面。这一时期对西昆体关注较多的主要有郭起元、翁方纲、张云璈等人。

在看郭起元等人对西昆体的接受之前，我们先粗略了解清代中期对西昆体稍有谈及的夏之蓉、鲁九皋、袁枚和赵翼。夏之蓉论诗尊古法。其《半舫斋编年诗》曰："诗到西昆古法亡，斩荒流秽得欧阳。"[2] 这与惠洪的"诗厄说"如出一辙。与夏之蓉生活时间相距不远的鲁九皋论诗也尚古音。鲁九皋论诗尊"风雅"，尚古音，认为"诗教愈隐，此皆沿其流而不知溯其源之故"[3]，所以作《诗学源流考》。他在《诗学源流考》中说："唐风既衰，五代干戈之际，作者寥寥。宋初国祚

---

[1] 参见邬国平、王镇远《中国文学批评通史·清代卷》，第429页；王英志《清代唐宋诗之争流变史》，第230—231页。

[2] （清）夏之蓉：《半舫斋编年诗》卷17，《清代诗文集汇编》，上海古籍出版社2010年影印本，第287册，第414页。

[3] （清）鲁九皋：《诗学源流考》，《清诗话续编》，第1359页。

虽定，文采未著，学士大夫家效乐天之体，群奉王禹偁为盟主。其后杨亿、刘筠辈崇西昆，专取温、李数家，摹仿于字句俪偶之间。及欧阳公出，始知学古，与梅圣俞互相讲切。"① 鲁九皋认为，自汉至明，其间得大宗的只有曹植、陶渊明、李白、杜甫、韩愈五人。而宋代自开国以来，白体和西昆体，一学白居易，一学李商隐，都未能承续诗学大宗。袁枚论诗主性灵，认为作诗"写景易，言情难"②，"非有一种芬芳悱恻之怀，便不能哀感顽艳"③。从他的这些主张来看，显然是与注重雕琢与多用故事的西昆体有距离的。但其在论及杨亿等人诗歌的时候，只是认为"杨、刘诗号西昆体，词多绮丽"④，并不对其诗歌着意褒贬。⑤ 赵翼论诗，强调"心之声为言，言之中理者为文，文之有节者为诗，故《三百篇》以来，篇无定章，章无定句，句无定字，虽小夫室女之讴吟，亦与圣贤歌咏并传，凡以各言其志而已"⑥。谈及西昆体，他从用典的角度出发，认为其"益务数典，然未免伤于僻涩"⑦，不必多说。夏、鲁、袁、赵四人或者认为西昆体悖于古音，或者认为西昆体过于雕琢、僻涩，悖于自己的诗学主张，故不愿多谈。而郭起元、翁方纲、张云璈却对西昆体剖析较深，自有观感。

一 郭起元

郭起元⑧对西昆体的观点主要体现在《西昆江西诗派说》一文中：

> 唐李商隐、温庭筠、段成式倡和《汉上题襟集》，号西昆体。

---

① （清）鲁九皋：《诗学源流考》，《清诗话续编》，第1356页。
② （清）袁枚：《随园诗话》，第183页。
③ （清）袁枚：《随园诗话》，第183页。
④ （清）袁枚：《随园诗话》，第222页。
⑤ （清）袁枚：《随园诗话》，第222页。
⑥ （清）赵翼：《瓯北诗话》，第175页。
⑦ （清）赵翼：《瓯北诗话》，第176页。
⑧ 郭起元，福建闽县（今福州）人，字复斋。诸生。乾隆初以贤良方正为安徽舒城知县。著《水鉴》，又有《介石堂诗文集》。北京出版社《四库未收书辑刊》辑有《介石堂集》，内含诗十卷古文十卷。

迨宋杨亿、钱惟演、刘筠异代继起，为《西昆酬唱集》，和者十有五人：李维、陈越、刘骘、丁谓、刁衎、任随、张咏、钱惟济、舒雅、晁迥、崔遵度、薛映秉①，其一人姓名无传，得诗二百四十七首。余谓义山诗，溯源离骚，其沉郁凄切处，得古人怨悱讽刺之意，不徒以獭祭见长者也。飞卿清丽芊绵，有六朝韵致。若柯古虽文辞组绣，而格调卑尔，风斯下矣。杨大年擅名宋初，体尚骈丽，犹仍五季余习。余人工拙不同，亦未见有矫然杰出者。宋之西昆远不唐若，毋乃去古愈远欤？黄庭坚厌时体之庸熟，创为孤清傲兀，号曰江西体。吕紫微作江西诗派图。山谷而下，若陈后山、韩子苍、徐师川、潘邠老、洪龟父、驹父、玉父、夏均父、谢无逸、幼槃、林子仁、子来、晁叔用、汪信民、李商老、高子勉、江子之、李希声、杨信祖、袁顒、潘仲达、大观、僧如璧、祖可、善权及紫微，共二十六人。王氏《小学绀珠》、胡氏《渔隐丛话》，又有徐俯、洪朋、高荷、何颙、何顗、吕本中、王立之、姓名襮出，王厚斋、刘后村俱有《江西诗派图》，其人迄无定数。按：东坡云："读山谷诗，如见鲁仲连、李太白，不敢复论鄙事，虽若不适于用，然不为无补于世。"又云："山谷诗，如蝤蛑江瑶柱，格韵高绝，盘飧尽废，然不可多食，多食则发风动气。"玩此，则坡公抑扬之旨微矣，余人诗各出新意，而幺弦急拍其去大雅之音有间矣。大约西昆江西其偏处即其佳处，难以参和为用，而学诗必言派，其将何所适从耶？若夫不涉蹊径，不落藩篱，自能以悬解妙悟，臻堂入奥者，世岂必无人哉？予庶几旦暮遇之也。②

郭起元说"李商隐、温庭筠、段成式倡和《汉上题襟集》，号西昆体"，显然是弄错了"西昆体"得名的缘由。在具体论及其所谓

---

① 薛映秉，一说"薛映"为一人，某秉为另一人，姓氏不详；一说"秉"为"刘秉"。
② （清）郭起元：《介石堂集》古文卷6，《四库未收书辑刊》，北京出版社1997年影印本，集部，第287册，第510页。

"西昆体"诗歌时,也是先从温、李、段三人入手,分别进行评点。指出李商隐的诗歌是"溯源离骚","其沉郁凄切处"有"怨悱讽刺之意",肯定了其诗歌美刺的意义;温庭筠的诗歌是"清丽芊绵",以"有六朝韵致"作评,虽是对其诗歌中富于韵律、精于炼字造句的肯定,但与其对李商隐诗歌的评价相比,显然是略有不及;段成式则是"格调卑尔",所含褒贬之意,自不待言。从郭起元对这三人的评点来看,其论诗也讲求诗歌的"美刺"意义,而不徒以诗歌的韵律为评价标准,强调诗歌要不悖于雅,且重诗之格调。从这一点分析来看,郭氏在评价杨亿的诗歌时说其"体尚骈丽,犹仍五季余习",显然是说杨亿的诗歌在风格上是浓艳的,至于"五季余习"在郭起元眼里看来究竟如何,我们可从后文所说"余人工拙不同,亦未见有矫然杰出者"中的"亦"字窥出,杨亿的诗歌实则并不能算是矫然杰出之作。至于江西诗派,郭氏引用了两句苏轼的话作评,指出黄庭坚的诗歌虽然不适于用,但是又有其存在的合理性。郭氏在这里借用苏轼的话如此评论黄庭坚的诗歌,也是对郭氏自己强调诗歌要有"美刺"或是教化意义的一种强调。再者,郭氏又说江西诗派其余诸人虽然各有新意,但是却"去大雅之音有间",又可知郭氏论诗是注重诗歌的"雅正"的。所以,从诗歌的教化意义或是诗歌的"雅正"来看,无论是"尚骈俪"的西昆体,还是"与大雅有间"的江西诗派,都难以达到郭氏的要求。但是郭氏紧接着又指出,此二者或尚骈丽,或出新意,虽是其偏处,但同时也是其佳处,所谓"成也萧何,败也萧何"是也。

二 翁方纲

乾隆、嘉庆时代,学界朴学考据之风大盛,形成了中国学术史上著名的"乾嘉学派",一时士人争以精研经史、博学强记为风尚。翁方纲[①]倡导"肌理说","意在以细密而实在的分析来矫'格调说'的

[①] 翁方纲(1733—1818),字正三,号覃溪,清顺天大兴(今北京)人。清代书法家、文学家、金石学家。乾隆十七年(1752)进士,官至内阁学士。有《复初斋诗集》《复初斋文集》《小石帆亭著录》等。

空疏和'神韵说'的玄虚"①,"他对格调和神韵的改造,都是'以实救虚'。所谓'实',就是'肌理'"②。他曾说"为学必以考证为准,为诗必以肌理为准"③,又说"考订训诂之事与词章之事未可判为二途"④,这说明他力图将考据训诂与诗文创作结合起来。他重视宋儒之学,所谓的"肌理",就是要以义理、考据等内容来充实诗歌的写作,他推重宋诗,因宋诗具备说理精密、学问博赡的特征,从而开启了学人之诗与清代后期宗宋的风气。翁方纲诗宗江西诗派,然其在"肌理"思想指导下的诗歌创作实践,所作却每嫌太实,有以学为诗之弊。⑤ 然而也正是在"肌理说"和宗宋风气的影响下,翁方纲对西昆体及昆体诗人的接受才显示出与前代诸多学人迥然不同的视野。

首先,对于西昆体的诗学源流及名称问题,作为考据家的翁方纲在经过自己的考证之后,对"西昆体"的具体所指,提出了与王士禛截然不同的看法,这集中在其《石洲诗话》卷七:

> 宋初杨大年、钱惟演诸人馆阁之作,曰《西昆酬唱集》,其诗效温、李体,故曰西昆。西昆者,宋初翰苑也。是宋初馆阁效温、李体,乃有西昆之目,而晚唐温、李时,初无西昆之目也。遗山沿习此称之误,不知始于何时耳?⑥

翁方纲这条材料对西昆体的源流问题进行了考辨。翁方纲指出"西昆体"之名的由来,主要是因为《西昆酬唱集》的诞生。既然如此,《西昆酬唱集》诞生的时间,自然就是"西昆体"的产生时间,

---

① 邬国平、王镇远:《中国文学批评通史·清代卷》,第529页。
② 刘世南:《清诗流派史》,第297页。
③ (清)翁方纲:《志言集序》,《复初斋文集》卷4,《清代诗文集汇编》,第382册,第53页。
④ (清)翁方纲:《蛾术集序》,《复初斋文集》卷4,《清代诗文集汇编》,第382册,第48页。
⑤ 本段论述参见邬国平、王镇远:《中国文学批评通史·清代卷》,第430页。
⑥ (清)翁方纲:《石洲诗话》卷2,《石洲诗话·谈龙录》,第234页。

其具体所指也该有重新的认识。翁方纲指出，"西昆体"产生于宋初，虽然西昆体诸人仿效的是温、李，但他却并没有因此而将温、李二人划入西昆体的范围之内。并且，翁方纲还对元好问沿袭谬误进行了批驳。①

其次，是对后期西昆体诗人的补充。除了王士禛提出的文彦博、赵抃、胡宿、宋祁外，翁方纲还加上了晏殊、宋庠、王珪、王琪：

> 宋子京《笔记》："晏丞相末年诗，见编集者，乃过万篇。唐人以来未有。"又云："天圣初元以来，缙绅间为诗者益少，唯丞相晏公殊、钱公惟演、翰林刘公筠数人而已。"按元献有《临川集》、《紫微集》，今所传元献诗，或未得其全耳。然亦去杨、刘未远。②
>
> 宋莒公兄弟，并出晏元献之门，其诗格亦复相类，皆去杨、刘诸公不远。③
>
> 胡武平、王君玉皆堪与晏、宋方驾。④
>
> 宋元宪、景文、王君玉并游晏元献之门，其诗格皆不免杨、刘之遗。
>
> 王岐公，君玉从弟也。其诗亦不减君玉。大抵真宗、仁宗朝诸巨公，诗多精雅整丽。⑤

有趣的是，翁方纲在论述这些后期西昆体诗人的诗歌风貌时，皆以杨、刘为参照对象，而王士禛则时时以温、李为参照，这自然是二人对西昆体源流及名称的界定迥异而导致的。

最后，与王士禛最大的不同是，翁方纲更多地从诗歌发展史的角

---

① 金人元好问在《论诗绝句三十首》中云："望帝春心托杜鹃，佳人锦瑟怨华年。诗家总爱西昆好，独恨无人作郑笺。"这里的"西昆"也指李商隐。
② （清）翁方纲：《石洲诗话》卷3，《石洲诗话·谈龙录》，第81页。
③ （清）翁方纲：《石洲诗话》卷3，《石洲诗话·谈龙录》，第81页。
④ （清）翁方纲：《石洲诗话》卷3，《石洲诗话·谈龙录》，第82页。
⑤ （清）翁方纲：《石洲诗话》卷3，《石洲诗话·谈龙录》，第86页。

度，将西昆体置于宋诗发展历程中去观照其诗史地位。我们先看《石洲诗话》卷三的这段论述：

> 宋初之西昆，犹唐初之齐、梁；宋初之馆阁，犹唐初之沈、宋也。开启大路，正要如此，然后笃生欧、苏诸公耳。但较唐初，则少陈射洪一辈人，此后来所以渐薄也。①

翁方纲从诗歌发展的角度，对西昆体在宋诗发展过程中所起到的过渡作用，有着清楚客观的认识。他将西昆体比作唐初之齐、梁，将杨、刘、钱诸人比作沈、宋，这其实是一种很高的评价。我们知道，沈、宋二人在律诗的发展与成熟上，可谓是居功至伟。翁方纲以此二人来比唐宋诗史中的西昆体诗人，实则也是说明了他们在宋诗形成发展上所起到的"开启大路""笃生欧苏"的重要作用。翁方纲在这里对西昆体的评价不可谓不高。类似的论述还有："盖自宋初杨、刘以降，其源渐宏肆，遂不得不放出欧、苏矣。"②

清代与翁方纲观点相似的前有冯班，后有陈仅。冯班《同人拟西昆体诗序》云："温、李之于晚唐犹梁末之有徐、庾，而西昆诸子则似唐之有王、杨、卢、骆。"陈仅《竹林答问》曰："唐有四子而后有陈、张，宋有西昆而后有欧、梅，世人不敢讥四子而独议西昆，过矣！"③ 历来人们多将昆体视为唐音余绪，只看到其承唐的一面，如王士禛等人；而翁方纲诸人则更多地看到昆体"开启大路"、承唐启宋的另一面，从而赋予西昆体崭新的意义。无论是将其视为"初唐四杰"，还是"沈、宋"，皆道出其在宋诗发展过程中的重要地位。更可贵的是翁方纲还进一步论述了后期西昆体诗人"继往开来"的过渡作用：

---

① （清）翁方纲：《石洲诗话》卷3，《石洲诗话·谈龙录》，第81页。
② （清）翁方纲：《石洲诗话》卷3，《石洲诗话·谈龙录》，第86页。
③ 郭绍虞编选：《清诗话续编》，第2255页。

宋元宪、景文、王君玉并游晏元献之门，其诗格皆不免杨、刘之遗。虽以文潞公、赵清献，亦未尝不与诸人同调。此在东都，虽非极盛之选，然实亦为欧、苏基地，未可以后有大匠，尽行抹却也。①

晏元献、宋元宪、宋景文、胡文恭、王君玉、文潞公，皆继往开来，肇起欧、王、苏、黄盛大之渐，必以不取浓丽，专尚天然为事，将明人之吞剥唐调以为复古者，转有辞矣。②

这两条材料显示出翁方纲已关注到仁宗朝后的后期昆体诗人在诗坛上所起的作用，这是非常独到的，展示出他作为"崇宋派"批评家的广阔的诗史视野，这自与"宗唐派"的王士禛不同。王士禛由于将西昆体与李商隐体等同，他终究是将杨、刘诸人看作学李的晚唐余绪。而翁方纲主张"肌理说"，讲求实在细密的分析，由此求实标准出发，他便与主"神韵"、崇王孟的王士禛对昆体的接受有不小的距离。翁方纲很重视宋诗，他在《石洲诗话》卷四有如下论述：

谈理至宋人而精，说部至宋人而富，诗则至宋而益加细密，盖刻抉入里，实非唐人所能囿也。③

唐诗妙境在虚处，宋诗妙境在实处……若夫宋诗，则迟更二三百年，天地之精英，风月之态度，山川之气象，物类之神致，俱已为唐贤占尽，即有能者，不过次第翻新，无中生有，而其精诣，则故别有在者。宋人之学，全在研理日精，观书日富，因而论事日密。④

翁氏已注意到唐宋诗的不同，以此诗学观去观照起于宋代杨、刘

---

① （清）翁方纲：《石洲诗话》卷3，《石洲诗话·谈龙录》，第82页。
② （清）翁方纲：《石洲诗话》卷3，《石洲诗话·谈龙录》，第83页。
③ （清）翁方纲：《石洲诗话》卷4，《石洲诗话·谈龙录》，第119页。
④ （清）翁方纲：《石洲诗话》卷4，《石洲诗话·谈龙录》，第122页。

的西昆体，他自然更为客观全面，不仅看到西昆体学唐的一面，更注意到其"继往开来"的影响：不能因后有欧、苏就抹杀了宋初西昆体的作用。因此，他对吴之振等人的《宋诗钞》略去西昆体颇有微词："石门吴孟举钞宋诗，略西昆而首取元之，意则高矣。然宋初真面目，自当存之。"① 他认为宋诗选本应存有西昆体，以展示宋初诗坛真面目。下面这段论述更详细：

> 吴序云："万历间李蓘选宋诗，取其远宋而近唐者。曹学佺亦云：'选始莱公，以其近唐调也。'以此义选宋诗，其所谓唐终不可近也，而宋诗则已亡矣。"此对嘉、隆诸公吞剥唐调者言之，殊为痛快。但一时自有一时神理，一家自有一家精液，吴选似专于硬直一路，而不知宋人之精腴，固亦不可执一而论也。且如入宋之初，杨文公辈虽主西昆，然亦自有神致，何可尽祧去之？而晏元献、宋元宪、宋景文、胡文恭、王君玉、文潞公，皆继往开来，肇起欧、王、苏、黄盛大之渐，必以不取浓丽，专尚天然为事，将明人之吞剥唐调以为复古者，转有辞矣。故知平心易气者难也。②

《宋诗钞》是清代重要的宋诗选集，编者吴之振不满明代李蓘的《宋艺圃集》和曹学佺的《石仓宋诗选》以"离远于宋""近附于唐"的标准选宋诗，认为以此意选宋诗，真正的宋诗就没有了。翁方纲首先肯定《宋诗钞》的价值，但又指出吴氏也未抓住宋诗之"精腴"，比如杨亿等前后昆体诗人被忽略了，并指出后期西昆体在继承基础上的发展和变化，即"必以不取浓丽，专尚天然为事"，这与明人的"吞剥唐调"有很大的距离。这段话充分体现出"崇宋"的翁方纲对西昆体接受的全面、客观、精准的"诗史"眼光。

---

① （清）翁方纲：《石洲诗话》卷4，《石洲诗话·谈龙录》，第82页。
② （清）翁方纲：《石洲诗话》卷3，《石洲诗话·谈龙录》，第82—83页。

三 张云璈

张云璈[①]在其《读西昆酬唱集书后》一诗中，从西昆体与李商隐诗的区别、西昆体易调之功、辩说优伶挦扯之事以及肯定西昆体的繁丽富贵气象四个角度，阐发了其对西昆体的评价：

> 赵家咸平景德年，馆职独数杨刘钱。玉堂才子皆神仙，联吟应费银光笺。西昆别自成一体，一代风华共相拟。生来富贵远寒乞，尽说渊源玉溪李。新诗二百四十七，一十五人和白雪。五代文章久芜鄙，幸赖群公为洗刷。江东三虎[②]各鼎趾，怀玉山人[③]更殊绝。金虀玉脍易牙调，天下纷纷口皆悦。一时风气趋两禁，未免人人怀勤说。昔闻御筵俳优来，貌为义山衣败裂。道是馆职挦扯多，一笑哄堂竟谁失。当年作法本未良，獭祭分明事剽窃。学之不善洵有此，谁信青皆自蓝出。世上难为西子颦，人间不少婴儿舌。我知其弊怜其佳，此中岂许容凡才？豪门贵室目偶触，金玉锦绣工安排。美人粗服乱头亦自好，毕竟明妆胜草草。枯松怪石称奇雄，毕竟不如牡丹兰蕙含春风。从古诗人贱繁缛，我道成家总堪学。君不见，《韩碑》足冠义山诗，不是集中真面目。[④]

通观张云璈此诗，都是立足于西昆体经常被人批判的繁缛之风为

---

① 张云璈（1747—1829），字仲雅，钱唐人，乾隆三十五年（1770）举人。精究选学、考据明审。有《三影阁筝语》《简松草堂诗集》《简松草堂文集》等。

② "咸平、景德中，钱惟演、刘筠首变诗格，而杨文公与之鼎立，号江东三虎。"（宋）葛胜仲：《丹阳集》卷2，《诗话总龟》后集卷11，第66页。

③ "大年祖文逸，伪唐玉山令。大年将生，一道士展刺来谒，自称怀玉山人，冠褐秀爽，斯须遽失，公遂生。后至三十七为学士，昼寐于玉堂，忽自梦一道士来谒，亦称怀玉山故人，坐定，袖中出一诰牒曰：内翰加官。取阅之，其榜上草写：三十七，字大年。梦中颇惊曰：得非数乎？道士微笑。又曰：许添乎？道士点头。梦中命笔止添一点，为四十七，至其数，果卒。"（宋）文莹：《玉壶清话》，第37页。

④ （清）张云璈：《简松草堂诗集》卷11，《清代诗文集汇编》，上海古籍出版社2010年影印本，第422册，第148—149页。

其辩驳的。其一，从西昆体与李商隐诗的区别来看，西昆派诸人都是馆阁之士，西昆体诗歌实则都是富贵之人的作品，这就注定西昆体诗歌与寒门诗人诗歌的风格相差甚远，从这一点来讲，西昆体实堪称自成一体，有其独到的诗学价值，实在不应该单从西昆体模仿李商隐诗歌的得失来论其成败。其二，从西昆体的易调之功来讲，西昆体以富贵华丽的诗风洗去五代以来的芜鄙之风，实是为当时的诗坛添了一种白雪之音，更符合时人的口味，所以流传广泛。这与宋代田况"五代以来芜鄙之气由兹尽"的观点是完全一致的。其三，张云璈为西昆体遭受的优伶捋扯之讥进行辩驳，指出一者西昆诸人效法的对象李商隐，当初在作诗之时就有剽窃之嫌，即诗中所谓"当年作法"，再者西昆集刊行传播之后，效法之人众多，但是却学之不善。范仲淹、欧阳修等人就已指出，他们当时所不满的西昆体诗歌，实则就是学杨、刘不善的西昆末流，张云璈显然也是发现了这一点，并企图以此将杨、刘及其主导唱和的《西昆酬唱集》从这一片指责声中摘出来。其四，张云璈以美人作比，又将"枯松怪石"和"牡丹兰蕙"进行比较，来说明西昆体诗歌所含繁丽富贵气象的可取之处。细思下来，张云璈所谓美人明妆实则包含了他对诗歌中用典和雕辞镂意等作诗手法的肯定。所谓"枯松怪石"和"牡丹兰蕙"两种景象，当是分别代指重在风骨之诗和意象繁丽富贵之诗。虽说历来诗家总以繁缛为贱，但是张云璈却以一种包容的心态，去接受用典和工于雕琢的诗歌中的可取之处。这与冯复京所说的"非博物宏览，陶古铸金，何以集毕精英，成斯经构"也自有异曲同工之妙。在这首诗中，张云璈从李商隐入手，指出李商隐诗歌本身的不足，以致学李的西昆诸人承受了本应针对李商隐的非议，又指出西昆诸人虽学李，又实则有出于李的地方，应肯定其繁丽富贵的创新之功。他以多种比喻，肯定了繁丽富贵诗风的价值，也从根本上肯定了西昆体的价值。张氏对西昆体的推崇还反映在录于《读西昆酬唱集书后》之后的《始皇》《汉武》《南朝》《明皇》《宋玉》《公子》《旧将》七首和诗，特并录于下：

始皇

阁道高连复道斜,旗开五丈建流霞。韩人早夺沙中魄,徐市能成海上家。万世不传徒暴虐,三泉虽涸尚繁华。底须苦恨湘山树,周鼎依然在水涯。

汉武

消得金茎露一杯,辈廉桂观总崔嵬。廿年瓠子君王塞,万里焉支大将回。方士屡传刀下死,岁星谁识戟边来。江都策后轮台诏,终始人知汉主才。

南朝

秣陵金粉付寒流,眺尽严城旧石头。一井燕支天子辱,满台花雨法王愁。无多事业归江表,不负文章是选楼。璧月琼枝空复尔,何人还唱后庭秋。

明皇

云栈西来万里遥,銮舆行处雨潇潇。位传睿肃曾同辙,政判开天似两朝。剪发又回妃子宠,赐钱谁洗禄儿骄。可怜寒族恩难洽,李相千年罪不消。

宋玉

萧瑟悲秋气已深,沅兰湘芷自沉沉。长开一世微辞口,难解三年好色心。神女云来空入梦,大王风起共披襟。灵均只在江潭畔,莫负招魂弟子吟。

公子

宴罢明灯晓未取,东风吹冷紫貂裘。生来歌舞无闲日,看到衣冠总旧游。座上珍珠门客履,楼前红粉美人头。金张许史休相妒,不是当年恩泽侯。

旧将

大树回风破阵余,壮心犹是忆储胥。金疮痛定完肤少,铁甲寒销战垒虚。事去山南空射虎,时闲湖畔好骑驴。匣中血绣龙泉剑,剩有长虹气未除。

四 《四库全书总目》

谈及清代中期对西昆体的接受，我们不得不提到《四库全书总目》（以下简称《总目》）。《总目》中说：

> 宋代诗派凡数变：西昆伤于雕琢，一变而为元祐之朴雅；元祐伤于平易，一变而为江西之生新；南渡以后，江西宗派盛极而衰，江湖诸人欲变之而力不胜，于是仄径旁行相率而为琐屑寒陋，宋诗于是扫地矣。①

《总目》认为，一代文学风气的形成往往是由于其对前代文学的不满和矫正。以其对宋诗发展的论述为例，"晚唐的诗流于猥琐，因而宋初的西昆体讲究典丽以矫正晚唐，但过于追求典丽就成了靡丽，因而欧阳修、梅尧臣等变为平易，平易过了份便流于率易，故苏轼、黄庭坚变而为姿逸。如此循环往复便构成了一部中国诗歌史"②。

又《西昆酬唱集提要》中说：

> 其诗宗法唐李商隐，词取妍华，而不乏兴象。效之者渐失本真，惟工组织，于是有优伶挦扯之戏。石介至作《怪说》以刺之，而祥符中遂下诏禁文体浮艳。然介之说，苏轼尝辨之。真宗之诏，缘于《宣曲》一诗，有"取酒临邛"之句，陆游《渭南集》有《西昆诗跋》言其始末甚详，初不缘文体发也。其后欧、梅继作，坡、谷迭起，而杨、刘之派，遂不绝如线。要其取材博赡、练词精整，非学有根柢，亦不能镕铸变化，自名一家，固亦未可轻诋。《后村诗话》云："《西昆酬唱集》，对偶字面虽工，而

---

① （清）纪昀等：《钦定四库全书总目》（整理本）卷167"杨仲宏集提要"，第2228页。
② 邬国平、王镇远：《中国文学批评通史·清代卷》，第468页。

佳句可录者殊少，宜为欧公之所厌。"又一条云："君仅以诗寄欧公，公答云：'先朝杨、刘风采，耸动天下，至今使人倾想。'岂公特恶其碑版奏疏，其诗之精工律切者，自不可废软。"二说自相矛盾，平心而论，要以后说为公矣。①

《总目》以"词取妍华而不乏兴象"评论《西昆酬唱集》中的诗歌。《中国文学批评通史》（清代卷）在阐释纪昀②"兴象说"时说："兴象"之"兴"与"比兴"之"兴"意义上是相通的，自汉、唐以来，文学批评家都认为"兴"是一种象征寄托、含蓄深曲的表现方法，它与"比"之不同在于"比"比较直接明白，而"兴"比较曲折委婉。"兴象"的"象"即"形象"之"象"，运用比兴，自然要通过形象。故"兴象"一词往往指既有形象又有寓意，情景交融，寄托深远的艺术境界。由此可见，《总目》在评价杨亿的诗歌时，既看到了诗歌表面用词妍华的特点，也透过这种表面现象，看见了其深层的寓意。他们虽未对其寓意进一步作具体说明，然而据《宣曲》《汉武》等诗歌用意推测，当与美刺有关。此外，提要中还就西昆所经历的"优伶挦扯之戏"、石介《怪说》和真宗禁诏等进行了探讨，指出优伶挦扯之戏之所以出现，是由于杨亿之后的效仿西昆体的人渐渐失去杨亿等人作西昆诗的本真，才导致了此戏的出现，此说与范仲淹等人的观点相同，亦是对优伶挦扯之戏产生原因的再一次揭示。据前文论述，这里的"本真"，当指的是杨亿诗歌中的"兴象"、旨趣。对西昆体（此处或多指杨亿）诗歌本身的评价，《总目》在后文中又说："取材博赡、炼词精整，非学有根柢，亦不能镕铸变化，自名一家，固亦未可轻诋。"这既是对杨亿等人学力和韵律技巧的肯定，也是对其学李商隐而自有其新意的赞同，所谓"镕铸变化"是也。此外，此

---

① （清）纪昀等：《钦定四库全书总目》（整理本）卷186"西昆酬唱集提要"，第2609—2610页。

② 提要虽不一定出于纪昀之手，但纪昀是《四库全书》的总编撰，对《四库全书总目》当有宏观把控，所以这里以对纪昀"兴象"的阐释来解释提要中的"兴象"。

文中又借用苏轼和陆游之语对石介《怪说》和真宗禁诏进行了说明，再次强调西昆体历来所遭受的两大非议并非是因其诗歌质量本身而起，这为后来之人对其诗歌保持客观中立的接受态度提供了可能。《总目》中对西昆体接受的独到之处还在于他们看见了欧阳修、梅尧臣、苏轼、黄庭坚等人与西昆体潜在的斩不断的联系，这就点出了欧、梅、苏、黄"阴效杨、刘"却又抨击西昆体这一对矛盾，其中真意耐人寻味。

第三节　清代后期对西昆体的接受

清代后期，包括道光、咸丰、同治、光绪、宣统五朝，是清代统治的衰落时期。1840年是鸦片战争开始的时间，也是中国国门被列强用炮火强制打开的时间，中国近代史由此开始，中国的文学理论批评也蒙上这段时间特有的色彩。"虽然它的进程并不与政治经济的变革以及文学创作的发展完全同步，但不可避免地受到这一大环境的影响和制约，显示了特有的近代气息。"[①] 在这样一种激烈的变革环境中，西昆体的接受也受到了一定的影响。从文学批评角度来看，这段时间批评家对西昆体的关注度已明显下降，仍对西昆体略有评价的有斌良、刘熙载和俞樾。

一　斌良

据《清史稿》记载："（斌良）善为诗，以一官为一集，得八千首。其弟法良汇刊为《抱冲斋全集》。称其早年诗风华典赡雅，近竹垞（朱彝尊）、樊榭（厉鹗）……律诗则纯法盛唐。"[②] 可知斌良[③]于论诗作诗属宗盛唐一脉。再看其《自题诗稿》中所说：

[①] 黄霖：《中国文学批评通史·近代卷》，上海古籍出版社2011年版，第2页。
[②] 赵尔巽等：《清史稿》卷486，中华书局1977年标点本，第13435页。
[③] 斌良（1771—1847），字吉甫，又字笠耕、备卿，号梅舫、雪渔，晚号随葊，满洲正红旗人。

>   技擅雕虫小丈夫,钵肝镂肺岂良图。皇猷黼黻赓飏庆,作意精神向典谟。
>
>   西昆獭祭太零星,笔阵纵横尚性灵。天籁究于人籁别,虚窗梧竹满清听。①

斌良在诗中说,诗中的雕琢功夫是小技,诗歌中缺乏真情实感并非学诗的正道。又说"笔阵纵横尚性灵"。斌良学律诗于盛唐,追求的是笔阵肆意纵横,崇尚性灵;又讲究任性而发,不事雕琢,趋于天籁。在这样的诗学追求下,工于雕琢、善于用事的西昆体在斌良眼中就由于诗歌中典故太多,终究过于支离,而不为其所取。

二 刘熙载

刘熙载②的《艺概》是这一时期有关诗艺的重要著作。他在书中《诗概》一目中提出了"诗可以数年不作,不可一作不真"③,"寓义于情,寓情于景"④,以形写神,意、象兼具,"浅中有深,平中有奇"⑤,"贵乎炼者,是往活处炼"⑥ 等观点。关于西昆体,刘熙载认为:

>   杨大年、刘子仪学义山为西昆体,格虽不高,五代以来,未能有其安雅。⑦

---

① (清)斌良:《抱冲斋诗集》卷24,《清代诗文集汇编》,上海古籍出版社2010年影印本,第544册,第339页。
② 刘熙载(1813—1881),字伯简,号融斋,晚号寤崖子,江苏兴化人。道光进士,官至左春坊左中允、广东学政。著名文艺理论家和语言学家。
③ (清)刘熙载:《艺概》,上海古籍出版社1978年标点本,第55页。
④ (清)刘熙载:《艺概》,第51页。
⑤ (清)刘熙载:《艺概》,第69页。
⑥ (清)刘熙载:《艺概》,第68页。
⑦ (清)刘熙载:《艺概》,第65页。

说西昆体格调不高的,刘熙载并非第一人,然而刘熙载又以"安雅"评论西昆体诗歌,这就可以说是刘熙载的独创了。所谓"安雅","安"当是指西昆体诗歌中自有一种安乐祥和的气氛,这与西昆派诸人馆职身份相关,也与当时赵宋王朝早期相对安稳的政局相关;所谓"雅",前人多说西昆体诗歌有悖于雅正,所以刘熙载这里所说的雅,也应当是与五代以来的芜鄙之风相对的,也即"雅丽"之风。

刘熙载还提出了一个关于西昆体诗歌与江西派诗歌"富"与"清"的辩题:

> 西昆体贵富实贵清,襞积非所尚也;西江体贵清实贵富,寒寂非所尚也。①

刘熙载这里所提出的"富"和"清"的辩题与苏轼曾提出的"绚烂"和"平淡"的辩题极为相似。苏轼在《与二郎侄一首》中说:"凡文字,少小时须令气象峥嵘,彩色绚烂,渐老渐熟,乃造平淡,其实不是平淡,绚烂之极也。"②周紫芝《竹坡诗话》认为:"不但为文,作诗者尤当取法于此。"③葛立方在《韵语阳秋》中则明确指出:"大抵欲造平淡,当自组丽中来,落其华芬,然后可造平淡之境。"④周裕锴先生也说:"这种'平淡'由'峥嵘'、'绚烂'转化而来,平淡的形式中包含着不平淡的内容。"⑤按着这样的思路来看刘熙载所说的清,实则就是说西昆体体物精工、雕金镂玉至极,而见其清。刘熙载说西昆体诗有五代以来未曾有过的安雅,所谓"雅"者,又有雅致之意。安雅,也即安乐祥和、富于雅致,刘熙载所说的西昆体的"清"当是指其以金玉雕镂而趋安雅,于安雅之处而现清音。

---

① (清)刘熙载:《艺概》,第 68 页。
② (宋)苏轼:《苏轼文集》,第 2523 页。
③ (宋)周紫芝:《竹坡诗话》,《历代诗话》,第 348 页。
④ (宋)葛立方:《韵语阳秋》卷 1,《历代诗话》,第 483 页。
⑤ 参见周裕锴《宋代诗学通论》,第 345 页。

刘熙载说"西江体贵清而实贵富",我们可先看看钱谦益对黄庭坚的评价。钱谦益在《读杜小笺上》里说:"余尝谓自宋以来,学杜诗者莫不善于黄鲁直……鲁直之学杜也,不知杜之真脉络,所谓前辈飞腾余波绮丽者,而拟议其横空排奡(音傲)、奇句硬语,以为得杜衣钵。此所谓旁门小径也。"① 黄庭坚学杜流于瘦硬,虽说其诗歌主张是"平淡而山高水深",但是在实际创作中又讲究"夺胎换骨""点铁成金",流于瘦硬。如此故造平淡,反而落于繁复。所以刘熙载说西江体是"贵清实贵富"。刘熙载还从"文与质"的角度提出了关于西昆体与江西诗歌的比较:"西昆体所以未入杜陵之室者,由文灭其质也。质文不可偏胜。西江之矫西昆,浸而愈甚,宜乎复诒口实与!"② 关于西昆体的文质之辩,刘熙载与前人观点一致,前文也已有论及,这里略过不提。

三 俞樾

俞樾[③]在其《秦肤雨诗序》和《小沧洲诗钞序》中提到了西昆体。《秦肤雨诗序》说:

> 扬子云:诗人之赋丽以则,词人之赋丽以淫,是知古所谓诗人词人者,虽有则与淫之别,而丽则一也。孔子曰:言之无文,行而不远。岂有不丽而可谓之文者乎?吾人立言以古为法,如邵康节之《击壤》,集以理学语入诗,沿至有明为陈白沙、庄定山一派,则而不丽,不足与言诗也。若夫唐人温、李之诗,寄托遥深,实古风骚之遗韵,而沿其体者,徒拾浮华,不存古意。至宋初杨、刘诸公衍为西昆体,则又丽而不则矣,其弊也。以韩致光《香奁》为滥觞,极而至于国朝王次回之《疑雨集》,丽而不则,

---

① (清)钱谦益:《初学集》卷106,上海古籍出版社1985年标点本,第2153页。
② (清)刘熙载:《艺概》,第68页。
③ 俞樾(1821—1907),字荫甫,号曲园,浙江德清人,曾任翰林院编修、河南学政。晚年讲学杭州诂经精舍。著述甚富,总称《春在堂全书》,共二百五十卷,是晚清有名的朴学家。

又入于淫，斯风雅之罪人矣。①

《小沧洲诗钞序》说：

> 北宋之初，有《西昆酬唱集》，乃杨亿等十七人唱和之作。其诗皆组织工致，锻炼新警，诵之而音节铿锵，词采工丽，使人之情为之一往而深。窃谓诗主温柔固应如此。及欧、梅迭出，诗格遂变，虽踪横排奡，突过前人，而缠绵悱恻之意或反逊之。近代学者喜言苏、黄，山谷诗尤为时尚，其生硬之致固自可喜，然温柔之教无复存矣。风雅遗意将遂散微。②

俞樾的诗学主张实则与王士禛一致，皆主张"丽以则"。而西昆体作为一个善于用典且工于雕琢的诗歌流派，其存在的问题就是"丽而不则"，古意不存。比"丽而不则"更次的则是韩偓的"香奁体"与王彦泓的《疑雨集》，此为"丽而不则，又入于淫"，也就完全悖于风雅了。俞樾论诗，归结到一点上，是讲究承续风雅，富于比兴，美于教化。然而，西昆体虽然于"则"上稍有不足，但其诗歌之"丽"却是值得称道的。所以俞樾在《小沧洲诗钞序》中说西昆体"其诗皆组织工致，锻炼新警，诵之而音节铿锵，词采工丽，使人之情为之一往而深"，这五句话从诗歌格局分布、炼字锻句、协调韵律、辞采润色和诗歌"情致"五个方面对西昆体作出了肯定。由后文俞樾对欧、梅、苏、黄等评价来看，后者奇则奇也，新则新也，却失去了前者所具有的"温柔之教"。俞樾此处所谓温柔之教，亦当是指杨亿等人诗歌中蕴含美刺内容，这也是符合俞樾所尊崇的"风雅"之论的。

另外，在同光时期还出现了以湘乡李希圣、曾广钧，常熟张鸿、

---

① （清）俞樾：《春在堂杂文三编》卷3，《清代诗文集汇编》，上海古籍出版社2010年影印本，第685册，第512—513页。

② （清）俞樾：《春在堂杂文续编》卷3，《清代诗文集汇编》，上海古籍出版社2010年影印本，第685册，第411页。

徐兆玮、吴县曹元忠、汪荣宝等为代表的"西昆派",属唐宋调和派[①]的一个分支。同光西昆派结派早期专以李商隐为宗,后在创作过程中逐渐意识到其狭隘性,亦时常出入于李商隐诗法之外。同光西昆派诸人于光绪末同官京曹,结社于张鸿所居住的西砖胡同,并仿杨、刘等人《西昆酬唱集》而结集曰《西砖酬唱集》。无怪乎马亚中先生说同光西昆派"庶几为宋初西昆体的翻版"[②]。同光西昆派结社论诗主张"以诗歌之道,主乎微讽、比兴之旨,不辞隐约",以赵宋为殊途,以致"前世雅音几于息"。而杨、刘西昆体诗歌,因为师法李商隐诗歌,所以得到了同光西昆派诸人的另眼相待,认为其"道玉溪之清波,服金荃之盛慕"。虽然因为雕琢过甚而"诒壮夫之嘲",但因暗含讽刺之意,实"存风人之义"[③]。所以,同光西昆派虽不是学于杨、刘西昆体,但却诗出一源,亦颇能了解杨、刘西昆体诗歌雕琢之外的内容。

[①] "唐宋调和派"名出马亚中先生,也即钱基博先生在《现代中国文学史》中所说的"中晚唐派"。马先生认为,这一派在实际创作中,有意调于唐宋之间,故将这一诗派称为"唐宋调和派"。详见马亚中《中国近代诗歌史》,复旦大学出版社2011年版,第388—391页。
[②] 马亚中:《中国近代诗歌史》,第392页。
[③] 本段关于同光西昆派的论述,参考马亚中《中国近代诗歌史》,第388—393页。

第七章

从版本流传看明清对西昆体的接受

祝尚书先生的《宋人总集叙录》已清楚地论述了《西昆酬唱集》的版本及刊行情况。曾枣庄先生也在其《〈西昆酬唱集〉及其版本和校注》一文中有过详细论述。二位先生均指出，《西昆酬唱集》现存最早的刊本为明嘉靖年间玩珠堂刊本；清代有徐乾学本、朱俊升本、留香室本等。明及明以前，《西昆酬唱集》无注。清代有周桢、王图炜合注。另有许琰在其博士学位论文中也对《西昆酬唱集》的版本及其源流进行了探讨。我们现在就在他们的基础之上，略谈一下从《西昆酬唱集》传抄和刊行情况中了解到的明、清两代对西昆体的接受。

在明代嘉靖间出现了现存所知的最早的《西昆酬唱集》刊本，万历年间仍有其抄本流传。丁丙在《善本书室藏书志》中就有关于玩珠堂本传抄的记载："《西昆酬唱集》二卷，明抄本，淡生堂藏书。"① "前有翰林学士户部郎中知制诰杨亿序……前有嘉靖丁酉高邮张绥刊序。何明末诸家寓目甚罕耶？旧为祁旷翁收藏，有澹生堂经籍记、山阴祁氏藏书之章二印。"丁丙所收这两卷抄本，或是出于玩珠堂刊本。

又据杨绍和《楹书隅录》记载："甲辰三月，（先君）同叶君林宗入郡访朱卧庵之赤，其榻上乱书一堆。大都废历及潦草医方，残帙中

---

① （清）丁丙：《善本书室藏书志》卷30，《续修四库全书》，上海古籍出版社2002年影印本，史部，第927册，第636页。

有缮整一册，抽视之乃《西昆酬唱》也，为之一惊。卷末行书一行云：万历乙（己）丑九月十七日书毕。下有功甫印，乃钱功甫①手抄也。"②钱允治抄写这个版本的时间是在万历年间，但文中并未提及钱允治手抄本究竟本于哪一个本子。明代《文渊阁书目》卷十记载说："《西昆酬唱》一部三册，阙；塾本一册。"③祝尚书先生据此推测说："当是宋元旧椠，似有两种版本。"④所以此处钱允治的抄本究竟是以何为底本，不可确知。但我们可以从这两则材料看出，在明代后期，《西昆酬唱集》刊本极少，主要以抄本的形式在文人间流传。

据祝尚书先生和曾枣庄先生的考证得知，到清代，《西昆酬唱集》主要以刊本的形式流传。目前所知抄本有冯班手抄本、清初汲古阁影宋精抄本和故宫影宋精写本。《西昆酬唱集》在清代的刻本，祝尚书先生在其《宋人总集叙录》中已进行过详细的考证⑤，这里就借其研究成果稍作梳理（见图7-1）。

据杨绍和《楹书隅录》记载："影宋精抄本《西昆酬唱集》二卷一册。卷末行书一行云：万历乙丑九月十七日书毕。下有功甫印，乃钱功甫手抄也。因与借归，次日林宗入城喧传得此，最先匍匐而来者，定远先生也。仓茫索观，陈书于案，叩头无数，而后开卷，朗吟竟日，索酒痛饮而罢。"⑥

瞿镛《铁琴铜剑楼藏书目录》记载：

《西昆酬唱集》二卷，旧抄本。宋杨亿编，前有自序。此洞

---

① 《钦定天禄琳琅书目》卷2云："钱功甫，名允治，长洲人，钱穀之子。"又有钱保塘《历代名人生卒录》记载："钱允治，成化十七年（1481）十二月四日生。"万历己丑为1589年，钱保塘所记当有误。
② （清）杨绍和：《楹书隅录》卷5，《续修四库全书》，上海古籍出版社2002年影印本，史部，第925册，第28页。
③ （明）杨士奇：《文渊阁书目》，商务印书馆1935年标点本，第129页。
④ 祝尚书：《宋人总集叙录》，第16页。
⑤ 详见祝尚书《宋人总集叙录》，第17—21页。
⑥ （清）杨绍和：《楹书隅录》卷5，《续修四库全书》，史部，第925册，第28页。

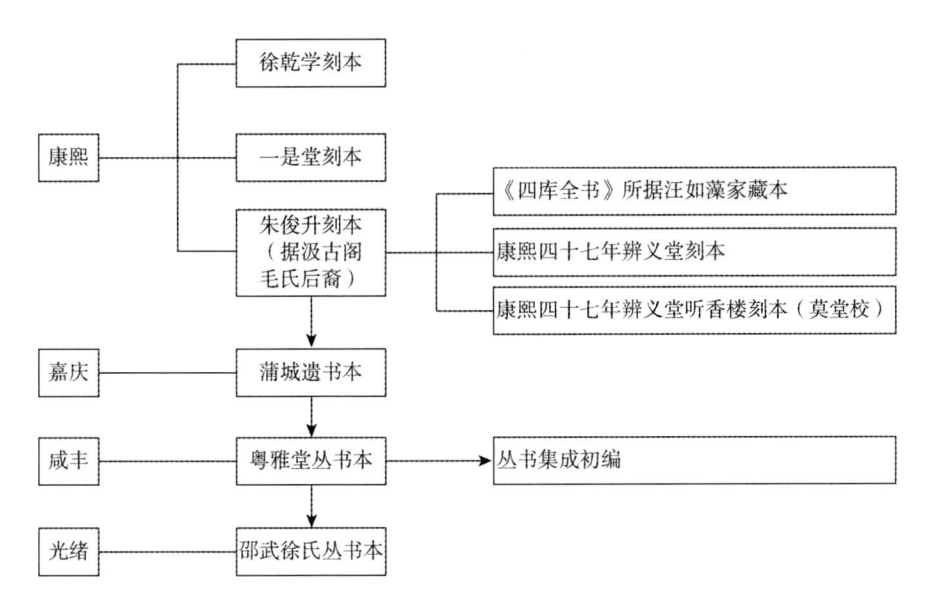

第七章　从版本流传看明清对西昆体的接受　/　285

```
康熙 ─┬─ 徐乾学刻本
      ├─ 一是堂刻本
      └─ 朱俊升刻本 ─┬─ 《四库全书》所据汪如藻家藏本
         （据汲古阁     ├─ 康熙四十七年辨义堂刻本
         毛氏后裔）     └─ 康熙四十七年辨义堂听香楼刻本（莫堂校）
              │
嘉庆 ─── 蒲城遗书本
              │
咸丰 ─── 粤雅堂丛书本 ─── 丛书集成初编
              │
光绪 ─── 邵武徐氏丛书本
```

图 7-1　《西昆酬唱集》版本谱系

庭叶石君所藏，冯定远录本，卷末有冯记云："梁有徐、庾，唐有温、李，宋有杨、刘，去其倾侧，存其繁富，则为盛世之音矣。"叶记云："曾录净本，为冯借失，以此见偿。中黄笔校改者，借孙潜夫本勘定。潜夫用黄俞邰藏本改正。卷上后有何煌记云：'康熙戊戌春仲，借得马寒中所藏澹生堂抄本校改二字。'又有顾广圻记云：'验其笔迹，盖定远手录者。'"案：此书元明时不显于世，国朝凡五刻。一刻于昆山徐司寇，再刻于吴门求是堂，三刻于长洲听香楼朱氏，四刻于浦城祝氏，又有周桢注本。世以朱本为善，祝本依之。今核此本，所校有异于祝本者，如……皆胜于刻本也。又此本每人名上皆有结衔，祝本无之，失其旧矣。①

---

① （清）瞿镛编纂：《铁琴铜剑楼藏书目录》卷23"西昆酬唱集二卷"条，第652—653页。段末有双行小注曰："卷中有树廉石君朴学斋、归来草堂彭城仲子审定，戈小莲秘籍印、半树斋戈氏藏书印诸朱记。"

叶石所藏的冯班手录本经多人多本校订，涉及校订者有冯班、叶石①、孙潜夫、何煌等人，所用刊本众多，有孙潜夫本、黄俞邰藏本、淡生堂抄本。其中澹生堂本在前文已提及。而孙潜夫本、黄俞邰藏本却不知具体是何本。但我们可从这则材料中知道，在明末清初，《西昆酬唱集》或仍有其他刊本或抄本存在，虽然已经亡佚，但当时《西昆酬唱集》在文人间尚有流传。

又周桢、王图炜注本中黄永年先生所撰前言记载："至于《西昆酬唱集》，则唯从顾广圻题跋知有周桢注本（见王大隆辑刻《思适斋书跋》卷四《酬唱集》旧抄本条），新出傅增湘《藏园群书经眼录》著录周桢、王图炜合注旧抄本，是民国十九年庚午所见海源阁遗籍，今亦无踪迹。"② 据黄先生所言，《西昆酬唱集》当曾刊行过海源阁本。

---

① 黄永年先生在周、王注本中说"清以来传此精善之本，允推冯班所抄，经叶万、何煌先后校勘"，其中"叶万"，或即为"叶石"。
② （宋）杨亿编，（清）周桢、（清）王图炜注：《西昆酬唱集》，第1页。

结　　语

本书对宋元明清各时期西昆体接受的变化历程作了一个较为细致的清理，通过研究复杂纷纭的历代接受态度，反映出中国封建社会后期的诗坛审美倾向及诗学宗尚的发展变化。同时，本书的研究也有助于学界全面地认识和评价西昆体派，从而给这一中国诗学史上争议极大的诗歌流派一个适当客观的历史定位。

一　宋金元时期

纵观整个宋金元西昆体接受史，虽然总体上较为纷繁复杂，但大致可归纳为以下几个方面：

第一，对西昆体的批判。这是西昆体接受的主流。从宋真宗对杨亿等人诗句的黜落到祥符文禁，再到北宋石介、梅尧臣、王安石、苏轼、蔡居厚、张表臣，又到南宋张元幹、魏了翁、杜旃、方岳，下至金元时期的王若虚、李纯甫、方回等，皆持这种态度。具体来讲，这些意见包括西昆体缺少风骨、重用典而轻炼意、辞藻太过华丽、太过雕饰而不浑成、不善学古、取法太过狭窄、不遵儒家传统等。

第二，对西昆体的肯定。这是西昆体接受中易被忽视的部分，但一直不绝如缕。如田况认为西昆体扫荡五代芜鄙之气，张方平认为杨亿诗"雅正合《周南》"，欧阳修认为杨亿等人"雄文博学"，黄庭坚对杨、刘"亦不非之"，周必大以西昆酬唱为太平盛事，汪莘将杨、刘等人与欧、王、苏、黄并列，冯去非认为杨亿文章与人格俱存，林希逸以西昆体律诗之成就仅次于王安石，刘克庄认为西昆体是宋代最先复古的诗格，方回认为西昆体扫荡了宋初白体和晚唐体两种贫弱诗风等，皆是对西昆体及西昆体诗人的肯定之言。

第三，西昆体的宋诗史定位以及西昆体发展史。对西昆体的宋诗史定位，如刘克庄以西昆体为宋诗初格，方回"宋初三体"的归纳等；对西昆体发展史的论述，如欧阳修、刘攽将西昆体与西昆后学、后进区别开来，认为西昆后学流于语僻难晓、窃李商隐诗句；周必大认为二宋变西昆体的藻丽为雅正；方回更是梳理了宋代西昆体的发展史等，皆立足于宋代诗史背景来观照西昆体。

第四，对西昆体的学习。本书着重研究了西昆体对于宋金元人创作的三次影响：西昆体的辞藻华丽，影响到了省题诗的创作风格；黄庭坚的诗学传承、畏祸心理和唱酬次韵，使得黄诗与西昆体在诗歌用典方面与西昆体有近似之处，而他言用不言体的咏物方法，与西昆体咏物诗一脉相承；陆佃对西昆体的学习，则主要是在用典方面，在意境上则有所拓展，其诗不是典型的西昆体。另外，宋金元西昆体的接受还包括西昆体一词含义的变化、政治斗争对西昆体接受的影响、对西昆体事实的记载及考证等诸多方面。

西昆体接受的复杂性除体现在上述各方面外，还体现在同一个人对西昆体的看法的多样性，如田况认为杨亿诗扫除五代芜鄙之气，却又不足取法；王安石不满西昆体过分用典而导致诗意贫弱，却又赞赏杨、刘等人的谲谏精神；刘克庄认为西昆体为宋代复古的第一种诗体，却又过分雕琢而埋没情性；方回有取于西昆体的用事，却又认为西昆体不自然而味浅等，皆是西昆体接受的复杂性的体现。

二 明清时期

明清对西昆体的接受与各自诗坛的唐宋诗的宗尚风气是密切相关的。明代初期承续了元代中期以来的宗唐抑宋风气，对宋诗总体关注较少。宗唐之人对宋诗极力抵制，比如何乔新等人，对西昆体的批判就甚为激烈。方孝孺等人因对一味尊唐抑宋的风气感到厌倦和不满而重新肯定宋诗的成就，但在很大程度上是因为企图从宋诗中寻找近似唐音的作品，而并非真正认识到宋诗本身可取的特点，西昆体也并没有在真正意义上得到明代初期人的客观认识。反倒是在明代中期，虽有前后七子"诗必盛唐"的呼声，但是由于明代中期政治经济环境的相对改善，以及诸多思潮的出现促使接受背景相对宽松，西昆体迎来了其在明代的接受高潮。在这段时间，不仅有现存最早的《西昆酬唱集》刊本，甚至有张綎在《西昆酬唱集序》中明确为其张目。此外，胡应麟也因不满前后七子的诗学主张而提出"格调兴象"说，以比较客观的角度评价了西昆体的艺术特点、探索了西昆体弊端产生的原因，并以诗歌发展史的角度确定了其在诗史中的位置。至明代后期，西昆体的接受再次陷入低谷，诗评家再次将批判的眼光集中于西昆体堆砌典故之上。

  清代可以说是自西昆体产生以来的接受成果最高峰，也是西昆体自产生以来受激烈或极端批判最少的时代。清代前期宋诗风兴起之前，冯舒、冯班等否定宋诗的人在诗坛上推崇晚唐余绪西昆体，并影响了其周围的叶林宗、钱曾等人；宋诗风兴起之后，西昆体在康熙年间迎来了明清接受史上的最高峰。这一时间，诗学批评上有贺裳、王士禛等人以较包容的心态，从宋诗的角度去评价西昆体；从《西昆酬唱集》的刊刻传播来讲，目前所知有徐乾学本、壹是堂本和朱俊升本三个刻本，以及冯班手抄本、清初汲古阁影宋精抄本和故宫影宋精写本三个抄本。从西昆集的版本刊刻来讲，这是自明以来，尚未有过的盛况。此外非常重要的就是，在康熙中期，《西昆酬唱集》还出现了周桢、王图炜的校注本，这是西昆集的第一个校注本，具有很高的校勘价值。清代中期，宗唐之风再次兴起，西昆体在此时的接受虽不如前期那样丰富，但是也很可喜。除夏之蓉、鲁九皋、袁枚和赵翼四人或者认为西昆体悖于古音，或者认为西昆体过于雕琢、僻涩，悖于自身诗学主张，不愿多谈外，其余参与过评价西昆体的人，都对西昆体进行过比较深入的探讨。如郭起元从诗歌的美刺功能或是雅正之风角度出发，将江西派与西昆体进行比较，认为无论是"尚骈俪"的西昆体,还是"与大雅有间"的江西诗派,都不符合诗歌传统的雅正之道。另外如翁方纲、《四库全书总目》和张云璈等从多个角度对西昆体的艺术和诗史价值进行了肯定。翁方纲从诗歌发展的角度注意到了西昆体在宋诗发展过程中所起到的"开启大路""继往开来"的承前启后的作用;《总目》以包容万千的姿态,认为不仅西昆体代表人物杨亿诗歌中蕴含"兴象",还对西昆体产生后遭遇的"优伶挦扯之戏"、石介《怪说》和真宗禁诏等进行了探讨,这可以看作《总目》为西昆体翻案之举。张云璈从西昆派中人的社会地位出发,指出西昆体诗歌所蕴含的富贵之音与李商隐实则别是一家,肯定了西昆体的易调之功和其蕴含的"牡丹兰蕙"的富贵气象,并再次就优伶挦扯之事进行辩驳,指出此事的根本在于李商隐"当年作法"的不妥。此外,嘉庆时期,《西昆酬唱集》蒲城遗书本也已刊行。至于清代后期,虽说诗坛有宋诗运动和同光体等学宋诗派,亦有和西昆体师学对象颇有渊源的中晚唐诗派,但是这些诗派所关注和效法的对象并非西昆体,所以并不能为西昆体在此时的接受带来另一个高峰。相反,西昆体更多的是被漠视或遭受到来自推崇古意或唐音的如俞樾等人相对温和的批判。值得欣慰的是,清代后期的重要诗评家刘熙载在其《艺概》中表现出了他对西昆体的关注,指出西昆体"贵富而实贵清"的特点。《西昆酬唱集》粤雅堂丛书本和邵武徐氏丛书本也分别在咸丰和光绪时期刊行。

总之,西昆体在明清的接受与其唐宋诗风的尊崇有着密切的关系,如宋诗风最为盛行的康熙时期就是西昆体在明清接受的最高峰。但细审下来,二者又并非完全一致。并不是有宋代诗风兴起,就有西昆体接受的春天,如明初的师宋小风潮和清代后期的宋诗运动和同光体等。另外,在宗唐风气最为高昂的明清中期,西昆体的接受成果也很丰硕。究其原因,我们认为主要有两点,一则明清中期都是诗派众多、诗学思想较为活跃的时期,宗唐的声音并不能完全代替整个诗坛的声音;二则文学的发展与一时一地的政治经济状况也是密切相关的,明清中期都是相对来讲政治稳定经济繁荣的时期,这不仅为西昆体在当时的接受创造了物质条件，更是以物质繁荣促进了思想繁荣，为西昆体的接受准备了宽松的接受环境和背景。而明清后期又相对来讲都是西昆体接受的低谷期。我们认为，从诗歌格调来说，西昆体总的来讲仍是一种盛世之音，所以在明清后期，都因社会政治环境的变化，而使西昆体失去了与其诗歌特点相符合的土壤。故而在明清后期，对西昆体的接受都以被漠视、否定和批判居多。

然而，纵观西昆体在明清两代的接受，可以发现西昆体虽在明清中期有过相对丰富的接受成果，但是从诗坛横向来看，西昆体始终未能进入文学领域最为核心的地带。这主要是由于西昆体诗歌本身多用典故和工于雕琢等创作取向和局限，以及对晚唐李商隐的学习决定的；西昆体诗歌中虽也有美刺的内容，但是西昆体毕竟是馆阁重臣的唱和之作，远离百姓生活，这就注定了其受众面必然狭窄。

本书对西昆体在明清的接受研究主要侧重于以诗文批评为线索，从接受史的角度对其进行纵向的梳理。然而，这段时间内对西昆体横向的接受仍有许多需要深入的地方。其一，本书在撰写的过程中还有诸多接受史料未曾涉及，如《瀛奎律髓汇编》中收录很多二冯和纪昀等人对西昆体诗歌的具体评点等，但由于时间关系，已无暇涉及，所幸其中所谈的观点与我们现在所得的结论总的来讲并无二致，但为使我们的论述更为深入和细致，亦当在以后的研究中对这一部分进行补充。其二，西昆体对明清诗歌创作的具体影响，比如明清诗人对西昆体诗歌创作手法和技巧的模拟，对诗歌风格的模拟，对诗歌中所涉及的艺术原型或意象的承续，对同题的咏和等，都是展现明清对西昆体接受的重要方面，本书均暂未涉及。诸多方面，唯待来日再继续深入。

参考文献

古代典籍

（汉）毛亨传，（汉）郑玄笺，（唐）孔颖达疏：《毛诗正义》，北京大学出版社2000年标点本。

（汉）司马迁：《史记》，中华书局1959年标点本。

（汉）班固：《汉书》，中华书局1962年标点本。

（晋）郭璞注，（宋）邢昺疏：《尔雅注疏》，北京大学出版社2000年标点本。

（梁）萧统编：《文选》，上海古籍出版社1986年影印本。

（北周）庾信撰，（清）倪璠注：《庾子山集注》，中华书局1980年标点本。

（陈）徐陵编，（清）吴兆宜笺注：《玉台新咏笺注》，中华书局1985年标点本。

（陈）徐陵撰，许逸民校笺：《徐陵集校笺》，中华书局2008年标点本。

（唐）欧阳询：《艺文类聚》，上海古籍出版社1982年标点本。

（唐）王绩：《王无功文集》，上海古籍出版社1987年标点本。

（唐）杨炯：《杨炯集》，中华书局1980年标点本。

（宋）杨亿编：《西昆酬唱集》，《浦城遗书》本。

（宋）杨亿编，王仲荦注：《西昆酬唱集注》，中华书局1980年标点本。

（宋）杨亿编，（清）周桢、（清）王图炜注：《西昆酬唱集》，上海古籍出版社1985年影印本。

（宋）杨亿编，郑再时笺注：《西昆酬唱集笺注》，齐鲁书社1986年影印本。

（宋）杨亿口述，（宋）张师正：《杨文公谈苑·倦游杂录》，上海古籍出版社1993年标点本。

（宋）李昉等编：《文苑英华》，中华书局1966年影印本。

（宋）范仲淹：《范仲淹全集》，四川大学出版社2007年标点本。

（宋）梅尧臣著，朱东润编年校注：《梅尧臣集编年校注》，上海古籍出版社1980年标点本。

（宋）苏舜钦：《苏舜钦集》，上海古籍出版社2011年标点本。

（宋）石介：《徂徕石先生文集》，中华书局1984年标点本。

（宋）姚铉编：《唐文粹》，《四部丛刊》本。

（宋）欧阳修、（宋）宋祁：《新唐书》，中华书局1975年标点本。

（宋）欧阳修：《归田录》，中华书局1981年标点本。

（宋）欧阳修：《欧阳修全集》，中华书局2001年标点本。

（宋）欧阳修著，洪本健校笺：《欧阳修诗文集校笺》，上海古籍出版社2009年标点本。

（宋）欧阳修：《诗本义》，《四部丛刊三编》本。

（宋）欧阳修等：《六一诗话·白石诗说·滹南诗话》，人民文学出版社1962年标点本。

（宋）欧阳修撰，刘德清、顾宝林、欧阳明亮笺注：《欧阳修诗编年笺注》，中华书局2012年标点本。

（宋）宋祁：《宋景文公笔记》，中华书局1985年标点本。

（宋）田况：《儒林公议》，中华书局2017年标点本。

（宋）张咏：《张乖崖集》，中华书局2000年标点本。

（宋）曾巩：《曾巩集》，中华书局1984年标点本。

（宋）曾巩撰，王瑞来校证：《隆平集校证》，中华书局2012年标点本。

（宋）王安石：《王文公文集》，上海人民出版社 1974 年标点本。

（宋）王安石撰，（宋）李壁笺注：《王荆文公诗笺注》，中华书局上海编辑所 1958 年标点本。

（宋）苏轼：《苏轼文集》，中华书局 1986 年标点本。

（宋）惠洪等：《冷斋夜话·风月堂诗话·环溪诗话》，中华书局 1988 年标点本。

（宋）孔平仲：《孔氏谈苑》，齐鲁书社 2014 年标点本。

（宋）黄庭坚：《黄庭坚全集》，四川大学出版社 2001 年标点本。

（宋）黄庭坚撰，（宋）任渊、（宋）史容、（宋）史季温注：《黄庭坚诗集注》，中华书局 2003 年标点本。

（宋）赵令畤等：《侯鲭录·墨客挥犀·续墨客挥犀》，中华书局 2002 年标点本。

（宋）李廌等：《师友谈记·曲洧旧闻·西塘集耆旧续闻》，中华书局 2002 年标点本。

（宋）叶梦得：《避暑录话》，中华书局 1985 年标点本。

（宋）叶梦得撰，逯铭昕校注：《石林诗话校注》，人民文学出版社 2011 年标点本。

（宋）方岳：《深雪偶谈》，中华书局 1985 年标点本。

（宋）蔡振孙：《诗林广记》，中华书局 1982 年标点本。

（宋）曾敏行：《独醒杂志》，上海古籍出版社 1986 年标点本。

（宋）陈亮：《陈亮集》，中华书局 1987 年标点本。

（宋）陈善：《扪虱新话》，中华书局 1985 年标点本。

（宋）陈振孙：《直斋书录解题》，上海古籍出版社 1987 年标点本。

（宋）丁度等修：《附释文互注礼部韵略》，《四部丛刊续编》本。

（宋）洪迈：《容斋随笔》，中华书局 2005 年标点本。

（宋）洪遵辑：《翰苑群书》，中华书局 1991 年标点本。

（宋）胡仔纂集：《苕溪渔隐丛话》，人民文学出版社 1962 年标点本。

（宋）黄朝英：《靖康缃素杂记》，上海古籍出版社 1986 年标点本。

（宋）计有功：《唐诗纪事》，上海古籍出版社1987年标点本。

（宋）江少虞：《宋朝事实类苑》，上海古籍出版社1981年标点本。

（宋）李庚编，（宋）林师箴等增修：《天台集》，文渊阁《四库全书》本。

（宋）陆游：《老学庵笔记》，中华书局1979年标点本。

（宋）陆游：《陆氏南唐书》，《四部丛刊》本。

（宋）陆游：《陆游集》，中华书局1976年标点本。

（宋）陆游著，钱仲联校注：《剑南诗稿校注》，上海古籍出版社1985年标点本。

（宋）吕中：《类编皇朝大事记讲义·类编皇朝中兴大事记讲义》，上海人民出版社2014年标点本。

（宋）李焘：《续资治通鉴长编》，中华书局1980年标点本。

（宋）林駉：《古今源流至论》，文渊阁《四库全书》本。

（宋）刘克庄：《后村诗话》，中华书局1983年标点本。

（宋）刘克庄著，辛更儒校注：《刘克庄集笺校》，中华书局2011年标点本。

（宋）马令：《马氏南唐书》，哈佛大学汉和图书馆藏本。

（宋）蒲积中编：《岁时杂咏》，文渊阁《四库全书》本。

（宋）阮阅编：《诗话总龟》后集，人民文学出版社1987年标点本。

（宋）阮阅编：《诗话总龟》前集，人民文学出版社1987年标点本。

（宋）宋敏求：《春明退朝录》，中华书局1980年标点本。

（宋）孙奕：《履斋示儿编》，中华书局1985年标点本。

（宋）王称：《东都事略》，齐鲁书社2000年标点本。

（宋）王得臣：《麈史》，上海古籍出版社1986年标点本。

（宋）王炎：《双溪类稿》，文渊阁《四库全书》本。

（宋）魏庆之：《诗人玉屑》，上海古籍出版社1978年标点本。

（宋）魏泰：《临汉隐居诗话校注》，巴蜀书社2001年标点本。

（宋）文莹：《玉壶清话》，中华书局1984年标点本。

（宋）吴曾：《能改斋漫录》，中华书局1960年标点本。

（宋）吴处厚：《青箱杂记》，中华书局1985年标点本。

（宋）谢维新编：《古今合璧事类备要》，文渊阁《四库全书》本。

（宋）杨万里撰，辛更儒校注：《杨万里集笺校》，中华书局2007年标点本。

（宋）佚名：《北山诗话》，明抄本。

（宋）佚名：《道山清话》，中华书局1985年标点本。

（宋）袁文、（宋）叶大庆：《瓮牖闲评·考古质疑》，中华书局2007年标点本。

（宋）张元幹：《芦川归来集》，上海古籍出版社1978年标点本。

（宋）朱熹：《五朝名臣言行录》，《四部丛刊》本。

（宋）朱熹：《朱子全书》，上海古籍出版社、安徽教育出版社2002年标点本。

（宋）黎靖德编：《朱子语录》，中华书局1986年标点本。

（宋）朱翌：《猗觉寮杂记》，中华书局1985年标点本。

（宋）庄绰：《鸡肋编》，上海书店出版社1983年标点本。

（宋）黄公绍：《在轩集》，文渊阁《四库全书》本。

（宋）严羽著，郭绍虞校释：《沧浪诗话校释》，人民文学出版社1983年标点本。

（金）刘祁：《归潜志》，中华书局1983年标点本。

（金）王若虚：《滹南遗老集》，《四部丛刊》本。

（金）元好问编：《中州集》，中华书局1962年标点本。

（明）宋濂：《宋濂全集》，浙江古籍出版社1999年标点本。

（明）方孝孺：《逊志斋集》，文渊阁《四库全书》本。

（明）陈道：弘治《八闽通志》，明弘治刻本。

（明）曹金：万历《开封府志》，明万历十三年刻本。

（明）陈霆、（明）杨慎：《渚山堂词话·词品》，人民文学出版社1960年标点本。

（明）王世贞：《弇州山人四部稿》，伟文图书出版社1976年影印本。

（明）王世贞著，罗仲鼎校注：《艺苑卮言校注》，齐鲁书社1992年标点本。

（明）李蓘辑：《宋艺圃集》，文渊阁《四库全书》本。

（明）屠隆：《由拳集》，明万历刻本。

（明）顾璘：《顾华玉集》，《金陵丛书》本。

（明）胡应麟：《诗薮》，上海古籍出版社 1979 标点本。

（明）许学夷：《诗源辩体》，人民文学出版社 1987 年标点本。

（明）邓云霄：《冷邸小言》，清道光二十七年邓氏家刻本。

（明）王鏊：《震泽长语》，中华书局 1985 年标点本。

（明）王祎：《王忠文公集》，中华书局 1985 年标点本。

（明）王祎：《王忠文集》，文渊阁《四库全书》本。

（明）杨士奇：《文渊阁书目》，商务印书馆 1935 年标点本。

（明）姚希孟：《响玉集》，《四库禁毁书丛刊》集部第 178 册，北京出版社 1997 年影印本。

（明）袁宏道：《袁中郎全集》，中国图书馆出版部 1935 年标点本。

（清）钱谦益：《初学集》，上海古籍出版社 1985 年标点本。

（清）黄宗羲：《黄梨洲文集》，中华书局 2009 年标点本。

（清）王夫之等：《清诗话》，上海古籍出版社 1963 年标点本。

（清）王夫之著，戴鸿森笺注：《姜斋诗话笺注》，人民文学出版社 1981 年标点本。

（清）叶燮等：《原诗·一瓢诗话·说诗晬语》，人民文学出版社 1979 年标点本。

（清）宋荦：《西陂类稿》，《清代诗文集汇编》第 135 册，上海古籍出版社 2010 年影印本。

（清）王士禛：《带经堂诗话》，人民文学出版社 1963 年标点本。

（清）王士禛：《香祖笔记》，上海古籍出版社 1982 年标点本。

（清）翁方纲、（清）赵执信：《石洲诗话·谈龙录》，人民文学出版社 1998 年标点本。

（清）袁枚：《随园诗话》，人民文学出版社 1982 年标点本。

（清）赵翼：《瓯北诗话》，人民文学出版社 1963 年标点本。

(清）翁方纲：《复初斋文集》，《清代诗文集汇编》第 382 册，上海古籍出版社 2010 年影印本。

(清）张云璈：《简松草堂诗集》，《清代诗文集汇编》第 42 册，上海古籍出版社 2010 年影印本。

(清）冯班：《钝吟文稿》，《四库全书存目丛书》集部第 216 册，齐鲁书社 1996 年影印本。

(清）冯班：《钝吟杂录》，商务印书馆 1937 年标点本。

(清）姜宸英：《湛园集》，文渊阁《四库全书》本。

(清）纪昀等：《钦定四库全书总目》整理本，中华书局 1997 年标点本。

(清）彭定求等编：《全唐诗》，中华书局 1960 年标点本。

(清）董诰等编：《全唐文》，中华书局 1983 年影印本。

(清）厉鹗辑撰：《宋诗纪事》，上海古籍出版社 2013 年标点本。

(清）丁丙：《善本书室藏书志》，《续修四库全书》史部第 927 册，上海古籍出版社 2002 年影印本。

(清）樊增祥：《樊樊山诗集》，上海古籍出版社 2004 年标点本。

(清）顾嗣立编：《元诗选二集》，中华书局 1987 年标点本。

(清）郭起元：《介石堂集》，《四库未收书辑刊》集部第 287 册，北京出版社 1997 年影印本。

(清）何文焕辑：《历代诗话》，中华书局 1986 年标点本。

(清）黄培芳：《香石诗话》，清嘉庆十五年岭海楼刻嘉庆十六年重校本。

(清）卢文弨：《抱经堂文集》，《四部丛刊》本。

(清）瞿镛编纂：《铁琴铜剑楼藏书目录》，上海古籍出版社 2000 年标点本。

(清）舒位：《瓶水斋诗集》，上海古籍出版社 1991 年标点本。

(清）汪景龙、（清）姚埙辑：《宋诗略》，乾隆三十五年竹雨山房刻本。

(清）王礼培：《小招隐馆谈艺录初编》，民国铅印本。

（清）王文诰辑注：《苏轼诗集》，中华书局 1982 年标点本。
（清）夏之蓉：《半舫斋编年诗》，《清代诗文集汇编》第 287 册，上海古籍出版社 2010 年影印本。
（清）杨绍和：《楹书隅录》，《续修四库全书》史部第 925 册，上海古籍出版社 2002 年影印本。
（清）斌良：《抱冲斋诗集》，《清代诗文集汇编》第 544 册，上海古籍出版社 2010 年影印本。
（清）刘熙载：《艺概》，上海古籍出版社 1978 年标点本。
（清）俞樾：《春在堂杂文续编》，《清代诗文集汇编》第 685 册，上海古籍出版社 2010 年影印本。
（清）俞樾：《春在堂杂文三编》，《清代诗文集汇编》第 685 册，上海古籍出版社 2010 年影印本。
（清）朱鹤龄：《愚庵小集》，华东师范大学出版社 2010 年标点本。
（清）郭庆藩集释：《庄子集释》，中华书局 2012 年标点本。
何宁：《淮南子集释》，中华书局 1998 年标点本。
黄晖校释：《论衡校释（附刘盼遂集解）》，中华书局 1990 年标点本。
上海古籍出版社编：《汉魏六朝笔记小说大观》，上海古籍出版社 1999 年标点本。
郭绍虞集解、笺释：《杜甫戏为六绝句集解·元好问论诗三十首小笺》，人民文学出版社 1978 年标点本。
刘学锴、余恕诚编年校注：《李商隐文编年校注》，中华书局 2002 年标点本。
刘学锴、余恕诚集解：《李商隐诗歌集解》，中华书局 2004 年标点本。
傅璇琮主编：《唐才子传校笺》，中华书局 1990 年版。
李文泽、霞绍晖校点整理：《司马光集》，四川大学出版社 2010 年标点本。
北京大学古文献研究所编：《全宋诗》，北京大学出版社 1991 年版。
曾枣庄、刘琳主编：《全宋文》，上海辞书出版社、安徽教育出版社 2006 年版。

郭绍虞辑：《宋诗话辑佚》，中华书局1980年版。

杨镰主编：《全元诗》，中华书局2013年版。

周维德集校：《全明诗话》，齐鲁书社2005年标点本。

赵尔巽等：《清史稿》，中华书局1977年标点本。

郭绍虞编选：《清诗话续编》，上海古籍出版社1983年标点本。

魏小虎编撰：《四库全书总目汇订》，上海古籍出版社2012年版。

现代著作

杨钟羲：《雪桥诗话》，北京古籍出版社1989年标点本。

曹道衡、沈玉成：《南北朝文学史》，人民文学出版社1991年版。

陈伟文：《清代前中期黄庭坚诗接受史研究》，中国人民大学出版社2012年版。

程杰：《北宋诗文革新研究》，内蒙古教育出版社2000年版。

程千帆、吴新雷：《两宋文学史》，河北教育出版社2002年版。

段莉萍：《后期"西昆派"研究》，巴蜀书社2009年版。

傅蓉蓉：《西昆体与宋型诗建构》，文汇出版社2004年版。

葛兆光：《汉字的魔方》，辽宁教育出版社1999年版。

顾易生、蒋凡、刘明今：《中国文学批评通史》（宋金元卷），上海古籍出版社1996年版。

郭绍虞：《中国文学批评史》，商务印书馆2010年版。

赫广霖：《宋初诗派研究》，齐鲁书社2008年版。

胡大雷：《宫体诗研究》，商务印书馆2004年版。

胡去非：《王士禛诗》，商务印书馆1935年版。

黄宝华、文师华：《中国诗学史》（宋金元卷），鹭江出版社2002年版。

黄霖：《中国文学批评通史》（近代卷），上海古籍出版社2011年版。

蒋寅：《王渔洋与康熙诗坛》，中国社会科学出版社2001年版。

蒋寅、张伯伟主编：《中国诗学》第15辑，人民文学出版社2011年版。

孔凡礼：《三苏年谱》，北京古籍出版社2004年版。

李一飞：《杨亿年谱》，上海古籍出版社2002年版。

梁昆：《宋诗派别论》，长沙商务印书馆1939年版。

林继中：《文化建构文学史纲（魏晋—北宋）》，北京大学出版社2005年版。

刘世南：《清诗流派史》，人民文学出版社2004年版。

刘学锴：《李商隐诗歌接受史》，安徽大学出版社2004年版。

罗宗强：《明代文学思想史》，中华书局2013年版。

吕肖奂：《宋诗体派论》，四川民族出版社2002年版。

马亚中：《中国近代诗歌史》，复旦大学出版社2011年版。

莫砺锋：《唐宋诗歌论集》，凤凰出版社2007年版。

木斋：《宋诗流变》，京华出版社1999年版。

钱基博：《中国文学史》，中华书局1993年版。

钱锺书：《谈艺录》（补订本），中华书局1984年版。

钱锺书：《宋诗选注》，生活·读书·新知三联书店2002年版。

孙琴安：《唐诗选本六百种提要》，陕西人民教育出版社1980年版。

孙望、常国武主编：《宋代文学史》（上），人民文学出版社1996年版。

王水照：《王水照自选集》，上海教育出版社2000年版。

王水照等编：《首届宋代文学国际研讨会论文集》，复旦大学出版社2001年版。

王水照主编：《宋代文学通论》，河南大学出版社1997年版。

王英志：《清代唐宋诗之争流变史》，人民文学出版社2012年版。

王运熙、杨明：《中国文学批评通史》（隋唐五代卷），上海古籍出版社1996年版。

邬国平、王镇远：《中国文学批评通史》（清代卷），上海古籍出版社2011年版。

吴调公：《李商隐研究》，中华书局2010年版。

谢琰：《北宋前期诗歌转型研究》，北京大学出版社2013年版。

许总：《唐宋诗体派论》，江西人民出版社 2008 年版。

游国恩：《游国恩学术论文集》，中华书局 1989 年版。

袁震宇、刘明今：《中国文学批评通史》（明代卷），上海古籍出版社 2011 年版。

曾枣庄：《论西昆体》，高雄丽文文化事业股份有限公司 1993 年版。

张伯伟、蒋寅主编：《中国诗学》第 20 辑，人民文学出版社 2016 年版。

张海鸥：《北宋诗学》，河南大学出版社 2007 年版。

张明华：《西昆体研究》，人民文学出版社 2010 年版。

张兴武：《两宋望族与文学》，人民文学出版社 2010 年版。

张毅：《唐宋诗词审美》，南开大学出版社 2013 年版。

赵伯陶选注：《王士禛诗选》，人民文学出版社 2009 年版。

郑振铎：《插图本中国文学史》，人民文学出版社 1957 年版。

周兴禄：《宋代科举诗词研究》，齐鲁书社 2011 年版。

周益忠：《西昆研究论集》，台北学生书局 1999 年版。

周裕锴：《宋代诗学通论》，上海古籍出版社 2007 年版。

周振甫选注：《李商隐选集》，上海古籍出版社 1986 年版。

周振甫、冀勤编著：《钱锺书〈谈艺录〉读本》，中央编译出版社 2013 年版。

祝尚书：《宋人总集叙录》，中华书局 2004 年版。

祝尚书：《宋代文学探讨集》，大象出版社 2007 年版。

祝尚书：《宋代科举与文学》，中华书局 2008 年版。

祝尚书：《北宋古文运动发展史》，北京大学出版社 2012 年版。

［日］池泽滋子：《丁谓研究》，巴蜀书社 1998 年版。

现代论文

白贵、高献红：《西昆体诗之传播与接受》，《河北大学学报》2009 年第 3 期。

柏年：《论欧阳修的诗歌与宋诗风格的形成》，《重庆师院学报》1990

年第 3 期。

陈文忠：《接受史视野中的经典解读》，《江海学刊》2007 年第 6 期。

陈植锷：《西昆酬唱诗人生卒年考》，《文史》第 21 辑，中华书局 1983 年版。

陈植锷：《〈石曼卿诗集序〉的作者问题》，《文史》第 27 辑，中华书局 1986 年版。

程千帆、张宏生：《"火"与"雪"：从体物到禁体物——论"白战体"及杜、韩对它的先导作用》，《中国社会科学》1987 年第 4 期。

程千帆：《西昆诗派述评》，《文艺月刊》1935 年第 6 期。

慈波：《〈西昆酬唱集〉与宋诗演进》，《浙江学刊》2010 年第 1 期。

段莉萍：《论苏轼对西昆体的接受》，《西南民族大学学报》（人文社会科学版）2015 年第 8 期。

傅蓉蓉：《从对"西昆体"的接受看清代"唐宋诗之争"》，《作家》2008 年第 10 期。

傅蓉蓉：《论黄庭坚对"西昆体"诗学思想的承继与超越》，《齐鲁学刊》2008 年第 3 期。

匡扶：《从山谷诗的艺术特点谈到"江西诗派"》，《文史哲》1981 年第 5 期。

李德身：《论欧梅诗派》上，《连云港教育学院学报》1998 年第 2 期。

马德富：《北宋诗歌革新的再认识》，《成都大学学报》1986 年第 1 期。

马东瑶：《论北宋庆历诗风的形成》，《文学遗产》2002 年第 2 期。

莫道才：《石介与苏舜钦：谁是〈石曼卿诗集序〉之作者》，《文学遗产》2002 年第 4 期。

莫砺锋：《论黄庭坚诗歌创作的三个阶段》，《文学遗产》1995 年第 3 期。

莫砺锋：《论王荆公体》，《南京大学学报》（哲学·人文·社会科学版）1994 年第 1 期。

启功：《说八股》，《北京师范大学学报》（社会科学版）1991 年第 3 期。

钱志熙：《论黄庭坚的兴寄观及黄诗的兴寄精神》，《文学遗产》1993年第5期。

钱志熙：《论黄庭坚的"情性说"》，《河池师专学报》（社会科学版）1997年第1期。

秦寰明：《西昆体的盛衰与宋初诗风的演进》，《南京师大学报》1989年第1期。

束忱：《朱彝尊"扬唐抑宋"说》，《文学遗产》1995年第2期。

田耕宇：《论西昆诗盛衰因由》，《四川教育学院学报》1993年第1期。

王小兰：《先河后海渐造奇绝——"山谷诗法"孕育成熟的家学渊源》，《杭州师范大学》（社会科学版）2015年第2期。

王镇远：《西昆体与江西派》，《西南师范学院学报》1984年第3期。

吴大顺：《论欧梅诗派及其发展历程》，《湖南社会科学》2011年第2期。

吴小如：《西昆体平议》，《文学评论》1990年第5期。

杨旭辉：《欧阳修与西昆体——兼论宋初诗坛概况》，《湛江海洋大学学报》2003年第5期。

曾枣庄：《〈西昆酬唱集〉及其版本校注》，《长江学术》2012年第1期。

张福勋：《陆游谈"西昆"体》，《包头教育学院学报》1990年第1期。

张晶：《因难以见巧：黄庭坚的诗美追求》，《辽宁师范大学学报》（社科版）1988年第5期。

张晶：《朱弁"体物"的诗学思想与其诗歌创作》，《河北大学学报》（哲学社会科学版）2001年第2期。

张立荣：《论庆历七律诗风》，《社会科学战线》2013年第3期。

张立荣：《苏轼、黄庭坚七律创作技法之异同及其人格异趣》，《晋阳学刊》2012年第2期。

张明华：《从〈武夷集〉到〈西昆集〉——西昆体形成期与成熟期作品比较》，《文学遗产》2002年第4期。

张巍:《论李商隐对江西诗派的影响》,《北京大学学报》(哲学社会科学版)2012年第6期。

祝尚书:《论后期"西昆派"》,《社会科学研究》2002年第5期。

冯伟:《北宋初期科举文化与西昆体》,硕士学位论文,湘潭大学,2005年。

管大龙:《西昆体诗歌接受研究》,硕士学位论文,安徽大学,2009年。

何世平:《张咏诗歌研究》,硕士学位论文,西南交通大学,2010年。

刘启旺:《朱弁诗话研究》,硕士学位论文,首都师范大学,2009年。

卢婧萍:《钱惟演诗歌研究》,硕士学位论文,西南交通大学,2011年。

田金霞:《方回〈瀛奎律髓〉研究》,博士学位论文,浙江大学,2013年。

张立荣:《北宋前期七言律诗研究》,博士学位论文,南京师范大学,2006年。

郑永晓:《江西诗派研究史》,博士学位论文,中国社会科学院研究生院,2003年。

后　　记

"莺啼春去愁千缕，蝶恋花残恨几回"，在 2021 年的立夏日，我终于完成了《西昆体接受史研究》一书的定稿。立夏，万物至此皆长大，这本小书也是一年年"长大"并终告完成的。《西昆体接受史研究》一书是在教育部人文社科 2011 年规划基金项目（西部和边疆地区项目）"西昆体接受史研究"的结题成果基础上修改而成的。我的两位研究生张龙高和熊倩参与了课题研究，其中龙高撰写了宋金元部分，熊倩撰写了明清部分，他们分别以之作为自己的硕士学位论文参加答辩，并取得较为优秀的成绩。我在两位同学撰写论文过程中，予以全程指导，并在课题结束后统稿修改成书。书中包含着两位同学的辛勤劳动，因此出版时由我们三人共同署名。本书是由西南交通大学第二轮研究生教材（专著）建设项目经费资助出版的，感谢学校的大力支持！也感谢中国社会科学出版社顾世宝老师的辛勤付出！

"人生到处知何似，应似飞鸿踏雪泥。泥上偶然留指爪，鸿飞那复计东西"，人生充满偶然与无常，这十年间又经历了一些离合悲欢……两位同学也早已毕业，各奔东西，让人欣慰的是师生情谊长存。希望大家一切安好！这本书必定还有不少缺陷，但毕竟是我们一段学术生命的印记，还是展示出来"抛砖引玉"吧！

段莉萍
2021 年 5 月 5 日